Free time

——闲·闲·拾·光——

她的秘密人生

[丹]安娜·艾克博——著
屈书恒——译

天津出版传媒集团
百花文艺出版社

图书在版编目（CIP）数据

她的秘密人生 /（丹）安娜·艾克博著 ; 屈书恒译
. -- 天津 : 百花文艺出版社, 2020.5
ISBN 978-7-5306-7739-1

Ⅰ. ①她… Ⅱ. ①安… ②屈… Ⅲ. ①长篇小说一丹麦一现代 Ⅳ. ① I534.45

中国版本图书馆 CIP 数据核字 (2019) 第 137617 号

著作权合同登记号：图字 02-2019-230 号

她的秘密人生
The Secret Woman
安娜·艾克博 著　屈书恒 译

责任编辑：徐丽梅　**特约编辑：**雷晓竹　落　溪
装帧设计：董小睿　**封面绘图：**三乖
版式设计：蚂蚁王国
出版发行：百花文艺出版社
地址：天津市和平区西康路 35 号　**邮编：** 300051
电话传真：+86-22-23332651（发行部）
+86-22-23332656（总编室）
+86-22-23332478（邮购部）
主页：http://www.baihuawenyi.com
印刷：北京美图印务有限公司
开本：880×1230 毫米 1/32
字数：322 千字
印张：13
版次：2020 年 5 月第 1 版
印次：2020 年 5 月第 1 次印刷
定价：58.00 元

如有印装质量问题，请与北京美图印务有限公司联系调换
地址：北京市顺义区南彩镇九王庄村兴华街 79 号
电话：（010）6041815
邮编：101300

楔　子

这是一种求生本能。海琳娜一边这样想着，一边目不转睛地盯着那枚黑色戒指，就好像在盯着咖啡杯外沿残留的咖啡在白色桌子上留下的一圈黑咖啡渍。当她的世界突然崩塌时，她对如此细枝末节事物的关注是一种求生本能。她强迫自己抬起头来，环顾警察办公室，尝试着把注意力集中在警官给她的那张纸上。“拘留期间的权利”几个大字赫然呈现在纸上，她有权见律师，有权对警察说谎，也有吃饭喝水的权利，如果她被没有正当理由地关押了超过十分钟，她可以获得800克朗的补偿金。她已经被关押多久了？早就超过十分钟了。

“读完了吗？”坐在她正对面的警官问道，这是一个年轻瘦弱、不到三十岁的小伙子，他的肩膀甚至撑不起制服。还有一个年纪长的、身着白衬衫与灰色西装外套的警官坐在她旁边，全程一言不发。

“读完了。”

“你还是不需要律师吗？”

“不需要。”

穿制服的瘦弱警官迅速看了他的同事一眼，老警官清了清嗓子，说道："苏贝格夫人，你知道你为什么在这儿吗？"

海琳娜还没来得及说话，闪光灯便几乎穿透了整个警署。不光是海琳娜，全警署的警官们都注意到了突如其来的闪光灯。老警官立刻起身并生气地喊道："能不能别让那些摄像记者趴在窗户边？"海琳娜摇了摇头，又被闪光灯照了一下后，她举起了双手，虽然只是一小会儿，但展现了屈从。他们终于可以得到他们趋之若鹜想要的了，名人海琳娜·苏贝格被手铐拷着的照片，她顺从的照片，代表着她彻底完蛋的照片。

"让他们走！"老警官又喊了一次。

一些年轻的警察立刻冲出门去，百叶窗也被合上了，但是海琳娜对此却无动于衷，她觉得既然他们想拍就让他们尽情拍好了。

"苏贝格夫人，"老警官整了整衬衫，深呼吸后继续说道，"我们还有一些流程要走，我们要做 DNA 检测、指纹采集等调查，大概需要一个小时，你能配合吗？"

"我会配合的。"苏贝格夫人说道。

"之后你要在关押间待一段时间，直到法院警卫带你走。"老警官看着她。他在期待什么呢？此时此刻她又该说些什么呢？

"根据我的职责，下面我来宣读指控书。"

她又一次保持了沉默，老警官迟疑了一下，从西服外套口袋里找出了他的老花镜，假装自己对此毫不关心。他缓慢地、机械地读着，就好像在读新买炉灶的使用说明："海琳娜·苏贝格，根据刑法第 237 条，你被指控蓄意谋杀露易斯·安德森。"海琳娜抬起头，看着老警官的眼睛，就只是这样了吗？听起来好像也没什么大不了的。"蓄意谋杀""第 237 条""露易斯·安德森"……其他在她周围的警官——在桌子旁的男警官们和两名在咖啡机旁的短发女警官都试图假装自己没听到，但事实上，整个警局在宣读指控书过程中鸦雀无声。所有人都在听，电话此起彼伏地响起，但没有人去接，没人想错过这一幕。这里，此刻，见证了历史，民众们会在接下来的几年时间里谈论这几天发生的事情。今晚，当警官们回家与他们的家人团聚时，他们会在餐桌上给家人讲述今天发生的事，孩子们会瞪大了眼睛，聚精会神地听，盛极一时的苏贝格家族的垮塌、无辜的露易斯 · 安德森惨遭谋害。海琳娜看着那个小警官的眼睛，接着又看了看老警官的，她太希望能帮他们结束这一切了，他们值得一个尾声。“我有罪。”她小声说道，她感觉房间中的空气仿佛被抽空，时间几乎要冻结，“我把露易斯 · 安德森打死了。”

Chapter 1

露易斯醒了，每个早上她都在同样的景色中醒来。她依然没有适应这一切，但她相信她的生命中不能没有它——大海。她向远处伸手，房间的窗户是个圆形舷窗，这给了她在船上生活的感觉。如果她真的在船上生活，那该是多么幸福的事情啊。约克西姆总是在这件事上烦她，但这并没什么关系。她清楚地知道，作为一个每次在基督岛到博恩霍尔姆岛的渡轮上都要晕船的人，选择在水上生活是多么不切实际。她的床摆放的位置能让她每天一睁开眼就看到大海。露易斯总有种预感，某一天什么东西会沿着航道驶来，有人会改变她的人生。这一定是荒谬的，只是种预感，但始终存在。

今天的大海是平静安详的，呈现出只属于此刻的深蓝色，只有当丹麦的夏天是真正的夏天时，大海才是这种颜色。天空晴朗透彻，她能听到外面嗡嗡作响，游客们已经起床外出了。露易斯看着一个推婴儿车的女人，和长椅上坐着的一对年长夫妇——她经常观察着他们，他们总坐在那里。他们俩是这个只拥有 91 个常住民小岛的居民。她和约克西姆有一天也会像这样坐在长椅上吗？这种浪漫的想法在她脑海中停留了几秒，然后被一个男人破坏了。一个穿西装的高大的中年男子，他不是岛上的常住民，而是每年夏天都来岛上游玩的数以千计的游客中的一员。他站在咖啡馆露台外面，局促不安，有一种不和谐的情绪笼罩着他，就好像他在寻找什么东西。或许他喝醉了？露易斯闭上双眼，但很快被一个声音打断了，难道这就是她曾经预感中会打破她平静生活的声音，她脑海中曾多次浮现的声音？

露易斯把被子掀到一边，脚踩在地板上，阳光照射过的地板让她的脚底感到温暖。她走出卧室，来到走廊并朝着一扇关着的门走去。她安静地站着，并能意识到自己脸上延展的笑容，她面部用来笑的肌肉之前并没有太多发挥作用的机会。他在写作，约克西姆真的在写作。并且这次他并不像近期她再熟悉不过的那样以一种急躁、焦虑的方式，以前他写作时从外面听起来就好像在疯狂地砸着键盘，然后他就好像刚打完仗一样，头部肿胀、面部泛红并且大汗淋漓的。现在完全是另外一种声音，一种和谐的、自由的、充满创作灵感的声音。

露易斯回想着他们初次见面的场景，那是她最美好的回忆之一，当时的约克西姆在创作，那时的他拥有整个世界，并像旋风一样闯进了她的生活。约克西姆在一个拥挤的咖啡馆诵读，露易斯当时接近30岁，约克西姆比她年长10岁，并比她高10厘米。露易斯仍然清楚地记得约克西姆当时展现的自信，他从并不昂贵的阅读眼镜的边框上方自信地注视着听众，同时诵读着他的作品。她被攻陷了，约克西姆渴望得到她，她也没有任何的迟疑。约克西姆对她而言太强势了——直到现在她有时依然这么觉得，尽管她很清楚这能很好地补充她的另外两面——脆弱与缺乏安全感。

她尽可能轻地推开门把手，溜进去并站在工作间里。约克西姆并没有转身，还是在写作，这很好，他不应该停下来。一直以来一切都是那么困难，约克西姆开始创作一本新小说时，一度文思枯竭，这种问题在他开始整日不间断写作之前并没有出现过。这种问题来回反复了太多次，露易斯能够感受到他的不安，这就像是性功能障碍，不，甚至比这还要糟糕，他曾经这样向她解释过。那次露易斯想，至少这不是性功能障碍，然而当时她并没有意识到这比性功能障碍还要糟糕。当约克西姆为写作努力挣扎时，露易斯的咖啡馆同样面临着问题。她低估了自己在咖啡馆工作的强度，她不再只是个定点上下班的员工，不，如今她要从头学起，学习如何做老板，尽管事实上对她而言，做定点上下班的职员出乎意料地自然顺畅。好在现在一切终于回归平静，一部分原因归于她有了莉娜不可估量的帮助。莉娜乐于工作，有事业心并有责任心，正是因为她，露易斯才有机会在这周五享受约克西姆的恢复与回归。他停住了，转过身来，从眼镜边框的上方看着露易斯，当他被打扰时，他总是用这种方式看着别人。

“我打扰到你了吗？”露易斯笑着说，“我不是有意的。”

约克西姆起身走向她，在距离她两步远的地方停下来，注视着她，停顿了一下后将双手放在她的裙子上，轻轻地、平滑地移动着。他亲吻着露易斯，一只手缓缓移动到她的脖子，先是轻轻地捏了下，然后又加重捏了下。他朝着墙的方向将露易斯推了过去，将她的裙子卷起。露易斯一点点脱下内衣。约克西姆一只手解开扣子，同时另一只手紧紧握住她的脖子，他亲吻着她，然后拥有了她，他们融为一体。露易斯的身体能感受到这一切，感受到约克西姆的渴望，感受到他脸上的注视，他们就这样融为一体，他的注视让她重获新生。

在短暂的、地动山摇的时刻后，她意识到自己的存在，自己在他的注视中存在。她闭上双眼听着他的喘息，那是具有原始力量的喘息，直到他们彻底地水乳交融。她握着他，感受他的兴奋与平静。

她听着这一切，看着这一切，感受着这一切，但，是从一个很远很深的地方，一个很难回头的地方。

转身，约克西姆抱着她——“我要小便。”露易斯在约克西姆耳边轻声说道。他笑了，并快速在她额头上吻了一下。她了解他，现在他只想写作。

当露易斯又一次站在门厅时，她听到莉娜的声音从楼下的厨房传来，是询问是否有个叫海琳娜的临时工。

“什么？”露易斯问道。

“布约克还没来上班，还有，有个男人在外面找一个叫海琳娜的女的。”

露易斯一边换好衣服，一边咒骂着，她这次非得解雇了布约克，这家伙实在不适合这份工作，现在属于露易斯自己的周五算是毁了。对莉娜来说这也很遗憾，她原本是那么期待在熏制室旁吃点鲱鱼，再和一些来自日德兰半岛的临时工调情，或者哪怕只是坐在那儿浏览脸书、喝杯咖啡也好，所有的这一切都因为老板不再外出而变得遥不可及。但是令露易斯心烦的还不仅仅是失去自由的周五。她实在不愿意走进咖啡馆内部的招待间，把桌子一个一个地铺好，将新的蜡烛插在烛台上等一切无聊的、开门前的日常工作。

天气已经变得温暖。露易斯站在一个很小、很精致的时钟旁，搅拌着鱼肉馅料，旁边是新鲜的、切好的茴香，这样她就只差香草了。她在天台的罐子里拿到它们。蜗牛、莳萝、细叶芹与香菜，这是她为了提升品质所用了很久的食谱，已经成了咖啡馆的招牌，也足够毁掉她的周五。但露易斯不得不承认，她热爱在厨房工作，享受熏制室旁的时光，以及在游客到来前操作后厨烤箱的时刻。一只懒洋洋的苍蝇在厨房洗碗槽上方的小窗格处嗡嗡作响。她拭去额头上的汗水，在围裙上擦了擦手，然后走过去赶走苍蝇，快速地扫了眼窗户中反射的自己，金色的头发盘起，紧紧地扎了起来，所有像露易斯一样在厨房工作的女孩都需要这么做。露易斯站在从窗中传来的微风中，看着苍蝇，在窗户打开后，苍蝇很快便不再发出声响，它只是静静地停在窗台上，翅膀上下扇动，但没有在飞。

那一刻她站在那里，感觉那一刻所有的机会都还在向她敞开双臂——所有她当时在思考的事情，当时她仍然可以随心做自己想做的事，她仍然可以环游世界。这里发生的一切到底是巧合，还是命中注定？露易斯不清楚自己应该相信什么，但她仍然对这里发生的一切感到不可思议。她在雷恩的港口看到招工启事，是刚刚到雷恩并且只想尝试些新事物，一些没有太大责任的事物时。“基督岛一间温馨且运转良好的小咖啡馆招聘夏季临时工。员工需要稳定、有责任心、开朗、乐于为别人服务且身体健康，能适应海岛环境。”当时的招工启事是这么写的，露易斯依然记得上面的文字，她在自己招工的时候用了同样的语句。当初她找工作时，并没有考虑太多，想得最多的是，这只是在她想好自己真正要做什么之前的一份很好的临时工作，但她就此被拴住了，不知不觉地从临时工转到了正式工。“如果行得通的话，何必要改变呢？”她记得汤姆·琼斯在一次采访中这么说道，当时有记者问他如何能坚持十年如一日地唱同样的歌曲。如果行得通，何必要改变呢？

“我已经收拾好桌子了，能开门了吗？”莉娜问道。

露易斯看了看表，时间还早：“再等十分钟吧，你可以把沙拉准备好。”

她们在一片安静中工作着，只有当人们能很好地在一起工作时，才能采用这种工作方式，她用同样的方式和之前的咖啡馆主人贝亚特一起工作过。当时的露易斯完全不了解如何在咖啡馆工作，一开始她觉得自己有点蠢，什么都要问别人，幸运的是，贝亚特总能耐心地解答她的问题，并很快就赋予露易斯更多的工作任务。露易斯当初从来没有做咖啡馆老板的打算，但是贝亚特看到了她的潜质，一种连露易斯自己都没有意识到的潜质，当老板、商业天赋？贝亚特当时住在顾叶城外的房子里，那里是他的家乡，所以咖啡馆楼上的公寓就一直是空的。当时一整个夏天露易斯都住在出租屋里，并且付了很高的租金。旺季结束后，贝亚特向露易斯提出她可以搬到咖啡馆楼上的公寓里并成为长期雇员。在当初夏季工作的四人中，只有露易斯获得了这个机会，她可以整年全职在咖啡馆工作，也包括冬季。尽管面积小，露易斯立刻就爱上了这间公寓。房租也很低。

工作的第一年她曾努力适应着岛上的秋天和冬天，黑暗，严寒，漫长的时间，完全不同的感受。基督岛和她的小妹妹——浮德里科岛，岛上除了夏天在咖啡馆服务的那批人之外，还居住着另外一些人。在秋冬季，所有人都有更多的闲暇时间，其他的日常活动，一些客人会定期定时来咖啡馆坐坐，拿着一份报纸并点一杯咖啡，然后陷入沉思。大体来说，在岛上生活的人不用交税，这点是露易斯第一次拿到她的工资单时发现的，几乎所有的扣税，通常市政府会扣除的百分之三十的税，在岛上并不适用，因为岛上的居民并不从属于某一个市政府。作为丹麦自古以来的偏远边防地区，这些岛直接隶属于国防部，并且这些岛都必须有常住居民，不然人们会担心邻国的侵略。就像谚语中提到的那样，如今露易斯也明白了其中的道理，如果一个国家想拥有一片土地，必须让人们愿意住在那里，正因如此，在露易斯所居住的美丽小岛上，人们才无须缴税。这一切仅仅因为国家需要吸引足够的丹麦人到岛上抵御可能发生的邻国入侵。

“他还在敲门。”莉娜的声音打破了露易斯的沉思。

“谁？”

“还是那个男人，找海琳娜的那个人。我应该让他进来吗，我们准备好营业了吗？”

Chapter 2

白色的桌子在太阳的照耀下反射着光芒，但这也只能发生在露易斯把桌布铺上之前。希腊的颜色，深蓝色配白色，她喜欢这些蓝白色与摆在街道边的、本地产的红色大陶土罐里的香草相互搭配。牛至花刚刚开花，闻起来有意大利的味道。她把装着小香草的杯子摆在所有桌子上。从不放花，永远都只摆香草是露易斯咖啡馆的特色。一到夏天，露台就成了整个咖啡馆最重要的部分，街道上全都是低估了小岛上太阳威力的、被烈日炙烤的游客。格外强烈的阳光似乎是由海洋和反光引起的，不过露易斯已经放弃理解它了，而是永远都涂上一点防晒指数较低的防晒霜，有的时候在秋天她也涂一些。当那个男人又一次喊起来时，她抬起了头。

“海琳娜！”

几乎是一声嘶吼。

露易斯害怕地望向窗外，这才真正看清了他，一个身着浅色、昂贵定制西服的黑发男人，长相帅气。她转过身并走向屋内，朝着走下来的约克西姆笑了笑，他正坐在一摞摊开的纸张前吃着东西。

“你刚刚一定听到了什么。”约克西姆说道，“你有时间吗？是要现在开始营业吗？”

“五分钟后开始。”

“嗯。《出路》，我的新小说打算叫这个名字。我打算这么开头……”约克西姆翻动着那一大摞凌乱的纸，但这也是个好的信号，当约克西姆写作时，他写得又快又多。他清了清嗓子念道：“她记得那条狗。它就在通往学校那条陡峭的路的尽头，每天早上都等着她，这令她感到害怕。其他孩子都不像她那样怕那条狗，它只朝她叫。六岁的她想出了人生中第一条求生策略，一条有利于她今后人生的策略……”约克西姆透过镜框的边缘看着她。

“什么？然后呢？她做了什么？”

“她非常缓慢地俯下身去，没有看那条狗一眼，然后她捡起一块石头，一块她能找到的最大的石头。接着她朝着那畜生走去，缓缓举起拿着石头的手，举过头顶，与此同时，她紧紧盯着那条狗……”约克西姆停了下来，“就像这样。”

“整本小说是关于什么的？”

“关于她，以及她对一个男人求而不得的爱情。”

“至少结局是好的吗？”

“不，当然不了。”他笑着说道，“炽烈的爱情都没有好的结局。”他捕捉到她的目光并很快补充道，“在文学作品中。”

他又说着什么，但露易斯又听到了那个奇怪男人的叫喊声，那个男人重重地敲着窗户玻璃：“海琳娜！”一次又一次。

她起身，好奇地朝咖啡馆下方望去，那男人站在下面，在大门旁边敲着窗户玻璃。

“这是个瑞典人吗？”约克西姆问道。

“听起来不像。”露易斯说道，并试图建立关于这个男人的印象。他并不像街上那些经常制造混乱的男人，看起来也不像是喝醉了，衣服很干净，胡须修理得体，一点也不肮脏。他更重地砸向了窗户玻璃。

“我去和他说。”约克西姆说道，他起身朝着空咖啡馆走去，打开了门锁。

“海琳娜！”那个奇怪的男人说道，并径直穿过约克西姆身旁。

“嘿！”约克西姆试图抓住他，但他动作太快了。他向上朝着露易斯的方向走去，紧紧盯着她。他径直朝她走去并喊道：“海琳娜！是我啊！”这个男人个子高大，宽肩膀，实在是一个很帅的男人，露易斯能断定。他有着浓密整齐的头发，修剪得非常干净，刘海卷曲而柔顺地在眼睛上方，没有遮住眼睛，而是清晰地展现了它们，这是对绿色的眼睛，明亮而碧绿的眼睛直勾勾地盯着她。

“海琳娜。”男人放低了声音。当他站在露易斯身前时，他喘了口气。

约克西姆赶了上来：“伙计，我想你一定是认错人了。”约克西姆用他那熟悉而官方的口吻说道，这不可小觑，通常来说所有人都会认真听他以这种方式讲话，然而这个闯进来的男人却彻底地忽视了他，又向前走了一步。

“海琳娜，是我啊。”

约克西姆挡在他们中间，为了绕过他，这个男人必须推开他。这并不是很重的推搡，差不多只是用胳膊移了下，但足以让约克西姆瞬间失去平衡。一把椅子倒了，咖啡杯摔碎在了地板上，然后莉娜赶了过来扶约克西姆起来。露易斯困惑地看着这一切，这到底是怎么一回事？

“海琳娜。”

露易斯向后退了退。然后发生的事情出乎所有人意料，这个男人朝露易斯伸出手，紧紧地抓住她的左手手腕。

“放开我。”

“你不认识我了吗？是我啊，埃蒙德。你到底怎么了？”

“放开！”露易斯提高了音调，约克西姆抓住了这个男人。

“你够了！放开她。”约克西姆紧紧抓着这个自称是埃蒙德的男人。这让埃蒙德更疯狂地喊叫着，他的声音里有新的东西，露易斯之前没有注意到的东西——绝望，愤怒？

他看起来并不生气，也并不危险，近乎于沮丧。他的眼睛完全湿润了，仍然盯着露易斯，只看着她。

“海琳娜！”他又说了一遍，总在重复着她的名字，“你是我妻子，海琳娜，我妻子。”

“你已经在我们这里制造了太多的麻烦。”约克西姆一边说着，一边狠狠地把这个男人拽向大门。“莉娜，快去熏制室找人来帮忙。”约克西姆说道，并竭尽全力把这个男人赶出去。

“是我啊，你丈夫，你不认识我了吗？海琳娜。”

他最后的这句话触碰到了她的内心，就好像是有个切实存在的东西，令她向后退了一步，就在那一瞬间，她失去了平衡。

Chapter 3

约克西姆以前从没有见过露易斯如此不安，他试图让她恢复过来。

“你还好吗？”

他没有得到回应。在他们后面有个从熏制室赶过来的强壮青年喊道：“放轻松。她不认识你！”

约克西姆转过身，看着这一片混乱，看着这个满头大汗的青年以近乎夸张的方式叫喊着。但这奏效了。岛上没有警察，所以当有麻烦时，当地居民必须齐心协力。那个男人完全平静了下来。他的目光扫动，紧张的、缺乏安全感的目光，就好像他刚刚才看到自己亲手制造的这片混乱。游客们围观着这一幕，四个青年以及熏制室的两个老板抓着他。

“别松开他。”一个经验丰富的老年人说道。通常，人们抓到并控制住酒鬼后，在警察从雷恩赶来之前都应该牢牢抓着他们。

约克西姆的注意力又一次放在了露易斯身上。短短的一瞬……虽然很难承认，但就在那短短的一瞬间，当约克西姆看见那个男人走进咖啡馆时，他在思考也许她其实认识这个男人。

约克西姆试图搂住露易斯：“一切都在掌握之中，放轻松。”他一边搂着露易斯，一边说道。

“但是他想要做什么？”

“他不正常，现在他已经平静下来了。”

“我不想让他在这里。”

“我们马上就把他赶出去，他很快就会恢复正常，然后从我们的世界中消失。”

“我只想让他出去，现在。”

约克西姆对她感到疑惑，为什么她的音调如此得高？为什么她在颤抖？他从来没见她这样过。露易斯，他美丽的露易斯，约克西姆身体中总有一部分不能理解为何当初她选择了自己。他很清楚地知道有很多女人为自己倾倒，但他对她们并不是认真的，甚至他对他自己都不是认真的。整个关于“因为他会写作，所以他一定特别深沉而富有情感”的想法简直就是一个笑话。人们把他当作一个无所不知的人，而露易斯不同，她对他并没有太认真。露易斯不害怕约克西姆，但她害怕熏制室的青年们正抓着的那个男人，或者至少对他有所畏惧，这一点她无法掩饰。那个男人试图更用力地挣扎，他不能忍受自己被一群青年紧紧抓着，他努力想挣脱开他们，并且开始喊叫。他们要是有办法让他闭嘴该多好。可以看出那个男人经常健身，身材健硕，其中一个青年必须紧紧抓着他的胳膊，把自己全身的重量压在这个男人的背上才能控制住他。控制住他之后，青年毫不犹豫地解下自己的皮带并紧紧地绑在男人的手腕上。

“我已经打过电话了。”莉娜说道。她站在吧台的另一边，看起来已经准备好在钟表旁堵住这个不速之客，如果有必要的话。

警察，约克西姆叹了一口气，也许有些夸张，不过从另一方面来说，也许他们知道接下来应该联系谁，谁能够帮助他了。那个男人现在已经很平静了，双眼不再睁得那么大，只有伤心、绝望，但是他仍然看着露易斯，这令她感到不快，对约克西姆而言也是一样。警察一定已经从雷恩市出发了，他们的船很快，比渡轮要快，但是这仍然需要时间。

他们仍然要控制住这个男人一段时间，试图让他保持正常，但是露易斯无须再忍受这一切了。

“莉娜，你留在这儿并等警察来。我和露易斯去厨房待会儿，她需要平静一下。”露易斯惊魂未定，就好像约克西姆的话语叫醒了她一样。

“不！我有责任留在这儿，在事情了结前我哪儿也不去。”

“露易斯，过来吧。”约克西姆说道，试图温柔地把她带到厨房，但是她并没有顺从。

“这是我的咖啡馆，我的责任。”她重复着这句话，非常平静。约克西姆观察着她，他想看到她的内心深处发生了什么，他思量着整件事，考虑她需要什么。露易斯从他的臂膀中挣脱开并直起腰来，深呼吸后恢复到往日自己的状态——有条理的、有活力的。然后，她开始整理：“把这个男的带到厨房来，给他一点水喝。你们有时间留在这里并和他待在厨房等警察来吗？”

“当然了。”几个熏制房的小伙子中年龄最大的那个回答道，同时挺了挺腰板。约克西姆能看到他有多闪耀，觉得自己很强大地完成了什么，将露易斯从一个疯子的攻击中拯救了出来。那个男人很明显已经放弃了，他的目光仰慕地注视着露易斯，并且他对她的决定没有任何抵抗，顺从地让自己被带出了房间。露易斯一点也没注意到他，她所有的注意力都在咖啡馆客人身上，他们已经开始来到店里了，岛上也没有其他供人饱餐的地方可去。约克西姆很佩服她，简直不能更爱她多一点。

“我对今天发生的事非常抱歉。”她说道，“如果大家愿意的话，尽管坐下来，我们很快就会把一切收拾好。”

约克西姆在咖啡馆和厨房之间来回走动，但没能找到一处他帮得上忙的地方。终于来了两个男警官，其中一个年轻有活力，令约克西姆下意识地排斥，他的胡子修剪得整齐，身上有文身，看起来好像完全可以站在法律与正义的对立面。约克西姆更喜欢年长一点的警官。警官们和他握手并介绍了自己。约克西姆没听清年长警官的名字，好像是库弗什么，就好像岛上很多其他人的名字一样。

“在那里。”约克西姆说道。他招呼警官们进来，他们奇怪地打量着咖啡馆里平静的客人，这好像不是警察通常会遇到的场景。

“这并不像我们在电话中得知的情况。”年轻的警官说道。

“我知道。”约克西姆说道，抱歉地摊开双手，朝打电话的女人看了一眼，“当时是莉娜打的电话，也许她有点反应过度了。”

“那么现在是什么情况？”

“现在他已经平静下来了，但是他好像有点问题。也许他喝醉了，或者病了。”

“他想要在这里做什么？他是对什么不满意吗？账单？服务？”

“不是，他就闯进了咖啡馆，把我女朋友当成了一个他认识的人了。”

约克西姆向警官们展示了通往厨房的过道，指了指三角椅上的仍在看着露易斯的男人。

“露易斯在哪里？”

莉娜朝着门的方向指了指后面的楼梯：“她刚刚上楼了，好像去拿什么东西。”

约克西姆快速地看了警官们一眼：“我这就上去告诉她，你们来了。”

约克西姆看到露易斯坐在床上。她屈膝坐着，双手抱膝，朝她最爱的舷窗望去，下巴抵在膝盖上，然而她依旧很不安。约克西姆在她旁边坐下来，用手臂搂着她的背，她将头靠在他的胸膛，轻轻地抽泣着。

"我好害怕。"

"我能理解，但现在一切都在掌握中了。"

"一切都太意外、太突然了，所有他说的。"

"他已经平静下来了，警察也已经到了，他们会把他带走的，并且他也能得到帮助。"

"他一定是脑子有问题。"

"这会和他的药物有关吗？我听说，如果有些人忘记吃药或者吃错了药，就会发生这样的情况。我们下去吧，在把他带走前，警察想要和你聊聊。"

露易斯点点头，擦了擦眼睛底下的泪水并起身，别人很难看出她哭过了。露易斯实在是太漂亮了，也十分优雅，约克西姆觉得她比自己好了不止一星半点，也许正是因为她的缘故，他才会不知所措。他已经思考过这个问题很多次了，一个作家是不能拥有这么美好的东西的，这也许是陈词滥调，但也许是事实。海明威、布利克森……所有那些有名的大作家，不幸的爱情是作家们文思泉涌的源泉。当约克西姆在创作上遇到困境时，当他一个字也写不出来时，他甚至考虑过放弃自己与露易斯的幸福。约克西姆将这种思绪赶走，这都是些胡言乱语，他当然可以一边写作一边和心爱的人在一起了。

厨房里依然是平静的，其中一个警官在打电话，手里拿着什么东西，一张照片？另一个警官和那个男人低声交谈着，他很平静且有条理地回答着警官的问题。很难区分他们所说的话，但眼前这一切的场景着实出乎约克西姆意料。露易斯也停了下来，充满戒备地看着他们。

"发生了什么？"

"我们必须请你们跟我们去雷恩的警察局走一趟。"其中一个警官平静地说道。

"去做什么？"

“只是了解情况。我们必须找个能说话的地方坐下来把事情的来龙去脉说清楚。”约克西姆看了看露易斯，她的脸上充满疑惑，她摇了摇头。但是警察简单明了的眼神告诉他们事态很严重，拖延与抵抗是没有用的。约克西姆叹了叹气，又看了看露易斯，他把她拉到厨房的一角，与此同时那个男人在用渴望的眼神注视着露易斯。这让约克西姆感到厌烦，不论这个不速之客的脑子究竟出了多大的问题。

“我们需要跟他们走一趟。”约克西姆小声说道。

“但为什么呢？”

“我不知道。”他耸了耸肩膀，“这也说明不了什么，也许他们只是要写个报告。”

“但为什么他们要如此认真地对待一个疯子，为什么我要浪费更多时间在一个病人身上？”

“来吧，露易斯，和他们唱反调也没什么用。这不会耗费很长的时间。我们早去早回，莉娜和其他人可以把这里安排得很好。”

“玛丽亚。”

“什么？”

“她是玛丽亚，我说约克西姆，你是从来没认真听过我说话吗？”

“对不起。玛丽亚，我当然知道她。”

露易斯耸了耸肩膀，看起来很疲惫，但点了点头并拿起了她的夹克衫。然后他突然意识到，就在她朝门跨出了一步时，她身上的什么东西改变了，当时他也说不清具体是什么。

Chapter 4

为何她如此害怕？露易斯看着那个被警察扶上警船的男人。身边都是顾叶港兴高采烈的游客，她身在其中看起来有些困惑，也有些可怜。约克西姆的车停在距离港口不远处的出租停车位中，当约克西姆打开门时，车门链条发出尖锐的响声。露易斯在外面等着约克西姆上车并把车倒出停车位——这是辆老式橘黄色的沃尔沃，他几乎从来不清洗和整理这辆车。露易斯对此并不在意，她基本上不去博恩霍尔姆岛，因为她只要每天晚上在家预订好货物，第二天上午十一点到港口等待货运船就好了。反而是约克西姆，因为要给别人诵读，所以时不时需要去博恩霍尔姆这个丹麦的大岛，或者日德兰半岛。他每次都要先前往雷恩市乘坐渡轮，然后在国家公路网中来回穿梭，小城市、图书馆、读书俱乐部、店铺。但距离他上一次出行也有一段时间了。

约克西姆为露易斯打开车门，她坐了进去，不得不强迫自己的身体移动，这一切对于她而言都太沉重了。玻璃上的灰尘在日光的照射下十分清晰，约克西姆尝试用喷水雨刷清洗一下，但是只喷出了几滴水后就不再有水了，结果灰尘被搅和成了泥，视线比以前更差了。露易斯注意到了他烦躁的情绪。这真是典型的约克西姆，没有什么实用的技能，经济、清扫、做饭……连喷水雨刷都搞不定。

“真的有必要这么做吗？”露易斯生气地说，她并不期待得到什么回应。

“这真是太烦人了。”约克西姆说道，嘴里还嘟囔着，他从来没真正走进过警察局，也许这可以作为他日后创作研究的素材。

“你就不能谷歌搜索下相关图片吗，一切不就迎刃而解了？”

“谷歌并不能为书籍提供多大帮助。”约克西姆说道，并谈论着细节，“叙述就像是恶魔，必须在细节中捕捉。”但是露易斯并没有兴趣听这个，只是看着窗外的风景，窗外的各类颜色快速移动着，距离她上次去博恩霍尔姆岛真是太久了。基督岛平静的生活很适合她，这就是她，在微观世界中拥有了一切。她深呼吸，试图去放松下来，没用，整个身体都紧绷着，自从那个奇怪的男人破门而入后就一直是这样。为什么这件事如此沉重地影响着她？

他们来到了警察局，约克西姆在一栋毫无新意的二层楼前停了下来。这也许是博恩霍尔姆岛最丑的地方，露易斯心中默默想道。只有些沿墙壁生长的植物常春藤或者爬山虎，试图去掩盖真相：这里并不处理岛上明快的事件，这里只有与之相反的、丑陋的、暴力、醉酒、不幸与麻烦。警车已经停了下来，警察和那个男人一起走进楼里时，露易斯和约克西姆还在车里坐着。约克西姆把手放在露易斯大腿上，捏了她一下——非常快地捏了一下。

一进门，他们就看见了一个长的、并不友好的桌子，桌子后面是个年轻男子——几乎可以说他只是个男孩，他的头上打了太多的发蜡。他们还没来得及说什么，便有两个警官向露易斯和约克西姆走过来，并投来疑惑的目光，其中一个年轻男警官看起来好像是在外面抓人的。莫顿 · 拉斯科，他重复地介绍着自己，就好像他们是特别健忘的人，另一个警官是个身材矮小的女人，她有着直而齐的棕色刘海和格外引人注目的鹰钩鼻。女警官伸出手，先和约克西姆握了握，然后和露易斯握了手：“伊本。”她介绍着并补充道，“我们可以单独和你们谈话吗，特别是一开始，我们想要分别聊聊。请你和我来一下。”她迅速扫了露易斯和约克西姆一眼。

“我要和露易斯待在一起。”约克西姆坚定地回答。

“我的同事会照顾好她的。”

“去吧，”露易斯说道，“我们赶紧弄完了回家。”

女警官站在走廊里等待着，她已经打开了一扇门并且看起来有些不耐烦。约克西姆叹了口气，耸耸肩膀，快速摸了下露易斯的脸颊并朝她笑了笑，然后他转过身向走廊走去。门在他们身后关上了，走廊在露易斯面前显得空荡荡的。六扇门，每边三扇，她数道，天知道她要到哪里去。莫顿警官走在前面，带着有活力的、跃动的步伐，他在一扇门前停了下来。门上有白色的大字：2号问讯室。这排字非常醒目，但是看起来也只是个空房间，也许那个奇怪的不速之客正在1号问讯室。

她被带进了房间，这个房间比她想象的要大。房间里有两扇宽敞的窗户，配有宽窗台，房间一定是朝北的，内部并没有太多光线。在房间正中放着一张桌子，桌子两侧各有两把椅子，除此之外，房间几乎是空的。莫顿拉出桌子一侧的一把椅子，并指了指另一侧露易斯面前的椅子。

他在露易斯面前摆了一张照片，这张家庭夏季照是在一栋高贵的白色别墅前的露台拍摄的。照片中的桌子上摆着丹麦国旗，只有在生日场景中，国旗才这么摆放。照片正中坐着个高贵的、有些年纪的女性，腿上坐着个金发小女孩，两人都在朝摄影师微笑，有个比小女孩年龄稍大的黑发小男孩坐在旁边，他没有看镜头，而是转过了半边脸。在他们后面有个端着托盘的女人，托盘上有银灰色的咖啡壶、几个瓷杯以及一个奶油罐子。照片上所有的细节都清晰可见，可以看到瓷器上的裂缝，甚至包括瓷杯上小的、弯曲的破口以及精致的浅蓝色的花式图案，就连照片中女子那双保养得很好的手都清清楚楚。露易斯的目光聚焦在她手上的大绿松石戒指以及旁边几个小的金戒指上。她仔细打量着照片中的女子，头发盘起，穿着夏季象牙白色、带有线条纹饰的裙子，裙子上有细的腰带，这使得她的身材可以很好地凸显出来，又不显得过于紧身。

“你能告诉我照片里的人是谁吗？”莫顿 · 拉斯科警官问道。

“我不认识他们。”

“这个女人，你不认识她吗？”警官在照片上方移动着食指，指着拿着托盘的女人。这是个矮小的女人，但是身材很好，金发，厚实的嘴唇。蓝眼睛？很难盯着她看，露易斯很难集中注意力，再试试看，为什么盯着她看就这么难呢？

“我以前从来没有见过他们。”

“你看不出一点相似之处吗？”

“也许吧。”

“这是你吗？”

“不是。我以前从来没有见过他们。对的，我也不认识这个地方，以前从没见过这栋别墅。”

“但是你们很像。”

“碰巧而已。”

“怎么会这么巧呢？”

“我不知道。”

“你有双胞胎姐妹吗？”

“我连兄弟姐妹都没有。”

“那同父异母或者同母异父的姐妹呢？”

“连表姐妹都没有，对的。”

"你确定吗？"

"你什么意思啊？我当然确定了。"

警官向后靠了靠椅背，两手交叉放在脑后，狐疑地打量着她。

他的眼神让她感到不舒服。

"你今年多大了，露易斯？"

"41。"

"你哪年出生的？"

"74 年。"

他挺起身来，把一条腿放到另一条腿上："跟我聊聊你的家庭吧。"

"为什么？"

他指了指照片中的女人，这次用食指重重地敲了敲照片，这种令露易斯感到不解的方式令她感到不安。

"这个女人叫海琳娜 · 苏贝格，这是你吗？"

"不，我已经明确告诉你了。"

"那么告诉我，你是谁？"

"露易斯 · 安德森，但这你明明知道啊，我们现在到底在做什么？"

"露易斯，你的父亲是谁？你为何能如此确定你没有姐妹？也许你有个你不知道的同父异母或同母异父的姐妹，你怎么能肯定呢？"

露易斯吞咽了下口水，整个房间仿佛在旋转，她有点恶心。该死的头痛，这是什么时候开始的？今天早上？还是昨天？

"好吧，露易斯，那我们聊聊别的。三年前你来到了岛上。跟我说说在那之前你在做什么？"

"没什么特别的。我到处旅行。"露易斯说道。她的头又开始疼了，这次是额头，也许她快要病了。

"到处？"

“对，到处。”露易斯生气地回答道。

“你当时在做什么？”

“我当时……没什么特别的。我在咖啡馆工作，旅行。”露易斯说道。她不是特别清楚地记得那些旅行，对孤儿院也印象不深了。在她搬到岛上之前，她曾经想忘掉这一切，她只想活在当下，这也没什么见不得人的。”

“露易斯？”

“嗯？”

“你能告诉我几个你工作过的单位名称吗？也许我可以联系到他们……”

警官翻动着一摞文件。他的声音消失了，露易斯不能忍受这声音，也不能忍受纸张翻动所发出的刺耳声响，他食指前端的皮肤太粗糙了，她看着他的食指感到一阵眩晕，想要呕吐，她闭上了眼睛。整个房间都在晃动，就好像正在海中航行，就好像从基督岛到古耶城的航线，她的身体里有什么东西在摇晃，黑暗，露易斯再一次快速地睁开双眼，她不想被拽进无边的黑暗中。警官还在翻动着文件，额头上有明显的抬头纹。他在找什么呢？至少此时他没有用控诉的眼神盯着她。她看着照片里那个穿浅色夏季裙的女人，看着那个年长的女人，看着孩子们，找不到一点认识他们的迹象。

Chapter 5

女警官先进入了房间，这是个长方形的房间，尽头摆着一张写字桌和一把办公椅，靠门的墙边摆着一张小圆沙发桌和两把红色软椅面的木制椅子。桌子上摆放着名牌“伊本 · H. 汉森”，约克西姆坐了下来。这个警官的中间名 H. 代表着什么？难道又是一个汉森？约克西姆对着面前的名字联想道。伊本 · 汉森 · 汉森，他一如既往地放飞着想象力，他想象也许女警官的父母都叫汉森，但他们无法对女儿的姓氏达成一致。多么荒谬的故事，他试着将注意力转回到当下他坐着的椅子上，虽然加了椅面，但依然又硬又不舒服。伊本 · 汉森 · 汉森转了下办公椅并坐了上去，她叉开腿坐着，把手肘放在膝盖上并向前朝他探身，眼睛流露出友好的神情：“关于你和露易斯，我们有些问题要问你。”她说道。

约克西姆犹豫地点了点头。

“埃蒙德 · 苏贝格。”

“谁？”

“那个找你女朋友的男人，他叫埃蒙德 · 苏贝格，他是苏贝格航运公司的主管，这是施克堡一家很大的航运公司。你一定听说过吧？”

“当然了。”约克西姆向后靠了靠，碰到了椅子坚硬的椅背，他无法掩饰自己的震惊。苏贝格家族，全国最有名望的显赫家族之一。

“我有必要知道你在哪里认识的露易斯。”

“但是她和苏贝格航运公司有什么关系？”

“我们先把重点放在我的问题上。”女警官坚定地说道，“你认识露易斯多久了？”

约克西姆做了个深呼吸，想要再一次抗议什么，但意识到这将是徒劳。“我已经认识露易斯两年半了，大概吧。”他一边说着，一边无奈地摊开双臂，这里发生的一切实在是太奇怪了，这是审讯吗？

“你难道不记得自己什么时候遇到她的吗？”烦人的女警官问道。

“记得，真该死！我很清楚地记得我们什么时候第一次见面的，是在那个时候……让我想想，那是一个三月，我们现在是几月，七月？一共两年零四个月？”

伊本点点头，依然没有任何表情。约克西姆不喜欢和这种人说话，这类人与别人说话从不流露真情实感。他也开始像她那样坐着，两腿分开，把手肘放在膝盖上，模仿着她的说话方式。

“我在咖啡馆的诵读会上遇见了她，她现在已经是这家咖啡馆的主人了。我当时就意识到她是个特别的人，嗯，对，实际上从那天起我们就再也没分开过了，我几乎立刻就搬进了她的家。这些足够了吧？”

“你当时遇到她的时候住在哪里？”

“一间民宿，如果你非要知道的话。”

“一间民宿？”

“对，那个时候我刚刚离婚。”约克西姆说道，他看着伊本 · 汉森 · 汉森，看着她笨重的婚戒，实在是过大了，就像个螺丝帽。也许她也需要个闪电式离婚。

“你了解这样的场景吗？有的时候你必须逃离一个地方？”约克西姆说道，他很清楚自己对这样的场景再熟悉不过。他有点孩子气，这是一种反应——对警察，或者说对绝大多数的权威机构——他总是想挑衅。他是那么固执，不喜欢向权力低头。“我当时就想逃离哥本哈根，想往东走，越远越好。”他听自己这样说道。为什么他要和伊本分享这么多感受呢？为了激怒她，他这样想道，引导她换个话题，也许她有个无聊透顶用婚姻拴住她的老公。

“我前妻的家庭在西边，所以往东走显然是个好主意。我只是想逃离，到现在我还不能在经济上自给自足，然后，对，我们自然而然就搬到一起住了。另外，当一个男人遇到真爱时通常会这么做，伊本。”他说道，抬起眉毛，尝试着以讲师的姿态讲述这一切。

“露易斯以前结过婚吗？”

“没有。”

“你确定吗？”

“确定，不然她一定会告诉我的。”

“那她告诉过你什么？比如，她的家庭？”

“她和他们没有联系。”

“他们住在哪里？”

“我不知道。”

“那她的兄弟姐妹呢？”

“没有吧……我觉得没有。”

“你觉得？”

“不，没有，不然她会提到他们的。”

伊本直起身：“露易斯遇到你之前，她在做什么？”

“她经常旅行。”

“去哪里？”

“呃，也许就是背个背包四处逛逛。”

一片沉默。伊本看着他，约克西姆疑惑地皱起了眉头，就连他自己都能感觉有问题。突然之间，他自己甚至起了疑心，怎么会这样呢？他当初住在民宿的一个极小的房间里，刚刚从和艾琳拖了一整年的离婚大战中逃出来的他是那么精疲力尽。这场离婚纷争简直不能再复杂了，艾琳破坏着他所有想要重获自由的尝试。约克西姆想着孩子们，那些他们从来没得到的孩子们。艾琳说他们之所以没孩子都是为了他，为了让他能有安静的环境写作，她牺牲了自己的幸福。他当时是那么地漫无目标，对艾琳想要孩子的愿望也毫无察觉。后来她岁数太大了，没法再要孩子了，她暴怒着控诉约克西姆偷走了她最美好的青春年华，控诉着他毁了她，像一个暴君一样总是要求太多。当她得知约克西姆想离开并找个年轻女人组建家庭时，她彻底崩溃了，这样的家庭生活明明是她过去所牺牲的。

当约克西姆离开艾琳时，他的举动就像他只是离开了一个孩子，而不是一个成年女人，只是个五岁的小女孩，抑或是一个在艺术院校做讲师的女孩。约克西姆甚至在机场放了艾琳鸽子，他们原本计划去圣塞巴斯蒂安旅行几天，在一次激烈的争吵后，艾琳安排了那次旅行。这原本能成为他们重新认识彼此、重拾久违爱情的旅程，但是约克西姆并没有出现，他逃离了，把她一个人留在了机场 2 号航站楼，一句话也没留下。这很伤人，但是他当时不得不这么做，即使他出现并做正式的告别，她也还是会崩溃。他并不能完成和她的告别，所以索性把小女孩遗留在了那里。

他逃了，远行、开车、坐船去到他能去到的丹麦王国内最远的地方。他在基督岛找了个地方，唯一能让他精神振奋的，就是写作。在悲剧的正中间，他感受到了一种新的、不真实的自由。他痴迷地、狂躁地创作着。也许喝了太多酒，约克西姆彻底把自己和外面的世界隔离开，几乎不离开民宿的小房间，除了下一页该写什么之外，不考虑任何其他的事。

但就在他遇到露易斯的那个晚上，一切都变了，露易斯点亮了他的生活。他清楚地记得他是如何坐在咖啡馆里诵读着当天刚刚写好的手稿，然后抬头看到了她的脸，她站在最后面，靠近后厨的门，彻底被他的朗读吸引。当他们四目相对时，目光再没能离开彼此，他们除了彼此，哪里也不看。关于露易斯的一切都是公开的，他当时并没有意识到这一点，这就好像她从来不会自我过滤什么，好像永远都在用纯净的双眼看着世界。

“所以……你在两年半以前遇到了露易斯，但你并不知道她在那之前是做什么的，也不清楚她的家庭关系？”伊本的声音打破了他的沉思，约克西姆朝她身后看去，望着向下卷起并彻底把阳光遮住的窗帘。

“是的，你可以这么说。”他说道，“我更多经历的是我们两个重获新生的人获得了重新开始、重新在一起的机会。”

“那么你从来没有问过她什么吗？”伊本的声音，永远都是那么得中立、理性。这让他很烦。

“我当然问过了。”

“但你就不奇怪为什么自己没得到过答案吗？”

他对此感到过奇怪吗？他的确是好奇地问过，想要知道属于他的这个女人的一切。他们浑身赤裸地躺在一起，彼此在床上坦诚相对。他很清楚地记得这一点，露易斯是那么得生动，她如此痴迷地为他倾倒。在艾琳之后他从没想过自己还能如此靠近一个人。他和艾琳的关系完全靠责任与义务维系，但与露易斯的关系则完全不同，她从来不问他的过去，她唯一想要的，就是一段亲密的关系，他的亲近。

“没有。”他从来没问过她什么特别的，约克西姆突然意识到了这一点。他问过的那些问题完全是出于他觉得自己应该问她点什么，人们总要问自己的爱人点儿什么，但是当露易斯回答她不联系自己的家人时，他感到如释重负。对他而言，她没有什么束缚的社会关系令他感到轻松，她的一切都与艾琳那么不同。他看着伊本，至少此刻他能从她的脸上看出点什么了，同情？她清了清嗓子。

“你想要知道更多关于露易斯的信息吗？”

约克西姆带有负罪感地点了点头，其实他多么希望自己喊出“不”，多么希望告诉警官他什么也不想知道，对于一个男人而言，除了自己的女人爱自己之外，其他什么都不重要。

“露易斯 · 安德森在雷恩城外的孤儿院长大。她的母亲是个瘾君子，当她还只是个婴儿时就从自己母亲身边被带走了。她的母亲在她6岁时去世了，但是她们那时并没有取得联系，可能她当时就对此毫不知情，她也不知道自己的父亲是谁。直到19岁，她都住在雷恩市的一间小房间里。从那之后，我们的系统中就几乎找不到她的情况了，除了一点。”

“哪一点？”

“她有过一次拘留记录，但是很快就被释放了。”

“什么原因的拘留？”

“在哥本哈根的斯凯尔别克街。”伊本说道，无须继续说下去，约克西姆也能明白她的意思了。所有的哥本哈根人都知道，在斯凯尔别克街到处都是可怜的妓女、那些社会最底层的人、外来底层移民和瘾君子。

“然后接下来的五年她就彻底消失了。”

约克西姆低头看着地板，就好像他变得异常沉重。露易斯，他的露易斯——“消失？”他问道，甚至几乎不能分辨出自己沙哑的声音。

“对，所以在那之后她的活动我们无从得知。”

“但是一个大活人怎么会消失呢？”

伊本耸了耸肩：“她也许被带到汉堡市去挣钱了。很多类似的人都是这么做的，那里有更多的顾客，或者去了瑞典，但是我们无从得知。”

“在当今，一个人居然还能不留下任何档案？”

“不可能吗？”伊本问道，她的声音开始听起来充满人情味了，“仅仅 2013 年就有 710 人在丹麦所有的档案系统中消失，他们之中有 40 个人再也没出现过。”约克西姆接触到她的目光，但立刻低头向下看去，盯着警官的眼睛看在某种程度上会使情况更糟。露易斯，所有他不知道的那一切，为什么她从来没有告诉他呢？她在隐藏什么？不，他要厘清思路。“听着，我见过露易斯的身份证……医保卡，等等这之类的。”他说道。

“你看到其他东西了吗？带照片的？”

“她有本驾照，该死。”约克西姆生气地说道，这实在太诡异了，这里发生的一切。

“我们能看到她在雷恩市得到了本新驾照。”伊本翻动着她面前的几页纸，约克西姆觉得她的动作有些过于戏剧性，“根据我们掌握的身份文件……”

“什么，然后呢？”

“也许她偷了露易斯 · 安德森的……身份证，她的钱包。”

“我不明白。是有另一个叫露易斯 · 安德森的人向警方报案被盗吗？”

伊本不耐烦地在椅子中动了动：“说到这儿，这就让这个案子变得更复杂了。埃蒙德 · 苏贝格断定她不是露易斯 · 安德森，而是他失踪了三年的妻子海琳娜。”约克西姆惊讶地看着伊本。

“我知道一次接受这么多是很困难的。”她说道。天花板上的灯有个裂纹，这让约克西姆烦躁，他尝试着去理解新得来的这些信息，但实在是一头雾水。

“我们还不能确定。”伊本肯定地说道。约克西姆试图将更多的空气吸进肺里，努力去理解他刚刚听到的这一切。

“我要出去一会儿，我得听听他们那边进展怎么样了。”约克西姆独自坐在发出颤颤巍巍声响的灯下。当门再一次开启时，他也不知道时间过去了多久，伊本重新坐回到办公椅上。

“我们想让你和她聊聊。”她说道。

“好的，她在哪里？”约克西姆起身。

“我要确保你知道自己将要做什么，我们需要你试图去让她开口说出她知道的，你能做到吗？”

约克西姆还站在那里：“你什么意思？”

“我有点担心她的状况。”

约克西姆不解地看着她。

“也许她病了。”伊本解释道。

“病了？”约克西姆重复道。

“我们现在还不知道，我们已经从雷恩市医院叫来了位医生，但我们希望你和她聊的时候，一切进展顺利。也许她会想和你聊聊自己所知道的。”

“病了？”约克西姆又重复了一次。

“精神分裂症，举例来说。”伊本说道，就好像这是世界上最常见的疾病，“她现在的情绪有些不稳定，但是如果你去和她聊，会有很大的帮助。也许你可以让她平静下来，然后说出更多的事实。”伊本说道。

病了。约克西姆动身，不得不让一只手撑在椅子上，他脑部的血液仿佛被抽空，如行尸走肉一般。

“你还好吗？”

他实在太累了，没有尽头的疲惫，事情的真相到底是怎样的？他闭上眼睛，回想着艾琳最糟糕的时刻，当时她向他跑来时像个疯子，束缚着他，尖叫着、拽着他的头发、威胁他，并且要对她自己做可怕的事情。这不是露易斯，约克西姆不能忍受这一切。伊本走在他的前面，出了门来到走廊。2 号问讯室。她正在里面等他，约克西姆不知道等待他的是什么，不再知道。

Chapter 6

自从男警官走出去后，露易斯就没动过。终于，门开了，之前的女警官走了进来，约克西姆跟在她后面，他以一种奇怪的方式不情愿地走了进来，坐在了露易斯旁边，将她的手握在自己手中。露易斯想离开，仅此而已。

“可以给我们一些私人空间吗？”约克西姆向警官问道。

女警官考虑了片刻后点了点头：“我就在外面，如果发生了什么情况就叫我。”

“我们现在能离开这里了吗？”当房间里只剩他们两个人时，露易斯问道。

她看着他，他在用疑惑的眼神注视着她。

“你干吗这样看着我？他们都跟你说什么了？”

“露易斯，他们只想要知道事情的来龙去脉……我也想知道。你知道什么吗？是不是有什么事情你没有告诉我？”

露易斯望向别处。她生气了，但是她真的没有生气的权利。他有权知道这些，她也早该告诉他事情的原委，但是又该如何跟他说其实整件事压根没什么好说的呢？在这样一个偌大的、有回响的空房子里要如何开口呢？她在这个世界上是孤单的，没有人在乎她，没有人需要她。她曾在前往博恩霍尔姆岛的渡轮上不省人事，醒来后没有人在乎她，她要如何去解释这一切呢？

“我在孤儿院中长大。”她小声说道。

“你为什么从来没和我说过呢？”约克西姆用怜悯的目光看着她。

“我为什么要跟你说呢？我会成为你眼里的可怜虫，我不想这样。”

“可是那后来呢？”约克西姆问道，他的声音是柔和的，他对露易斯的说话方式就好像在对一个孩子说话，这让她感到不安，“他们说你曾经消失了，从19岁开始就再也找不到你的相关档案了，直到你出现在博恩霍尔姆岛。那些年你在哪儿？”

露易斯耸了耸肩，然后摇了摇头，牙关紧闭，感受到来自下巴的压力，然后转了转脖子，她感到紧绷感蔓延整个后背和手臂，这很好。她强迫自己将身体紧绷，这样就能将感觉与情感推开，迫使自己冷静下来。露易斯注意到约克西姆探求的眼神扫过她的脸庞，就好像他在搜寻什么，她不喜欢这样。他不应该以这样一种方式看着她，好像她是个陌生人。

“这就是我。”她说着并握住了他的手，轻声在他耳边耳语道，“我们出去吧。”

她将自己的脸朝他探去，他闭上了眼睛，她的肌肤感受到他的呼吸。她可以感受到他们俩都平静了下来。他们的身体是那么熟悉彼此。一直以来都是如此，自从他们认识彼此，就一直是这样，而且露易斯深知其中的意义所在，他们在一起是有意义的。“这就是我，你知道我。”露易斯又说了一遍，“我从来没有对你说过谎，约克西姆。从来没有。”

她亲吻了他，约克西姆任由她亲吻。在那一刻，好像这是他们的初吻，尽管角色反转了：从前向来都是约克西姆主动吻露易斯，她任由他吻。露易斯放开了他，稍微往后靠了靠。他们的脸依然如此靠近，以至于他们可以感受到彼此的温度，但是她想要看着他，她也想要看他注视着她的样子。

“你一定要相信我，约克西姆，现在最重要的就是你相信我。一切我生命中重要的部分，都是和你在一起的经历，这是我人生唯一的意义所在。一切之前所发生的，都只是阴霾、黑暗与……无所谓。真的都无所谓，你明白吗？”

露易斯感受到约克西姆犹豫了，他身体在向后靠。她朝他向后靠的方向前倾，但约克西姆把一只手放在露易斯的肩膀上，轻轻地按了按，但同时身体又向后靠了很多。

“但是露易斯，我们不能仅仅因为过去无所谓而做出决定。”约克西姆忧伤地说道，“你需要告诉我一切。我必须知道到底发生了什么。”

“为什么？”

”为什么……因为突然有个人出现并声称你是另外一个人，因为警察说你在整个档案系统里消失了整整15年。”他迫切而又意味深长地看着她，“这是有必要的，对我而言，你亲口告诉我当初发生了什么是有意义的。我要你亲口告诉我真相。”

“你真的应该相信我。”露易斯恳求道，“除了我们彼此在一起的时光，没有什么是有意义的。”

她迟疑地看着他的脸，好像有一片阴影落在了眼睛里并盖住了他所有的特征。约克西姆拉住露易斯的手，握在自己手里，困惑地看着她，就好像他根本就不认识她。

“把我从这里带走吧。”她说着，能感受到自己声音中带着的绝望，他应该相信她。她起身，警察没有权力把她扣在这里，她什么也没做。

“我们走吧！”露易斯抓住门把手，发现门从外面上了锁，“我们要出去！”她大声喊道，用手砸了三下门。

之前的警官进来了，是那个身材矮小的鹰钩鼻女警。她为什么过来？因为露易斯的喊叫？

“放轻松。”警官一边说着，一边张开双臂向露易斯走去。

露易斯无视了她，并试图绕开她，但警官用柔和的动作抓住她。

“放开我。你没有权力……”

警官打断她的话：“露易斯，没人想要伤害你。”

露易斯看着约克西姆，轻声叫着他的名字，渴望地祈求着。他并不相信她，这点她可以清楚地察觉到，他相信的是……他们。这种感觉在一瞬间使露易斯的眼前一片黑暗，她是孤单的，这是一场她与他们的较量。一切都崩塌了。

另一个警官进来了，就是之前那个有着丑陋且粗糙手指的男警官。这让露易斯再次喊了起来，除此之外她别无他法。她的内心深处纠结着，什么东西要从她体内迸发出来：“约克西姆！”她开始注意到其中一个警官脸部的变化，他的嘴唇上方出现一片红肿。然后露易斯突然意识到自己刚刚打了他，或者推了他。警官紧紧抓着她的胳膊，紧紧地控制住她。“别紧张。”其中一个警官说道。露易斯努力挣脱开束缚，但这是徒劳的。他们没有权利这样对待她，露易斯开始踢动双腿，她不想这样，完全不想，但她还是踢了出去。她竭尽全力地用双腿踢，朝着约克西姆的方向，因为她想让约克西姆看到她，为了抵抗警官的束缚，朝他们挣扎。

“你要相信我，约克西姆。”她喊叫着并看到另一个警官从门外进来，他比其他人都要年长，他们的声音飘荡在了一起，露易斯只抓住了一个词：医生。

Chapter 7

永恒的流水，奔流不息，是那么得清澈，能看到水底那些小石头，岸边还有一条蜿蜒而出的支流，尽管周围一片黑暗，她依然能看到这一切：针叶树、森林和……一条小路？露易斯反复地眨了眨眼，梦境慢慢变得模糊了，她在哪里？灯光闪现，她头顶上方的天花板是白色的。她转过头去，看到一个宽敞的窗台，薄薄的白色窗帘半卷着，外面天气晴朗，窗台上的白色花盆里种植着针叶植物，植物叶子的边缘有些泛黄。她听到了脚步声，朝着声音转过身去，一个身着浅绿色短袖制服与白色裤子的女人走了进来。

“你醒了？”女人微笑地说道。她来到露易斯的床边，按了几个按钮，床的靠背随之缓缓升起。露易斯试图移动，但身体完全不像原来那样听使唤，女子看着露易斯挣扎着。

“这是麻醉效果，它还没完全消退呢，很快就会好的。”她说道，同时轻轻地捏了捏露易斯的手臂。

“我这是在哪儿？”露易斯问道，她几乎发不出声音，嘴很干。女子往塑料杯里倒了些果汁并递给了露易斯，看着她把它喝完。蔓越莓，童年的味道。“你在医院。”女子说道，“雷恩市医院的精神科。我叫苏珊。”露易斯盯着她，苏珊，她认识一个苏珊，但这不是同一个人，是她吗？她环顾整个白色的房间，好像她体内所有的东西都坍塌了。她试图去看、去理解，但并不奏效。她仿佛是一个旋转的万花筒，所有的拼块都聚集在了一起，但变换着形式。

“今天是星期几？”她小心翼翼地问道。

“现在还是周二，你只失去了几个小时意识。你丈夫刚走，他之前一直陪着你并握着你的手，但是医生认为，你醒来时最好只有自己一个人。”

露易斯望着外面的空气，思考着，试图去思考。她的丈夫，这个称呼总是窥视着她，威胁要把她拉下去。她费力地将手放在被子底下，被套十分洁白，发出只有新换洗的被套才会发出的轻快的响声。

“我好冷。”她说道。

“这只是麻醉效果。”苏珊回应着并将被子向上盖到露易斯的下巴，吻了吻她的额头，“他留了一张纸条给你。”苏珊从床尾栏杆处的桌子上拿起纸条并把它递给露易斯。

“就放在那儿吧。”她虚弱地说，“我一会儿再读。”

当露易斯再一次醒来时，门口站着一位黑发女子，又高又宽。这个黑发女子走到床边，伸出了手，但露易斯并不能碰到她的手。这个女人轻轻地俯下身：“我是这儿的全科医生，我叫安娜 · 彭托。”她一边说着，一边看着露易斯，等待着。她在等待什么呢？“你知道你在哪儿吗？”在一个很长的停顿后她问道。

“护士告诉我了。我在雷恩市医院。”露易斯快速回答道。

“你可以告诉我，你的名字吗？”

“露易斯 · 安德森。”她答道。

“那你知道自己为什么在这儿吗？”

“不。或者说，我清楚地记得你们麻醉了我，但我不明白为什么。我不明白到底发生了什么。”

“我们看了你三年前在渡轮上晕倒的病历。你当时头部受到了严重的撞击并留院观察了好几天，然后很快就恢复。所以当时医生并没有对你的身体状况保持足够警惕，没有察觉撞击可能导致更严重的伤害。你当时有些意识不清醒，并有些记不清你是谁和你在哪里，但因为报告显示,你的各项指标都正常,于是你就出院了,这是当时的情况。”

安娜严肃地看着她，这是为了引起露易斯的重视，她已经意识到了这一点，现在一切都不一样了。露易斯的思绪滑向那次她躺在病床上的时刻，同样的医院，同样的发出轻快声响的白色床单被套，同样的不适感潜伏在体内。她回忆起当时她孤苦伶仃的感受，她想起了断裂以及白色的房间，她当时能做所有基础的事，她能把饭菜吃干净，上厕所，能看报纸，并假装报纸上的内容吸引着她。她能和其他人谈论天气，她能回答他们担心的问题，但是她体内的东西都像是一间空荡荡的、带有回响的房间，她在里面来回扑腾，却什么也发现不了。那次他们观察了几天后便让她出院了，但这次……只要迅速看医生一眼便知道了。如今露易斯不能假装自己体内空荡荡的房间不存在，她甚至不能哄骗自己，无法告诉自己她很好。露易斯叹了口气。也许这幅景象让医生觉得她已经准备好去听和接受真相了，她又继续讲了下去。

“我们调查到，你患有一种医学界称为心因性失忆症或逆行性失忆症的病。这种失忆是由心理因素引起的，诱因可以是创伤性的经历或极度的情绪波动，这种病有时并不会在具体的身体症状中展现，因此很难被察觉。通常来说它伴有严重的抑郁症，不过这也不是所有病人身上都会出现的。这是种与性格有关的失忆，病人会忘记所有与自己相关的事。在多数案例中，这种状况只会持续几小时，或者几天，通常都是患者身边的家人最先发现患者不正常的心理状态，然后引起医疗机构的注意。但在有些案例中，病症潜伏很深，以至于患者身边的人也无法察觉，这种情况更多发生在远离家人的患者身上，这些东西你一定也在媒体上听说过一点吧？”医生试探地问着露易斯，但她摇了摇头。

“我可以举个例子。”医生说道，向后靠了靠椅背，“一个女人曾求助于伦敦地铁站的员工，她不记得自己是谁，也不记得她要去哪里。人们将她的照片拿到全国性的电视台播放，试图查出她的身份，但是并没有什么回音。她被进行了详尽的检查，医生没有发现任何身体上的症状，在精神科也没查出什么。医生甚至试着在麻醉与催眠状态下问她问题，这是个极具争议的治疗方法，偶尔会有效，但是她依然什么也想不起来。除了失忆，她身体的各项指标都很正常，所以最后她出院了。一年后，她在美国的家人才向英国警方报告她失踪了，似乎某天她离开了家并飞往英格兰，这和她严重的婚姻危机有关。当她的家人在英国见到她时，她重新想起了所有关于自己的信息，重新获得了绝大部分的记忆。”

安娜医生看着她，露易斯尝试着将这个难以置信的故事和自己联系到一起。

“如果她曾经逃离困境……”露易斯犹豫着，试图去寻找合适的词，“那她是不是也有可能就不希望自己被找到？或许她只想逃离到一个没人认识她的地方？”

“对，的确有这种可能，并且以前存在过这样的例子，有的人为了逃避现实中的不愉快而假装自己什么也不记得了。不过我们已经把这一点考虑进去了，我们有详尽的检测与调查，也希望对你进行类似的检测。”

“那我还要再次被麻醉吗？”露易斯问道，并意识到全身开始紧绷。

“不，别紧张。我们之前说的，是个极具争议的治疗手段，是一种催眠，但是在丹麦我们并不采用它。催眠疗法的问题在于，问患者的问题可能会在患者大脑中产生新的记忆，但这种记忆完全不是真的，存在较大的风险。”她犹豫了一下后继续说道，“你将要接受的检测并不神秘，只是通过谈话和测试来确定你记忆中的哪一部分遭到了破坏。测试既有运动性的检测也有 CT 扫描，我们会准确地描绘你现在大脑的运转方式，这能帮助我们了解你的问题，同时也会使你更了解你自己。”

露易斯闭上双眼，感受到黑暗与眩晕，然后快速地睁开了眼。更了解我自己？她看着窗户，看着窗帘，看看针叶植物，真该有人给它浇浇水。她又一次闭上眼睛，眼前浮现在警察局看到的照片，那个穿着浅色裙子、头发整齐地盘起的女人，她的手上戴着几个戒指，那个大蓝宝石戒指、细的金戒指、结婚戒指。一切都在旋转，她觉得自己好像被黑洞向下吸着，她双手攥拳，握紧被子。

“还有更多的吗？”露易斯虚弱地问道。

“更多的什么？”

“更多的例子？”

安娜若有所思地点点头，想了想后继续说道：“在一些困惑的场景中也可能产生身体上的症状。一个老年人曾不省人事，很重地摔到了自己的右半侧身体，醒来后，他整个右侧身体行动不便并且彻底失去了所有的自我记忆。他的家人相信这是身体因素，并长时间拒绝对老人开展精神方面的检测。这个男人后来重新认识了他的妻子和孩子们，但是记忆并没有恢复。一开始病患和家属拒绝承认病症可能和患者的过去有关，好几周后，他的妻子才告诉了医生，患者有充满问题与痛苦的童年，以及患者失忆前不久曾经历职业危机。当男子重新了解自己过去的经历后，恢复了记忆。”

医生开门出去后，露易斯盯着门，一扇关着的门。她不知道自己居然如此痴迷于一扇关着的门—— 一个让自己独处的地方。她倒在枕头上，然后想起那张字条，他留给她的信息。她十分想念约克西姆，她从没像现在这样需要约克西姆。她的身体已经开始听使唤了，她伸手够向床尾栏杆旁的小桌子，牢牢抓住那张纸。她精疲力尽地靠了回去，然后读道："你在我的思绪里，每天每夜，你一直在我的脑海中，你并不是孤单的。我爱你。"露易斯又读了几遍，感到温暖在她身体中蔓延，她需要这样的话语。但是这些字母……这些卷曲的弧线，大写D延展到了其他字母之上。约克西姆是这么写字的吗？她又看了看签名，如涂鸦般潦草，钢笔的移动就好像是有经验的，笔迹的线条深深根植于签名者的体内，辨认不清。她辨别不出这个签名，不管她看了几遍，在字里行间中还是看不出约克西姆签名的首字母J。她索性把纸条放在远离自己的地方，就好像她身上带着火。这是一个E，大写的、手写体的E。"你的丈夫。"护士刚才是这么说的，"你的丈夫留了字条给你。"

露易斯的呼吸变得急促，他写的字条，那个男人，埃蒙德，她记得他。海琳娜，海琳娜，他喊了一遍又一遍。他来过这儿了……当她不省人事的时候，他坐在她的旁边，握着她的手？露易斯起身，准确来说，是试图起身。她想要喊叫，约克西姆应该来接她。她用左手把字条揉成一个小纸团，从窗户扔了出去。

Chapter 8

约克西姆在厨房忙活着。从雷恩回到基督岛但并没有露易斯在身边的路途实在太糟糕了，一直到了岛上，他也没回过神来——他的思绪围绕着露易斯。对他来说，见证她在警局崩溃并被送入医院，实在是太痛苦了。约克西姆当时开着沃尔沃跟在救护车后面，但是一直到医院的精神病科，露易斯也没有苏醒过来。全科医生安娜建议约克西姆回家休息几个小时，带点露易斯的东西和衣服过来，她当时身上穿的衣服已经在和警官的挣扎中被扯破了。

约克西姆坐在露易斯的椅子上，看着宝石蓝色的橱柜和露易斯在他搬进来之前亲手粉刷的老式木制家具。她让整个公寓井井有条，被白色颜料粉刷过的墙壁，精心挑选的浅色轻薄窗帘，深蓝与深绿色的碎布地毯，整体的色调是统一的，天空的、大海的、水草的颜色。当约克西姆搬进来时，他完全不想做任何调整，他带来了自己的电脑和书，再没别的什么了。那个小的工作间是唯一留下他痕迹的地方，满屋的不安，在里面他曾经奋斗过，也失败过。他把公寓的其他部分——厨房、卧室、小客厅——称为家，以前没有任何地方像这里一样给了他如此强烈的家的感觉。和露易斯在一起的时光，那么得幸福。

海琳娜？

约克西姆起身，海琳娜，他生机勃勃、开朗阳光的露易斯——在现实中难道是另一个人？医生现在还不愿意透露什么，但是警察的做法显示了埃蒙德·苏贝格拥有权利，他说露易斯是他失踪的妻子，海琳娜。约克西姆走进卧室，又走了出来。他为什么会站在这里？啊，对了，给露易斯带些衣服。露易斯，这个名字令他紧张。海琳娜，海琳娜听起来就像希腊神话中的人物，她应该留在神话故事里，她不应该出现在基督岛，那个美丽的海琳娜。宙斯伪装成了天鹅令丽达怀了孕，然后海琳娜从一个蛋中诞生了，雪白的肌肤与美艳的容貌宛若天鹅。她是最美的女人，美得让所有男人为之倾倒，所有人都想要得到她，包括狄修斯、约克西姆和他——埃蒙德。不，他把神话和现实搅在了一起，约克西姆又坐了下来，抓了抓头发，想着这个希腊神话，现在想着神话比面对现实要简单多了。为了防止求婚者相互残杀，人们达成了协议：海琳娜的父亲……不对，应该说是那个像亲生父亲一样抚养她长大的凡人——这种工作宙斯不会亲自参与——他能够决定谁可以得到海琳娜。当决定做出后，其他的所有求婚者都应该捍卫这个被选中男人的权利——与海琳娜结婚的权利，所有人都要支持那个人。狄修斯是求婚者中的一员，他同意了大家的协议，但事后又想反悔，他假装自己疯了，但很快被大家揭穿，他只得极不情愿地支持斯巴达国王墨涅拉奥斯迎娶绝世美人海琳娜。一切本应就这样在和平与美好中结束，狄修斯娶了另一个人，珀涅罗珀。然而关于海琳娜的麻烦还远远没有结束，美貌可以成为战争的导火索。三个最美的女神阿弗洛狄忒、赫拉和雅典娜对三人之中谁最美争论不下，她们召来特洛伊王子派瑞斯来评判。她们每人都许诺，如果王子做出了令她们满意的裁判，他可以获得丰厚的酬劳。赫拉答应给王子力量，雅典娜答应给他智慧，而阿弗洛狄忒则答应给他爱情。派瑞斯宣布阿弗洛狄忒是她们三人中最美的女神，作为答谢，阿弗洛狄忒将海琳娜偷来送给了派瑞斯。这成了日后斯巴达和特洛伊之间持续多年战争的开端。特洛伊战争令逃离战火的狄修斯踏上了漫长的征程，他的回家之路历时十年，危机四伏。

约克西姆深深地叹了口气，这个关于希腊神话的神游并没能令他的心情有所好转。他环顾四周并找着东西，一个标志，一个线索，一个能解释这个女人的东西。他曾以为自己了解这个女人。她真的结婚了吗，属于另一个男人？埃蒙德 · 苏贝格？这简直难以置信。埃蒙德 · 苏贝格简直就是墨涅拉奥斯的翻版，居然出现在今天的丹麦，如国王般富有并有力量。然而约克西姆又是谁呢？从国王那儿偷来海琳娜的派瑞斯？不，他觉得自己更像狄修斯，精疲力尽，从他完全不想要的战争中逃离，身处在漫长而又痛苦的旅途中，一段他不知会如何结束的旅程中。如果这里不是他的家，那他的家又在哪里？

他走进卧室，这不是真的，一定有什么事不对。他又开始在屋里来回踱步，看着所有的东西，每件家具。公寓里的所有东西都是她挑选的，并亲自决定所有的陈设。约克西姆对露易斯几乎一无所知，这是事实，但是现在所有东西都摆在他面前了。如果露易斯是另一个人，一定会有什么线索，并且它一定就在这里。

“来吧，约克西姆。”他小声对自己说。

他从卧室开始，打开了所有的抽屉，所有的柜子，翻着所有的书架、衣服、香水、珠宝、乳液。所有东西他都见过，衣服是简约的，柔软的布料，和公寓里的陈设一个色调：蓝色、绿色或介于两者之间。珠宝有所不同，它们很大，绝大多数都是金制品，叮当作响的手链、长项链、很大的耳环。他闭上眼睛，脑海中浮现出露易斯的样子，她与那些理性的、身着长裤配有实用发型的女人们相比是那么得不同。他知道她从不在衣服上花很多钱，她也负担不起这样的开销，现在咖啡馆的运营刚刚够维持周转。与此相反的是，她总是买最实用的东西，每一件都没什么特别之处，但当她把它们搭配在一起时……

他在卧室什么也没发现，都是些他以前就见过的东西。他骂了一句，也许他应该待在警察局，在那里，在伊本 · 汉森 · 汉森无聊的办公室里，他才意识到，他几乎对这个和他同居超过两年的女人一无所知。他当初怎么就没注意到这点呢？现在他实在是不理解。他当时实在是太迫切地要忘掉过去——与艾琳的离婚，那场他逃离出来的战争了，他受到的实际伤痛比自己意识到的还要严重。那么露易斯呢，或者说海琳娜，她又是从哪里逃过来的呢？医生说那类失忆可能由过去极其可怕的经历触发，那些不想去放进脑海的、不想知道的、不想被记住的经历。露易斯到底经历了什么？她的过去有什么秘密？

约克西姆继续找，所有的抽屉、厨房橱柜、客厅，他把它们翻了个遍，什么也没找到。他焦躁地来回走着，从一个房间到另一个房间，把手放在两边站了很久，脑海中充满各种各样的想法，但很难将它们联系在一起。如果她真的隐藏了什么，为什么他从未察觉呢？露易斯从来都没有向他展现过自己的过去吗？一张照片？一封信？一本日记？不……有一个东西。他记得他笑着评论过一个旧的背包，她去博恩霍尔姆岛旅行时背着那个背包，露易斯向他展示过。为什么他当时对那个背包感到好笑呢？因为那个包实在和露易斯的风格不搭，它被用了很久，破破烂烂的，并且有一点军旅风格。背包是什么颜色的来着？灰色？

约克西姆拉开通往阁楼的天窗板，他从未踏足过陈旧的阁楼。折叠梯已经不好用了，门轴生了锈，但最终约克西姆成功登了上去。在老式天花板的下方，阁楼像桑拿房一样热，有几把 70 年代的旧椅子，橙色和棕色的。当时的人在想些什么？约克西姆把地板上两个大箱子里的东西倒了出来。衣服，露易斯的？他翻着衣服口袋，在第二个箱子里所倒的东西中他找到了那个背包，但里面除了一个旧的啤酒杯垫外，什么也没有。这是酒吧里酒保经常会在饮料或者冰扎啤下垫着的杯垫。

“下来两次。”当约克西姆再次站在梯子上时自言自语道。

“下到客厅里垂头丧气的。”约克西姆一边嘟囔着，一边研究这个背包。底部几乎……什么？生锈了？见鬼，布料怎么会生锈呢？然而当他触碰布料时，手上确实沾上了金属渍。也许这包曾经被放在了什么东西上……锈水？

他看着啤酒杯垫上模糊不清的广告，金巴利酒，纸标签被什么东西污染了。金巴利酒和苏打水，这不是多年前流行的饮品吗？在啤酒杯垫的背面写着一组电话号码：91880119。这还可能是什么其他的吗？日期……不。一组密码？不，这就是电话号码，用黑色圆珠笔写上去的，写得又快又不修边幅，但是数字清晰可见。约克西姆拿出手机，搜索了这个号码。“很遗憾，没有找到您所搜索号码的信息。”约克西姆读道，然后继续，“可能是因为这是临时电话号码，被加密的电话号，或这个号码不存在。”

“真见鬼。”约克西姆边说着边在手机上按下号码，在嘟嘟声中不耐烦地等待着。

“喂，我是皮特。”电话的另一端说道，这是个年轻的声音，也许是个20岁男子，周围有噪声，多种声音混合的噪声。

“谁……我在给谁打电话？”约克西姆问道。

“你在给你楼下的住户打电话啊。请问你找谁？”

约克西姆想了想，楼下的住户，该死，这是什么意思？

“露易斯 · 安德森。”他快速说道。

“露易斯……我们这儿应该没有叫露易斯的人啊。你是新来的审计组的？”皮特问道。约克西姆要说“是”吗？他该怎么继续接下去呢？

“皮特。”约克西姆说道，“我叫约克西姆。我在调查关于一个失踪女人的案子，露易斯 · 安德森的失踪案。我在她的东西里找到了你的号码。”

“什么？我不知道你在说什么。”皮特回答道，有点急促，约克西姆觉得。

“我现在给你一个机会，在我把这一切告诉警察之前。”约克西姆说道。

“警察？你在说什么？你是谁？”

“正如我刚才告诉你的，我叫约克西姆。我在她的东西中找到了你的号码。”

“我不认识她，露易斯是谁？是那个被董事会解雇的人吗？”

“有可能。”约克西姆说道，思考着他怎么能从皮特那里得到更多的信息，“你认识她吗？”

“不。”皮特说道，他犹豫了一下后继续说道，“去年我们一起外出负责金融法案的出台。但这是半个部一起负责的工作。”皮特说道，并补充着，“这实在是太荒谬了。”

“那么她曾经也在……财政部？”约克西姆问道，试图去争取一些时间，找到能解决整件事情的问题。

“财政部？不，社会与内政部。告诉我，你真的找对了人吗？我并不知道关于她的事，你别再打过来了。”皮特说道，但并没有挂断。

“那海琳娜 · 苏贝格呢？关于这个人你有什么想说的吗？”约克西姆问道。电话那头传来了那种声音，就是那种沉默的声音，空荡的声音，接着皮特挂断了电话。约克西姆站在那里，一手拿着手机，一手拿着啤酒杯垫。太奇怪了，一个啤酒杯垫，带着一个社会与内政部职员皮特电话号码的啤酒杯垫。这意味着什么？无家可归的孩子，身份证号，这些是内政部负责的事务，还有统计，或许吧。

他放弃了，走进卧室，坐在床上，看着外面。大海是那么平静，几乎看不到一点波浪。午后的天空是深蓝色的，充实的，夏天沉重地压在了这一切上。约克西姆渴望大风，渴望坏天气，风暴、雷电，无论是什么，只要能把他现在内心的东西带走就好。自己独自一个人，没有露易斯，他完全不知道她的未来，他们的未来。

Chapter 9

在飞机上，露易斯坐在约克西姆旁边，他们正前往哥本哈根的国立医院，等待他们的是一系列检查。埃蒙德曾经想要跟她一起去，她醒以后，埃蒙德又来医院探望了她，当时他就提出要陪着一起去哥本哈根，但露易斯拒绝了他。

警察，莫顿 · 拉斯科，坐在他们后排座位上。露易斯十分疲惫，但身体没有向后靠过去。她不想离这个警察那么近，她的眼前总能浮现他的手，当初他在问询室急迫地用手敲打着桌子，他粗手指上的皮肤格外粗糙。她对这个警官感到厌恶，并且他也毫不掩饰自己怀疑露易斯在说谎。“有个女人消失了，也许是两个，所以现在这已经是个警局案子了。”当约克西姆不想去哥本哈根时，警察们是这么说服他的。约克西姆握着她的手，她能从自己的皮肤中感受到他的温度，她皮肤所感触的一切都是轻薄的。自从……她接受了麻醉以来一直都是这样，抑或是，震惊使她一直都有这种发冷的感觉？

他们在哥本哈根凯斯楚普机场降落。警官走在他们旁边，带路到出租车停靠点并为他们打开了后排座的车门。他自己坐在了副驾驶座上，并告诉司机他们要去国立医院。

抽血的科室在一层。不幸的是，埃蒙德也来了，他在楼道里坚定地看着露易斯。他和医院里的一位员工交谈着，或许那是个精神科专家。露易斯能看出人们有多么尊重埃蒙德，就好像基督岛的居民对待博恩霍尔姆岛的官员一样。约克西姆有力地捏了捏露易斯的手。

“海琳娜。”埃蒙德一边叫着她，一边温柔地看着她，但露易斯避开了他的目光。

“我们能不能让科学说话？”约克西姆对埃蒙德说道。

“当然可以。”埃蒙德温和地说，“我刚刚把孩子们的血液样本送过去。”

孩子们，露易斯又一次想起了那张照片。照片上的两个孩子，一个有点瓷实的小女孩和另一个大一点的，转过半边脸的男孩。露易斯太阳穴的神经紧绷着，她把手放到头部，揉了揉太阳穴，试图缓和神经的跳动。

“你还好吗？”这是约克西姆的声音。露易斯发现所有人都在看着她，她闭上嘴巴，之前没有察觉自己居然张大了嘴站着。就在这时一个医生出现了。

“孩……孩子们？”她有点结巴地说道。

“苏菲和克里斯蒂安。”埃蒙德的声音具有穿透力，“你难道不记得……”

医生友好地扶了一下埃蒙德的胳膊，在他继续说更多时示意他停下。

“抱歉，我以为你已经知道了。对，有两个孩子，我们要鉴定他们的 DNA，现在一切都还没有定论。”医生说道。

“对，一切都还没有定论。”约克西姆重复道，“而且我觉得如果我们能把这个考虑进去，这件事能得到合适的解决。”他的确有必要出现在这里，“我们能不能保护下露易斯，我觉得这些天对她已经有太多的指控了。”

埃蒙德又向前一步，向前伸了伸胳膊。他穿着新西服，严肃的深蓝色。露易斯努力控制住自己的呼吸，两个孩子，一个黑发男人和两个孩子。

“我们现在去化验。”医生用温和的口吻说道，他一定很习惯这一切了。家庭案件、突然出现索要去世父亲遗产的可疑子女——这里是做最终决定的地方，这里人们可以根据血缘信息下准确的结论，最终人们会知道孩子是属于谁的。

医生平静地晃了晃胳膊，但不能掩饰自己在这种场合中的不适感。他优雅地把埃蒙德请了出去，和他一起过去的还有个穿白大褂的女人，这个女人总是安静地站在那里，瞪大双眼看着发生的一幕又一幕。露易斯讨厌这种匿名交谈，为什么不相干的人用这种方式看着她？她感觉自己正毫无隐私地飘荡在未知的世界中。

露易斯接受了扫描，她躺在一个狭窄的白色管子里，周围都是刺眼的光线。医生发现了一个由撞击引起的旧伤，与那个雷恩的全科医生所说的撞击是同一个吗？是的，一定是的，露易斯这样想道。医生还不清楚撞击源于什么，埃蒙德已经告诉医生，在海琳娜消失的那个深夜，她曾在外面骑马，他当时找到了她的马和头盔，但不见海琳娜的踪影。医生不能确定这个头部撞击是否由落马所致，但能确定的是，这是次严重的撞击。

“你确定吗？”露易斯后来问道，想从医生那里得到一个详细的解释。

“有可能致命的。”这样的回答令人沮丧。

露易斯住进了医院的单间并得到一个药片，当医生们分析所有化验结果时，她可以休息。与此同时，裁判在裁决，这是约克西姆说的话，他获准与她一起等待。约克西姆坐在床边的椅子上，露易斯让他把窗帘拉上，遮住外面的光。她很快就累了，是否吃药已经不重要了，她的状态就好像自己住在一个大钟里，钟声在她脑中不停作响，她无法逃离，无法提问，无法回答，几乎立刻就睡过去了。当露易斯醒来时，外面的天都快黑了，约克西姆坐在椅子上睡着了，他的头垂在胸前，嘴巴微微张开。

她侧身转过去，这样就可以更清楚地看着约克西姆。为了不吵到他的梦，她安静地躺着。他脸上的皮肤泛起褶皱，留有岁月的痕迹。约克西姆活得很辛苦，这从他脸上就能看出来。同时他脸上的皱纹与线条也是未经掩盖的。约克西姆还是小男孩的时候长什么样子？这种想法像木棒一样敲醒了露易斯。他们在调查她是否有孩子，但是……人是不可能忘记自己的孩子的。不，因此她也不会忘记……海琳娜，因为人是不能忘记自己的孩子的。

当其他人终于回来时，露易斯觉得一切都太过沉重了，她既想知道结果又不想知道。他们被带到医生办公室，一间在角落的办公室，里面有一张椭圆形的会议桌，在房间的最里面有个写字桌，除此之外还有一小组椅子。警官坐在其中一张桌子旁，桌上有一摞纸，露易斯坐在另一张桌子旁，后背靠着写字桌，她坐着的方向能同时看到门和窗户，约克西姆坐在她的旁边。

终于医生清了清嗓子，直截了当地看着露易斯。“化验的结果是肯定的。”他低声说着，就好像自己为这个鉴定结果感到羞愧。当他说话时，露易斯看着他，她并没有去听关于对 DNA 测试的科普和极小的误差可能，她只听了结果：她是海琳娜 · 苏贝格，三年前失踪的那个女人。

露易斯、海琳娜，她坐在椅子上，她能感受到自己的脚接触着地板，大腿内侧贴着椅面，后背抵着座椅靠背，手在约克西姆手里，然而她还是感觉到自己好似消失了。升起、溶解，海琳娜、露易斯，他们告诉她的这一切，意味着她什么也不知道。她一动不动，一声不吭，她的手没有离开约克西姆的手，但就在她坐在那里时，她消失了，停止了存在。露易斯、海琳娜、约克西姆、埃蒙德、约克西姆和露易斯、海琳娜和埃蒙德、苏菲和克里斯蒂安。孩子们，她的孩子们，她在这个世界上不是孤单的一个人，不像她曾经想象的那样。她不是孤苦无依的，不是福利院的孩子。有人记挂着她，需要着她，她只是把他们忘了、忘了，但是他们并没有忘记她。

Chapter 10

这是约克西姆自己选的地方，但现在他后悔了。他看着露易斯……不，海琳娜，她脸色苍白地坐在他前面不远处。这家餐厅叫真正中餐，他们坐在这儿真是个错误，沉默，伴随着大城市的很多富裕的商务人士。约克西姆的眼睛看着菜单，他的目光聚焦在“真正”二字上，“真正”，露易斯真正的名字是海琳娜。最后的几天并没做什么别的，露易斯，不，又错了，海琳娜接受着全国顶尖的精神科治疗。医生们费力地试图将露易斯记忆的碎片从她黑暗的经历中拽出来，虽然这是徒劳无功的，但那些照片、图片，甚至影像资料已经说服了露易斯，也说服了约克西姆。他们去了国立医院的记忆诊疗中心做检测，就在尼尔森 · 波尔学院旁边的一栋灰色大楼里，这是国立医院少有的、漂亮的分支机构。然而约克西姆真的希望她得什么样的病都好，只要不是逆行性失忆症或者心因性失忆症。

再也没有疑虑了，尽管国立医院的医生在几天前就告诉了他们结果，但这样的真相还是让人难以接受。特别是对露易斯而言，她想过要逃跑，她曾请求约克西姆带她逃离这里，但是约克西姆拒绝了这个提议，他站在了理性的那一边，一遍又一遍地重复：“我们必须保持理智。”

提议今晚一起出来走走完全是露易斯的主意，他们应该平心静气地聊一聊。但是出来后她却一直沉默并不敢看他的眼睛，约克西姆紧张地把弄着筷子，不耐烦地望着服务生，他们俩谁也不想开始这不得不展开的谈话。我们现在到底在做什么？事关两个孩子，这让一切都不一样了，约克西姆根本不能想象她该何去何从。海琳娜，也许她现在该用这个名字了。他努力说服自己，他一定能习惯叫她海琳娜，他也能习惯关于孩子的思考。当她在精神科专家与医生的帮助下接受检测时，这些思绪一直萦绕在他的脑海中。

他曾经想象过各种情况，想象着今晚会是远离她噩梦的自由时光，远离那个她刚刚经历的噩梦，他们一起经历的噩梦，想象这是一个能把所有东西释放出来的晚上。就像是一起远行，这应该能帮到他们。有一刻他仿佛从局外人的角度看到了他们二人，看着他们如何向其他客人介绍自己。面色苍白，蜷缩着，沉默，他必须得说点什么，他们不能坐在这里彼此一个字也不说。该死，他必须找到和这个他深爱着的女人开口的话题，或者一个问题，一个简单的问题。这能有多难呢？也许关于另一个女人的……警察正在寻找的那个女人，真正的露易斯·安德森。

“我在你的旧背包里找到了个啤酒杯垫。”约克西姆说道。

“一个啤酒杯垫？”

“上面写着一个号码。”他随后解释了自己和社会与内政部的皮特的对话。他一边看着她，一边和她解释着那个部门的人都负责什么，社会救济、丹麦宏观统计数据——但是他的话并没能激起什么她的记忆。此外他还把皮特的事告诉了警察，显然，他们也没找到啤酒杯垫、海琳娜和露易斯之间的联系。

“你今天被问询了吗？”他说道，几乎分辨不出自己的声音。

他把自己的手放在露易斯的手上，她迅速地抽了回来，把手拿开，双手放在腿上。约克西姆意识到：出问题了，一定有什么地方出问题了。

“他们问了什么？”当她保持沉默时，他执意地问道。

“他们不停地在问关于露易斯的问题。”她叹了一口气，“他们十分肯定我一定能记得什么。医生说我的记忆是可以恢复的，我想要知道得越多，记起东西的可能性就越大。但是警察问我的方式就好像他们依然觉得我在说谎一样。”

“但是他们自己找到更多关于她的东西了吗？”

“没有，所有的线索都在她搬离雷恩的小房间后消失了，除了一个短暂的拘留记录，在我带着露易斯 · 安德森的背包晕倒在渡轮之前，他们一无所知。”

“那个生锈的背包。”

“什么？”

“没什么。”约克西姆说着，耸了耸肩膀，“布料的底部生锈了。”

露易斯笑了，然后摇了摇头：“你和你的细节。”

“故事都在细节中。”

“就好像魔鬼。”露易斯说道，在那一刻好像他们又是露易斯和约克西姆了，在这一切发生之前的露易斯和约克西姆。也许她也能意识到，也许正因如此她才想要逃离。

“晕倒以后你住院了吗？在医院里？雷恩市的？”

“对。”

“你能记得吗？”

“我能记得我醒了，然后感到疼痛，头部的疼痛。”

“是撞击导致的。”约克西姆说道，努力回忆着警察向他解释的一切：海琳娜在雷恩的渡轮上晕倒了，被发现后迅速被救护车送往医院，然后她在医院苏醒，身上带着露易斯 · 安德森的背包。医生们叫她露易斯，她也就这么答应着，好像这是真的一样。

“你们准备好结账了吗？”服务生看着他们。

约克西姆嘴里嘟囔着什么，他们点得太多了。他已经意识到他们注定毫无食欲地坐在这里。服务生走后，露易斯走神了。他觉得自己应该叫她一下，但他犹豫了。他应该用哪个名字称呼她呢？他需要问她，他讨厌这样，讨厌这一切。

“露易斯？”他试着说道，然后她回应了。她当然会回应了，但是她的面部表情很奇怪。

“我是不是不应该再叫你露易斯了？”

“这实在是太奇怪了，我……我不知道。”她把手放在两颊，保持这个姿势坐了一会儿，然后把手放了下来，“我坐了一整天了，并且用这个名字回答了各种关于另一个女人的问题。”

“你打算开始用海琳娜吗？我应该这么叫你吗？”约克西姆听到自己的声音，同样还是和自己平时的声音不同。

“约克西姆，我必须跟你说了。”露易斯身体向前倾然后握住了他的手，现在是他在摸索。她垂下了头，头发落在了前面，他不能看清她。这一切都错了，他们之间一直存在的纽带，已经断了。“约克西姆……我们在一起的生活，我不能再继续了。在施克堡有一整个人生在等我，我的丈夫，两个孩子。我不能再继续了。”

“我们当然不能像什么都没发生那样继续。”约克西姆快速地说道，急切地，“这当然改变了一切，但是我们可以一起解决——我们能一起飞行，我们能那么亲密地住在一起。孩子们当然也可以成为我们生活的一部分，当然，我……”

露易斯抽出了手，但约克西姆又握住了她的手。

“不，”露易斯说道，“不，你不明白。我不能再继续了。我有另外的一整个人生——另一份工作，有很多雇员，一间很大的公司，我还有丈夫，埃蒙德是我的丈夫。你和我……我们不能继续见面了。”

“我能理解。”约克西姆说道，但是他做不到。露易斯说话的方式，那么得决绝，显然她对他的反应很震惊。“露易斯，抱歉，我应该叫海琳娜。”约克西姆又一次握住她的手，她有点害怕，她当然应该害怕了，但是并没有必要现在就做什么，并没有必要马上就做决定，“海琳娜，没人要求你现在就必须知道自己想要什么。你一定很震惊，这一切都发生得太快了。我们离开这儿吧，这个时候到这儿聊这些真是个错误。我们回酒店吧。”

她摇了摇头，约克西姆感到很热，他出汗了，这让他的胸口有点闷。

“是因为钱吗？是因为他很富有吗？”

“你怎么可以这么说？”她快速说道，非常快。她当然不是这么想的，约克西姆恨自己刚才说了那样的话。

“对不起，我不是真这么想的。”他可以道歉，但说出去的话已经收不回来了。露易斯坐在他面前沉默了许久，当她再次开口时，带着另一种声音，这次她的说话方式使约克西姆意识到她已经深思熟虑了，并且是认真的。“如果我不去面对我的人生，只是全心投入到跟你一起的生活中，那我永远都不会原谅我自己。我一想到自己所错过的一切就感到可怕，我恨自己没能照顾好我的亲生孩子。这些年都过去了，我孩子人生的三年，你一定不能完全理解……他们曾以为我死了。”

她身体向前倾，用手捂住脸，哭了。约克西姆起身，他的身体处在奇怪的困倦状态中，旁观着这一切，就好像这些都与他无关。约克西姆来到露易斯身边蹲下，抱住她，然后站了起来，并把露易斯扶起来，搂着她走出了餐厅，走出了所有人的视线。

在街上，约克西姆再一次抱住露易斯，他注意到露易斯放弃抵抗了，投入了他的臂弯。两个人就这样站了很久，直到再也流不出更多的眼泪。约克西姆呼吸着露易斯甜美、温和的气味，他非常理解她，也正因如此，一切变得极其痛苦，他知道她必须这么做。

“一定要这么快地做出决定吗？一定要这么斩钉截铁吗？”约克西姆还是不甘心地问道。

“这是唯一的办法。”

他点点头，自己不用再背负这个问题了，他不愿意放开露易斯。

“我现在得走了。”露易斯轻轻说道，小心翼翼地松开约克西姆，说她明天还有更多的检测。约克西姆并没有在听，这太痛苦了，他将一绺头发撩到视线后面，然后叹了口气。他是不是真的再也不能陪她做一切了？再也不能每天早上一起醒来，再也不能看到她在身旁甜美地睡着了？

“他们在等我，车在等我……”

她惭愧地看着他。他知道她在说埃蒙德，她一定已经和他谈过了。埃蒙德，那个寻找失踪海琳娜整整三年的男人。有一天埃蒙德得到了线索，一个圈外的熟人告诉他，在一个周二早上，自己好像看到了一个长得很像他失踪妻子的女人。埃蒙德立刻做出了反应，乘坐私人飞机赶到基督岛，穿着价值不菲的私人定制西服，在咖啡馆前的长椅上待了一整晚。当清晨第一缕阳光出现时，他就起身盯着咖啡馆，打听海琳娜的消息，喊她的名字，直到自己在咖啡馆里找到她。

约克西姆摇了摇头。“我们在一起的时光，你不会忘了的，对吗？”他小声说道。

“不会，我永远都不会忘记你，当然不会了。”露易斯温柔地说道，她的眼睛充满了爱，约克西姆需要很努力才能控制住自己不再伸手抱她。他把手放在衣服兜里，在她面前竖起了肩膀，用悲痛的口吻对露易斯说：“我知道你必须这么做，我真的明白，可是……我愿意用任何东西换来事情的转机，我愿意永远回忆我们在一起的时光有多么美好，我希望你能知道。每天你醒来时，我都会在另一个地方想着你已经醒了，我会想你的。”他停顿了一下，“我不会再留在基督岛了。”约克西姆自己都惊讶自己嘴里说出的话，这个决定是他在说话时不假思索地做出的，但是他必须这么做，他非常确定，“我会搬到哥本哈根，没有你，住在那里的良辰美景又与何人说？但是你永远都能来找我。如果现在……”

约克西姆没有把话说完。露易斯什么也没说，开始不安地小幅度颤抖着。这代表告别，现在他们要告别了。约克西姆想要再一次抱她，但是露易斯抢先向后退了一步，她努力微笑着，这并不成功，更像是僵硬的微笑。

“也许你可以再次写作……就现在。”露易斯说道，试图用欢快的腔调。

约克西姆看着她，这是为了他。原来露易斯也思考过约克西姆和她在一起后，坐在办公室里焦虑与痛苦的原因，这一切都是因为她。

“我才不在乎写作，我只想要你。”他轻声说道，他的声音并不能撑起所有的词，他的声音断断续续，露易斯又向后退了一步。

“露易斯……”

她摇着头，这没有用，然后转身离开。约克西姆站在那里，他知道自己也应该转身，而不是注视着露易斯，承受这一切简直是自虐，看着她如何不回头地走向街道，看着她如何坐进一辆很气派的汽车。露易斯一直都知道，在餐馆的时候她就知道自己要走了，知道车子已经在等她了。汽车开动，经过约克西姆身旁，露易斯坐在后座上，驾驶座上是一个约克西姆从没见过的男人。绿灯亮起，终于，约克西姆不再呆站着，他开始追露易斯的汽车，朝着市政厅的方向追了几米。他的眼睛注视着红色的后车灯，也许有些话能让露易斯回心转意，只是自己还没找到它们。

约克西姆停了下来，红色的后车灯消失在了茫茫车海。露易斯走了。

Chapter 11

这是晴空万里的一天，她在这样的一天回家。海琳娜坐在车里，不知道自己该看左边的还是右边的窗户，她也不知道她的家在哪里。很难想象自己的家是什么样子，但有一个想法一直萦绕在她的脑海：她应该认识这里，在车行过程中，她有可能会突然想起一切，她对这儿不是第一眼的似曾相识，而是充满了对家园的熟识。施克堡，她轻轻地自言自语着，司机透过反光镜快速地看了她一眼。海琳娜觉得这个司机穿西装的样子更像是个银行家，但他其实是埃蒙德的司机。当她还在治疗时，埃蒙德已经飞回家去照顾孩子了。最近一段时光是最糟糕的，这是一段没有约克西姆的时光，不记得过去的时光，伴随着精神科专家一次又一次试图恢复她记忆的时光。

医生希望海琳娜和孩子们的团聚可以帮助她恢复记忆，在国外有这样的例子。汉斯 · 彼得 · 罗森堡——这个参加过有关记忆的各类国际会议，处在丹麦记忆研究前沿的专家曾在埃蒙德面前这样解释，失忆的原因是多种多样的，可能是压力导致的和创伤性的，既包括身体创伤也包括心理创伤。对于海琳娜的病情，罗森堡坚信她的失忆是由于头部受到撞击导致的，甚至可能是两次撞击或者两次创伤导致的。海琳娜在失踪那天晚上很可能从马上摔下来过，罗森堡这样判断，埃蒙德找到了头盔，这是第一次撞击，也许她在去往博恩霍尔姆岛的渡轮上遭到了第二次撞击。

海琳娜摇了摇头，无法继续去想这些她不知道的东西，都让她太累了。她曾经想过联系一个与她有同样经历的人聊一聊，她已经迷失了自我，忘记了自己是谁。海琳娜思考着自己是不是世界上最奇怪的人，思考着离开约克西姆是不是一个巨大的错误，然而现在所发生的一切都是个错误吗，还是她只在与约克西姆之间犯了个错？不，她必须想着孩子们，不要想其他的。

在早上抵达是海琳娜的决定，这是极其正确的。不能在午后或者晚上出现，不，要伴随着第一缕阳光到达，这是个新的开始。虽然这意味着她必须在午夜从哥本哈根出发，然而海琳娜并不想睡觉，她一直都看着车窗外，并努力去感受。她感受到什么了吗？回忆起什么了吗？

车转向了一条长长的小路，海琳娜看到右边的围墙环绕着别墅，清晨的日光从宽敞的别墅窗户中反射过来，或者说……这不是别墅，是宫殿？她不知道围栏的边界是如何延展的，唯一肯定的是，自己并不认识这栋别墅，失望，她双手紧握包的背带。车继续行进，海琳娜短促而快速地呼吸着，与此同时她看着粉刷过的白墙、三层楼、两个带着精美弧线铁制围栏的阳台和宽敞的石制台阶，一直延伸到一扇高耸气派的大门。房子前面有一个精心打理的花园，车道中间有个小喷泉，当车子接近道路尽头时，海琳娜紧紧盯着喷泉中那几条用大理石精心雕刻的鱼，它们嘴中喷出的水柱与阳光的射线交织在一起。她记得什么，想起什么了吗？这个雕塑是海琳娜选的吗？它们看起来并不像海琳娜会青睐的，完全不符合她的品位。约克西姆一定会讨厌它们的，不，她现在不能想这些，完全不能。

车停下，她还没来得及打开车门，埃蒙德就出现了，海琳娜甚至都没看到他从房间走出来。

“欢迎回家。”埃蒙德满怀期待地笑着说道。他伸出一只手，海琳娜犹豫着握了上去。这是他们第一次接触彼此，不，这是她第一次自愿地接触他，在咖啡馆他曾抓过她的手腕。咖啡馆已经关了，但是莉娜得到了三个月工资的补偿，咖啡馆的房子也没有被放弃，而是被苏贝格航运接管了，所有这一切都是埃蒙德安排的。

“路途劳累吗？”埃蒙德问道。

海琳娜耸耸肩膀，是的，这是段艰难的旅程。她每远离约克西姆一公里，心痛就多一分。但是这种心痛与孩子们得知母亲失踪相比不值一提，当她跟埃蒙德走上台阶时，她在内心一遍又一遍地这样提醒自己，走到一半的时候，埃蒙德停了下来。

“孩子们还在睡着……你要不要先看看其他地方，或者你更想进屋看看？”他平静而温和地说道。

“我想都看看，我并不累。”海琳娜答道，她对于自己不能马上见到孩子感到有些失望。

埃蒙德向她展示了别墅后侧，海琳娜在修剪一新的大花园草坪尽头看到了一个巨大的湖。她以前听说过有人过着这样的生活，那些有钱人，但是此刻站在这里并意识到，这是她自己的花园，尽头还有个湖泊……这感觉太不真实了。别墅上方有个边缘用天然石块建造的露台，这触动了海琳娜。她认识这个露台，她认识通往别墅那两扇气派的玻璃门，这让她想起了在警察局看到的那张照片，在那张生日照片中她拿着托盘。然而痛苦的是，她依然不记得照片中是在为谁庆祝生日，孩子中的一个？克里斯蒂安和苏菲，她重复着他们的名字，太害怕自己又忘了他们，这很荒唐，她明明亲自为他们取了名字。

“孩子们一般什么时候醒？”她问道。

“今天有点不同，他们昨天晚上睡不着觉，我想我们应该让他们再睡会儿，不过他们也有可能很早醒来，你回来了，他们也很兴奋。”埃蒙德为自己无力的回答，抱歉地耸了耸肩。

他们走向湖泊，肩并肩地漫步着，海琳娜感叹着大自然的造化神奇，同时也对目前的窘迫感到不解。

“你能想起什么吗？”他问道。

她回头看了看别墅，看着反光的砖和粉刷一新的白色墙壁。她认得什么吗？她看着埃蒙德，他在等她的答案。

“或许对这景色感到熟悉。”她小心翼翼地说着，就好像自己说的不是真的，她太想给他些什么了。

“景色？”

“对，水，也许这就是我在基督岛选择了同样景色的原因呢。”

他们继续走着，肩并肩，朝着湖的方向。湖的另一半绵延起伏，她能看到牛在吃草。海琳娜迅速地看了埃蒙德一眼，她对他一无所知，是不是应该问他点儿什么，但是问什么呢？她该如何从哪儿开始问起呢？也许之后他们有大把的时间，现在她应该看看房子和周围的景致。湖边有一座供船通过的桥，但没有船，湖上布满水波，延展着，消解着。

接着埃蒙德带她看了别墅各处，别墅里有间与众不同的高天花板房间，陈设着气派的、带天鹅绒的家具，吊灯和瓷器。海琳娜永远不会把这种风格和自己联系在一起，房间中缺少人性，看起来并不像供人居住的地方，更像是博物馆……不，也不是博物馆，总之是有很多用来炫耀的东西。基督岛与这里太不同了，那间公寓是个毫无炫耀价值的地方，只是露易斯和约克西姆居住的地方。如果咖啡馆上方的公寓是她与约克西姆的洞穴，那这里的一切又是什么？海琳娜想到了埃及法老的墓室，所有这一切都可以被带到墓葬中，难以置信的奢侈，难道这间别墅可以是古墓吗？不，她现在不应该想这些，海琳娜提醒自己，不应该想约克西姆，不应该想自己是这里一切的唯一继承人，这一切实在是太繁杂了，她只能一点一点地接受这个现实。现在最重要的是孩子们，他们什么时候醒来？她什么时候能见到孩子们？当楼梯传来脚步声时，她迅速回过头，埃蒙德将一只手放在她的肩膀上，她努力让自己不去甩开它。

“这是卡洛琳，她负责照顾孩子们。”他平静地说道。

一个女人走进客厅，海琳娜觉得她大约 70 岁。卡洛琳身着浅色套装，过膝短裙，长发松弛地垂下，这身打扮在她这个年纪的女人中并不常见，但她就是这么穿的。这个女人握着海琳娜的手并介绍了自己。

“我们之前见过吗？”海琳娜十分犹豫地问道。

“没有，我在您失踪以后才开始在这儿工作。”卡洛琳礼貌而不失亲切地回答道。

海琳娜看着埃蒙德，这就好像他在自己不在的这段时间找了个很好的替代，不是一个新母亲，但也是个充满爱与情感的女人。

“孩子们已经醒了，他们准备好了。如果现在方便的话？”卡洛琳的话触动了海琳娜。

她当然方便了，毫无疑问，终于。埃蒙德温和地把手放在海琳娜的肩膀，这一次她内心充满感激。

“把他们带下来吧，卡洛琳。”埃蒙德说道，并在卡洛琳走后低声和海琳娜说：“她昨天本来想离开。”

“为什么呢？”

埃蒙德耸了耸肩膀：“她不想横在你和孩子们团聚之间。但我请她再留一会儿。”他小心地笑着说道，海琳娜低下头，这个女人当然要再留一会儿了，要是海琳娜再次迷失自我并消失怎么办？海琳娜听见了孩子们从楼梯下来的声音，一个脚步拖沓，而另一个脚步轻快，然后他们来到门前，穿着睡衣且略显疲惫。海琳娜屏住呼吸，她担心孩子们看到她的反应。她的情感在体内充满矛盾地纠结着：喜悦与失望……她不记得他们了，仿佛以前从未见过他们，不过……小女孩长得十分像她，这一定不会错的，小男孩，克里斯蒂安，很高大，比一般的八岁孩子要高，很壮实。他一定是埃蒙德的孩子，同样的黑色头发，同样的大而直的鼻子，同样的浓眉毛，一个帅气的男孩，他将来一定会成为英俊的男人，这是显而易见的。但是女孩，海琳娜惊讶地盯着她，不放过任何一个细节，金色的头发与浅色的眼睛，和海琳娜一样的、不常见的灰绿色眼睛，女孩因为紧张一直竖起肩膀，拉着卡洛琳并害羞地打量着海琳娜。克里斯蒂安沉默地、迟疑地站在门口，很显然他想要离开这里。海琳娜知道必须做点什么，说点什么，因为她是孩子们的母亲。母亲，这个词……令海琳娜感到眩晕，严肃的气氛向她扑来，她是两个生动、有思想的孩子的母亲，但这些年她并没有陪伴着他们。海琳娜小心翼翼地靠近，在苏菲面前蹲下。

“你好，苏菲，你一定不记得我了，当初你还太小……”她迟疑着，她该用什么样的词语呢？海琳娜快速地看了一眼埃蒙德，但没有从他的表情中得到任何帮助。

“我摔到了头部，也许你已经听说了，现在我什么都不记得了。这些年，我去到了别处，但幸运的是你们的爸爸找到了我，现在我回家了，我们有足够的时间重新熟悉彼此，我们有大把的时间。”海琳娜轻轻捏了捏小女孩的胳膊后起身，转向正认真听她说话的克里斯蒂安。

“你能记得我吗？”她柔和地问道。

克里斯蒂安犹豫着，在回答的时候并没有看着她：“我还以为你死了。”

这沉重的语句显然与他小男孩的声音不相配，这让海琳娜心脏生疼。克里斯蒂安还只是个孩子，他的外表出卖了他，海琳娜本该记得他才只有八岁，是一个曾经失去母亲的男孩。

“我能看看你们的房间吗？”她问道，两个孩子谁都没吭声，海琳娜不知道她应该怎么做。

“来吧，让妈妈看看你们的房间。”埃蒙德毫不犹豫地说。

当埃蒙德开始在前面带路时，海琳娜感到一丝轻松。孩子们跟在埃蒙德的后面，海琳娜在最后上了台阶，她注视着眼前的三个人——她的家庭，这是她的家庭。

海琳娜在苏菲房间的地板上足足坐了两个小时。克里斯蒂安简单地展示完男孩整洁且井井有条的房间后，说自己该写作业了，埃蒙德提出了抗议，但海琳娜赶紧说他当然可以一个人安静地待一会儿。海琳娜不想打扰克里斯蒂安，他年龄稍大，但在五岁那年就以另一种方式经历了母亲的失踪，他需要时间才能慢慢接受海琳娜的归来。幸运的是，埃蒙德能理解这一切，并在苏菲答应海琳娜一起在房间玩娃娃时离开了。苏菲的房间摆着巨大的家具，能满足所有女孩的公主梦。海琳娜想，自己是否参与过房间的布置，又或者这一切是在她消失后才摆放的？当她们给娃娃换衣服并讨论哪几个娃娃该成为朋友时，苏菲开始悄悄打量海琳娜。

“你愿意看看 Lucky（幸运）吗？”小女孩突然问道。

“Lucky（幸运）？”

“我的小马驹，它是纯白色的。”小女孩说这句话时似乎闪耀着光芒，不再害羞了。当她们一起走下楼梯时，苏菲甚至主动牵起了海琳娜的手。

苏菲和海琳娜走进马厩，马厩内部光线充足，顶部是巨大的玻璃天花板，两侧都是供马居住的隔间。当她们走过时，几匹马探出了头，三角形的小眼睛好奇地看着她们，成年马有着聪慧的眼睛和硕大的鼻孔。据海琳娜判断，这里所有的马都是同一品种——阿拉伯马。

一种突如其来的未知感涌向海琳娜：这地方好像有什么熟悉的东西，第一次，就在这儿，马厩里，气味、干粮、草丛、马匹，海琳娜做了个深呼吸，试图抓住什么。过道的尽头站着个正在打扫的年轻女孩，一个漂亮的黑发女孩，大概 20 岁，有着显而易见的好身材，胸部和臀部线条在骑马套装中凸显出来。女孩友好地朝苏菲打了个招呼，但只是平静地、有所保留地朝海琳娜点了下头。海琳娜很高兴埃蒙德没有在她不在的这段时间选这个女孩来照顾孩子。海琳娜向女孩伸出手并做了自我介绍，女孩不情愿地握了握她的手，只是轻轻地捏了一下就迅速松开了。

“我叫卡缇卡，小姐。”女孩说道。这是海琳娜没有料到的，不应该是这样的，自己不应被称作未婚的小姐，这样称呼多么得奇怪。当海琳娜这么想的时候，苏菲把她拉了过去，一匹白色的阿拉伯马期待地把头伸出隔间。苏菲打开隔间的门并走了进去：“妈妈！这就是 Lucky。”

海琳娜笑了，同时也感受到泪水上涌，但她还是努力地把眼泪压了回去，“妈妈”。

午餐后，卡洛琳把孩子带回各自的房间，然后埃蒙德向海琳娜解释，说他需要工作。“只有一个小时。”他抱歉地说。

海琳娜独自一人，这么多天以来，她头一次独自一人待着，在卧室里。她走向那两扇玻璃门，看到它们通向一个美丽的阳台。外面的景色是绝美的，草坪上开满了花，湖泊中有左右摇摆的白色船只，森林环绕，还有几个漂亮的马厩，难以相信这是她的家。海琳娜转过身看着床，一张双人床，她吞咽了一下，然后走过去，让手在编织细密的床罩上抚动。她试探地躺在床上，整个人靠了下去并看着天花板。不一会儿，她再次起身，站到窗户旁，额头靠在凉爽的窗户玻璃上，海琳娜有点出汗，天知道自己的体温什么时候能恢复正常。透过窗户，她看到埃蒙德在通往船桥的草坪上踱步，打着电话，一只手和缓地在比画什么。她的丈夫、孩子们在各自的房间休息。海琳娜在这一刻终于有了她在自己的房间里，在自己家中的感觉了。

Chapter 12

到了晚餐时分，克里斯蒂安终于恢复了生机，那个沉默内向的男孩不见了，他开始讲起自己在学校听到的笑话，一个关于一只鸭子进屠夫店要玉米的很长的笑话。他讲笑话的方式比笑话本身更搞笑，而苏菲则在一旁开怀地笑着，她笑的方式也许才是最有趣的。

后来卡洛琳过来把孩子们带上了楼，他们该洗澡、睡觉了。海琳娜坐在那里感到很奇怪，但她能看出孩子们累了，让他们恢复到日常的平静中也许是最好的选择，毕竟这只是她和他们在家的第一个晚上。两个孩子都去和埃蒙德说了晚安，苏菲爬上埃蒙德的膝盖给了他一个拥抱，克里斯蒂安只说了晚安。苏菲犹豫了片刻，然后走到海琳娜身边，海琳娜张开双臂，小女孩迅速地爬到她的大腿上，张开双臂抱住了她。苏菲用力地抱着她，海琳娜闭上眼睛，享受着这个温暖小身体散发出的气味。当她再次睁开眼睛时，看到克里斯蒂安站在她们前面，犹豫着、迟疑着，但靠得很近，她用一只手臂抱住克里斯蒂安并把他搂了进来，男孩朝她靠了过来，同时那双严肃的蓝眼睛目不转睛地看着她的眼睛，这是海琳娜第一次与他的眼神接触，她的男孩。

“晚安，妈妈。”他说。

海琳娜紧紧地抱了他许久。妈妈，能被这样称呼实在太令人欣慰了，也许这就是……她的大脑一片空白，虽然她可能是这世界上最没有安全感和归属感的人，但至少现在她可以被别人这样称呼着，她对孩子们而言是有意义的。妈妈、妻子、继承人，最后这个身份还需要更长的时间去适应。每次埃蒙德试图和她谈论公司的事情时，她都不得不打断他，这太着急了，一步一步来，先做最重要的事。

“晚安，亲爱的。”海琳娜的声音里充满感动。

他们安静地坐了一会儿，埃蒙德摆弄着手里的餐巾纸。

“你觉得今天的饭怎么样？”

海琳娜看着盘子。她几乎没动过饭菜，只尝了一小口，那是猪里脊肉配以新鲜芦笋、土豆和奶油酱。

“这是你最喜欢的菜。”

“是吗？”海琳娜惊讶地看着这个男人，泪水还在眼眶打转。她不知道这番论断从何而来，一个人不喜欢她最喜欢的东西，在岛上的时候她从不会做这么油腻的硬菜。

“你想看看照片吗？”埃蒙德问道并站了起来。他并没有注意到她眼里的泪水，他也不需要这么做。海琳娜点点头，随他走进连接着露台的客厅，两扇巨大的玻璃门打开着，夏季晚间时分的夕阳照亮了房间。房间外面，花园的尽头，一片水面静静地停在那里，这不仅仅是一个花园和一个湖泊，海琳娜这样想着。两个大沙发与带毛绒的软垫和一个沙发桌摆放在房间正中，沿着墙壁摆着张细长的白色桌子，上面放着装有新鲜花卉的古董花瓶，花瓶上方挂着一幅画，画的风格与卧室里挂的那幅以暗色调为主的风景画如出一辙。海琳娜感到疑惑，这真的是当初自己选的画吗？

“你失踪以后，我们把它们放在了相册里。”埃蒙德说道。海琳娜看着他，然后又看了看沙发桌上带有硬质封面的相册。“所以每天晚上我们就可以坐下来看你的照片。”他说道，又补充了一句，“我和孩子们一起。”海琳娜低头看着相册，一幅画面浮现在脑海中：埃蒙德和孩子们，一晚又一晚地坐在那里看他们失踪母亲的照片，与此同时她正在岛上和约克西姆相爱着，海琳娜觉得自己简直不配为人，或者哪怕她死了都会比这样的状况要好。

她坐在沙发上，埃蒙德翻开了第一本相册，挪动到离她更近的地方并把相册放在她的大腿上。埃蒙德指着第一张照片让海琳娜看，她想象着当时自己骑在棕色阿拉伯马上的情景，身着蓝色带天鹅绒的骑马装，开心地笑着。

“你后来又骑过马吗，自从……出事以后？”

海琳娜摇了摇头,回忆起自己当天早些时候和苏菲在马厩的场景，她并不害怕马，但也没有靠近它们的欲望。

“你过去每天都骑马，那些马都是你的。”埃蒙德继续说道。

“它们是种马吗？”海琳娜好奇地问着。

“一小部分是，大部分是运动用的马，可以跑很远的那种……这只是个兴趣。”埃蒙德无所谓地耸了耸肩。他有其他话要说，他指着一张海琳娜站在一匹黑马旁边的照片。

“这是你最喜欢的马，萨米尔。你那天就是骑着它出去的。”

不幸的事件，头部的撞击，这就是他想要说的话。海琳娜看着自己的照片，她和马看起来都放松极了，非常平静。

“你当时想要一次远距离骑行，之前你骑得很远也不是一次两次了，在晚上骑行也是寻常，所以我们也没有担心。但是没过多久，萨米尔从森林里走了出来,只有它自己,马厩的工作人员赶紧过来告诉我，然后我们都骑马出去找你。我去了你所有爱去的小道，整个晚上我都在骑马找你。”

埃蒙德的声音是镇定的，但他拿相册的手在颤抖。海琳娜试图想象他骑在马上，骑行在森林中，忽明忽暗，寻找着，呐喊着，担心发现她受伤了，也许死了。

“我们在高草地上，萨米尔站着的地方找到了你破碎的头盔。”

他不再说话，客厅陷入沉寂。太阳就快落山了，客厅里的灯是橙色的，微风带着一股微弱的气味吹了进来，什么闻起来是这样的？湖泊，当然了，这里的湖水与她曾在岛上所接触的海水是那么不同，这闻起来更像是……什么？盆栽土壤？埃蒙德动了动，闭上了眼睛。海琳娜继续翻动相册，下一页是她和各种各样马的合照，再下一页也是，整个相册，很多照片都是和那匹黑马照的，萨米尔。埃蒙德点亮天花板吊灯，转动着开关，直到到达自己满意的亮度，然后回到沙发上，坐在海琳娜旁边，这一次他保持了比上次远一点的距离。

“警察尽力地搜寻着整个区域，但没有找到一点线索。我们带着猎狗，还有乘着直升机在这个区域找了很多天，甚至搜寻了整个湖都没有找到你，警察怀疑你自杀了，但是……”埃蒙德叹了叹气，“你的寻人启事很快发了出去，连外国都发了，但是杳无音讯，没有任何线索。你就是消失了，彻底消失了。”

海琳娜听着，埃蒙德所说的，是她的故事，这是发生在她身上的。“那我当时在做什么？如果骑马只是我的爱好，我的工作是什么呢？”海琳娜问道，突然有些不耐烦。

“你当时在运作公司，这是你父亲的公司，他创建了苏贝格航运，为所有事情打下基础，我们只是在他的肩膀上继续工作。”

“我父亲。”海琳娜重复了一遍并意识到这个词是如何在她体内温暖地流动着，这种感觉又一次让她感到惊讶。她并不是孤儿院的孩子，不是没有家庭的人，她有一整套的故事。

“讲讲我的家人吧，我父亲和母亲，他们怎么样了？”她渴望地说道。

“你出生在一个有名望的家族，你的曾祖父参与创建了天堂山议事会（Himmelbjergfesten）。”海琳娜能看到，埃蒙德总在寻找着什么，是她眼中回忆起什么的闪光？然而每一次他都有些失望。埃蒙德继续说道：“天堂山议事会是人民议会，正是这样的政治会议创造了丹麦的民主。”海琳娜点点头，埃蒙德所提及的，她都能理解，客观事实与常识她都还记得。她也知道蒙得维的亚在乌拉圭，丹麦在1849年建立了民主体系，茉莉香米比其他米更脆，用筷子享用时口感更精细，她知道各种各样的事情，这些东西她可以说上几天几夜，然而只有关于她自己的、关于她身边的一切被删除了。

“那我父亲呢？他也参与了吗？”

埃蒙德笑了：“你的曾祖父，这是19世纪40年代的事了。你的父亲叫艾克斯，在他去世时，他是全丹麦最有影响力的富商之一。”埃蒙德的口吻就好像他在照着一本书朗读，准确而不带有个人情感，他谈到了公司，谈到了海琳娜的父亲艾克斯是如何在湖上开展航运贸易，主要做木材与旅游相关的业务，谈到了艾克斯很快意识到未来不能建立在湖上，而应该在海上，所以他拓展了版图，开始在弗德里科港创建自己的公司，但依然保留着总部一直都在施克堡，尽管多年来公司有很多人一直试图说服他把总部搬到哥本哈根、奥胡斯，甚至菲律宾。

“有他的照片吗？那我母亲呢，我有兄弟姐妹吗？”

埃蒙德拿出了一个相册，前后翻动，翻到有黑白老照片的一页，把它递给了海琳娜。

“这就是你的父亲和母亲，你是独生女。”埃蒙德用略带官方且机械的口吻解释道。

海琳娜看着那些照片，是婚礼上的照片，一个非常年轻的女人坐在椅子上，身着简单的白裙子，面纱一直垂到肩膀，脸上的表情既害羞又有点担心。埃蒙德小心翼翼地朝海琳娜靠近，把一只手放在她的胳膊上，但很快就又拿开了。海琳娜的注意力集中在照片上：她的父亲，婚礼照片中的他正襟危坐，看起来很有威严，他比他的新娘大几岁，照片上的父亲大约 50 岁，她猜。透过照片，海琳娜发现自己的下巴和眼睛和父亲的很像，他们还有同样浓密的眉毛。海琳娜看着所有的照片，一张一张地翻完了整个相册，看着她父母人生的展开。妈妈一开始很年轻，然后变得严肃了，海琳娜出生时，父母都变圆润了，照片的颜色在变化，衣服款式更替，他们也有了皱纹。海琳娜翻动着，手指察觉到了相册中间的缝合线有处磨破了的纸边。

“这儿缺了一页。”海琳娜说道。

“是吗？”

埃蒙德用手指摸了摸：“对。这是个旧相册。”说着，埃蒙德开始为她翻动下一页。海琳娜像刚出生的婴儿一样，对自己的照片感到很新奇，她看着母亲抱她时脸上浮现的温暖与幸福表情，看着自己成长、学走路，看着自己和人生的第一匹小马驹在一起。海琳娜吸收着每一张照片的信息，埃蒙德给她时间，很安静地坐在她身旁。她可以感受到埃蒙德大腿的温暖，也总能听到他的呼吸。终于，海琳娜看完了相册的最后一页，合上它并看向他们面前的一大摞相册，真的有很多的相册，很多照片，很多年，那些她所忘记的往事，开始浮现在她眼前。

“我的父母去世了？”海琳娜问道，尽管她已经知道了答案，如果他们还活着，他们现在一定会出现在这儿，他们一定会很想念她。

“是的，他们都去世了。你愿意看看孩子们小时候的照片吗？”

“那……表亲呢？……或者那之类的。”

埃蒙德犹豫着：“有的，当然了。但是……”

“但是？”

“你知道当牵扯到钱时，事态会怎么发展吧。”

“不知道。”

“你的亲戚们……所有你父亲挣的钱，”埃蒙德耸了耸肩膀说道，“我想你的亲戚们希望你父亲给他们更多的钱，但这超出了你父亲的意愿。”

海琳娜点点头，沉默着，当她打开一个新相册时，情感涌了上来。

“克里斯蒂安？”她小声说道，埃蒙德点了点头，现在他们两人的眼睛都湿润了。

海琳娜缓缓地翻动整个相册，翻动着克里斯蒂安成长的轨迹，作为母亲她本不应该以这种方式消失的。她一遍又一遍地尝试，强迫自己的大脑想起来，她不希望自己只是坐在这儿看照片，她要想起拍摄这些照片时自己的感受。

“你想起什么了吗？”埃蒙德问道，显然他与海琳娜思考的问题是相同的。

海琳娜遗憾地摇了摇头：“也许当我再次接受治疗时，这些就能派上用场了。”她说着，但是只是想想接受治疗就觉得很累。埃蒙德已经雇用了全国最好的精神科专家和治疗师来帮助她恢复记忆，国立医院的医生们也已经试过了，但每次治疗都让她精疲力尽，几乎可以说，每次尝试都差点要了她的命。

埃蒙德突然握紧她的手，把她的手拿起放到自己的脸颊上，海琳娜害怕地想要收回来，但他握得很紧。

“海琳娜，我一直都很想你。”他说着并向海琳娜靠了过来。

海琳娜感受到埃蒙德的嘴唇与自己的交叠，柔软的嘴唇，修剪得体的面颊，他是自己的丈夫，一个英俊的男人，海琳娜温柔地把手放在他的胸膛，感受他的肌肉线条，结实有力，然后她停了下来。

“这太早了，我不能……”

他松开她并起身。“抱歉。”他说道。

“你不应该道歉，是我的错。我只是太累了。”海琳娜尴尬地站了起来。

他们一言不发地躺在床上，但没有挨着彼此，宽大的双人床给两人之间留出了足够的空间，并且他们各盖各的被子。

“晚安。”埃蒙德说完，转身背对她，他的呼吸变得沉重，但海琳娜感到困惑，她不知道他已经睡着还是在装睡。她清醒地躺了很久，听着新的声音，这有点空洞的声音应该来自卧室里开放式火炉的烟囱，外面的树发出窸窸窣窣的声响。然而是埃蒙德，她首先听到的声音来自埃蒙德，她以后每晚都能听到他睡觉的声音，每个晚上。这是她的丈夫，在某个时间点上，她会准备好重新接受他，海琳娜知道自己会的。然而海琳娜，或者说是露易斯那一部分极度地思念着他，约克西姆，也许这个男人已经重新开始文思泉涌了。

Chapter 13

约克西姆在嗡嗡作响的头痛中醒来，然后咬了口马鲛鱼。马鲛鱼？他闭上眼躺在床垫上许久，不想看周围的一切。这是位于哥本哈根一个破旧城区的小房间，墙皮正在脱落，地上铺着劣质地板，整个房间散发着不易察觉的味道，角落里的酸味让他猜测有人曾经带着猫住在这里，窗外“吉屋出售”的牌子在清晨的微风中摇摇晃晃。“见鬼。”约克西姆小声说道。他本应心存感激，出版社的顾韵帮了他的忙，同意把公寓卖出去之前让他暂住。这间公寓是她当初为自己儿子买的，不过现在儿子去了纽约求学。然而这些离我的人生是多么遥远啊，约克西姆一边这样想着，一边再次闭上了眼睛，一段有孩子在美国求学的人生，一段给有真正意义上工作和真正意义上婚姻关系的人准备的人生。

约克西姆睁着眼睛转向一侧，看着沿墙摆着还未开封的、堆成一摞的大纸箱。搬进来之后，他唯一做的就是直接在地板上用床垫铺了个床，然后把电脑放在顾韵儿子留下的红色沙发桌上。电脑旁边摆着两个空红酒瓶，还有一个装着一半红酒的红酒杯，那是他昨天帮助自己写作用的。

他踉踉跄跄地走着，走进极小的卫生间，几乎要蜷缩着身体才能进去，实在难以想象这个空间里还能摆下一个淋浴。他不去看镜子里的自己，约克西姆清楚地知道夜间出行后的自己看起来会是什么样子，浮肿、面色发红，看起来比他的实际年龄要大。然后他花了几分钟找头痛药片，但是没有找到。箱子并不是他自己整理的，是莉娜帮助了他，没有海琳娜，或者说露易斯在身边，他实在无法再独自去趟基督岛。他的老式沃尔沃依然停在博恩霍尔姆岛，搬家公司的小伙子一天之后帮他把箱子运了过来，里面只有几件旧衣服和更旧的手稿。

他该做点什么呢？现在又会发生什么呢？难道他要独自坐在这间哥本哈根的公寓里，日复一日以这样的方式醒来？期盼着、期待着露易斯回心转意，回到他的身边？她现在已经有了一个家庭，她突然间得到了他永远无法与之相抗衡的东西，丈夫与孩子，一个家，约克西姆又给过她什么呢？

约克西姆必须试着开始写作了，他已经够倒霉了，是该重新开始了，也许发生的这一切都是种祝福。约克西姆坐到桌前打开电脑，但很快停住了，然后他起身，来回踱步，透过所有窗户朝外望去。他想念着露易斯，或者是海琳娜，约克西姆感觉想念就像他身体的一部分，已经自己溜出去了，这是那么得痛苦。他想给露易斯打电话，他还能打电话吗？只是告诉她，自己在想她，然后问问她最近怎么样。约克西姆有些犹豫，回忆起最后一次他们在餐厅门口面对着彼此时她的样子，露易斯哭着，她求约克西姆给自己平静的生活。

约克西姆回到电脑前，他的网络并没有显示在电脑右下角的网络链接选项里，明明昨天晚上还好好的，然后他看到楼下住户的“瑞贝卡的网络”选项，这是可以连上的。约克西姆考虑了几秒后把一件衬衫套在头上，踩着破旧的鞋子下了几级台阶，敲了瑞贝卡的门。不到一分钟后，主人过来开了门，是个二十几岁的漂亮学生——那又怎么样呢？又不像海琳娜那么漂亮。

“你是？”

“你好，瑞贝卡。”约克西姆说道，他惊讶地发现自己居然有点脸红，也许瑞贝卡认识他，“我刚刚搬进来了。想和你打个招呼。”

“哈哈，这样啊？你好。”她笑了，漂亮的牙齿，典型的幸福家庭出来的女孩，指甲上涂的粉色指甲油有点掉色，睫毛膏也刷好了……又是这些烦人的细节，他关注这些有什么用？

“你……我能借用你的网吗？我的网要下周才能连接好。”

回到公寓后约克西姆连上了瑞贝卡的网络，坐在那儿盯了一会儿谷歌的图标。

“来吧。”约克西姆小声说道，他该写作了。关于自己的遭遇，约克西姆知道自己不应该搜索她，不该再花时间在露易斯身上了。他这样想着，然而还是将“海琳娜 · 苏贝格”敲进了搜索栏，网页上立刻显示出很多关于公司和她曾祖父参与国家级历史性人民议会的信息，她的曾祖父是建立丹麦民主体系的一员。这些内容让他感到不舒服，约克西姆觉得自己太渺小，突然可以与这间微型的两居室公寓相配了。他的家庭很难被称为家族，没有任何能与苏贝格家族相提并论之处。

约克西姆接着读下去，对海琳娜的信息感到有些惊讶。他在一份女性杂志的网页版找到了一个关于海琳娜的采访，这是五年前的记录。网页上有张她的照片，头发与现在不同，完全是直发并且颜色更浅，单纯的金色，一定是专业发型师设计的，发型也有所不同，身上的深蓝色的裙子也更加正式，脖子上还有个简单的细项链。杂志上还有别墅的照片，展现了别墅内外，所有东西都是高贵奢华的，与他们在岛上的生活相距甚远。他读着文章，海琳娜告诉记者，自己植根于深邃的、浪漫的、完全丹麦的文化中……就好像整个丹麦文化都见鬼地源于天堂山。约克西姆勉强地继续读着，海琳娜提及埃蒙德很多次“我的丈夫”，在她口中，埃蒙德就像是热爱分担家务的新时代好男人的典范，一个不只把男女平等挂在嘴边，而是身体力行的现代男人。

门响了，约克西姆突然起身。会是她吗？她已经回来了？然而外面站着的是一个手提公文包、穿西装的男士。

“您好，我叫施密特，是苏贝格家族的律师，可以耽误您一小会儿，让我进去和您聊一下吗？”

约克西姆惊讶地和这位男士握了手，并请他进来。律师环顾房间四周，地上的床垫，还留在桌子上的红酒瓶子，搬家用的大纸箱，经过约克西姆刚才的一通翻找后，箱子里的东西有一半摆在外面。约克西姆感到不好意思，迅速把酒瓶放进厨房并关上了电脑。

“抱歉，我刚搬进来，这里有点儿……”他停住了。

律师指着一把椅子，用征询意见的眼神看着他，约克西姆点点头，律师坐了下来，把公文包放在桌子上并打开了它。

“这是关于什么的？”约克西姆问道。

“我需要和您聊聊这个案子，看看我们能不能做出双方都满意的安排。您要不要坐下，我有几份文件要给您看看。”

约克西姆再一次意识到自己的醉酒状态，也许他还是有点醉。一个家族律师？他一边摇着头，一边拖过一个搬家用的大箱子坐了上去。他一开始感觉箱子太矮了，于是又在上面摞了另一个箱子，现在相对沙发桌，他又有点太高了，但他宁愿这样。家族律师，苏贝格家族当然有家族律师了。

“你刚才说，一个安排，我不明白？”

律师清了清嗓子，手里拿着一张纸。

“您知道对于苏贝格家族。这段故事比较……尴尬。一个是海琳娜失踪了，失忆，这是件可怕的事，但是……”

律师将文件推到桌上，约克西姆看着它，上面写着几个大字：绝密协议。约克西姆读了下去，他意识到这位律师来访的目的，在“协议双方”下有他和埃蒙德 · 苏贝格的名字。

“对整个苏贝格家族而言，如果出现信息泄露，这将是个极其无聊的故事。海琳娜在失踪时期，曾与另一个男人同居三年……我们也必须为海琳娜考虑，让她安心。”约克西姆读文件时，律师在一旁看着他，观察他的反应。

他们想让约克西姆签字，确保不会把海琳娜的事情透露给媒体或其他人，甚至不能对包括家人和朋友在内的任何人说，以及文件上列的一大长串，约克西姆不能以书、论文、文章、专栏等形式创作关于他和露易斯的故事。这是份详细的、经过周密策划的文件，约克西姆看着最后一页的金额，吃了一惊：500 000 丹麦克朗。签下自己的名字，约克西姆就可以成为半个百万富翁。

“我们很清楚，这对于您来说也是不愉快的，我们愿意补偿您。”律师说道。

补偿？约克西姆不知道这些钱究竟为何而付。他的沉默？为了避免海琳娜消失的尴尬故事泄露，还是为了确认他会彻底对露易斯放手？他们想以付钱的方式让约克西姆忘了关于露易斯的一切？

“如果海琳娜决定离开埃蒙德，那么我会陪在她身边。”约克西姆将保密文件放在桌上，他的手有些颤抖。

律师皱起眉头，看起来很困惑。

“这份协议是关于放弃透露海琳娜失忆这件事的，您只需要签字声明您不会把关于海琳娜……”

“我需要确定的是，这并不意味着我必须放弃海琳娜，对吗？我爱她，并且我知道她也爱我，我理解她现在必须去处理一些事，这我都明白，但她可以改变自己的决定。”

“我完全不明白您在说些什么，海琳娜 · 苏贝格已经回归自己的家庭，现在整个家族需要确保一切归于平静，并且不会再有不愉快的故事发生。”

不愉快的故事，这种说法真令人倒胃口，约克西姆和露易斯的相爱被贬低成一个不愉快的故事，变成令苏贝格家族感到害怕的故事，可以扰乱他们生活的尴尬。露易斯现在要变回海琳娜，再次接受女性杂志的采访了吗？她会讲述自己被新时代模范丈夫幸运地重新找到之前，过着多么悲惨的生活吗？他们会讲述这样的故事吗？约克西姆感到一阵倒胃口，马鲛鱼的味道又一次涌回嘴中。马鲛鱼？他从没吃过马鲛鱼啊？他晚上吃过它吗？

“我不能签署这份文件。”他坚定地说着并把文件推了回去。

“但是……”律师明显地吃了一惊。

约克西姆起身。

“我感到很抱歉，我为这件事给他们家族带来的不便感到遗憾，但是我不能。”约克西姆迟疑着，继续以更小的声音说，“我不会出去给海琳娜找麻烦，但是我也不能把我和她的经历卖出去。我们在一起的时光，现在这也是她人生的一部分，我不想忘掉它，一个作家不能出售自己的经历，这是他唯一拥有的。”约克西姆说道，并认为自己说得十分正确，与露易斯在一起的回忆是他唯一拥有的。

律师起身，犹豫地站在他身前。约克西姆把文件递给他，但是他又收回了手。

“请您留着它们吧，再考虑一下，也许您会改变主意，毕竟这也关乎露易斯的案子。”律师说着并以具有穿透力的眼神看着约克西姆。

“什么案子？”

“海琳娜被怀疑和露易斯 · 安德森的失踪有关。关于案件，最好别有太多的故事在外面流传。”

约克西姆看了律师一眼，尝试着理解这个讨厌鬼的意思。如果约克西姆保持沉默，露易斯入狱的风险会降到最低吗？“我不想改变心意。”约克西姆说完，坚定地把文件递了出去，但律师并没有接过去，而是合上了公文包并快步走开。他一边朝门的方向走，一边说：“请您再考虑一下。我的电话和地址都在协议上，如果您改变主意，请随时打电话给我。在您签字后一小时内，款项就会打到您的账户。”

约克西姆果断地从中间把文件撕开，碎纸声刺啦刺啦响起来，律师转过身惊讶地看着半张 A4 纸飘到地板上，他摇了摇头，随后甩门而去。

约克西姆又是一个人了，一个人。这是事实，海琳娜并没有选择他，但约克西姆选择等她，如果等待是约克西姆即将要做的事，那么他愿意选择余生都等待露易斯。除此之外，他能肯定在这个案子中有什么地方不对劲。为什么海琳娜会带着露易斯 · 安德森的身份证出现在博恩霍尔姆岛？真正的露易斯又在哪儿呢？这两个女人——从小在孤儿院长大的露易斯和富商的女儿海琳娜——她们的命运怎么会交织在一起呢？约克西姆需要一探究竟，找到真相。约克西姆翻着自己的电脑包，翻出他在露易斯背包底部找到的，和几颗甘草糖放在一起的啤酒杯垫。这是唯一的线索，露易斯故事中的第一句，一个垫饮料的破纸板，带着一组通往社会与内政部职员皮特的电话号码 91880119。约克西姆很久以前就把关于皮特的信息交给了警方——但他们什么有用的信息也没查到，一个随意的电话号码看起来并不像破获案件的突破口，警方当时是这么说的——约克西姆为他们提供了线索，但他们什么进展也没有。

约克西姆把啤酒杯垫扔到了桌子上：“该死。”他小声说，并直接用从水龙头接来的热水冲了杯咖啡，仅用两步就回到了客厅。他继续盯着啤酒杯垫。“不……”他摇着头说道。一切仅仅这么简单吗，那组电话号码？他把啤酒杯垫转过来，数字变成了 61108816，手写体看起来更顺畅了，不过这也很难说，毕竟写字者笔迹潦草，所有的数字 1 都只是一条竖道。约克西姆抓起电话，他应该试试。

“艾勒街，这里是戈姆。”一个疲惫的声音说道。

“露易斯 · 安德森。”约克西姆说道。只说了这个，他数了数，对方有三秒的沉默。

“是谁在打电话？”电话另一端的人有些粗暴地问道。

“她在哪儿？”约克西姆说道。

“我不知道你在说些什么。见鬼，你到底打电话过来做什么？”

“她失踪了，我想要找她，我发现你的电话号码写在了她的私人物品上。”

“从来没有听说过她。”戈姆打断了约克西姆的话。约克西姆知道电话对面的人在说谎，戈姆，艾勒街，沉默的那三秒钟揭示了一切。

Chapter 14

海琳娜在床上转了个身，看着埃蒙德，他还在睡着，所以海琳娜尽可能轻地起身。床边有一把靠背椅，靠背上挂着件浴袍，她穿上浴袍，走到与卧室相连的淋浴间。起居区域，她应该这么称呼这个地方，毕竟连穿衣柜都有单独的房间。她想约克西姆了，她的整个身体都想念着他，想念他的手臂环抱着自己，想念他的嘴唇，想念他的眼睛。海琳娜打开淋浴开关，略带匆忙地淋浴着，涂好沐浴液，冲洗头发，同时一直想着埃蒙德最好不要醒来并出现在门口。当她再一次穿好浴袍后，感到如释重负，埃蒙德还没有醒。海琳娜走进穿衣间，看着挂在里面的一排排裙子和西服，她犹豫不决地翻找着自己想穿的衣服，最后试了件与蓝色夹克搭配的丝制裙子。她看着镜子里的自己，仍然光着腿，只穿了裙子和夹克衫，也许这身还可以。海琳娜试着把手放在夹克衫的兜里，这样显得非常有职业女性风格。兜里有个东西，她掏出一张小纸片，是张停车收费机的收据。

“这是什么？”

她抬头一看，埃蒙德正站在门口看着她。

“我不知道，一张收据，停车缴费机上的，5 克朗。”

“你总是留着所有收据。”埃蒙德说着，并走进了淋浴间。

“为什么？”

“为什么？”埃蒙德没好气地探出头来，喊道，“你总是捣鼓会计那点事儿，你特别地抠门。”

“是吗？”

“绝对的。所有的消费你都要再拿去抵税，一张5克朗的停车收据能抵一块两毛五的税款。这个收据是哪儿来的？不过话说回来，你当然还留着它了，我是说，五年前的收据你都还留着。”埃蒙德在淋浴间喊道。海琳娜看着手机，这是对原来的自己的第一印象——一个守财奴。这日期……3月23日，这纸的材料，3月23日……海琳娜知道，这是她失踪的三天前。跟着，海琳娜把收据扔进床头柜的抽屉里，也许她很快就能找回过去的自己，并为错失这一块两毛五的抵税悔青了肠子。她走回自己的衣柜，拿出一条裤子，举起来打量着，骑马装，也许她能记起自己上马的动作。

“我并不觉得你现在需要这条裤子。”埃蒙德在她身后说道。

“我只是看看。”海琳娜把衣服挂回到衣柜里，当售货员满怀期待看着走进商店的顾客，这种话总能打击到她们。

“我觉得我们应该和孩子们做点什么。”海琳娜说。

“卡洛琳已经送他们去学校了。我们觉得让孩子们尽可能保持日常生活的状态是最好的。”埃蒙德平静地回答道，就好像自己与保姆而不是妻子讨论孩子的教育问题是再正常不过的。海琳娜感到很失望，她本期待着自己与孩子们待在一起。

“我本想着我们可以共度一整日的时光，只有你和我，找回……”埃蒙德停住了，感到有些尴尬。

海琳娜理解，尽管他没有直接说，性，这是他想说的。这种想法让她不安，甚至有点生气。他把她当成什么了？他真正想从她身上得到什么？然后她意识到，他思念着她，这是可以理解的。他并没有忘记，在她失踪的这段时间里，他一直思念着她，三年了。

“我还是觉得我应该试着骑一段。”她带有歉意地耸了耸肩膀，“我需要做些出事之前常做的事，也许能唤起我的记忆。”

埃蒙德感到失望，这是显然的，但是他并没有反对：“我这就让马厩姑娘给马装上马鞍。”

卡缇卡在马厩前的庭院等候，手里牵着上了马鞍的马。马厩姑娘像一天前一样安静。海琳娜走到萨米尔身旁，马儿轻声哼哼着，毫无疑问，它认识自己。海琳娜小心翼翼地抚摸着马的脖子，感受到一股暖流在马如丝绸般柔顺的夏季短毛中流淌。她不害怕马，但是她能骑马吗？也许这就像骑自行车，如果曾经学会，技能就会留在身体里。海琳娜将双手放在马鞍上，触摸着光滑、保养得宜的皮革，小心翼翼地朝马靠了过去，闭上双眼。她知道她要做什么吗？她记得什么吗？她睁开了眼睛，一切都是符合逻辑的，她要将一只脚踩在马镫上，并用力向上，直到整个身体跨上马背。埃蒙德慢慢地走了过来，他也穿着骑马装。

“需要我帮你吗？”他从卡缇卡手中接过马缰。

海琳娜突然意识到这个女孩看埃蒙德的眼神是多么不同，崇拜的、着迷的。这是当然的了，她想，马厩女孩正处于对这类男人充满完美幻想的年华，这也是为什么她对海琳娜充满戒备。埃蒙德伸手想将她扶上马，但就在这时，海琳娜想着马厩女孩和埃蒙德的时候，她的脚已经无意识地蹬上马镫，跃上了马背。坐在马上的她意识到，她能骑马，如果她能做什么，那一定包括骑马。

“我特别想自己一个人先骑一段。”她一边说着，一边拉动马缰。

埃蒙德松开了马缰：“我明白。”

海琳娜轻轻踩了下脚镫，稳稳地坐在马鞍上，她能够意识到这有多么适合自己。出发前，她最后看了眼埃蒙德与卡缇卡，他们肩并肩地站着。他们也曾肩并肩躺在一起吗？或许吧，埃蒙德在自己最有魅力的年纪，以及马厩女孩显然在嫉妒着海琳娜。萨米尔离开了围场，朝着森林方向走去。

山毛榉树、石楠花和钟叶树，以及在它们之间的交织分布的宽敞马道，海琳娜的左手边是湖，宽敞的湛蓝色湖面一直伴随着她。海琳娜感觉到一直有个记忆围绕着她，但她就是想不透这是什么，她看不透这一切，潜藏着的一切。

海琳娜对自己能骑得如此好感到惊讶。她本能地意识到对马的指令要潜移默化，这涉及如何将身体的重量压在马上，涉及如何把重心从一边移动到另一边，这就好像她的身体与马在用一种绝密语言交流。海琳娜很放松，整个身体呼吸顺畅，释放着这些天憋在体内的压力。

逐渐地，海琳娜意识到萨米尔一直朝特定的方向走：朝着东边，远离湖面。萨米尔变得越来越迫切，加快着节奏，节拍由踱步逐渐变为快马加奔。海琳娜疑惑地随着萨米尔的步调，她稍稍松开马镫，膝盖紧紧地夹着马，身体向前倾，马加快了速度，她的身体更向前倾了，膝盖也夹得更紧了。海琳娜的身体里蔓延着一种感受，自由，她并不害怕，即使马的速度是在降低的重心中晃来晃去。伴着剧烈的摆动，他们突然转向，随后马猝不及防地停了下来。

海琳娜在一瞬间被推出马鞍，但很快重新获得了平衡，马气喘吁吁地停在原地，她也上气不接下气。

他们在一片森林空地中，前面有一条小溪，海琳娜爬下马背，松开马缰，萨米尔开始狼吞虎咽地吃草。她蹲在小溪旁，用手捧起一把水并放到嘴中。海琳娜享受着喉咙中冰凉而顺畅的感觉，突然意识到了什么，一种……似曾相识的感觉，她之前来过这里，她对此毫不犹豫。她曾梦见过这里，梦见过这条小溪，这片森林，就像现在这样一个人，梦中是夜里，也许这不是一个梦，而是一段记忆。她的眼神锁定小溪的另一侧，看着茂密的森林。

“一条路。”她小声说道，她记得这条切开森林的路。海琳娜小心地向小溪走了一步，萨米尔不安地看着她。

“别紧张。”她说道，然后又走了几步，到达了小溪的另一侧。她能听见萨米尔不安的叫声，也许当时的事件就是这样发生的，她是从这里消失的，动物还记得这一切。

针叶林茂密地生长着，长得如此地靠近彼此，以至于很多都死了，稍有风吹草动树枝便会发出很干的响声，像夏天蝴蝶翅膀一样干燥。海琳娜谨慎地走着，身后的空气中扬起灰尘，然后她站在了那里，路边，一辆卡车摇晃着驶过，司机按喇叭示意她离开道路边缘。这里……她当初就是在自己所站的位置消失的。逃走？她想去找埃蒙德，然后告诉他发生的事，告诉他，自己能记得小溪、森林、道路，问题是所有她记起的这一切都难以与埃蒙德分享，她对自己想要逃离产生了奇怪的感觉。海琳娜穿过森林，跨过小溪走了回去，同时很多问题追随着她。她当初为什么会离开马？他们说的都是真的吗？她从马上摔了下来，撞到了头？为什么她会走到那条路并……难道……她曾经搭了一辆车，去哥本哈根？但这没有道理，至少和她摔下来撞到头的故事不相符。

萨米尔抬起头朝道路望去，海琳娜听到了脚步声、马蹄声，然后埃蒙德出现在了这片森林空地，他从自己那匹浅棕色的马上下来，并没有放开马缰，而是将马拉到干燥的森林边缘，朝她走了过来。

“我有点担心你，我觉得你走了太久了。”他的脸上浮现出她从未见过的某种阴影，似乎这个地方令他充满不安全感。

“没事儿……我其实也不确定能不能找到回去的路。”海琳娜说。她试着让自己看起来和平常一样，看起来没有受到任何影响。埃蒙德几乎要走到她的身边了，海琳娜快速走过他的身边，回到萨米尔身旁，飞快地骑了上去。

“我们可以骑回家了吗？”海琳娜一边说，一边用脚踢了下马的侧面。

Chapter 15

去旧日世界寻找一星半点的认可是多么地令人绝望，约克西姆走上那间大出版社的楼梯，走过忙碌的编辑和年轻而收入极低的实习学生——他们用尽一切办法想今后在出版界谋得职位。这一切都是他已经逃离的，艾琳的世界，一个充斥着独特的语言与密码的世界——一个所有的一切都围绕着谁在众人瞩目的核心，而谁又已黯然出局的世界。约克西姆朝其中一个老编辑笑了笑，这个编辑并没有回以微笑，只是简单地点点头，完全只是走个过场。约克西姆不够融入，从来就不觉得自己是这里的一员……不过已经无所谓了。艾琳就比他更擅长这个，她简直是个大师，懂得如何在这种场合“加密”并破译“密码”。记忆回溯到他和艾琳一起在出版社的时光，他当时根本看不出她什么时候说的是实话，而什么时候在说谎，但在他们在一起几年后，约克西姆发现了一个小细节：艾琳说谎时语速会慢一些。一般来说艾琳说话很快，反应敏捷，回答直截了当，经常带有攻击性，只有当她说谎时，才会把节奏放慢，也并没有慢很多，只有百分之几，但这也足以让约克西姆判断出她是否在说真话。

约克西姆见到了越来越多的熟悉面孔，没人和他打招呼，他的胃都能充分感受到这一点，并打了个大大的结。约克西姆并不理解这种处事方式，然而这种处事方式似乎与销量存在某种出人意料的微妙关系。销售量成千上万的书通常都有什么问题，约克西姆对此深信不疑，这与一个非常简单的数学公式原理相同：如果你认为自己是国家少数最聪明且感觉最敏锐的人之一，那么你一定不会青睐大多数人喜欢的东西，否则就意味着你与多数人的品位相同，那么你就不再是少数精英中的一员了。打招呼的原理非常简单，但从某种程度上看也很复杂，因为这里面的门道太多了，谁该和谁打招呼，谁又该对谁不屑一顾，谁说了谁的坏话，谁又能站在前台的旁边，度假该去哪里——简单来说，这里的一切都有大学问。

他走进办公室，顾韵拿着一摞纸站在屋子正中，那是他的作品。顾韵看起来和多年前一点变化也没有，身材好、自信、黑色头发。

“我最爱的作家！”她带着笑容喊道。

他们给了彼此一个大大的、温暖的拥抱，已经相熟太久了，顾韵询问着公寓状况以及他是否已经安顿好。她的人生从那间公寓开始，当时的她十分年轻且充满潜力，那时的约克西姆还处在鼎盛时期，现在，编辑们又该怎么称呼他呢？顾韵依然相信他，但是他为何这样写着电子邮件：“我终于有进展了！”约克西姆站在顾韵面前，感到十分惭愧，他是孤独的、失去爱情的可怜虫，并且没在周刊上写一个有用的字，他用那台电脑唯一做的，就是搜索海琳娜 · 苏贝格的照片并找到啤酒杯垫背后电话的地址，一个位于艾勒街的店铺。他将这一切告诉了警察，告诉了伊本 · 汉森 · 汉森，告诉他们这电话通向的不是社会与内政部的皮特，而是艾勒街的戈姆。约克西姆谷歌搜索了电话号码，发现了一个简陋的网页，网页上有各种 20 世纪二手照相器材的促销，伊本说会给他反馈，但约克西姆能听出她在说谎，她对此并不感兴趣，警察觉得他疯了。此外，美丽的海琳娜 · 苏贝格已经被找到，但除了约克西姆，没人关心露易斯 · 安德森——约克西姆是唯一想念露易斯的人。

顾韵放开了他："我们来谈谈书怎么样，我实在太激动了。"

顾韵在靠窗角落的一把酒红色靠背椅上坐好，约克西姆坐在对面，手放在大腿上，一种绝望的感觉在体内蔓延，即使看着书架也没什么帮助，书架上摆的全是顾韵今年出版的书。当顾韵在倒咖啡时，约克西姆盯着其中一本新书，看得出神。《体系》，一本500页的书，它是瑞典出版在世界上的一次成功范例，这本书是关于著名瑞典植物学家卡尔 · 冯 · 林纳的。约克西姆翻开书，读到林纳在1735年到荷兰哈雷对自然系统的描述，13页的论述改变了人类对世界的认知，书本讲述了知识的力量与传播，叙述从1666年林纳的祖父母在巫术运动中被烧死开始，一直写到欧洲启蒙运动的核心，宗教的力量逐渐被弱化，新时代孕育而生。看着评论的星级打分，约克西姆一度怀疑它们是不是仅仅是一张展现南方夜空的图片，并想着一本书怎么能得到如此高的星级评价。

约克西姆抬头看着顾韵，她笑了。约克西姆什么也没有，没有任何可写的，没有13页，没有500页，也没有别的什么。不过也不能完全这么说，他有破产，而且被抛弃了。现在约克西姆坐在这里，不得不承认在自己体内的一小部分有个声音在喊着"实在不行，你和顾韵也还有机会"。过去顾韵追求过约克西姆，他在好多年前出版社的一次聚会上拒绝了她，温和地、委婉地，事后好像什么也没发生过一样，她很幸福地结婚了，而且据他所知，她现在还和同一个男人在一起。但有一次顾韵也曾考虑抛开一切和约克西姆在一起。约克西姆看着自己，每时每刻，每一天，他都痛苦地意识到自己内心的无奈，没有海琳娜的约克西姆，什么都不是。顾韵的眼神开始移动到写字台上的一摞文件，他现在应该交点儿什么了，只有他交出点什么，才能留住这个职位。

"这是段浪漫的、轰轰烈烈的、不幸的爱情，我已经一点一点贪婪地放开了整个底线。"他说着，顾韵笑了，"情节包括消失的计划、秘密，"他解释道，"一个女人，露易斯·安德森，消失多年又出现了，但以另一种身份……"约克西姆停住了，他坐在这里所说的这些实在太愚蠢了。

顾韵看起来真的对此感兴趣："再多说些！你给我的这几页，实在是太棒了，我能感觉到，你找对了灵感。"

"嗯……"约克西姆试着回忆起那几页写了什么，他给顾韵发了所有自己来得及写的，埃蒙德出现在咖啡馆那个下午之前的事情。这些他没有删减过，他不记得自己写了多少页，他唯一记得的就是，那天海琳娜在餐馆门口和他告别时，她脸上的表情。

顾韵又翻了翻这些纸并满怀期待地说："这听起来像是一本轻松的夏季读物。要不在六月出版？如果我们都抓紧时间，这可以实现。"

顾韵理解地看着约克西姆，他们两人是熟悉整个行业的最好合作伙伴。夏季读物意味着这本书是轻松的，可以让人带到海滩上，即使跳过一小段也能跟上情节的书。

"好，但我不确定自己是不是能那么快写完。我希望能写好这本书。"约克西姆谦虚地说。

"约克西姆，你经手的所有东西，都是好的，你只要放心写就好了。创作、创作、创作！就是这样，如果你非要问我会有什么问题，那就是你想得太多而写得太少。"

约克西姆站在街上，这次会面浪费了他们两人的时间。在海琳娜从他的生活消失之前，他不知道自己是如此孤独，没有家人，没有朋友，准确来说，有个大表哥、老姨母他还有点接触，剩下的就是零零星星几个老朋友——几个不年轻、有点肥胖、有点秃头并对生活彻底失望的男人。他们会坐在一起，不醉不归，然后为生活不像他们想的那样进展，或是他们之中谁的妻子病危，或是谁的工作岌岌可危而抱头痛哭。约克西姆实在没什么多余的力气了，他唯一想做的，就是和海琳娜说话，他试着告诉自己，他要写她的故事，关于失去海琳娜的时光，但约克西姆更想要她回到自己身边。

约克西姆开始躁动不安地在街上走，他很清楚地知道自己在往什么方向走，朝着那间店铺。约克西姆不知道自己要说些什么，也许他应该假装自己是警察。他知道自己不能没有海琳娜，但海琳娜和消失的露易斯 · 安德森绑在一起。他脑海中一直有个想法：要想让海琳娜回到自己身边，就必须找到露易斯 · 安德森，找到海琳娜突然带着露易斯的身份出现的原因，啤酒杯垫上的那组电话号码是他唯一的线索。约克西姆加快脚步，想要跑起来，想感受自己的脉搏、自己的呼吸与汗水，但这在哥本哈根满是身着夏装的行人的步行道上显得很傻，所有人为了带着野餐篮子席地而坐都蜂拥到了公园。所有他身边的各色生活，他都没能参与。

到了艾勒街，约克西姆停了下来，他以前从不觉得 21 世纪还能有这种类型的店铺。窗户里面是各式老式录影设备，一个超 8 型号的老式电影投影仪、小而灰的轮轴、可拆卸镜头，都是旧日世界的物件，约克西姆这样想着，站在窗前犹豫着。他努力积攒走进去的勇气，更希望自己能对旧时代加以思考，他思考着，当自己年轻时，人类依旧可以解释这个世界。如果人可以穿越到一千年以前，或者两千年以前，可以向凯撒大帝解释未来世界；也可以穿越到 1985 年，解释驱动汽车的内燃机，介绍在胶片上曝光的照相机，电瓶车……但如今呢？如今的一切都无法被解释，脸书、推特以及三年后就变成另一个人的女人？不，凯撒大帝是不会买账的。

他一边小声嘟囔着，一边进了商店，一个年长的男子身体前倾，俯卧在装有照相机的柜台上，他抬起头：“您需要点儿什么？”

约克西姆向男人展示了手机里海琳娜的照片，想看看能否得到什么回应。在男子研究着照片时，约克西姆回想着拍摄照片的那天，那是基督岛北侧的礁石旁，他们一起在水中拍的。

“我没办法把它打印得很清晰。”男子说，无法从男子的声音中判断出什么。

“你认识她吗？”

男子摇摇头：“我认不认识她……当时是你打的电话吗？你可以滚了。”

“海琳娜 · 苏贝格，你对这个名字有什么想说的？”

男子眯起眼，狐疑地看着他：“用我送你出去吗？”

约克希姆感到脖子有些泛红，就好像一个犯错的小男孩。“我在调查一起失踪案，这关乎我爱的一个女人。”约克西姆说道，并感觉很好，头一次说出实话的愉悦感。一整天都像这样……就好像在热粥里来回搅动，在顾韵的出版社也是一样，不敢说出一点事实真相，这是关于爱情的，无关其他。

约克西姆捕捉着老家伙的小眼睛，它们带有些情感了吗？“这是关于两个女人的。”他解释道，“照片里的海琳娜 · 苏贝格和另一个女人，露易斯 · 安德森。你认识她们吗？或者她们之中的一个？”

“不，而且我已经告诉过你了。”他再次将自己全部的注意力集中在照相机上。约克西姆愣在那里，他该做点儿什么呢？

“你刚刚接管的这家店吗？会不会是之前的老板和她们有联系？”他问道。

“不，我拥有这家店 30 年了，并且打算继续开 30 年。”

男子说话时一直低头盯着柜台，约克西姆走到一个放着相机包和相框的架子旁，再走到装着闪闪发光相机的柜子那里，然后转身，发现有双眼睛直勾勾地盯着他。商店的后部站着一个年轻的瘦高男人，他一直盯着约克西姆。约克西姆朝他走了一步，但这个年轻男人惊恐地睁大了眼睛并朝他摇了摇头。约克西姆迟疑着，老家伙全神贯注地在柜台干着自己的工作。年轻男人继续盯着约克西姆，盯得如此紧，以至于约克西姆确认无疑：他知道什么，他想要告诉自己，但不能让这个老男人听见。于是约克西姆向出口走去。

“那么，很抱歉打扰您了。”约克西姆说。

“没关系，没关系，希望你早日找到想找的人。”男子说话的时候，快速地抬头看了一眼，约克西姆觉得他看到了一瞥，具有攻击性的、不愉快的一瞥。

约克西姆在咖啡馆等着，他坐在靠窗的位子上，这样能盯着照相馆的门。在接下来的几个小时里，并没有太多的顾客光顾这家照相馆。老男人和年轻男子同时走了出来，当老男人关店、锁门时，年轻男子走到了街上，升降铁门缓缓地、好像永远不会结束似的一点一点落在了门前。约克西姆尽可能远地盯着那个年轻人，终于那个老男人弄完了，并万幸地消失在另一个方向。约克西姆沿着步行道小跑着，一百米后，他看到年轻男子拐进了一条小道，约克西姆追上他，将手放在他的肩膀上。

“你知道什么吧？”约克西姆气喘吁吁地说。

“不，我真的不知道。”年轻男子犹豫地回答，他左脚运动鞋的鞋带开了，并且又脏又湿，显然是在水坑或城市里的泥地泡过。

“我能看出你想要和我说些什么，你知道什么？”

“就只是关于那个你找的，叫露易斯的人。”

“哦？”

“有的时候，不同的女人会打来电话。”年轻人低头说道。

"打电话过来？说什么？"

"我不知道，你应该和戈姆聊聊。"

"他们说了什么？"约克西姆急切地问道，想要挤压这个青年，挤尽所有的答案，就像用力地、一滴不漏地榨果汁一样。

年轻人耸了耸肩膀："他总是关着门，有个叫黛西小姐的人会打过来。"

约克西姆困惑地看着这个年轻人："黛西小姐是谁？"

"她只是经常打电话过来跟戈姆交谈。"年轻人又一次漠不关心地耸了耸肩。

"尽管告诉我你所知道的一切。"约克西姆带有煽动性地说，"没人会知道是你告诉我的，我保证。"

"别的我也不知道了。也许她们之间有联系，就是你找的那个人和黛西小姐。"

约克西姆叹了口气，他无法再从年轻男人口中得知什么了，这是很明显的，但是他也是有收获的——得到了一个名字：黛西小姐。约克西姆可以去找她，如果这是个女人。此外，他现在确定那个老家伙戈姆在说谎，所以现在还有更多需要调查的。对，约克西姆有了新的线索，一个值得追踪的线索，他感受到了久违的平静。他依然有机会赢回海琳娜，如果他找到露易斯，如果他查出海琳娜为何假装自己是她，这其中一定存在一个解释，一种希望。

Chapter 16

精神科医生汉斯 · 皮特 · 罗森堡每周上门一次，治疗计划是这样写的，所以埃蒙德安排罗森堡每周飞过来一次。海琳娜在朝湖的客厅里坐在罗森堡面前，可她宁可和孩子们在一起，因为她完全不确定医生的问题是否会有所帮助。

“还是什么都想不起来？”罗森堡医生又问了一次并左右晃动着身体。

海琳娜犹豫了，试着喝了一口茶：“我们的谈话保密吗？”

“当然了。”医生有些生气地说。

“在我丈夫面前也是吗？”

他想要说些什么，但停了下来，海琳娜看着他，他笑了：“你听说过那个誓言吗？”

“没有？”海琳娜不得不承认自己被医生的笑容打动了。

“这是个誓言，医生承诺不会泄露病人隐私。我们在公元前 300

年就已经这么做了。我不会是破坏它的人，OK？”

海琳娜点点头，思考着：“我有了个……”她寻找着合适的词，“记忆的闪现。”

“这是关于？”

海琳娜讲述了那条小溪和那片森林，以及她知道小溪的另一侧有条小路，她也说明了这一发现令她感觉很好——得到她是海琳娜的证据，得知消失前的她曾经住在这里，但这一切同样也令她感到不安。“这意味着什么？”海琳娜问道。

“这意味着记忆都保存在你脑中的某个部分。”医生微笑着说。

“我不能记起其他的，只记得我在森林中奔跑。”海琳娜不抱希望地耸了耸肩，“当我站在那条路边时，我就有这样奇怪的感觉，好像我曾想逃离什么。”

“逃离？”

海琳娜点点头，逃离，就是这样。

“你和你丈夫的关系怎么样？”他问道。

“挺好的，这是全新的关系。”

“嗯，这很清楚。你问过他吗？”

“问什么？”

“你们过去是否幸福？也许有一个决定性因素在你们婚姻关系存续期间，但是被你忘了。”罗森堡补充，“人们在逃离前总会经历什么。”

“埃蒙德说我们曾经很幸福。”

罗森堡看了她一眼：“海琳娜……也许你应该抓住你失踪前的那段时间，想想那段时间曾发生了什么。忽略现在发生的事情，尽管它们也很重要。你明白我的意思吗？”

“或许吧。”

“看起来好像你的记忆自发性地切断了与外界的联系。但找回记忆需要通过一扇确定的门。”医生说，在椅子里向前坐了坐，双手交叉，放低了声音，“只盯着你和孩子们的照片并没什么用，这么做并不能唤起你的记忆。抓住你现在闪现的记忆，你在森林里奔跑，从那里开始，弄清楚在你开始跑之前发生了什么，或者之后发生了什么。”

送罗森堡出去的是埃蒙德，这让海琳娜很烦，她觉得自己没用极了，就好像儿时经历过的“现在是该大人讨论的时刻了”。这里有什么东西不对劲……她这么想着，有什么她无法适应的东西，关于性别角色的。埃蒙德周围全是贤惠的女性，一个身着保姆服的老女人，一个马厩女孩……海琳娜无法在他熟练处理成人间的事物时，做一个站在一旁甜美微笑的贤妻，她的体内有太多露易斯的特点，太多那个经营咖啡馆的女性的特点：每天很早就起床，去熏鱼房取来鱼，用圣克莱蒙的黄油牛奶和后院的蜂蜜烘焙自己的原麦面包。海琳娜过去曾和嘉士伯公司协商，在咖啡馆独家提供这家历史悠久酿酒厂的特质啤酒，以换取免费的遮阳棚，她曾独立将鳗鱼内脏清理干净，腌制它们几个月以备秋季菜单使用，配以新鲜的红菜头和阔叶葱沙拉——这是岛上具有接近百年历史的食谱，不能有一点改动，否则会引发岛内抗议。她曾自己做账并将杀藻铵放在卧式冷冻柜中，以去除动物和柠檬冰制甜点的味道。也许她应该找机会和埃蒙德聊聊这些，她很想知道他是否听说过杀藻铵。

海琳娜在外面的草坪上找到了孩子们，并试图和他们一起玩，这并不容易。记忆持续地折磨着她，那条小溪，冰凉的水，森林，三年来她的记忆头一次闪现了什么——只是展现了她的过去，一段除了罗森堡医生外，自己不愿向其他人分享的过往。医生认为记忆的源头在那里，她为什么在跑？她当时在和另一个男人私奔吗？她难以想象这一切，如果是的话，那个人又是谁呢？约克西姆之后很久才出现在她的生活中。难道她曾经发现了埃蒙德有婚外情？天哪，这些每天发生的事情……在各个角落每时每刻都在发生的事情。有人说，当婚外情这些事情发生时，人们并不会失忆，只是失去好心情，但这些又有什么用呢？

她试着回到现实中，不想错过身边的一切，她终于和孩子们在一起的这一刻，苏菲一直拉着她的手，克里斯蒂安逗得她大笑，从他的脸上，她能看出克里斯蒂安享受着这一切，他们有一样的心情。这很好，当孩子重获安全感时，就会与她有更多的肢体接触。每次他们坐下来，苏菲就会爬到她的大腿上，海琳娜享受着孩子的体重，总在想自己失踪时，克里斯蒂安的体重就和现在的苏菲一样。

晚餐后，她安顿好孩子们，在工作间找到了埃蒙德。“他们睡了吗？”他从一堆文件中抬起头。

“对，一切都很好。”

海琳娜环顾办公室，她觉得自己更应该把这儿称为图书馆。房间用典雅风格精心装饰，房间正中摆着一套漂亮的深红色皮制沙发组合，坚固的书架从地板直通天花板，房间里所有的灯都带有绿色灯罩。

“你的写字桌在那里。”埃蒙德指着一个和自己的写字桌很像，但是稍微小一点的桌子。她好奇地走了过去，桌子靠着窗户，面向花园和湖水，这里有属于她的湖景。

“我们每晚就在这里工作，但是你也有一间自己的工作间。”

埃蒙德起身，站在沙发旁，用被欲望点亮的双眼看着她。她走向沙发，觉得自己的奶油色裙子比平时紧了些，埃蒙德能看到一切，感受到这些，她的胸部，她的臀部，她所有的曲线。海琳娜坐在沙发上，埃蒙德坐到了她身旁，将一只手放在她的大腿上。

“海琳娜……”他的声音有些粗犷。

“我们之前的婚姻实际是怎样的？”她打断了他。

他在回答前犹豫了一下："挺好的。"

他的手还放在她的腿上，没有移开。他等待着她的信号，他的皮肤是古铜色的，眼睛生动而漂亮，显然埃蒙德是个英俊的男人，一个好父亲。那么她当初为什么……逃跑？那次。

"告诉我更多关于我们的事情吧，我们以前幸福吗？我们经常在一起吗？"海琳娜必须问这些，尽管她非常清楚他并不喜欢谈论这些，他太有控制欲了。沉寂了许久，突然他用双臂环绕住海琳娜，并把她拉了过去紧紧地抱着她。

"所有的婚姻都有危机。"她说道，"我们的是什么？"

"找到在一起的时间。"他快速地说道，"对公司的接管占用了……"

海琳娜打断了他："接管？"

埃蒙德迟疑着："我不觉得你现在应该想这些。"

"什么？"

"我们之前几年都在接管一家荷兰的航运公司。这次收购能让我们公司的规模达到世界最大。这是你的项目，你的梦想，海琳娜。"他用具有穿透力的声音说道，"你当时很忙。"他耸了耸肩膀。

"但是……我们当时幸福吗？"

"我们特别、特别幸福，海琳娜，我们是彼此最好的朋友，无话不谈并肩作战，我们一起休息，一起和孩子们在一起。我们一起在卧室……"他害羞地往下看了看，"我们经常一起在卧室。"

埃蒙德向海琳娜靠过来，自然而不由自主地移动，他们亲吻着对方，嘴唇与一个开放而带有试探性的吻相遇。海琳娜的心快速跳动着，当她如此近距离观察着自己的反应时，一切都不重要了，她想要放任自己。埃蒙德显然没有同样的困扰，他的呼吸是粗犷的，他又吻了海琳娜，双手触动她的脸颊。他的吻恰到好处，没有太湿，也没有太干，嘴唇长得没有太大，也没有太小，他感受着自己的舌尖在海琳娜的嘴唇处，温暖而舒适。然而，海琳娜在和自己做着斗争，要还是不要，突然埃蒙德放开她并起身，海琳娜疑惑地看着他，埃蒙德向她伸出手，她接了过去，然后埃蒙德带着海琳娜穿越整座别墅的过道和楼梯，进入卧室，来到床边。埃蒙德显然不是在书房和妻子忘我的人。海琳娜失望了吗？之前这就不容易，这次间隔使之更不容易。埃蒙德缓缓脱下衣服，将衣服放在椅子上，海琳娜在一旁静静地站着，看着他一件件脱去衣服，他上身黑色的毛发一直延伸到腹部，肌肉线条明显，他们彼此并没有说话，埃蒙德没有看着她。埃蒙德脱完后走向了海琳娜，他没有迟疑，小心翼翼地脱下她的衣服，就像刚才一样。海琳娜任由他这样做，并且手臂上举让他脱下自己的衬衫，抬腿脱下自己的内衣。现在他们坦诚面对着彼此，两个身体，妻子和丈夫，埃蒙德握住她的手，带海琳娜到床边。

“你实在太美了，你一直都这么美。”他声音沙哑地说。

埃蒙德压在她的身上，海琳娜朝着床垫倒了下去，他的身体完全贴在她的身上。埃蒙德用手肘支撑着床垫，轻轻拂过她的脸，亲吻着她，还是那么完美的吻，海琳娜回应着他的吻，她需要这个吻，然后她小心翼翼地用双手抚摸着埃蒙德的上身，感受着他腿部的男性魅力。埃蒙德朝旁边靠了靠，让两人靠得更近。

“不。”海琳娜小声说道。

“怎么了？”埃蒙德问道，身体滚动到旁边。他们挨着彼此躺着，略带喘息，埃蒙德能听见风从树梢划过——远方的湖面传来船舶号角声。

“对不起。”海琳娜低声说。

“没关系。”埃蒙德说，并将手放在她的上臂，“我们有时间，我们有足够的时间。”然后被手机铃声打断了。

“不着急。”他说。

“不，你去接吧。”海琳娜有些迫切地说。

“一定是工作，我很快回来。”他站了起来，小心翼翼地穿上所有衣服，就像脱下来时一样，走之前看了看自己的手机。

海琳娜独自躺在床上，第一次是最糟糕的，她自言自语着，接着她拉开床头柜的抽屉，她以前就这么做过，很清楚地知道里面有什么：一瓶阿司匹林、几张面巾纸和一本非常旧的圣经。她很难理解这本《圣经》里的题词，看了半天才明白过来。这是一本赠书，是天堂山议会的管理者——一个叫布里克的牧师兼作家送给海琳娜曾祖父的。她又看了看那张停车缴费单据，日期是 3 月 23 日，没有年份，但海琳娜知道自己是在 3 月 26 日消失的，这张单据开在自己消失前三天，难道她曾经……或许，她曾在这里和谁有约？在造纸厂？海琳娜不知道这意味着什么。或者有什么深意吗？精神科医生说过她应该从自己消失的前后几天入手，她当时在造纸厂做什么呢？

海琳娜听到他的脚步声，埃蒙德过来了，她迅速把缴费单据放回抽屉里，跟着侧身朝埃蒙德那侧躺着。她想着《行商》这个故事，这是她唯一读过的关于布里克的故事。她讨厌这样，她能记得语言、花生米的味道，她能记得卡萨布兰卡，她也能记得《行商》这个经典丹麦故事：“世界上最悲哀的是失去自己所爱之人。”约克西姆，自己失去了他。海琳娜闭上双眼假装自己睡着了，脑海中浮现出约克西姆的身影，想象着他如何坐在电脑前，也许他现在很幸福，也许他终于可以像以前一样欢畅地创作了。

Chapter 17

约克西姆醒得很早，醒来时脑中还想着海琳娜。现在的她在自己丈夫身边一定很幸福吧，估计早就忘了约克西姆是谁了，她大概永远地离开了，约克西姆这样想着。

约克西姆从床上坐了起来，背靠着冰冷的墙壁和有木质触感的黄色墙纸，整个事件中一定有什么还没被发现。他想起摄影器材商店的那个年轻人说过：那个老家伙也许知道什么，他时不时地和各种女人打电话，还经常有个叫黛西小姐的打来。

黛西小姐。

约克西姆走下床，打开电脑并找到了那家商店的主页，戈姆，老板的全名在网站主页上，上面也有他的家庭住址，这个地址位于别墅区。约克西姆查了交通路线，北桥街有条公交线路通向那个方向，然后他只要换乘地铁再步行一刻钟就能到了。约克西姆研究着地图，记下线路终点的街道，他想立刻出发。

他很轻易地就找到了那间别墅，但犹豫了，真的会是这里吗？一个经营小商店的人居然有如此巨大而精美的别墅。也许他妻子很能赚钱，或者他继承了一笔遗产。别墅远离主路，前面有条小路，两侧种满了几米高的大玫瑰花。约克西姆按下门铃，片刻，一个戴着牙套的少女打开了门。

“你好，请问你父亲在家吗？”约克西姆说道，并想着：这一定是个晚育的孩子，或者是戈姆和另一个更年轻的妻子生的？

“请等一下。”少女说道，并消失在了门厅。

突然戈姆走到门口，但他马上来到外面，关上了身后的门。

“见鬼，你在这儿干吗？”他嘶吼着。

“你知道什么？你应该告诉我关于露易斯 · 安德森的一切。”约克西姆将身体紧绷着竖起。

“我什么也不知道，请你立刻从这里消失，现在，马上。”戈姆带有攻击性地小声说。

“我知道你和露易斯 · 安德森有关系，你现在应该原原本本地把这些事告诉我。还有，你经常和一个叫黛西小姐的人通电话，对吧？”

约克西姆说出这个名字时，戈姆吃了一惊，他紧张地朝别墅看了一眼，向约克西姆走近一步。

“我们能换个地方说吗？”戈姆小声说道。

约克西姆点点头，心中不胜欣喜，戈姆真的知道什么，现在自己要更接近事件真相了。

“我们在另一个地方碰头。你去沿着外面那条街往左走到头，我马上开车去接你，懂吗？”戈姆看了看手表，“你去吧，稍微有点远，我一刻钟以后到，最多二十分钟。”

约克西姆快速地想了一下，他说这些是想把他支走吗？“你要是一会儿不出现的话，我会再回来的。”

戈姆咬牙切齿地点了点头，然后走进了别墅。约克西姆开始走，来到外面的街道，这是条逐渐变宽的别墅区街道，两侧都是住宅。当他差不多走了一刻钟时，看到一辆红色的帕萨特，约克希姆打开车门，坐到戈姆旁边的副驾驶座上，戈姆并没有看他，而是在他上车后立刻开了起来。

“我们去哪儿？”

“你想要见黛西小姐，对吧？”

“我想见露易斯。”

“我不认识她。但是也许黛西知道什么。”戈姆说，还是没有看向约克西姆。

他们驶出了城区，居住区先是变得大而密集，随后一点一点地拉开间隔，变得稀疏，他们穿越贝斯维尔边缘的一个工业区，然后拐进一条小路。

“黛西小姐住在哪儿？”约克希姆问道，但是并没有得到回应，“嘿！”

戈姆停了下来，他们后面一个愤怒的司机按着喇叭，从他们身旁开过去时竖起中指。“你想要见她吗？”

约克希姆看着他，这个老家伙的眼中带着仇恨，然后他们在一片沉默中继续开。约克西姆看了看外面，他们开进了森林，应该是哈尔森林，约克西姆开始睁大眼睛，看着所有的路标，留意着他们开过的地点。他有些害怕，并后悔自己什么也没带就来了，要是有武器之类的就好了。戈姆拐进一条狭窄的森林小路，终于停下了车，他转身看着约克西姆。

“你不应该掺和进来，完全不应该，你明白吗？”

“她住在哪儿？发生了什么？”

约克西姆没得到回答，他得到的只是一记重击，戈姆掏出了一个长方形深灰色的东西，径直朝他抡了过来，打在他的太阳穴上。

“你在干什么？”约克西姆喊道。戈姆又打了他一次，毫不犹豫的，就好像根本无所畏惧。约克希姆试图逃出车，他本不应这么做。戈姆打了他的脖子，他眼前一片黑，手瞬间痉挛，他必须逃出车，他慢慢移动着，就好像在噩梦中挣扎着，但是毫无办法。戈姆走下车，将约克西姆拽到一片森林空地上。

“我……我已经告诉别人关于你的事了。”约克西姆轻声说道。戈姆举起手站在他面前，他难道想杀了自己吗？“我告诉我哥哥关于你的事了，你跑不了。”

“你别再来了，别告诉警察，这件事并不只牵扯我一个人，你懂吗？”他揪住约克西姆的衣领，晃动着他，想要得到一个答案。

“好……”约克希姆说道，能听出什么，这听起来很像假的。戈姆笑了，然后摇了摇头。

“下次再这样，你就有大麻烦了。”他说着，然后又朝他打了过来。

约克西姆在一片眩晕与困惑中醒来，他的一只手扶着太阳穴，那里肿了很大一个包，非常疼。他坐在地上，许久才想起来戈姆的脸。那个把他打晕的男人，拿着什么东西？一个磨刀棒？那种用来磨厨房刀具的？对，约克西姆几乎可以肯定。

他在兜里掏着手机，如果它还在的话。当手摸到一个塑料表面时，他体内紧绷的神经放松了下来。他先打了112报警电话，不知道自己除此之外还能做什么，然而他并不能回答电话里的问题：你在哪里？发生了什么事？约克西姆最终挂断了电话，考虑要不要给伊本 · 汉森 · 汉森打个电话。然而要跟她说什么呢？不，这不行，这件事他需要一个人解决，尤其是海琳娜被怀疑和露易斯的失踪有关，她当时拿着露易斯的背包。也许他根本就不该调查这件事，也许这会对海琳娜不利。

约克西姆艰难地起身，开始沿着柏油路往回走，他的视线好像碎成了很多片，所有东西都在自己眼前分裂，像个万花筒。约克西姆摇摆着，好像一个喝醉的人，继续往前走，直到自己看见一栋带有售卖电话的别墅，当他谷歌搜索出租车公司电话时，一滴血滴在了手机上。巴勒普区、湾律斯区……应该差不多是这附近，最终，他找到了自己的位置，然后打电话，解释了自己的位置以及要去的地方：急诊室。

自己是从自行车上摔下来的，约克西姆是这么和柜台后面的女士解释受伤的，还说了头部的疼痛以及视觉障碍。急诊室要求约克西姆坐下来等，他感觉自己对戈姆充满了仇恨，片刻后这种情绪被另一种取代，一种感谢之情，因为他得到了确认，知道自己得到了正确的线索。不然戈姆又为何反应如此激烈呢？约克西姆掏出手机，谷歌搜索了黛西小姐，所有相关信息都一股脑儿地显示出来，大多是关于一部电影的：由摩根·弗里曼与杰西卡·坦尼主演，布鲁斯·贝尔斯福德执导，基于阿尔弗雷德·尤里的戏剧改编，1989 年获奥斯卡奖的美国喜剧电影。另外还有一家提供司机服务的公司，简介写着：送你到家的不仅是一个司机，还是一个朋友。约克西姆笑了，但立刻感受到额头传来的疼痛，于是他赶紧收起笑容，继续读搜索结果。网页还显示了一家只有女性教练的驾校，一家位于佛罗里达的餐馆，然后又是另一家餐馆。

护士检查着约克西姆的身体，用手快速而熟练地摸着他的头部，当护士触碰他头上的肿包时，约克西姆不由得缩头。护士用光照了照他的眼睛，检查着眼部变化，并问了他很多问题，然后给了约克西姆几片药，并告诉他之后几天需要静养，以及在接下来的六小时内不要躺下睡觉。护士诊断出约克西姆有并不严重的脑震荡，叮嘱他如果开始呕吐或者出现其他严重症状，需要立刻给医院打电话。

“最好今天晚上能有人陪着你。”护士说道，“你家里有其他人吗？”

“有。”约克西姆眼里含着泪水说。

在走出等候室时，他看到急诊室外的桌子上有铺开的报纸，还有一本摊开的丹麦著名杂志，在那一刻他突然想起了什么。戈姆羞愧地朝他的房子看了一眼，女儿、妻子、羞愧……难道黛西小姐是妓女？打电话的女人们，令戈姆担心的……担心一切被揭露。他收集好报纸，坐在椅子上翻动着尾页，扫读着所有带有奇幻色彩的名字以及晦涩而又明显另有含义的词汇，特定的街道名、独家享有、非常淘气、特殊的角色扮演……爱斯堡报纸上的法式奢华和私密按摩又代表什么呢？世界在约克西姆变老的同时变得如此光怪陆离。他翻动着，找到了！确实有这个名字在上面，“黛西小姐，永远张开双臂等着你”。约克西姆迅速掏出手机，警惕地看着两边，知道这一切在旁人眼中看起来像什么，这很像一个男人给特殊行业的女性打电话，但又抠门到连很便宜的报纸都不想买，只是在公共场合蹭。约克西姆在手机通信录里新建黛西小姐，然后合上报纸迅速离开。约克西姆不知道自己多少的眩晕源于重击，多少源于终于追踪到真正线索而产生的激动之情。一个故事，约克西姆知道这背后有一个故事，他在一点点挖掘着。

Chapter 18

当海琳娜第一次坐回自己原先的车里时，埃蒙德紧张地坐在旁边的副驾驶座上。她试图安抚埃蒙德的情绪，告诉他自己消失的这段时间，在博恩霍尔姆岛也一直在开车。海琳娜还差点提到了约克西姆的那辆旧沃尔沃，但是话到嘴边又收了回去，这实在太奇怪了。那些她记得的事情，她不能说；而那些她不记得的事情，两个人要一遍又一遍地谈论：孩子们的成长、她和埃蒙德是如何在新加坡的一次苏贝格会议上相遇的，一遍又一遍……那些她没有的记忆。埃蒙德明确表示在接下来的六个月里，他不希望海琳娜独自开车，然而她并不想遵守。海琳娜不想做个易碎的瓷瓶，但让埃蒙德改变主意也是不现实的，幸运的是，埃蒙德要外出工作。他们吻别，海琳娜看着丈夫的车驶离车道，然后在正门旁边的柜子里找到了那辆小奔驰车的钥匙。

终于，海琳娜自己一个人坐在了车里，这是辆崭新的、干净的、没有什么使用痕迹的车，和约克西姆的车截然不同，那辆沃尔沃几乎是约克西姆和她生活的延伸。他们把所有能想到的东西都放进了那辆旧车里，约克西姆的书、咖啡杯、为咖啡馆装饰而置办的小黏土球，然而他们从来没将这些黏土球从车里拿出去过。

海琳娜缓缓地驶过小城，她想把一切尽收眼底，市中心、明轮快艇、单层游览船与其他的游客船并排拴在港口、老房子、船坞里。造纸厂的停车场在一家很大的健身房前。造纸对于现在的人们来说大概是很久以前的事了吧，海琳娜想，如今人们都想要塑造肌肉。当看到从健身房走出的两个男人时，她对此更加深信不疑。将5克朗硬币投入停车收费机，海琳娜拿到了缴费单。她在“是否需要收据”问题下按下“是”。这张收据与她在自己夹克中找到的那张一模一样——只是日期有所不同。在她失踪前三天，她曾在这里出现过，三天后，她坐在萨米尔马背上，骑进森林，在小溪边下马，跑进茂密的树林，挤进无数细小而干燥的树枝中，然后在森林的另一端出来，变成了另一个女人，切换了系统，删除了内存，并且……虽然罗森堡说过，海琳娜的记忆就好像向她展示了一扇门，她自愿走了进去，于是通往失忆前的记忆大门从此关闭，海琳娜成了露易斯。海琳娜环顾四周，稍远处一家窗户上悬挂牛仔帽的牛排馆在供应每位139克朗的自助餐。海琳娜当初是想去那里吗？吃饭？不，这完全不符合海琳娜的口味，无论是过去还是现在的她。除此之外，她只在停车收费机支付了5克朗，仅能支持15分钟的停车时间，这远不够去健身房、享用牛排，或是在咖啡馆喝杯拿铁。那么又会是什么呢？也许可以是在停车场的一次会面，不，如果是这样，她就不会交停车费了。如果像埃蒙德所说，海琳娜是个……或者说，过去是个抠门的守财奴，那么她一定会在停车场会面时留意是否有停车场执勤人员经过。

海琳娜走了起来，还好埃蒙德没在身边，不然他会变得……不高兴？也许会紧张。海琳娜自己紧张吗？她想过自己可能再次遗忘一切并消失吗？她对此毫不在意，海琳娜不知道自己是谁。她看着四周的人，两个与她年龄相仿的女人走进了健身房，她们知道自己是谁，所有在海琳娜四周的人，出租车司机、四周游荡清理着垃圾的园丁、正在开罚单的停车场执勤人员——所有人都知道自己是谁，除了海琳娜。

正因如此，她来到了这里，正因如此，她悄悄一个人溜出来。

海琳娜选择了沿着小河走，另一个方向则通向一条繁忙的马路。她走进一间咖啡馆，一位中年妇女站在柜台后，在两杯拿铁上做着心形奶泡。海琳娜等着中年妇女给前面两个客人忙完。

“您需要点儿什么？”妇女说话时并没有抬头。

“这听起来有点奇怪……但是……你以前见过我吗？”

妇女抬起了头，有些吃惊，笑着说道：“只在杂志上见过。”

“请问你是这间咖啡馆的店主吗？”

“是的。”

“你开了有多久了？”

“您问这个做什么？”

“我……这很难解释。”海琳娜说道，然后向她道谢并走了出去。海琳娜进了一家又一家店，这么做显然是不可行的，这明明是警察才能做的调查，但警察是一个集体，海琳娜只是孤独的个体。当她往车的方向走时，她注意到两个身着北欧航空制服的员工从自己身边走过，酒店门前只有两个停车位，并且每个位子都被酒店自己的藏蓝色小型卡车占据。她思考了片刻，若有所思地点了点头，对，这说得通，她失踪前来的地方也许是这家酒店，但是没得到仅有的两个停车位，所以她把车停在稍远处的停车场，买了 15 分钟的停车时间，可能是约了酒店里的什么人见面。玻璃门滑向两侧，她走进酒店大堂。

“苏贝格夫人？”

海琳娜转过身，一个穿西服的男人朝她走过来，眼神坚定而面色有些疑虑地看着她。这是个成熟的男人，不过五官稍微有点女性化，面部保养得很好，一头灰色短发。

“您不知道对我来说，能见到您有多么振奋人心，在，……今天。”他似乎意识到了什么，很快补充道是在今天，但海琳娜清楚地知道他原本想说的是，“在此生。”

“你真是太客气了……我是说，您。”海琳娜说道。

“那么……需要我为您做些什么吗？”酒店主管问，摆手支走了身旁一位正在处理一大摞文件的员工。

“我今天来是因为，对……也许你……我是说，您听说了我的情况？”

酒店主管的表情没有任何变化：真诚的、直接展现情绪的、担心的。

“失忆。”海琳娜小声说道，她不理解自己为什么如此惭愧地说出这个词。

酒店主管快速扫了眼自己的肩膀方向，一群商人站在不远处，他们的行李在酒店推车上。很显然他手头有别的事情，但他仍然邀请海琳娜到他的办公室并耐心地坐在她面前，神情严肃而富有同情心。

“我只想问问我以前是否来过这里？”海琳娜直接地问道，兴奋地等待他的回答。

“我们这里举办过很多苏贝格集团会议。是的，这是当然的，您是我们最尊贵的客人。”酒店主管点了点头并清了清嗓子。

“但是……我来过这里吗？一个人，我是指我消失之前，三年前的 3 月 23 日。您当时是这里的员工吗？”

“我当时是这里的副主管，但是我不知道自己那天是否当值，毕竟是几年前的事了。”

“你们有监控吗？”

“有。”主管有些担心地看着她。

“你们保存了录影带吗？”

“不是录影带，而是电脑文件。是的，我们还留着它们，但是也许你不……”他突然停住了话语。海琳娜注意到他意识到自己不应该说“你”。

她清清嗓子，起身说道：“我想要看它们。”然后把那张皱皱巴巴的小停车收据单放在桌上，补充道，“这不会花很长时间，我们只要看那天的这15分钟就好。”

录像是黑白的，图像有些不清楚，特别是当技术员加快播放速度并退回到3月23日早上时。在这样的节奏下，视频看起来就好像人们以近乎疯狂的速度在大堂进出。

“15点43分。”海琳娜对技术员说，她能看到屏幕下方的时间。技术员停在15点41分，然后让录像以正常的速度播放，酒店主管站在海琳娜身后一起看着。他们看到一对老年夫妇走进来，拿了房卡，然后走向电梯。15点43分，一位大堂女助理拉着一辆装有床单和枕头的推车走出了酒店，15点44分……海琳娜叹了口气，酒店主管清了清嗓子，就是这样了，15点47分，还是什么也没有。从停车场走到酒店并不会花很长时间，一分钟以内就能走到。

“我很遗憾。”当时间接近15点50分时，酒店主管说。

“谢谢您。”海琳娜起身说着。

“请允许我送您出去。”

海琳娜跟在酒店主管身后走到了走廊，突然听到身后的技术员叫住她：“请等一下。”

海琳娜扭头看了眼屏幕,然后看到录像中的自己走进了酒店大堂，她走回到屏幕旁，重新坐下。在录像中海琳娜目标明确而又坚定地走到前台，她穿着蓝色西服外套，就是那件装着停车收费单的衣服，配以得宜的裤子和黑色皮鞋。海琳娜很难相信录像中的人是自己，因为录像里的自己走路时带着一种强势而不妥协的气势。录像中海琳娜戴着手套展现了一样东西，一张照片，还是一张地图？录像清晰度不高，实在看不清到底是什么。酒店前台的工作人员摇了摇头，海琳娜看不到他的脸，摄像头正好在他身后，她不肯放弃，又坚持将那张纸递上前，更加靠近前台工作人员，但他只是耸耸肩并无奈地摊开双手，海琳娜站了一会儿，然后将纸片收进包里，走了出去。这就是所有画面，没有其他相关线索了。

“我可以再看一次吗？”海琳娜问。技术员又倒了回去，她看了同一个片段3次，然而并没有什么进展。很显然录像中的海琳娜想要搞清楚什么事情。“我可以和这位前台聊聊吗？”在看完录像后，海琳娜问道。

“那么我们要回到前台查下当时的值班表。”酒店主管说。他们走回大堂，主管在电脑里调出一些工作安排，找着对应的日期。

“马丁，我能在这里看到，那天你是在和他说话。”酒店主管转身问一个前台女孩，“马丁现在在哪里？”

“他现在不在我们这里了。”年轻的前台回答。

酒店主管抱歉地看了看海琳娜。

“他去世了吗？”

“不，我当然不希望这样。”酒店主管笑了。

前台员工翻动着手里的文件：“他现在全职在‘小小鱼’工作。”她带着浓重的口音欢快地说。

“‘小小鱼’？”海琳娜问道。

女孩在回答时无法掩饰自己的惊讶：“是的，这是一片湖区。”她拿出一张旅游地图并在海琳娜面前摊开，在地图上画了个叉。海琳娜讨厌地图，以前总是约克西姆与这类事情打交道，方向定位。见鬼，当自己需要他时，约克西姆又在哪里呢？他也许正坐在桌前奋笔疾书，又重获幸福，一定已经和他众多前女友中的一位破镜重圆了。

“‘小小鱼’在这里。”前台女孩说，“然后这里有家潜水学校。我几乎可以肯定你能在这所学校里找到他，马丁是位潜水教练。”潜水教练……海琳娜心生疑惑：这位叫马丁的潜水教练会记得三年前的那天，自己在寻找何人何物吗？

Chapter 19

火车上有个身穿精致米色夹克的老年男人反感而充满戒备地盯着约克西姆，约克西姆很清楚自己看起来糟透了，脸上有块很大的瘀血，嘴唇也破了。他陷入椅子里，将额头靠在冰冷的窗户上。他需要回去取自己的车，当初把它停在了博恩霍尔姆岛，是由各种现实与情绪化的原因造成的。一切都发生得猝不及防，他和露易斯当初急忙飞去哥本哈根，是因为警察要求这么做，必须快速处理这些事。然而约克西姆觉得这些骗不了自己，他这么着急的真正原因并不在此，他当时对整件事心存希望，期待事情的转机，越重要的事，越容易勾起更大的期许，或许这才是真正的原因吧。

“黛西小姐”的位置正如芬妮在电话中向约克西姆保证的那样好找。他走下通往地下室大门的三级台阶，门上的牌子上用女性化的手写体写着几个大字“正在营业”，窗帘贴着窗户拉起，一串带着心形亮片的装饰性小彩灯挂在外面，所有的一切都完美无瑕。他走进一间光线充足的房间，柜台后面坐着一位年轻而瘦削的女子，玻璃桌上有些污渍，并撒了些蜡烛碎屑。

“欢迎。”

约克西姆认得出这沙哑的嗓音，这是和他通过电话的芬妮。他环顾四周，屋顶有个小而坚固的小圆灯，白色的墙壁，沿着墙壁摆着四把藤椅，椅子上坐着位正在读汽车杂志的，留着寸头的男子。他一定是保安，无袖的体恤衫完美地展现了文身与令人生畏的肌肉线条。

“有……什么流程？”

“你是第一次来吧？”芬妮问道并笑了，从她的眼神中看不出任何她注意到约克西姆受伤的迹象。这里的人都习惯于谨慎行事了，没人希望被认出来，没人希望被问不相关的问题或做出多余的评论。

气氛变得十分诡异，但约克西姆感到很有安全感，他在尴尬的气氛中反而有些放松。

“我这里有位甜美而圆润的姑娘，身材很好，笑容也很甜；或者你喜欢开朗的红发女子，也可以为你安排。你喜欢什么样的？我们还有一位活泼的金发女郎。”

芬妮调皮地朝他眨了眨眼，看到这番情景，他情不自禁地笑了。

“金发的。”他没有任何迟疑地说道。

“那么我觉得我们可以帮你叫来曼迪。”她身体向前倾，小声说道，“你有什么特殊的……需求吗？”

“呃……”

约克西姆脸红了，不知道自己该如何回答这种问题。

“那么要不就按正常的？”芬妮说道。

他点点头。

“好的，你有现金吗？或者也可以刷卡或线上支付，你的账单只会显示保健之类的条目，完全是保密的。”

约克西姆小声嘟囔了句刷丹麦信用卡。芬妮笑了，带他到保安旁边。约克西姆试图整理思绪，提醒自己来这里的目的：找到露易斯·安德森。

芬妮终于回来了。

“曼迪已经准备好了。那边有扇门开着，你直接进去就好。”

约克西姆走过走廊，同样是白色的墙壁，有股弱的氨水味，走进那扇开着的门，约克西姆看到房间里摆着一张带着铜柱子的黑色金属床，一张与之配套的床头桌，桌下有组小柜子。他听到身后的脚步声，突然转身，眼睛直接与曼迪的眼睛对视。她的发色很浅，几乎是金白色的，眼睛略有斜视，瞳距很宽，眼睛被化得很黑，加重了猫眼造型，皮肤被抹得很白，只有两个高颧骨透露一丝红晕，嘴唇是大红色的，与面色形成鲜明对比。曼迪一边盯着约克西姆，一边关上身后的门，悄悄向他靠过来，用一只手掐了他臀部一下，进一步靠过来。约克西姆转身，盯着曼迪的眼睛，她用期待的眼神站在床的旁边，穿着样式新潮的黑色内衣，鞋子的跟如精巧的针一般，又细又高，她的胸部曲线丰满。约克西姆张开嘴想提出早就准备好的问题，但是曼迪就在他面前，将食指放在他的嘴唇上，另一只手在他裤子边缘滑动，冰凉的手抚摸着他，瞬间他又感到火热无比。

约克西姆从来没有来过这种地方，他从来没有机会。约克西姆年轻时，一直都很不自信，后来遇到了艾琳并成为作家，才开始获得了自己原来想都不敢想的东西：漂亮的姑娘们给他写信，给他打电话，在诵读会后追着他，甚至当他的书籍销量出现停滞时这样的事情也没有停止，他后来变成了住在基督岛上远离世事尘嚣的神秘作家，然而约克西姆拒绝了绝大部分的追求。与艾琳在一起的时光令他对爱情和婚姻产生了抗体。那些他当初结婚时所经历的风流韵事，后来到了基督岛变得不再有存在的必要，与露易斯，也就是海琳娜在一起的时光是那么得畅快，与他和艾琳在一起时截然不同。约克西姆试着提醒自己想明白出现在这里的原因。他最终会变得执着吗？艾琳以前经常对他的软弱与妥协感到不满，他会变成艾琳希望的那样吗，就好像那些她所敬仰的艺术家那样？艾琳敬仰的那个英国画家透纳曾经让船员将自己绑在桅杆上，然后在那里一动不动，整整四小时处在风暴的中心，就是为了感受暴风骤雨的氛围与冲击。约克西姆问自己，我会变成这样吗？他现在会变得执着而不妥协吗，绑在名为海琳娜的桅杆下？如果艾琳看到现在的自己，她会说什么呢？他会最终变成被艾琳仰慕的艺术家那样吗？

约克西姆躺了下来，感受着曼迪娴熟的双手。她熟练而目标明确地抚摸着，约克西姆无论在她的眼神中还是抚摸中都感受不到一点温度，是因为这样，他才允许曼迪这样做吗？因为这样不走心的方式不会让自己觉得是对露易斯不忠？然而既然露易斯已经离开了他，他还有义务思考忠诚与不忠吗？约克西姆不知道该如何回答这些问题，他能确定的是自己脱下了衬衫，解开了裤子的纽扣，将它们完全褪下。他很诚实地展现了自己的身体与动作，不过他还是开口了，带着一种奇怪的感觉，觉得这是最后的机会了。

“我在寻找一个三年前在这里工作的女人，露易斯，你认识她吗？”

曼迪叹了叹气，优雅地下床到地板上，然后坐在床上背对着他。她蜷曲着后背，就好像人们肌肉酸痛时所做的那样。约克西姆起身，尽量快地穿上衣服，内裤完全穿反了，他能感受到裤子紧紧地勒着自己的身体。

“我就知道你不是来这里开心的。”她毫无情绪地说道。

约克西姆从兜里掏出手机，找出海琳娜的照片。他绕过床边，站在曼迪身前，给她看那张照片。

“你认识她吗？”

片刻疑虑，她眉头紧锁，一瞬间后，又恢复了毫无表情的脸。

“我从来没有见过她，听懂了吗？”

约克西姆很确定，曼迪脸上的疑虑是很明显的，她没有把海琳娜的脸与露易斯这个名字相对应，但是一定把露易斯这个名字和另一张脸对号入座了。如果他现在手里有那个真正的露易斯的照片，他一定可以让她开口。

“你认识露易斯？你知道她现在在哪里吗？”

曼迪缓缓起身：“你是说斯黛勒？我想她现在已经退出了吧。”

约克西姆重复了名字，感受着其中的意义，斯黛勒……当然了，这个行业没人用自己的真名，所有人都用诸如威尼斯、曼迪、帕米拉之类的艺名。

“如果你不是来开心的，那么你现在可以回家了。”她说道。

“斯黛勒。”他说，“露易斯 · 安德森的艺名是斯黛勒吧？我要找到她。”约克希姆意识到这至关重要。

他把一只手放在曼迪的胳膊上，她看着约克西姆的手，就好像这是对她最大的诋毁，但是约克西姆急切地说了下去。

“你能帮到我，我需要知道露易斯身上发生了什么，斯黛勒，这与照片中的这个女人有关。她以前一直以为自己是露易斯，她以露易斯的身份生活了三年，现在我必须知道事件的真相。你能帮到我，告诉我你知道的，不管多么不重要的细节。也许我能顺着你的线索继续。”

曼迪的眼睛眯成一条缝，若有所思。

“我愿意付给你一大笔钱，如果你告诉我什么。”

她收回自己的胳膊，向后走了一步。

“你等一下。”她说罢便走了出去。

也许曼迪要告诉他什么，不，更有可能是她出去叫保安了，他们能把他撵出去，但是她知道什么，约克西姆对此深信不疑。他看了看周围，必须快速行动，床头桌、下面的柜子……他飞速冲了过去，打开柜子，里面有她的包，这是个昂贵的皮包，他一把抓了出来然后把里面翻了个遍，同时谨慎地听到了外面传来的脚步声。突然他的手摸到一张啤酒杯垫，他知道这一定有用。他把啤酒杯垫拿出来，与约克西姆从“露易斯”背包里找到的那个一模一样，眼前的这个更新，没什么用过的痕迹，但是上面的卡帕瑞广告与另一个啤酒杯垫上的一模一样，不一样的是背面没有电话号码，取而代之的是用圆珠笔写上的一个日期和一个时间点。这是今天，今晚，但是地点在哪里？他听到走廊传来的声音，把包扔回柜子，关上柜门并退后三步。约克西姆把啤酒杯垫放进口袋的一刻，门砰的一声被打开，藤椅上的男人冲了进来，充满威胁地朝他走来，曼迪跟在后面。

“该死，你在这里做什么！”保安吼道，然而此时他是否回答已经毫无意义了。

保安抓住约克西姆的右肩膀并把他向后推的前一秒，约克西姆抓起自己的衬衫和鞋，竭尽全力才避免摔倒。“别紧张。”约克西姆想起了护士的话，他将双手防卫性地挡在身前。

“对不起，对不起，我这就出去。”他说道。

“不然你这该死的还想干吗？”

“我刚刚得了脑震荡。”约克西姆抱歉地说道，不想再让自己受伤了。

保安并没有放开他，而是将脑袋靠了过来，直勾勾地看着约克西姆。约克西姆感到自己的心脏怦怦跳。片刻后，保安最终放开了他，并让约克西姆自己走了出去。曼迪双手交叉放在胸前，依旧面无表情，约克西姆觉得她在发生的这一切中带有不真实的美感。保安紧紧跟在约克西姆身后，一直穿过走廊，来到前厅。来到了三级台阶时，约克西姆感到背部被狠狠推了一把，他踉跄向前，手里的衬衫和鞋子掉到了地上。约克西姆凌乱地系上扣子与带子，在人行道整理衣服，对此时此刻的场景感到无比尴尬，如果海琳娜现在在旁边看着，看到他现在的窘迫，她会作何感想呢？约克西姆试图安慰自己这完全无所谓，海琳娜看不到他，她永远不会再见到他了，她重新回归到自己崭新的生活中，完美无瑕，不然她一定已经联系自己了。

Chapter 20

海琳娜径直驶向潜水学校，这件事绝不能耽搁，她要找到马丁，并询问自己当初在酒店前台向他出示了什么。她缓慢地开着，好几次不得不停下来查看地图，车里有 GPS 导航系统，但不知道怎么用，她只知道这是个全新的仪器。埃蒙德说过，当初警察寻找她时用了旧的 GPS 仪器，他们试图通过她输入的常用地址找到她。海琳娜想，如果自己现在还有那个旧仪器，就可以根据里面的地址开车，找遍所有曾经去过的地方，看看有没有值得注意的。那个使用 GPS 的、在监控录像里看到的女人，明明与现在车里的自己是同一个人，却又十分不同，录像中的海琳娜强势而坚定，不允许别人对自己说不，只看当时走进酒店时的步伐，就觉得她拥有一切，如女王一般。

海琳娜看着后视镜，那辆深绿色的三厢轿车……上次她看后视镜时也看到了这辆车，她开启转向灯向右转，后面的那辆车径直向前开去，也许是她自己太偏执了。海琳娜又看了眼地图，她早就该拐弯，这条路通向天堂山，两侧的路逐渐收窄，道路狭窄到她无法转变方向。她继续向前开，越来越多的路牌指向天堂山，这是这个地区最有名的旅游景点。当道路分成两条支路时，她停了下来，也许她可以在这里调头。她向后看，刚才那辆车又出现了，这不得不引起她的疑虑，她被监视了吗？难道是因为埃蒙德在担心自己？还是他对自己接下来要做的事感到紧张？她向左转，加快速度，脑海中的思绪飞速闪过，和窗外后退的山毛榉一样快，海琳娜整理了一下太阳镜，差点偏离道路，但在最后一刻将方向扳正。究竟是谁在跟踪她呢？

她把自己的奔驰车留在天堂山巨大、满是沥青的停车场上。海琳娜觉得自己摆脱跟踪者的最好方法就是消失在人群中，小吃摊与纪念品店，她的四周到处都是人，包括远足的家庭、学生、退休旅游团体。海琳娜意识到自己体内有多僵硬，自从那天晚上在饭店门口分别后，她就再也没联系过约克西姆。她现在应该打给他吗？不，这没什么用，她知道这样做会发生什么，她所怀念的并不是一次谈话，这仅仅会增加空虚感，就在这时，她的手机突然响起。

“海琳娜，你在哪里？”埃蒙德的声音听起来有些慌张。

“抱歉我刚才没打给你，”海琳娜说道，“我刚才见了一个老朋友。能和老朋友叙旧实在是太令人开心了……我们聊得太投入了，就忘记了时间。”

谎言如此轻易而毫无障碍地从她嘴里流出，她甚至开始佩服自己。她快速朝后方扫了一眼，那辆深绿色轿车就停在离她不远的地方。

“你就不应该出去。”

“埃蒙德，”海琳娜说道，“这行不通。我不能被关起来。”

“你怎么能说关起来呢！”他愤怒地说道，“我们只是……担心你。”

海琳娜做了个深呼吸，他说得也不无道理，然而……她必须知道点什么。

“你今天和谁在一起？”他问道，试图缓和气氛。

“维贝克。”海琳娜快速说道，“我想你不认识她，她说自己当初没被邀请来我们的婚礼，她是我的同学。”

“你很快会回来吗？孩子们还在等你。”

“我尽快。”海琳娜说，许久的沉默，久到海琳娜能够意识到：他知道我在说谎，他知道我在哪里，也许那辆绿色车里的男人已经告诉了他。这符合逻辑，她想道，埃蒙德害怕我远离他的视线……或者他害怕我发现什么。

“但是……”

海琳娜能听到埃蒙德沉重的叹息声，她能感受到孩子们正在他身后玩耍，她应该回家了。但是她必须探寻真相。

“我很为难，但是这是唯一能和她说话的机会。”海琳娜说。这是个可悲的谎言，但是海琳娜别无选择。

“好吧。”埃蒙德说，“但是注意安全，我只是有些担心你自己开车到处转，你确定你可以吗？”

“一切都很好，而且我只喝了一小杯。”

“明天早上你要和董事会见面，还记得吧？”

董事会，海琳娜实际早就忘了这件事，只有男人在里面，所有她以前认识的人，她现在都毫无印象。海琳娜已经问了这是否真的有必要，但是她是公司唯一的继承人，并且有太多的合同需要她的签字，很多决定都被拖延三年了，这些都让他们的会议时效大打折扣，埃蒙德说过一遍又一遍了。

电话结束后，海琳娜又看了看周围。她不能直视跟踪者，所以她选择完全融入一个老年旅行团里，很显然他们刚从旅游大巴上下来。海琳娜跟着老年旅行团离开停车场，朝着山顶走去，道路逐渐向上倾斜。海琳娜缓慢地随着旅行团移动，不时向后瞥。

“天堂山实际上是丹麦的第七高点，是丹麦最美的地方之一。”距离海琳娜只有几步的导游说，“相信你们一定已经听说过，天堂山实际上不是一座山，而是丘陵的制高点，但你们知道严格意义上讲它是假的丘陵吗？”导游兴奋地转身，她的余光疑惑地扫了眼海琳娜，但并没有说什么，“它是假丘陵的原因在于它的边缘并不是固定的，融化的冰川水汇入自然界，成为天堂山的重要组成部分。等你们一会儿到了山顶后就会看到，圣诞湖的水流冲走泥土，汇聚到山谷后形成了它。”

海琳娜竖起耳朵，圣诞湖，这就是他们后院后方的那个湖，也许她在这里能看到他们的家。当他们朝山顶走时，海琳娜试图找到自己住的地方，他们的露台能看到夏季晚间时分的夕阳，那么她应该朝东边看吗？

老年人走得很慢，但是从不停下休息，海琳娜对他们的耐力感到很惊讶，他们中的很多人身体比她还要好，特别是越往上走她变得越气喘吁吁。当他们终于到达山顶时，她累得大汗淋漓，上气不接下气。她观察着周围，看着山顶上的其他人，老年人、家庭、孩子们，没有像她一样的人，这是可以肯定的。她逐渐调整呼吸，景色令人叹为观止，朝向湖的斜坡上长满了树林与山毛榉，蜿蜒的小径穿过山毛榉林，向下通向湖泊。导游关于天堂山历史的讲解吸引着她，或许这是因为她自己也是这段历史的一部分，她的家庭，她曾参加议会的曾祖父。天堂山意味着众多的参与者，人民的盛会，人与自然的和谐统一以及人们的权利，斯蒂恩 · 斯汀森 · 布里克曾为宪法的起草而奔走，并将天堂山作为历史性地点，为了纪念这位诗歌牧师，很多的纪念碑在这里建立。这里也有一座为纪念 1915 年女性获得选举权而修建的纪念碑，一棵橡树在同年种下，现在它茂密的根系已经深植于土壤，树叶翠绿而高耸入云。

海琳娜将头向后靠，看着头顶上方树叶缝隙中，呈明亮而细长的条带状的耀眼的天空。她闭上眼睛片刻，下决心一定要知道点什么。

她被人跟踪了吗？被谁跟踪？她走到天堂山上供游客使用的巨大铁制望远镜旁，从包里找出硬币。望远镜朝着湖泊与森林方向，海琳娜将望远镜转至停车场方向。她无法看到汽车，但她能看到向下延伸的弯曲小径的一部分，并能看到在贩卖天堂山手杖等零碎纪念品的小摊旁不远处，站着那个跟踪她的男人。他举着一个望远镜，正是朝着她的方向，当她视野扫到他时，他立刻转过身。确定无疑，海琳娜向后退了两步，心脏扑通扑通狂跳。这一切并不是猜测，有人在跟踪她，为什么呢？她理智地想了片刻。“他长什么样？你应该认得他啊，海琳娜。”她自言自语道。但这一切都太迟了，当海琳娜再次举起望远镜看过去时，跟踪者已经将自己的大半截身子藏了起来，戴着巨大的墨镜，头顶戴着帽子，就像影视巨星用来保护自己隐私时所做的那样。不过，还是有些细节值得注意，跟踪者穿着带有军旅风格的靴子，黑色，不是盛夏人们会采用的装扮。

她必须走了，但如何离开才能不引起注意并顺利甩掉他呢？她急忙走向之前一直跟着的老年团体，十分靠近导游，试图将自己掩藏在人群中。他们沿着小径向下朝湖泊走去。她向后扫了一眼，他来到平台上，朝着她的方向望去。

“喂！”导游在她身后喊，但海琳娜跑了起来，想要逃离。她听到了蛇这个词，两个老人在谈论他们家乡山毛榉林中的毒蛇，这条弯曲的小径看起来也像蛇。她向后看，看不到那个男人，一些老年人明显体力不支并很艰难地下坡，海琳娜朝一对老年夫妇笑了，并扶了更年长的老人一把。她一直关注着身后的追踪者，特别是当他们靠近圣诞湖酒店前面的码头时，三个老年人在码头休息，有个女人解开了拴着明轮艇的绳索，让明轮艇离开码头。海琳娜向后看，追踪者正在往下走，时不时推搡着前面的老人。她加快脚步，向前冲了十步，来到了明轮艇离岸点附近，明轮艇上的女人好像读懂了她的心思，喊道：“对不起，请您乘坐下一班船吧。”

明轮艇并没有离岸太远，海琳娜向前跨了一步，奋身一跃，最终成功随船驶离码头。

“对不起，我刚才没听到您说话。”她朝船上的女子说道，并向里侧走去，老式的桃花心木座椅涂满了漆料，在太阳的照射下十分耀眼。那个跟踪她的男人站在酒店前方的桥上看着她，与此同时明轮艇驶向宽阔的湖泊深处。自然的装扮，轻薄的夏季裤子搭配薄衬衫，帽子与墨镜放在身后，海琳娜靠向椅背，精疲力竭而又如释重负，然后又感到些许不安。他是谁？他为什么跟着她？埃蒙德和这一切有关吗？

Chapter 21

晚上 11 点，约克西姆兜里的啤酒杯垫写着这个时间，这个金巴利啤酒杯垫由白红蓝三色组成，就好像阿玛菲海岸、索菲亚 · 劳伦、法拉利与地中海凉爽海风的组合。约克西姆在妓院上方的楼梯等待了几个小时。今晚 11 点会发生什么？曼迪在今晚 11 点会做什么？她将要和谁碰头？在何地又会发生何事？

约克西姆又看了一眼啤酒杯垫，这个杯垫与海琳娜还自称是露易斯时，她背包里的那个杯垫如出一辙。约克希姆很久前就想去洗手间了，但不敢离开这个观察点，如果没注意到曼迪离开妓院，他将失去唯一的线索，除此之外还有一个小线索：斯黛拉这个名字。又过了许久，他不得不放掉身体里的水，约克西姆走下楼梯，来到街道，在所有通往各房屋后院的大门旁停下，但是所有门都上了锁，他时不时回头望着，关注着通往地下室的门是否有动静，但是什么也没发生。约克西姆放弃纠结后院的门，转而跨过一道出奇矮的围栏，从人行道迈进公寓居住区，站在狭窄的条带状草地上，朝着一面房屋围墙小便。他时刻警觉地看着通往地下室的那扇门，夕阳的橙色阳光照在房子的屋顶上，形成很宽的条带，屋顶上方是深蓝色的天空，一小时后曼迪就要到一个特定的地点，一定有什么事情将要发生。约克西姆十分疲惫，但他的头已不再疼，眼前闪烁的金星儿也消失了，这一定是个好兆头。

那扇通往地下室的门终于开了，是曼迪，就是现在。曼迪走到街上，沿着约克西姆过来时走的那条路往车站方向走，约克西姆保持一定距离跟在后面。在车站前面，曼迪招手上了一辆出租车。曼迪上车时，约克西姆在她身后稍远处，见曼迪上车，约克西姆急忙赶到她上车的那条路边，开始尽可能快地跑起来，但还是没跟上。约克西姆绝望时，朝马路看了一眼，突然一辆带有空车标志的出租车驶过，他挥动双臂，这辆车随即停在了路边。

“我知道这听起来有点奇怪……但你能不能跟着前面那辆出租车？”约克希姆指着曼迪乘坐的出租车说。

出乎他意料的是，出租车司机什么也没问，而是直接亮起车灯跟在曼迪那辆出租车后面。约克西姆身体向前倾，紧紧地盯着前面，突然觉得自己像是电影里的人物：“跟着那辆车。”他们来到国王广场附近，曼迪的出租车停在人行道旁，这是整个地区众多小街中的一条，到处都是咖啡馆、餐馆与俱乐部。聚会打扮的年轻人成群结队，有男人团体、女性团组、情侣等，音乐声从四面八方传来并与说话声、欢笑声交织在一起，好像一个完全陌生的国度，一个南方具有异域风情的地方。约克西姆付钱时，看到曼迪走出出租车，走上一家夜店的台阶——豪西夜店，它的外侧是黑色并闪闪发亮的墙面，招牌由独特的字体书写。约克西姆试着走上台阶，他很清楚自己进不去大门，但是仍然有必要试一试。门卫看起来和妓院的保安一样，留着寸头，身材健壮，不一样的是他们穿着黑色制服，他并没有看约克西姆，也没有说什么，只是摇了摇头。约克西姆继续向前走，立刻就被拦住了。

“你是脑子有问题还是怎么回事？”门卫说道。

“怎么了？”约克西姆答道。

“只有着装得体并且有女伴的人才能进去，否则想都别想。”

约克西姆低头看了看自己，运动鞋、牛仔裤、一件边缘皱皱巴巴的衬衫，更不用提脸上的肿包和熊猫眼。他觉得自己傻极了，并且十分绝望。曼迪已经在里面了，距离晚上 11 点只有不到一小时了，约克西姆依然不知道她要做什么，要和什么人见面，他对曼迪的企图一无所知。然而约克西姆有种强烈的预感，他即将错失一条至关重要的线索，他不能让这样的事发生。当他走下台阶时，他重复告诉自己不能错过这个机会，他的出租车还停在那儿，他一把打开了车门。

Chapter 22

直到天开始擦黑，海琳娜才敢乘上一辆出租车。天堂山的停车场空荡荡的，除了她以外再没其他人，她的车就停在停车场正中。她付钱后，出租车立刻离开了，如果现在那个男人还在某一个地方盯着她，该怎么办呢？她还在被跟踪吗？她站在那里看着随风摇摆的树枝，然后赶忙坐上了自己的车。

她体内的偏执情绪占了上风，开向潜水学校的路上，她一直看着后视镜，但是什么也没看到。她把车停在树荫下，下车前在车里坐了一会儿。学校今天并没有开门，这是什么情况？难道她要就此放弃并打道回府？

“海琳娜 · 苏贝格？”

海琳娜将手电伸向更远处，走上前去，有个坐在长椅上的年轻女子在和她说话，手上整理着潜水用具，她微笑着看着海琳娜。

“我已经听说您回来了。”年轻女子说道。

海琳娜看着眼前的这个女人，她并没有预料到这一幕：“很抱歉，我不记得你了，我们认识吗？”

女子放下手中的潜水用具，起身并走近一步，海琳娜本能地向后退了两步，女子看起来有点困惑，说：“所以那些传言都是真的，关于失忆的事情。”她说着，疑惑地看着海琳娜，“你还好吗？”

“不，我……我找马丁。就是在这所潜水学校工作的那个人。”她解释道。

女子眉头紧锁。

“嗯，我知道马丁是谁。不过您确定您没事吗？您需要什么帮助吗？”

“我就想找马丁聊聊。”海琳娜试图轻松地说。

“他马上就来。现在他带着一个小组做夜间潜水。”女子说完朝船桥的方向指了指。

“谢谢。”海琳娜转过身。

海琳娜走向船桥，这得花一点时间，她可以看到水下的光线正随着她的移动而移动，然后一组光线在水下朝着她的方向移动，就好像发光的水底生物。第一个潜水者来到扶梯旁，身着贴身的黑色潜水服爬了上来，下一个紧跟着上来，然后一个接着一个，看起来完全一样，带着沉重的步伐背着他们的潜水用具走上岸。队伍的最后一个人停了下来，将潜水镜推上额头，这是张长着雀斑的脸，红色的小胡子，友好的双眼。

“苏贝格夫人。”他说道。

“你是马丁吗？你能给我两分钟时间吗？”

“马丁，你快过来！”一个小摊边的潜水员叫道。

“我想问你几个问题，这要不了多久。”海琳娜快速地说道，“你知道我三年前失踪的事吧？”

马丁点点头：“我只在报纸上了解过。”

“在我失踪前不久，我来到一家你曾经工作过的酒店，我向你出示了什么，并问了你什么，你还记得具体的情形吗？”

马丁思考着。

“我记不清了……你当时好像问了关于什么人的事情，是住在酒店的什么人。”

“我当时调查的是什么人？”

“这我记不起来了。”他说，耸了耸肩膀。

“是个男人还是个女人？随便什么细节都行，这对我很重要。”

“你快点过来啊，马丁，我们站在这儿太冷了。”另一个潜水员喊道。

“等会儿！”马丁生气地喊道。

马丁看着她，海琳娜满怀期待地等待着，然后突然朝她身后的什么望去。

“海琳娜！”这听起来是个男人的声音。

海琳娜感觉到一只手放在自己肩膀上，她转过身，是埃蒙德。他的眼神有些暴躁，脖子上泛起红晕，声音是不安的，她以前完全没见过这番情景。

“你在这里做什么？”海琳娜惊讶地说道。

“你什么意思？我在这里做什么！你在这里做什么？”埃蒙德几乎可以说是咆哮着，海琳娜以前从没见他这样过，不知道自己该如何回答。

“你怎么知道我在这里？”海琳娜试图转移话题。

“安·露易斯给我打了电话。”埃蒙德说，并把手放在身后。

海琳娜抬起头看着小路，看见那个刚才和她说话的年轻女子，女子抱着双臂站着，好奇地看着他们。

“她给你打了电话？”海琳娜惊讶地说道。

埃蒙德的脸色生气地沉了下来。

“这里发生了什么，海琳娜？你知道自己在做些什么吗？你不能再像上次那样消失了，不能再那样了。”

他的话敲击着她。

“但是我已经说了我会晚点儿回家。”她没有底气地回应。

“你之前说你和朋友在外面，但那已经是好几个小时以前的事了，此外你也没有和一个朋友在外面相见。你没对我说实话，你在外面到底在做什么？安·露易斯给我打了电话并告诉我你在湖边到处游荡，看起来漫无目的而且心不在焉。我很担心你，孩子们也是，他们也放心不下，你能明白吗？”

海琳娜点点头，这已经足够具有说服力了，他说的都是事实。她感到困惑，看着羞涩的马丁。

“对不起。”海琳娜说道，同时对着马丁和埃蒙德，“对不起，我没有考虑太多。”

埃蒙德用双臂搂住她，轻轻地捏了海琳娜一下，用更加和缓的语调说：“我知道你不是故意的。我知道现在的一切对你来说有太多的疑虑，但一切都会好的。”他在她耳边轻声说道，“医生会帮助你的。”

埃蒙德转过身拉着她，朝着桥的方向走了起来，他巨大的轿车就停在小摊的另一侧。司机看到他们朝自己走过来后，立刻发动了引擎，走下车并打开车门。他们走过那个年轻女子安·露易斯身旁，她朝埃蒙德微笑了一下。

“十分感谢你给我打了电话，这真帮了我大忙。”埃蒙德说。

他松开海琳娜，双手紧紧握着安·露易斯的手，安·露易斯脸红了，就好像见到了自己崇拜的偶像或者国家元首。埃蒙德与女性之间到底有什么呢？所有人都这样看着他，所有人，除了海琳娜。埃蒙德又用手臂搂住了海琳娜，就在他们继续往车里走之前，海琳娜看到安·露易斯的眼神中充满了嫉妒。她坐在后座并看着人群，他们都穿着潜水服，好奇地看着车子。马丁来到车子旁边，离海琳娜的一侧非常近，他看着自己的潜水眼镜，把它拿在自己面前并朝镜面哈了一口气，小心地摆弄着。海琳娜一开始觉得他想让眼镜更清晰，但是马丁突然抬起头，与她四目相对并迎着光线举起潜水眼镜，眼镜上还有着哈气……一个信息，一个词：Kirsch。海琳娜眯起眼睛，这不是想象，不是乱涂的线，这是真实的字母，一个词——Kirsch，这代表什么意思呢？车子开始开动，埃蒙德从她肩膀上抽回了手臂，安静而若有所思地坐在她身旁。

“我们一开始是怎么认识的安 · 露易斯？”海琳娜小心翼翼地问。

“她曾经在马厩工作过一段时间。这是很久以前的事情了，那时她还在上高中。”埃蒙德叹了口气并用手抓了抓头发，像看一个陌生人一样看着她。

“但是她有你的电话号码？”海琳娜问。

“你现在不应该想这些。”他立刻说道，“公众人物的生活就是这样。有好的一面也有坏的一面，这次是好的一面，但是我依然很担心。”

他拉过她的手，紧紧地握着，她能感到他的手在颤抖。

“好的。”海琳娜说道。

她打算把这一切放下，身体向后靠了靠，真的想把这一切放下，所有的一切，但是思绪有它们自己的意志，它们在她脑海中来回游走。所有这里的一切都不正常，那个跟踪她的男人，马丁的信息——Kirsch。

Chapter 23

约克西姆楼下的邻居瑞贝卡打开了门，笑着看向门外的约克西姆。约克西姆上气不接下气，出租车还在楼下打表计费。他已经换了身老式文艺复兴线条样式的蓝西服，这身就是约克西姆当初在咖啡馆诵读作品时穿的衣服。

“你好？”瑞贝卡的声音将约克西姆拽回到现实中。

“哈喽，瑞贝卡。你现在有时间吗？”

“怎么了？”

“你能不能换上你最漂亮的衣服跟我走？到出租车里，我再跟你解释。”

出租车司机在约克西姆的执意要求下，飞速地向前行驶。瑞贝卡朝着一个方向向窗外看，她穿着一件廉价且略显暴露的衣服。

为了把她拖入这个计划，约克西姆着实费了一番功夫去解释。至少五分钟，约克西姆都在向她保证自己的真实意图，并向她讲述了露易斯，那个失踪的女人。瑞贝卡突然打断他并问这是否是他文学创作的一部分。约克西姆紧紧盯着她，感到十分奇怪，眼前的这个女人刚才到底有没有听他讲话？然后他意识到事情的状况，与一位知名作家一起参与文学作品——这是她想要的。至于其他那些，逝去的爱情、与孩子的别离、妓女……这些离她的生活实在太遥远了，最终约克西姆回答了“是的”。“是的”，见鬼，一切发生在超车道的事、夜店、迷人的哥本哈根，这一切都关乎文学。瑞贝卡听了约克西姆的回答后点头同意和他走。

约克西姆支付了难以置信的高昂存衣费，很显然这是夜店为了确保客人具有足够钞票的手段。他看了看巨大镜子中的自己，这面镜子大到几乎覆盖了整面后墙。事实上他沧桑的面容与这个地方十分相配，现在他穿着合适的衣服并携带一名女伴，就像大麻老板的助手，当他跨进夜店门槛时就在这么想。约克西姆理了理衣服，迫切地环顾整个房间，又看了一眼表，过了十分钟，曼迪已经不在这里了。

“该死。”

“怎么了？”

“我们来得太晚了……我找不到她了。”

“那我们现在要回去吗？你可以采访这里的其他女性吗？”

瑞贝卡的手挽着约克西姆的上臂，歪着脑袋站着，眼神充满关切。约克西姆摇了摇头。

“先不回去了，反正来都来了，我们喝一杯吧。”

他们在酒吧找了个空位，灯光已经被调暗，这里所有的装饰都由黑色、白色与铁制装饰组成，地板上的黑色地毯厚实而柔软，天花板上挂着圆形的铁灯，发出柔和的金色光线，墙上满是斑马、山羊等黑白相间的动物装饰品，角落里摆着小巧的沙发组合。漂亮而保养得宜的女人们穿着典雅华贵的礼服放松地躺坐在柔软的家具上，这里绝大多数男人都有一定年纪，唯一的年轻男人是酒保和打碟员，与客人形成鲜明对比的是，这类工作人员看起来就像希腊神话里的神仙。夜店中所有的音乐对约克西姆而言都是陌生的，但瑞贝卡的身体十分自然地随着音乐摇摆，她闭上双眼，完全沉醉其中。这是个高级俱乐部，瑞贝卡以前很少来这种场所，就连约克西姆也很难负担得起这种消费，整整一天都是荒诞的，出租车之旅，遭受袭击，被赶出门。他看着瑞贝卡调皮的眼睛。

约克西姆摊开双手说道："你想喝点儿什么？"

"草莓代基里酒。"

约克西姆在酒保那里下了单，酒保是个四肢修长、皮肤苍白的红发青年。瑞贝卡的目光上下打量着他的身体，然后望向约克西姆。

"我要告诉我的闺蜜，我来了这么高端的地方！"她大声说道。

"那边的那些人是干什么的？看起来很特别。"

"你怎么了？你难道不知道他们在那里做什么吗？"

约克西姆看着其他客人，除了显而易见的得体着装要求外，至少满 25 岁的年龄要求也对所有人适用。他和瑞贝卡的外表是如此相配，唯一美中不足的是，约克西姆略显内向。很显然这个地方对于其他男人来说只是个前奏，一些女人任由男人抚摸，完全没有任何惊讶的表情，总体而言这是个可悲的场面。瑞贝卡看着与约克西姆完全不同的男人们，兴奋地指出一些人，并讲述他们因何而出名。约克西姆对这些名字与面孔一无所知，他觉得其中的多数人都是为了出名而出名。约克西姆转过身体，背对舞池，专注品尝自己的威士忌，强大的失落感再一次打击着他，他没来得及赶上曼迪，手头线索只剩下两个金巴利啤酒杯垫，其中一个上面写着他毫无头绪的电话号码，另一个上面写着他已经错过的时间点。

约克西姆猛地一口喝光了杯子里的酒，朝着酒保招手，很想再来一杯，酒精能让他摆脱情感与理智，这样他就可以放任自己抚摸瑞贝卡。酒保微微点头，示意自己已经看到约克西姆了，同时手中举着电话，他拿出一支笔，写下了什么，然后挂了电话。约克西姆有些不耐烦，看着酒单，想下一杯酒，一定要来个更大杯、更够劲儿的，下一杯应该像北欧之神洛基手中的北欧海盗专用角形杯那么大，它能连接世界的各大洋，是永恒之酒。等等——约克西姆抬起头来，刚刚发生了什么？酒保在一个金巴利啤酒杯垫上写了什么，这个杯垫与他兜里的那个一模一样。约克西姆看着酒保，观察这个酒保是如何调兑好一杯酒，然后走到吧台一个距离约克西姆只有三个位子的独身女性身边，把饮品放在啤酒杯垫上，独身女性小酌了一口，拿起啤酒杯垫，快速看了一眼，然后把它放进包里。约克西姆紧紧盯着，看看正朝他走过来的酒保，又看着离自己三个位子远的那个女人。她已经走了，而她的饮品几乎一点没动。

"你想要喝点儿什么？"

约克西姆看着这个酒保，他十分平静地恭候约克西姆点单。原来是这么运作的吗？在客人与妓女之间，豪西负责向外出租女人，酒保负责接单，客人打电话给酒保，告诉他自己的需求，那些女人则坐在一旁等着，酒保知道哪些人有空，就把电话号码或者时间点，抑或是接头地点写在小小的啤酒杯垫上传给她。这样的方式不可能成为犯罪证据，没有协议，没有短信，没有电子邮件——酒保和夜店可以通过传递消息收取中间费。

"你要点什么吗？"

约克西姆环顾酒吧四周，酒保放弃了并走到别处。约克西姆看到两个女人独自坐着，手里没有任何饮品，她们在等着什么，这是显而易见的。在等待客人打电话吗？约克西姆毫不犹豫地拿出自己的手机，并在酒单背后找到夜店的电话号码。

"我们要不要再喝点儿什么？"瑞贝卡问。

"洗手间在哪里？"

瑞贝卡指了指，然后将注意力转移到酒保身上，用眼神享用他的帅气。约克西姆快速走到男洗手间，黑色的地砖，钢制水龙头与钢制小便器，他观察了一下，确保自己独自在洗手间里，然后拨通了电话号码。酒保立刻接听了电话，约克西姆做了个深呼吸并调整思绪，问出了那个曾带给他太多意外的问题：

“露易斯在吗？”

“露易斯？你是说露易？”酒保的声音听起来有些困惑，但至少并不具有攻击性。

“不……”约克西姆犹豫着，回想自己第一次说出这个名字时，曼迪是怎么说的，她当时说的是，“你是指斯黛拉吗？”

“喂？”听筒里传来酒保的声音。

“斯黛拉。”他随后说道。

电话的另一端沉默了，该死，这是约克西姆最后的机会，如果想让计划成功，他现在必须说点什么靠谱的。

“斯黛拉今天晚上休息。”酒保说，这显然是个谎言，但或许是个顾客希望听到的谎言，他们不愿意知道她被另一个人占有了，她在和另一个人享受美好的夜色，“你觉得明天怎么样？”

“可以。”约克西姆回答，试图让自己的声音尽可能显得随意和漫不经心，他一定不能让自己显得绝望，不能引起怀疑。

“那么她将在哪里见你呢？”

“英格兰大酒店，14 点。但必须是斯黛拉，我只想见斯黛拉。”

“那她到时候去找谁呢？”

“约克西姆。跟她说找约克西姆就好。”

Chapter 24

早餐时分，海琳娜思考着自己都做了什么，她的失踪给孩子们带来怎样的影响，苏菲完全不想吃饭，眼睛泛红，很明显是前一天晚上没有睡好，或者说压根就没怎么睡。海琳娜陪着孩子们，向他们解释自己只是出去了一会儿，再也不会离开他们了。

卡洛琳开车送孩子们去学校后，海琳娜感到异常不安，天堂山的经历在她脑海中环绕，那个跟踪她的男人……这一切都是她的偏执情绪导致的？她的大脑……思绪……她可以相信自己吗？海琳娜在卧室来回踱步，试着把昨天的经历抛在脑后，她必须回到正常的状态，这也是为了自己的家庭考虑。她打量着埃蒙德摆在她面前的那套衣服，海琳娜之所以要求埃蒙德这么做是因为她完全不知道出席董事会会议该穿什么。埃蒙德为她选了一套深蓝色而略显男性化的衣服，海琳娜用手抚摸布料，衣服编织得十分厚实紧密，然后走到洗手间，整理了头发并将把它盘起来。海琳娜化了保守的妆容，简单而不过火，但能看出来，她看着镜中的自己，有些满意，然后回想起埃蒙德的目光，早餐时他看向自己的眼神，充满失望与情感。情感，她必须为家庭的回归正轨做些什么，必须为她的婚姻做些什么。海琳娜把睡衣脱下，快速脱下白色内裤后又穿回睡衣。

她没有敲门便打开了埃蒙德工作间的门，埃蒙德快速地抬了下头，然后又将注意力集中在眼前的文件上。海琳娜稍稍将睡衣系紧，关上身后的门，走到自己的写字桌前，埃蒙德仍然在他的桌旁坐着，全神贯注地伏在案头。海琳娜曾以为埃蒙德会起身来到她的身边，曾以为这一切会十分简单，但并没有，她只好来到埃蒙德的桌旁，站在他背后。埃蒙德轻轻合上笔记本电脑，但没有转身，他的头发有点卷曲，海琳娜伸出手，抚摸他柔顺的头发，手指顺势沿着他的脖子抚摸他柔软的皮肤，一直到上衣领子上。约克西姆的头发，不是这样的，他的头发凌乱而狂野，带有不同色调……不。她现在不能想这个。

"埃蒙德？"海琳娜轻声说。

埃蒙德缓缓地将椅子转过来，迟疑地看着她，海琳娜蹲了下来，让自己的目光与他平视，双手抚摸着埃蒙德的胸肌，身体向前倾并亲吻了他，他有些不情愿地吻了回去。海琳娜将自己的双手滑进他的衬衫，解开最上面的两个扣子，埃蒙德并没有拒绝，她又解了两个扣子。逐渐，埃蒙德的吻变得柔软而深邃，一只手沿着海琳娜的腰部曲线滑动，另一只手伸进睡衣，抚摸她右侧的胸部，抚摸她胸部的前端。海琳娜感到胸部的抚摸，忘我地投入进了这一切，原理很简单，只要触摸极个别的点，海琳娜的整个身体就会全情投入。埃蒙德的呼吸变得急促，他放开海琳娜，想要站起来，海琳娜把他按了回去，她不能承担他们穿过整个房子上楼的风险，然后海琳娜迅速解开埃蒙德的裤子，他向后靠了过去。海琳娜盯着他的私密处，开始温柔地和埃蒙德玩耍，她能感受到埃蒙德有些迫不及待，她看到他的血管在厚实而敏感的皮肤下有些突出，这是他的欲望。海琳娜觉得此刻她正将他的欲望握在手中，她将身体又向前靠了靠，让自己的口腔充分感受埃蒙德的全部，她想要埃蒙德的一切。埃蒙德兴奋地回应着，海琳娜感到欲望之箭刺中了她，她想要感受这一切。海琳娜起身，埃蒙德又一次觉得他们应该上楼，海琳娜又温柔地把他推了回去，坚定地推回到椅子上，然后直接将他的裤子往下拽，一直拽到脚踝，海琳娜双臂环绕在埃蒙德的脖子上，坐在了他的身上，慢慢地坐下，感受着鱼水之欢，并闭上眼忘我地亲吻着埃蒙德，与他融为一体。埃蒙德在她的耳边喘息着，感受着手指的游移，感受到他掌控着一切，他的呼吸，逐渐与她同步，变得越来越沙哑而急促，然后海琳娜睁开双眼，注视着这个男人，此刻他闭着眼睛，她可以感受到埃蒙德已经完全投入到与她的互动中。海琳娜感受到他们合二为一，感受到男人的兴奋与放松，对她而言也一样，他们的感受在同一轨道上。但海琳娜又疑惑了，她疑惑地看着眼前的这个男人，此刻就在她的身边但又似乎离她十分遥远的男人，这是她的丈夫？许久之后，他们平静了下来，埃蒙德动了动，摇晃着双脚，试图伸展一条腿，海琳娜如梦方醒，她这是受到道德谴责了吗？是因为约克西姆吗？

“我的脚麻了。”他抱歉地说，有些不好意思。

他们站了起来，依然什么也没说，只是害羞地看了看彼此。埃蒙德径直走向浴室去洗澡，海琳娜躺到床上，旁边放着她要在董事会穿的衣服。所有的一切都很好，她就应该留在这里，这也是为了补偿经历了这一切的孩子们，以及埃蒙德，她仍然对他心存愧疚。

海琳娜起身，快步走下楼梯，来到自己的写字桌旁，她打开电脑，登录，打开网页并搜索关键词：Kirsch。网页显示出窗帘与奥地利黑森林樱桃酒，海琳娜扫读众多的搜索结果，最终放弃了。她走上楼梯，埃蒙德已经洗完澡了，正在穿衣服，他的西服与她的很配，同样的深色调，同样的布料。

“你准备好了吗？车子一个小时后出发。”埃蒙德说，“我需要赶紧打个电话。”

他走过海琳娜的身旁，然后突然停了下来，转身，又走了回来，亲吻了海琳娜。她对此毫无准备，这是个奇怪而略显尴尬的吻，海琳娜想要再亲他一次，好好地，但是埃蒙德已经走远了。海琳娜穿上衣服，挺合身的，她朝镜子望去，回想着自己曾经多么喜欢透过约克西姆的目光看自己。不，这行不通，但她有权享受这一切，对，不过这又的确很奇怪，正确与错误相互矛盾。

“真烦人。”她嘟囔了一句，然后看了看表，在镜子中看了自己最后一眼，走下楼梯，在楼梯上遇到了正往上走的卡洛琳。

“孩子们已经平安到学校了。”卡洛琳说，这个年长的女性看起来有点疲惫，埃蒙德曾提到过她有想要尽快退休的打算，但是如果还需要她，也完全可以适当推迟。

“谢谢你，卡洛琳。”

“那么我想趁他们还没回来小睡一会儿。”

“好主意，如果这些工作对你而言太累了，请一定告诉我。”

“不，不。”卡洛琳笑着说道，握了握海琳娜的手，脑海中的灵光一闪让海琳娜突然停了下来。

“还有件事儿……我最近在想一个词……你听说过 Kirsch 吗？”海琳娜故作轻松地问道。

这个年长的女人想了一刻：“我从来不喝烈性酒……”她继续说，“我过一阵要进城一趟，我会看看是否能帮您买到。”

海琳娜摇了摇头：“不用了。这只是个无关紧要的事，我只是想……这次的对话能不能仅限于我们二人之间？”

卡洛琳用一个小心翼翼的“好的”答应了她。海琳娜觉得自己有必要结束这种荒诞的调查，这种侦探游戏般的尝试，她应该将精力更多地放在其他人身上，那些她伤害过的人，背叛过的人，那些曾为她工作的人，这个只想要退休的老女人，孩子们，还有除她之外的其他人。

Chapter 25

露易斯·安德森，今天约克西姆总算要见到她了，今天这一切都将完结，去往英格兰大酒店的路上约克西姆一直这样想。露易斯·安德森，当他见到真正的露易斯时，他真正期待发生什么呢？期待她可以取代海琳娜的位置，和他一起搬到基督岛？然后他最终可以坐下来安心写作，写关于他所失去的，关于他的不幸？不……他不知道，但这个故事应该有个完结点，他是个作家，故事应该有个结尾，他的遭遇也该有个结尾。

他目标明确地从地铁站的台阶走了上来，站在国王广场上，享受着扑面而来的微风。这次见面，约克西姆冒着撞见艾琳的风险，她几乎每天都来这里吃午饭，艺术学院就在广场的另一侧，如果她现在还在那个地方工作。约克西姆走进酒店之前，他脑海中想着艾琳的出轨，那个以一种令人生厌的方式讲法语，从法国还是加拿大来的客座讲师，约克西姆曾直截了当地问过艾琳，问她是否和客座讲师有过一腿。艾琳当时看了他很久，面带微笑地摇了摇头，慢慢地说出了：没有。于是约克西姆就知道事情的真相了。艾琳说谎时，她总是放慢语速，她从来不在乎真实，这很快就会被她抛在脑后，但谎言……她总是去捍卫它们，并为之花大量时间。

约克西姆朝着酒店走去，为什么当初约定地点时他要选英格兰大酒店？这与他能负担得起的消费地点相去甚远，约克西姆叹了叹气，但是答案是显而易见的：这是当时他唯一能想起的酒店名，在当时那个情景下，他并没有太多时间。

约克西姆走进酒店大堂，他被这地方的富丽堂皇和奢华吸引了，他站了一会儿，感到自己十分渺小，像一个男人走进了另一个错误的世界。当他走到前台，这种感觉更强烈了，说出自己的名字，拿到房间钥匙并为他实际上并不需要的一晚支付费用，显然这种地方不会允许按小时付费，约克西姆看了看账单，完全无法将自己与如此庞大的金额联系在一起。

“一会儿会有位女士来找我。”他说道，感到脸颊发热，“你们直接让她上来就好。”

面无表情的酒店前台对此波澜不惊，极其轻微地点了下头。约克西姆可以走了，他感到紧张情绪涌上心头，很快他就要和这个叫斯黛拉的女人面对面了，她会是露易斯 · 安德森吗？

“约克西姆？”

约克西姆转过身，就在他的面前，酒店大堂的正中央，站着夏洛特 · 伦德，她是出版社的一位高级出版商，一个身形瘦削但注重保养的女人，她轻轻地握了下约克西姆的手。

“居然能在这里见到你，真是出乎意料。”她扬起眉毛说。约克西姆想了片刻，社会套路，又是特别的社会语言，他讨厌这一切。夏洛特刚刚说的到底是什么意思？他与英格兰大酒店这样的地方完全不搭？

“顾韵说过你搬到城里来了，但是没说你在这里。”夏洛特摊开双手笑着说，她比以前更瘦了，几乎就只剩下皮肤和骨架。约克西姆记起很多年前的一个中午他们会面的片段，那时她刚从亚洲回来……

好像是越南，她对那里压根没有超重的人感到十分诧异。

“话说回来，我正和约恩 · 施内德在一起，我们在那边吃饭，你要不要进去和他打个招呼？他会觉得能在这里遇到位丹麦作家实在是太搞笑了。”夏洛特说。搞笑？又来了，社会套路。搞笑——小丑才是搞笑的，约克西姆就是夏洛特眼中的跳梁小丑吗？

“很抱歉我现在没有时间，我一会儿在这里有个会面。”

夏洛特 · 伦德疑惑地看着他，眼神聚焦在他手中的房卡上。

“你住在这里吗？”

“不，啊，其实也可以算是，但只是一晚。我的公寓漏水了，上层的邻居听到水管爆裂，然后……保险公司赔付了这一切，这也许是不幸中的万幸吧。”约克西姆试图挤出一丝笑容。

“是吗？也许你该告诉我这家保险公司的名字。”夏洛特一边说着一边大笑起来。

她并不相信他，约克西姆知道夏洛特现在脑中想的是什么，她在想约克西姆是个有点儿超重的、不再年轻的而又有那么一丁点儿名气的作家，不在这里与妓女见面还会有谁，换句话说，这是事实。在约克西姆走进电梯之前，脑子里一直嗡嗡作响，他想着夏洛特 · 伦德的厌食症，不仅仅是午餐，想着她如何伸出舌头做呕吐状，并讲述自己如何对不停吃饭的人感到恶心，她还曾说过，即使在最频繁的情况下，她也每两天才吃一次饭，而与之对应的是，她每天都在不停运动。

在酒店房间，约克西姆一屁股坐在扶手椅上。他出汗了，斯黛拉很快就要来了，那个真正的露易斯，他很可能在她身上得到什么线索。一边想着，约克西姆一边紧张地又一次站了起来，在这个装饰精美的房间里来回走动。突然他的手机响了，他赶忙去接听。一定是露易斯，从楼下前台打来的。约克西姆本以为她会直接上来。

“是约克西姆吗？”

“对，请问你是哪位？”约克西姆答道，他对这个官方的声音感到陌生。

“埃蒙德。埃蒙德 · 苏贝格。”

约克西姆十分惊讶，咬着嘴唇，手紧紧地抓着电话听筒，并想把它扔出去。

“你想要做什么？”他得继续这段对话。

“你并不同意我们的协议。”

“没错。”约克西姆说道。

约克西姆已经完全忘了之前律师的到访，距离他上次在杂乱的房间毅然决然地拒绝那份协议好像已经过了几个世纪，50 万克朗。

“为什么？”埃蒙德的声音不带有任何情感，难以解读。

“我并不打算写关于海琳娜的书，但我也不喜欢协议里的那些条款。”

“哪个条款？”埃蒙德问，声音听起来十分困惑。

约克西姆停顿了一下：“我和海琳娜一起经历的时光，是真实存在的。我不想在一张纸上保证自己彻底清除这一切，就好像属于我们两个人的两年半从未存在过一样。”

现在轮到埃蒙德停顿了，但是约克西姆并没有说别的什么。“如果你压根就没打算在你的书里写这个故事，那不如就签了这份协议。”埃蒙德说。

“我不会在那张纸上签字。这段故事只属于我和海琳娜，我永远不会以这种方式出售它。”约克西姆斩钉截铁地说道。

“我愿意出双倍的价钱。”埃蒙德说。

“什么？”约克希姆一开始感到震惊，然后变得十分愤怒，“你知道自己在说什么吗？这和钱没有任何关系，这是我和海琳娜的故事，我们的故事，你别想用你的钱打一个响指就把它清除。”

“听着，你可以在我面前表演你浪漫主义的戏码，但海琳娜有更艰巨的责任。这不仅仅关乎我们的家庭，苏贝格航运在世界各地都有员工，成百上千家庭的幸福都和我们生意的成功与否息息相关，因为他们只有保住工作才能维持生活的各项支出，确保家庭正常运转。如果外面开始流传公司最高控股人失忆的奇闻异事，特别是她在这几年间与一个嬉皮作家在岛上游荡，公司的业绩必然受到很大影响，你知道这会带来多么严重的后果吗？”

约克西姆很惊讶，既是因为埃蒙德突如其来带有攻击性的腔调，也是由于眼前的事实，埃蒙德所说的并非完全没有道理。

“媒体已经开始对这个事件议论纷纷，我们必须现在就采取行动阻止这一切。这其实非常简单，你在协议上签字，拿到 100 万克朗，然后我就再也不会打扰你的生活了。”埃蒙德的声音回归了平静和理性。

“我不会在上面签字。”约克西姆有气无力地说，整个身子陷入扶手椅中。

“你有足够的钱说不吗，约克西姆？住在英格兰大酒店，你在饮酒上的支出会越来越高。你萎靡不振的书籍销量能负担起这样的生活吗？那些上等的红酒、昂贵的威士忌、妓女，恐怕你不希望海琳娜知道这些吧。”

约克西姆即刻从椅子上站了起来：“你在跟踪我吗？你们到底是做什么的？”

没有任何回音，埃蒙德挂断了电话。约克西姆的心怦怦跳动，他紧张得出汗了，焦躁地环顾房间，看有没有监控设备，但约克西姆并没有发现什么。埃蒙德知道自己的处境。他们在跟踪自己吗？约克西姆来到窗边，拉起窗帘向下望去，什么也没有。门铃突然响了，约克西姆立刻 180 度转身，感到不解，不过马上他就想起来了自己来到这里的目的。

“斯黛拉。”外面一个女性声音说道。

Chapter 26

海琳娜将她的奔驰车停在苏贝格航运总部的前面，尽管埃蒙德反复尝试，她也不希望坐在副驾驶座让别人送，如果她要找回自己，就不能整日像个被监护的未成年人一样。找回自己，海琳娜想着这四个字，人们面临压力时经常会说这几个字，莉娜在咖啡馆说过一次，说她太需要休假了，需要找回自己。对莉娜而言，或者说对除海琳娜之外的其他人而言，找回自己意味着在海滩上放松几天或者洗个泡泡浴，但对海琳娜而言，这些都是徒劳的，恐怕等到美国宇航局在外太空发现生命，海琳娜也没法找回自己。也许她体内现在的灵魂并不是她自己……也许真正的自己在公司里。海琳娜抬头看着这栋建筑，石质阶梯一直通向大门，这是栋历史悠久的金色外墙建筑，给人古老而奢华的感觉。人们在日德兰半岛创造财富，在哥本哈根消费财富……昨天的报纸标题就是这么写的，这篇文章是关于日德兰半岛历史悠久的财团、传统的文化与紧密的家庭关系的，苏贝格家族在文中被提及，但海琳娜并没有把这篇文章读完，原因是文字比其他东西更让她感到心累。约克西姆的文字，所有那些由于和她在一起而没能创作成形的文字，现在约克西姆可以再次写作了。海琳娜深知这是不公平的，并且是完全不符合事实的，但她仍觉得自己被遗弃了。

海琳娜的手机响了，她吓了一跳，还没能适应自己陌生的手机铃声，她总觉得这铃声有些咋咋呼呼的。是埃蒙德打来问她现在在哪里，她给他回了个短信：已经到了，我们一会儿见。海琳娜坐了一会儿，她的思绪又一次飘回到天堂山，那个跟踪她的男人……不，准确来说，那个也许在跟踪她的男人。她可以相信埃蒙德吗？手机几乎快没电了，她把手机接入充电插头并把它留在了车里。

“苏贝格夫人，我叫凯尔。”一个出来迎接她的女人一边说着，一边整理了下自己的浅蓝色短裙，然后迅速伸出手，但是只轻轻地握了海琳娜的手一下便又把手收了回去，双手抱臂，就好像她很冷。

“所以是你要带我参观公司吗？”海琳娜说道，并试图与她进行眼神交流，但这是徒劳的。

“我……我是您的秘书。”凯尔紧张地回答。海琳娜看着她，看凯尔是否有什么要说的。

“你以前就是我的秘书吗……三年以前？”

“快十七年了。”凯尔快速说道，似乎有些受到伤害，她补充道，“二十年，如果算上……过去的三年。”

海琳娜看着凯尔，凯尔是圆脸，目光友好，但小巧的眼镜背后似乎又藏有戒备。随后海琳娜理解了凯尔所说的话，现在公司的这些人都和海琳娜结识已久，所有她的舅舅、姨妈与表亲早就被吝啬的海琳娜父亲赶走了。海琳娜迅速就意识到，也许她父亲做的这一切都是正确的，亲戚们并没有做出什么实质贡献，不应该来公司当讨债鬼。她会这么觉得，因为这就是以前的海琳娜吗？

“我很抱歉，凯尔。”

“您并不需要抱歉，让我带您看一下您的办公室吧。”凯尔说着快步走了进去。

在大厅，她们的高跟鞋与发光的大理石地板十分相配。海琳娜抬头，看到弧形白色天花板上挂着的气派吊灯散发出柔和的光，沿着墙的弧形拐角摆着一个桃花心木长柜台，她向坐在柜台后面身穿制服的工作人员点头致意。柜台两端都设有通往上层的楼梯，这栋建筑建于 20 世纪 50 年代，埃蒙德已经告诉了她，正是从这栋楼开始，青年才俊们逐渐引导苏贝格集团将业务拓展到全世界。

“我们上楼吧。”海琳娜说，也许这是因为她太想将公司的一切尽收眼底了。当她们开始上楼时，一种特殊的情绪涌来，海琳娜对即将到来的董事会感到紧张，她已经尽最大努力详细地看了相关材料，但她还没有准备好面对沉重的历史，她自己的历史。这个集团是她的财产，她的责任？会议室在顶层，海琳娜留意着她们所经过的每一个打开门的房间，开放式办公区、精美的家具，很多细节都体现着航海风格，就连楼梯扶手都是一股结实、精致的纯黑船绳。凯尔和海琳娜走过时，绝大多数员工都循声抬起头，然后很快又低下头，盯着他们的文件或者电脑屏幕，这有些诡异，像是种畏惧，就好像海琳娜的目光令人感到不适。海琳娜回了回神，或许是她的偏执情绪又来了吧。她们最终来到会议室，凯尔站在门口，有些迟疑。

“这是您的办公室。”凯尔说。

“以前也是吗？”

“一直都是。”凯尔说道，还是那么快。您、阁下、乐意效劳，海琳娜完全分不清那些尊称用语。她缓缓走进办公室，一个大的花梨木写字桌占据了房间，海琳娜坐在高雅而古典的扶手椅上，向后靠着，她现在在五层，向外望着湛蓝的天空。

“我能为您拿些什么吗，苏贝格夫人？”

“我一般喝些什么呢？”

“九点前喝咖啡，之后只喝水。”

“九点前？我一般都几点到这里？”

“七点半。您每天都最早来公司，和您父亲一样。”

海琳娜摇了摇头，感到不解。七点半？每天早上？这比当初露易斯在咖啡馆工作还要早。

“我有个问题，也许这听起来有些奇怪……”海琳娜感到脸红。

“您什么都可以问我，我不会告诉任何人的。”凯尔平静地说道。

“我在这里的实际工作是什么？”

“您是经济主管。”凯尔回答道。

经济主管，海琳娜回味着这个词。海琳娜·苏贝格，苏贝格航运的经济主管，这是在整个丹麦甚至斯堪的纳维亚地区的事业高峰。她开始觉得有些荒诞，然后又觉得其实也有踪迹可寻，实际上就是这样的能力让她当初在咖啡馆找到了自己的兴趣，当她开始梳理会计与财务时，贝亚特称她为天才。在露易斯接管咖啡馆后，她实施的一系列举措成功让咖啡馆的生意上了一个台阶。她当初必须这么做，因为接管咖啡馆时她并没有付钱，而是和贝亚特约定好五年分期付款，这让预算捉襟见肘，但露易斯仍然驾轻就熟。现在海琳娜知道这些能力都是从哪儿来的了。凯尔还站在她面前，友好而令人愉快，海琳娜犹豫着，但她必须问点儿什么，她必须知道究竟是她太偏执，还是确实有什么不对劲。

“我和其他人的……关系怎么样？”

“董事会内部的运转非常顺畅。”凯尔迫切地说。

“不，我是说，和员工。”

凯尔的眼神在海琳娜身上扫了一眼，看向地板，现在轮到她犹豫了。

“您的任务十分艰巨，这是很少有人能够理解的。”她说道。

“我最后做的工作是什么？在我……”

凯尔清了清嗓子，很快做出了回应以便让海琳娜无须把话说完，无须说出那个可怕的词“失踪”。

“应该是……让我想想，”凯尔一边说一边回忆着，“我们最后一次工作是在……找一个合同。基督岛饭店有一项年度支出，这家饭店是您父亲创立的，我们也不清楚为什么。”

“这样啊？”海琳娜耸耸肩膀，笑了，不知道该说些什么，“是关于很多钱吗？”她问，为了显得不那么不知所措。

“对您来说 5 克朗和 500 万克朗没什么区别。”凯尔笑着说，海琳娜直勾勾地看着她，感到对自己和面前的这个人毫无了解。

海琳娜看向四周，独自一人，她已经得知，自己是个不太讨员工喜欢的经济主管，这就够了。她喝了一小口咖啡，咬了一口蛋糕，看着天空，云层变得越来越浅，几乎要消散。这时她想起了约克西姆，这么长时间以来，她头一次允许自己这么做。约克西姆现在在做什么呢？海琳娜想起他写作时紧绷的后背，笔挺地竖起的头发，手势丰富的胳膊，充满渴望的眼睛……海琳娜长叹一声，也许此刻约克西姆也在想她。她应该忘掉约克西姆，这是她生命中的例外，一个计划外的括号，没有太大意义，她现在所处的，才是她真正的人生。随着时光流逝，这里的一切，埃蒙德、孩子们、公司会占比越来越大，而与约克西姆在一起的时光会随之消逝，这是一定的。海琳娜将思绪拽了回来，喝了口咖啡。墙上挂着的精美而简洁的木相框里装着照片，她起身走近照片，其中的一幅照片拍摄了房子即将完工前的喷泉，从照片里人们衣服的样式看，这大概拍摄于 20 世纪 60 年代，幸亏不是她选了这个缺乏品位的鱼和海豚喷泉。她理解公司刚开始在国际航行时，她的父亲一定希望用能看到的东西记录下这一切。

她走到其他照片旁，有一艘船停靠在码头边。这是弗雷德里克港吗？这不是她父亲建造的第一家造船厂吗？这是为新船举办的剪彩仪式与香槟，这是新加坡第一家办公室的开放，还有，在某个东方国家，海琳娜还是孩子的时候坐在她父亲肩膀上的照片。太多的故事扑面而来，海琳娜重重地坐回椅子上。不，等等，她起身，刚刚看到了什么？几个字母？海琳娜又回去研究那些照片，她很确定自己刚才看到了什么，有一些东西唤醒了她。这些照片中最老的几张，拍摄于第二次世界大战之前，照片上的所有人都看起来十分严肃且沧桑，但是衣着光鲜，海琳娜注意到其中一张照片，一张她父亲的照片，他在施克堡的码头摆着姿势，当时的他十分年轻，身后是一艘船，但重要的不是这个。照片最左边，五六个小伙子正把木材从一艘驳船上搬下来……驳船的名字写在驳船侧身上，最下面的字母刚好触碰着海平面，显示着……“irsh”。

潜水学校的马丁曾经写过“Kirsch（樱桃酒）”，海琳娜取下照片，仔细查看，最远处的字母有些模糊，这不是个“K”，是个“H”，船上写的是“Hirsch（赫希）”。海琳娜又回忆了下马丁带有哈气的眼镜上显示的字，马丁写得很快，有些潦草，莫非她看错了？“H”在写快的情况下很容易被看成“K”，实际上应该是“Hirsch（赫希）”？

“海琳娜？”

她吓了一跳，转过身，看到埃蒙德的眼睛。埃蒙德盯着她，然后看着照片，海琳娜赶紧把相框挂回墙上。

“没什么事儿吧？我刚刚给你打电话。”

“一切都好。”海琳娜说，并抱歉地告诉埃蒙德，自己把手机放在车里了。

埃蒙德打断她：“你准备好了吗？董事会在等着了。”

Chapter 27

关门前，约克西姆迟疑了片刻，所有一切都将在此结束，如果走进酒店房间的是露易斯 · 安德森，她就能告诉他一切，她是如何遇到海琳娜的，她们如何相识，她们是否认识彼此。开门前，约克西姆来不及把这一切想完，他快速而坚定地打开了门，门外的女人比约克西姆想象的更年轻。她走进来时，棕色的眼睛毫无波澜，她的动作表明，对她而言，约克西姆只是个新顾客，一次快速的寻欢，然后就结束了。她的假发黑而直，一件浅色而紧身的夹克与她娇小的身材十分相衬，穿着浅棕色的高跟长筒靴，自行车打气筒的头儿从包里冒了出来。约克西姆觉得这实在太丹麦了，连妓女都骑车来会面，她脸上化着淡妆，皮肤平滑而紧致，露易斯 · 安德森看起来是这样吗？

“我们可以先把钱确认好吗？”她理直气壮地说道。

“当然可以。”约克西姆说。

他拿出钱包，打开翻了翻，数着为数不多的钞票，他之前怎么没想着取钱呢：“呃，多少钱？”

“8000 克朗。”

约克西姆放弃地垂下双臂，他这辈子从没想过这种事能这么贵，这实在是太疯狂了，与昨天相比简直太贵了。她看到他没有立刻掏出钱，转身朝门的方向走去。

“我这就去取钱。我们聊聊就好。”

“算了吧。”她说。

“你是露易斯吗？”约克西姆问。此时她的半个身子已经走出门了，约克西姆来不及想，一把过去抓住了她，然后把门关上。约克西姆一只手臂环抱着这个女人的上身和手臂，另一只手紧紧地捂住她的嘴，让她不要喊出来，女人奋力挣扎，试图用高跟鞋踢他，约克西姆躲开了，仍尽自己最大力量紧紧抱住她。约克西姆想此刻的做法，完全不是他的作风，但是他咬紧牙关，不得不让自己这么做。

“露易斯……我对这一切感到抱歉。”他用连自己都认不出来的沉重而沙哑的声音说，“我不会对你怎么样，我只想让你听我说。我想让你明白，为什么你所说的一切对我而言都是那么重要。可以吗，露易斯？我不会伤害你，我现在就放开你。”

被放开后，她平静地站着，她的胸口抵在他的手臂上，约克西姆能感到她的心脏怦怦狂跳。他放开捂住女人的嘴和手。终于，女人开口说话了，声音有气无力。

“露易斯？你为什么这么叫我？”

约克西姆没有回答，他不知道自己是否很失望。

“你把我和另一个人弄混了。放开我，真见鬼。”

“拿出证据来，仅凭你说是不够的。”约克西姆突然明白了什么。为什么要告诉他实话？这是个藏身三年的女人，她为什么要对一个毫不了解的客人坦承自己的真实身份？更何况这是个暴力的客人。

女人的手在里兜缓慢而紧张地移动着，拿出和她靴子的材质差不多的浅色皮质钱包：“你自己看吧。”

约克西姆找到一张弯曲的医保卡，上面的名字写着芮科 · 夏沫，出生年份是 1985 年。一种失落感涌上心头，本以为离真相那么近，却最终竹篮打水一场空。约克西姆没有正确判断出形势，所做的这些其实毫无进展。

“三年前，一个女人带着露易斯的身份证来到博恩霍尔姆岛。”约克西姆用可靠的口吻说着，想确保眼前的这个女人不会突然逃走，绞尽脑汁想如何留住她，于是选择了用充满情感的方式讲述这一切，讲述着海琳娜与那个不知在何处的露易斯，“我在啤酒杯垫上找到了一个电话号码，然后顺藤摸瓜找到一家照相馆。”他试图收尾，“现在我想解释这一系列事件。”

她起身，芮科，或者说斯黛拉往外走了一步，但没有想要逃离的意思。

“请你原谅我刚才的举措，但……”

她点点头，看起来若有所思，约克西姆继续说：“我在寻找黛西小姐，也是个妓女。我遇到过一个，叫……曼迪？对，曼迪。当我和她提到露易斯时，她告诉了我你的名字，斯黛拉。然后我跟着曼迪来到一家夜店，并在那里说要见你。”

“因为你以为我是露易斯 · 安德森。”她的话并不是疑问语气，而是镇定的陈述句，这个女人轻轻动了下脑袋，看起来仍然戒备重重。

“你知道什么吗？”约克西姆抱有希望地问。

“我在那里从没听过她……露易斯。”斯黛拉说，但约克西姆能看到事情并不是这么简单。他等待着，最终她继续开口，用更低的声调，就好像担心别人听到他们的谈话，尽管他们此刻处在只有他们两人的密闭房间中。

“但是如果你已经找到了这样一个带有电话号码的啤酒杯垫，那么她就与这有关。”

“与什么？”

“以一种特殊方式对待我们。”她说道。

“这不是自愿的吗？”

斯黛拉思考了片刻，耸耸肩膀：“我们之中的很多人很缺钱，你知道……”她惭愧地看着约克西姆。

“很多在豪西的人……”斯黛拉突然停了下来，在思考什么，“你知道暗网吗？”

约克西姆摇摇头，并不能理解。

“就是秘密网络，不能通过正常的网络渠道找到它，这些暗网也无法被追踪到，必须有特殊途径才能连接上。它与正常世界十分遥远，我也没有真正接触过。”斯黛拉的声音突然变得有力，她坚定地看着约克西姆，对斯黛拉而言，她需要约克西姆相信自己所说的。

“十分遥远，你到底指什么呢？”约克希姆问。

“那些骇人听闻的事情，不只是虐待，还包括一些更不被社会与法律接受的事，是光明世界的边缘，比如用塑料袋蒙住头、几乎将整个喉咙锁住、重击，一些男人对女性实施几乎致死暴力，还有一些男人希望控制女性，这只是这些疯狂行为的一部分。一些人不停地对女性实施惨无人道的暴力。”斯黛拉看着约克西姆说，“但是这可以赚很多钱。一些在豪西俱乐部的女人参与其中，至少在过去有人参与，这实在是太危险了，我不想靠近这类人。”斯黛拉长叹一口气。

“所以这些都是秘密进行的。”约克西姆说，“啤酒杯垫上的电话号码……”

斯黛拉接过话说：“对，没有短信，电子邮件这类能被追踪到的东西。参与其中的有西方政客与富商，他们不希望留下任何证据。”

约克西姆知道这里面的非法勾当，并且这里面涉及利益关系，露易斯 · 安德森也参与其中吗？

“如何与那些人联系呢？”约克西姆问。

“你做不到。”斯黛拉快速地回应。

“我必须知道更多东西……必须知道海琳娜为什么会带着露易斯的身份证件。一定出了什么问题，我不能就此罢手……”约克西姆停住了，深呼吸，“这里面一定有人知道更多的事情，他们一定能解释到底发生了什么。”

斯黛拉犹豫了，然后说：“其实可以通过介绍。”

“怎么介绍？”约克西姆急切地说。

斯黛拉的目光看起来有些不同，约克西姆刚才抱住她时，她的眼神充满恐惧，而现在斯黛拉主导了整个局面。现在斯黛拉用一种怜悯的眼神看着眼前这个可怜的人，她为约克西姆感到遗憾。“或许我可以给你一个号码。”斯黛拉缓慢地说。

Chapter 28

到洗手间平静一会儿真是让人感到如释重负，锁上门，海琳娜一个人坐在马桶上，她将要与董事会的一群陌生人会面，埃蒙德已经进去了，海琳娜跟他说自己需要整理下妆容。她感到恶心，一种奇怪的抵抗情绪在她身体里漫延，她不想待在这里，感觉自己与这里毫无关系。但海琳娜还是决定站起来，已经没有退路了，当她握住扶手想推门出去时，听到两个女人走进洗手间，兴致勃勃地八卦着，海琳娜不想出去撞见她们。

"你感觉到变化了吗？"其中一个人叹了口气说。

海琳娜屏住呼吸听着。

"怎么会感觉不到？我这两天一直不舒服，刚刚才好了那么一点儿。"另一个人说。海琳娜觉得这是个声音更低沉的女性，也许是个哥本哈根人，口音与之前的那个人不一样。

"我多么希望她遇到什么倒霉事儿，再也别回来了。"

"这也太快了。"她小声悄悄说道，"听说她脑袋受到了撞击。"

"那我真希望她就此头脑错乱。"那个哥本哈根人说。

"可她完全就是原来那个魔鬼啊。"日德兰半岛口音的女人说着叹了口气，然后小声嘟囔，"简直是回到了旧社会。"

“旧社会”，海琳娜走进董事会时，试图忘掉这三个字，其他人都恨她，她对员工刻薄无情，她能够意识到自己身上具有那两个女人在洗手间描述的那些特性吗？海琳娜看着一眼望不到头的桌子，当所有人同时将他们的椅子向后退，并站起来时，房间里回响着椅子腿滑过木地板的声音。太多的面孔转向她，房间里满是各种各样的男人们，海琳娜不知所措地转头看向埃蒙德，他正在为她拉椅子。海琳娜坐下来后，所有人也跟着坐下，埃蒙德将一只手放在她的胳膊上安抚她。

“好的，那请允许我欢迎海琳娜的回归。”他说，“大家一定已经知道了，这一切对我们而言……并不容易，显然要恢复以往的日常运转还需要一些时间。一开始海琳娜会更多地听大家说，熟悉环境，然后逐渐接管公司事务。”

会议结束后，埃蒙德安排了一场他所谓的“非正式欢迎会”。海琳娜已经头疼了好几个小时了，感觉自己离这些人谈论的话题十分遥远，他们的话从她的左耳朵进，右耳朵出。在这些人中海琳娜谁也不认识，绝大多数时候她都在低头看手头的文件，假装在听埃蒙德和其他人所谈论的对荷兰航运公司的收购——这些项目本该在海琳娜消失时落地。尽管理解所有细节仍有困难，但她已经有了感觉，这种感觉在她接管博恩霍尔姆岛的咖啡馆前就有了——对管理的渴望，对一切的渴望，这是她与生俱来的，她已经找回自己了吗？海琳娜 · 苏贝格是个想把一切据为己有的贪婪而吝啬的女人，这令她周围的人感到畏惧，现在她手拿一杯白葡萄酒，对每个和她握手的男人微笑。

“能见到您平安回来真是太好了，我们之前都很担心您。”

海琳娜脸上的笑容有些僵硬，就好像她戴着个不合适的面具，已经有太多的人来和她说同样的话，这已经是第十二个了。董事会成员都是其他大企业的管理人或股东，所有人都在丹麦西部社会有一席之地。海琳娜很容易看出这些男人的共同点，他们比博恩霍尔姆岛上的人更自信，他们具有不可动摇的世界观，也正因如此，丹麦的民主在这里诞生。没人能控制这里的这些人，特别是正握着海琳娜手的这个男人，他握得很主动，但稍微有点太重了，他和海琳娜提及上次她和埃蒙德一起去马场拜访他们夫妇的事。他笑着挤了下眼睛，小声说道："之前我还在想你会不会不记得了。"

海琳娜被挤到这个大型露台聚会的一角，她不知道这一切将如何收场，宽格的木地板在阳光和微风的洗礼下有些发白，就好像饱经风霜的轮船甲板一样。陆陆续续又来了很多人，埃蒙德站在露台的正中，有些做作地和一个很大年纪的人交谈着，旁边站着这个老先生的……嗯？助手、护士，抑或是女儿？这个女人自始至终搀扶着这个白发苍苍的老先生，埃蒙德在另一侧扶着老先生，他们正帮助老先生……哦不，海琳娜看不到了，又涌过来一大群她从未见过的陌生人，然而这些人却对她了如指掌。

"海琳娜？介绍一下，这是卡尔 · 顾穆逊，他曾经和你父亲白手起家。"埃蒙德的脸上浮现出虚假的微笑，"就是最早的时候。"他高声补充。

"我父亲的听力没什么问题，但是记忆力退化了。"他的女儿说，笑着朝海琳娜伸出手。这个老先生的嘴一直在动，但实际上是闭着嘴在动，来回搅和的感觉就好像嘴里有什么嚼不动的东西。接下来是礼节性的形式，他们谈到顾穆逊是几家公司的名誉董事，整个谈话过程中，这个老先生都保持着和海琳娜一样困惑的表情，他们其实同病相怜，就好像残障人士一样，他们都是精神受挫的人，要不是不巧手里有很多钱，恐怕没人会把他们放在眼里。海琳娜找了个借口走开，朝楼梯走时不小心把包掉在地上，她俯身去捡，然后看到不远处，在各式各样的高跟鞋与皮鞋当中，有双厚重的、军旅风的黑靴子。难道是那个在天堂山跟踪她的男人？不然还能有谁？海琳娜急忙起身，一把抓起包，眼睛朝着那双靴子的方向看，那个方向有太多人，并没有戴着帽子与墨镜的，几乎所有男人都留着相同样式、相同颜色的发型。海琳娜能察觉到脑中灵光闪现，灵感几乎迸发出来，她沿着台阶跑下去，要赶回办公室安静地思考一下，究竟是自己被人跟踪了，还是她大脑处在错乱状态。海琳娜找不到路，看到路边两个年轻女子害怕地看着她：“对不起，请问我的办公室在哪里？”海琳娜问。

“沿着这条路左转。”两个女孩中年轻一点的那个说。

“非常感谢。”

海琳娜回到她的办公室，关上身后的门。她想要回家，她知道自己应该回去，看着那些员工的眼睛，告诉他们自己是谁，让他们接受现在的自己，但她不能这么做，特别是无意中听到洗手间的谈话后。她原来是个讨厌鬼，或者说现在也是，这种想法又进一步衍生：这一切都是她主导的吗？包括那次的失踪？难道是她有了婚外恋？也许她是个对婚姻不忠的讨厌鬼，自编自导了自己的失踪？也许正因为她的不忠，埃蒙德才找了那个穿靴子的男人跟着她。海琳娜坐在办公室的椅子上，身体陷进柔软的皮质坐垫里，感到自己简直快要散架了。海琳娜感到自己渐渐滑了出去，发着微光，好像她越想抓住什么，整个事情就变得越扑朔迷离，所有这三年间她自以为拥有的特质其实都不是真的。她原来是个称职的母亲吗？耳边仿佛有风拂过，海琳娜感觉自己仿佛被挂在悬崖上，下面是一眼望不到底的冰冷黑洞，什么也看不到，陌生的自己，就如同这个深不可测的黑洞。

“怎么了？”埃蒙德站在门边说道。

海琳娜无法回答，几乎无法将注意力集中在埃蒙德身上，欲言又止。埃蒙德快步走到她身边，在海琳娜面前蹲了下来，关切地把手放在她的脸颊上。

“你的脸好热。”

埃蒙德抚摸着她的肌肤，他的抚慰让黑洞消失了，海琳娜又回到了现实世界，坐在办公室靠椅上，看到十分担心的埃蒙德。

“我是个可怕的人吗？”海琳娜小声问。

“当然不是了，你为什么这么问？”埃蒙德不解地说。

“他们都讨厌我。”海琳娜疲惫地说。

“谁？”

“外面的所有人！”她指着门说。

“他们并不讨厌你。你消失了三年，现在才刚回来，他们需要时间去适应，但是没人恨你，你对他们而言也并没有那么重要，你只是他们的老板，仅此而已。”埃蒙德平静地说。

“那为什么我回来以后并没什么人打电话过来？没人喜欢海琳娜。”海琳娜说，“我在基督岛的朋友比这里多太多了。”她最后的这句话伤害到了埃蒙德，她突然意识到，其实这并没有什么意义。埃蒙德做了个深呼吸：“你当时是……”话没说完，他便马上改口，“你现在是家族的支柱。你在工作上为我们承担了太多，但这并不代表你令人讨厌。而且也有人来看过我们啊，比如乌勒里克和他的妻子马布里特。”然而海琳娜想不起来乌勒里克和马布里特是谁。“不要心急，一切都会好的。”埃蒙德的话具有一股力量，抚平了她的伤口，海琳娜的呼吸逐渐变得平缓。

“感觉好点了吗？”埃蒙德耳语道。

“嗯。”海琳娜答道。

“那我们可以把宴会的最后一段进行完吗？如果我们能完美收尾，那简直再好不过了。窃窃私语越少越好，这样我们就能让你尽快回归公司的日常事务。”

他看起来乐观极了。埃蒙德信任自己，海琳娜不想令他失望，她站起来，转了个身，嗯，再出去坚持一下吧。

“但你会陪着我的对吧？”海琳娜问道。

“当然了，我会一直在你身边。”埃蒙德向她保证。

他们朝门走去，海琳娜发自内心地感到自己更勇敢了，有埃蒙德在身边，她很有安全感。她要面对这一切，微笑、握手致意、答谢，然后他们就可以回家了。一切都会过去，一切都会好的，虽然她在颤抖，虽然这一切令人感到费解，但这没什么大不了，以后会好的，海琳娜向外走时一直这样对自己说。她的目光无意中与挂在墙上的照片相接触，想看看那张带有“Hirsch”字样的驳船的照片，这实在太奇怪了，不可能这么巧吧，算了别想了，爱怎么样就怎么样吧，她自言自语着，但突然她停住了，那张照片不见了。

“那艘船呢？”她脱口而出。

“什么船？”埃蒙德看起来很费解。

海琳娜挣脱他的手臂，走到那个相框旁，发现里面的照片变成了另一张——一个公司的外景，同样也是黑白照片。这张照片原来不在这里，她快速地扫了眼所有照片，难道她记错了？也许这艘船的照片在别的地方？不……

“之前这里有张船的照片，是艘驳船，刚刚在进董事会之前我还看见了，现在突然不见了。”

埃蒙德看了看照片，然后耸耸肩膀：“我不知道你在说哪艘船，海琳娜。这些照片一直都在这里，还是你父亲当初挂上去的。”

海琳娜又看了一眼照片，那艘驳船照原本就在这里，Hirsch 号，她完全肯定。她想把这个告诉埃蒙德，确保他真的理解自己的意思，一定有什么不对劲，天堂山……那个跟踪他的男人……还是说……海琳娜难以集中注意力，好像听到了脚步声，仿佛有一团团乌云向她逼近，围绕着她。埃蒙德将海琳娜搂入怀中，在她耳边轻声说着什么。海琳娜想要开口，试图告诉他关于军旅靴的事，以及她被跟踪了，一定有什么不对劲。

“海琳娜？没人跟踪你，我爱你。”埃蒙德重复着，“我爱你，海琳娜。”

她沉默地点点头，泪水顺着脸颊流下，她很害怕，到底发生什么了？

“你状态很不好，抱歉我没有及早发现。”埃蒙德难过地说。

凯尔站在门口，看起来十分担心。

“我能做些什么吗？”凯尔问。

“你能给我们的医生打电话吗？”埃蒙德说，“看看能不能找来罗森堡。”

医生给她打了镇静剂，海琳娜并没有反抗，与之相反，她十分信任医生，希望能打一针，脱离一切的麻木感能让她如释重负。海琳娜好想约克西姆，她不知道自己是谁，也不知道自己爱的人是谁，此刻她只想休息一会儿。医生为她做了详细的检查，问了她几个问题，并不多也并不难，然后医生转身看向埃蒙德。

“她需要平静一下。”医生说，并指出这一切都太着急了。埃蒙德在道歉，为了她还是为了医生？“需要观察几天。”医生的声音听起来好像对埃蒙德感到气愤。

海琳娜听着这些对话，但是没有真正听进去，她处在无力的摇摆状态，对一切感到漠不关心。他们可以对她做任何事，随便吧，她为自己的解脱感到高兴。这时凯尔走过来说罗森堡医生正在美国开会。

“让我歇一会儿吧。”海琳娜小声说。

埃蒙德捏了下她的脸，像对待孩子一样温柔地抚摸她的脸颊。

“歇一会儿。”他重复道。

Chapter 29

现在距离晚上8点还有很长时间，约克西姆沿着宽街走着，试图弄清自己在往哪儿走，他不知道自己刚刚定下的会面是不是个巨大的错误。斯黛拉用手机打电话时，看起来害怕极了，她应该是打给一个女性友人或者同事，然后用黑色口红将一个电话号码记在英格兰大酒店的信纸上。对方反复强调，打电话过去前一定要先将手机号码设定为匿名，这样接电话的人才不会追踪电话来源。斯黛拉将号码递给约克西姆，并小声提醒他打过去以后，应该告诉对方自己需要“无禁忌”服务时，她的声音在颤抖。事实证明，她所说的都奏效了，会面预约成功，约克西姆晚上8点要前往弗德里伯格的一家游泳馆赴约，然后他会得到进一步的指示。他知道的只有这么多，还包括斯黛拉在整个过程中害怕得有些歇斯底里，她甚至把写有电话号码的信纸烧掉，并告诉他自己能做的只有这么多了。约克西姆觉得亏欠于她，在宽街取了两千克朗给她，然后看着她离去，消失在茫茫人海。

巨大的红色砖块构筑的弗德里伯格游泳馆看起来格外气派，差一刻钟8点，约克西姆走了进去，偌大的前厅回荡着各种回声，有很多柱子从地板一直通到天花板，约克西姆站在离门最近的那根柱子旁，注视着入口处以及两侧分别通往男更衣室和女更衣室的通道，身后是个小巧的玻璃售票间。约克西姆研究着进来的每一个人，推测多数都是闺密小团体或朋友，有时也有几个老年男性。

“桑拿房。”一个男人小声说道。

约克西姆疑惑地回头，看见一个男人正走出游泳馆，他本想追过去，但很快放弃了这个念头，这太危险了，他应该照他们说的做，遵从他们的游戏规则。桑拿房，这么说里面会有另一个人等着？约克西姆走到售票窗口并买了张桑拿房票。

“可是你没有合适的衣服吧？”约克西姆还没来得及说没有泳装，售票厅的女士就看出来了，于是他买了条浴巾。

他走进去，在狭小的换衣间换了衣服，把除了浴巾之外的其他东西锁在小柜里，在淋浴下快速地冲了冲，动作完全就是不耐烦地走过场，然后打开了桑拿房的门。桑拿房地面和墙壁都铺着白色的瓷砖，里面还有组大理石制的三级阶梯座椅，除此之外的一切都笼罩在厚重的水蒸气中，看不清楚。约克西姆将眼睛眯成一条缝，想看看桑拿房的整体情况，里面有几个人？他看不到其他人的脸，只有若隐若现的人影在眼前晃动，并能听到丹麦语或阿拉伯语的只言片语。约克西姆现在觉得桑拿房是个不错的选择，因为在这里不可能分辨出说话的人是谁。

约克西姆不知所措地站在地板上，这里的男人中一定有一个在等他。

会是谁？约克西姆坐在一个空位上，这个位置稍微有些流动的空气，等待着。不久后他身后的位子有个人影闪现，黑影向前倾，头十分靠近约克西姆。

“你要做什么？”男人小声说。

这个声音令约克西姆毛骨悚然，他想要转过身去，但约克西姆知道即使这样做了也无法在蒸汽中看清这个人的脸。他知道自己不能立刻就问关于露易斯的事，他必须小心试探，先融入到这个谈话背景中，了解清楚情况，再找突破口下手。

“我想要个女人，没有限制的那种。”约克西姆重复着之前电话里所说的话。

随之而来的是一段很长的停顿。

“为什么？”男人小声说道。

他们周围，各种交谈正进行得如火如荼，只要把声音放低，周围没人能听到一个字，约克西姆必须说点什么来说服这个人。

“我想要和一个女人共度一晚，并希望我能主宰一切。”

“谁给你的电话号码？”

“一个妓女。”约克西姆说，马上就后悔说了这个词，“她不愿意再多说什么，于是就给了我这个号码。她说，你们能办这些，对吗？”约克西姆小声说道，紧张得身体有些发抖，但尽力让自己保持镇定。

“她叫什么？”

约克西姆的大脑飞速运转，能推测到如果自己暴露了斯黛拉的身份，她很可能会有麻烦：“我不知道……我压根分不清她们谁是谁。”

“这很贵的，不过你一定已经知道了吧？”男人小声说。

“是的，我已经有心理准备了，不过如果只是钱的问题，我是不在乎的。”

“我们为你承担风险，你付钱得到你想要的，不过最终能走到哪一步，全看你自己。不是所有人都能实现自己的预期，他们以为自己非常强，说话方式就像你现在一样强硬，不过等他们真到了现场，有些人其实就是孬种。你想好了吗？能明白我说的吗？我不希望后面有什么纠纷，如果付款后你自己又尿了，可别想再把钱要回去！”

“要没有任何限制，你能保证这点吗？”约克西姆用沙哑的嗓音推进着这一切，尽管这个男人的话令他感到诡异。

“如果你付款，她就是你的了。你有钱吗？”

“多少钱？”

“250000克朗，现金，所有都要提前支付。”

约克西姆压制住了自己的不满，相当于四分之一个百万富翁？他们疯了吗？不过他仍然点了点头。

“钱我有，都准备好了，什么时候给你？”

“以色列广场下的地下停车场。明晚9点，带上所有的钱，懂吗？”

约克西姆又点了点头，男人把身体向前倾，一只手放在约克西姆的肩膀上，这令约克西姆感到五脏都冻住了。

“你会得到终身难忘的体验。”男人小声说，“等着吧，她的全部都是你的了，如果你想的话，甚至可以把她打死。你在这里再坐5分钟，如果提前出去，交易立刻取消。”

男人起身并悄悄溜出桑拿房，约克西姆看到这个男人的轮廓，中等身高，中等身材，背影放在人堆里完全找不到。约克西姆其实可以跟上去，试着看得清楚一点，不过这行不通，也许外面有他的同伙，或许游泳池中就有他的助手，正瞪大眼睛盯着约克西姆，他们一定十分小心谨慎，这是当然的了，他们做的都是关乎人命的生意，女性的生命。现在的这条路是约克西姆自己选的，在提出问题前，约克西姆不得不遵从他们的游戏规则与运作模式，不过现在他仍然可以改变主意。见鬼，他上哪儿变出250000克朗？还是现金，究竟什么人能办到这种事？约克西姆暗暗向自己发问，但其实心里已经知道答案了。这实在是令人绝望，就如同自己现在的状态一样。

Chapter 30

太阳低垂地挂在天上，就像一个浅色的球摆在她面前，海琳娜站起来，打开灯，感受到阵阵温暖穿透肌肤，然后她感受到自己的下半身随着船轻轻摇动，听到船帆在风中作响，船绳敲着桅杆，有节奏地发出响声。有声音传来，这是她的父母吗？海琳娜在做梦，不想醒过来，一点也不想，不过眼皮有着自己的冲动，眨了眨然后睁开了。

"你醒了吗？"埃蒙德从床的一侧靠了过来，像个令人生畏的阴影。

海琳娜坐了起来，埃蒙德有点害怕地向后靠了靠。

"我在哪里？"海琳娜说着并疑惑地看了看四周。

"在医院啊。"埃蒙德说，就好像她本应该知道这意味着什么。

房间很温馨，这让她想起自己在基督岛的公寓，那个小窗格窗户有着宽窗台和轻薄的金色窗帘，外面是大树茂盛的树枝与绿叶，阳光穿过树干并投来阴影，阴影落在房间的花式墙纸上。海琳娜想起了医生、镇静剂，想起了温暖的感觉，而此刻她的头仿佛浸在沸水中，好像马上就要失控，也许上一次就像现在这样……她消失的那次，她的大脑突然短路了。

"凯尔把你的包给我了。"埃蒙德说，并小心翼翼地把放在小桌上的包递了过来。

“我住院了吗？”海琳娜不解地问道。

“对……”埃蒙德有点支支吾吾。

她原来就穿着这件衣服吗？海琳娜往下看了看她自己，她穿着件带着柔软丝绒的老式运动套装。

“我想回家，我现在已经好多了。”她平静地说。

“你现在应该和医生谈谈，然后我们再看。”埃蒙德回应。

“什么叫‘然后我们再看’？”海琳娜用自己都能明显感受到的愤怒语气问。

“你冷静一下，海琳娜。”埃蒙德说，“你现在不是正常的自己。你说着什么跟踪，什么穿靴子的人……海琳娜，你失控了，应该让医生好好查查，这可能要花些时间。”

他到底在说些什么？海琳娜又有了那种奇怪的感觉，就好像她脚下的一切都在晃动。“我只想回家。”她小声说，“我很确定回家后我的情况会好转，那里有孩子们，还有我所熟悉的一切。”

埃蒙德没再说什么，接下来的一段时间房间里寂静无声。他真的不希望她回家吗？

“听着，埃蒙德，我不能待在这里。”

“海琳娜，我很难过，你不要误解我，但实际上这并不能由你一个人决定。”埃蒙德紧张地捏着自己的裤腿。

“如果我想回家，你能不能别强迫我留在这儿？”海琳娜说。

“你现在的情况很不好。”埃蒙德说，“你现在这样对孩子们也不好啊，对不对？我的态度很明确——先听听医生说什么再做打算。”

他起身走到窗户边，背对着她。海琳娜又陷进床里，这一切是怎么回事？埃蒙德究竟怎么了？自己又怎么了？为什么当他说留在这里安心疗养对孩子最好时，她完全不相信他？海琳娜是个怎样的母亲？难道真的就那么差劲，以至于最好被关在这里？自己的孩子最好远离她？还是……这一切都是陷阱？最后的念头慢慢地浮现，扰乱着她的思绪，而且尽管极力抵触着，海琳娜还是忍不住在想，难道埃蒙德一直以来都在表演？他难道一直都在一点一点将她向外推，直到一切都超出正常范围？直到她失去控制，这样埃蒙德就可以将她留在医院了？难道是埃蒙德令她变得不正常？她因为这个才在三年前逃离的？海琳娜想要尖叫，觉得这是自己唯一需要做的，喊出不安、愤怒与猜疑，但她只是安静地躺着，感受着所有的力量正从体内溜走，因为她不能暴露自己的另一个想法：也许她已经疯了，也许埃蒙德所做的是唯一正确的事。

埃蒙德又坐了下来，从公文包里拿出几页文件。

“这是什么？”海琳娜觉得自己不能再维持沉默时，开口问道。

“我十分犹豫是否要把这个给你看。”埃蒙德说。

“这是什么？”海琳娜重复。

她伸出手想拿过文件，但埃蒙德没给她，埃蒙德微微噘着嘴，样子看起来很严肃，这些文件可能很重要。

“我只是觉得你应该知道我才是你能信任的人。我所做的一切，都是为了你。”最终埃蒙德把文件递给了海琳娜。

海琳娜看着文件，上面有他的名字：约克西姆。她的心怦怦跳着，眯起眼睛，想要集中注意力，那些文字仿佛粘在了一起，看不出实际的意思。

“自从你回家后，他就在勒索我们，说必须给他钱才不会把一切告诉媒体。”埃蒙德说，“我很遗憾要把这些给你看。”

埃蒙德的话音渐行渐远，海琳娜所有的注意力都集中在文件的文字上。这是份合约……约克西姆签了一份合约，在她的理解中，约克西姆在很长的一段文字的最下面签了字，保证他们之间发生的一切都将不复存在。海琳娜看着金额，那个巨大的数额：100 万克朗。约克西姆从海琳娜控股的公司拿了钱，出卖了和她之间的回忆。海琳娜感受到埃蒙德的手抚摸着她的胳膊。约克西姆怎么能这样？她认识的那个约克西姆，从来不会出卖自己的回忆，更不会勒索他人。

“海琳娜，我很遗憾，但你必须知道我才是你唯一可以信赖的人。”

她唯一可以信赖的人？海琳娜缓缓地转向埃蒙德，她的丈夫，海琳娜想给他作为丈夫的权利，但又实在做不到。为什么？为什么连自己的丈夫都不能信任？海琳娜感受到冰冷的泪水在自己脸颊滑过，感受到埃蒙德的双手为她拭去泪水。海琳娜平静地坐着，任由他这么做，然后做了个深呼吸，她的呼吸逐渐变得平稳，感觉周围的世界逐渐远去并消失了，她又回到现实中，坐在床上，医院的床上。她住院了，约克西姆背叛了她，以及他们的爱情，这就是她的现实世界。但……办公室的那张照片，这并不是凭空想象的，她知道自己看到了什么。

“照片。”她略带迟疑地说。

“什么？”埃蒙德的声音听起来有些生气。

“就是办公室里，有人趁我不在的时候换下了一幅照片。”海琳娜小声却又坚定地说。

“听着，海琳娜。”埃蒙德将她的手握在自己掌心里，笃定地看着她，“那张照片根本就不存在，从来没有一个叫‘Hirsch’的船，这只是你自己想象的。你对此不必介怀，这一切都没什么大不了的，不过正因为这个你才住进了医院。我们已经给罗森堡打电话了，他明天就来，医生在美国，马上就回来。海琳娜，你要帮帮你自己，这里是家私立医院，我们所有前线的员工都会来这里看病。我是这家医院的股东，我觉得我们可以算得上大股东。”他平和地笑了，“他们会尽全力服务于你的，没有任何的压力与不愉快，别闹了好吗？我们在这里把一切安顿好，然后你就可以恢复到正常的自己了，不是吗？孩子们会来看你的。”他拍了拍她的手掌。

“Hirsch”。

埃蒙德刚刚说了“Hirsch”，但自己并没有把船的名字告诉过他啊？无论是在这里还是在办公室，海琳娜对此很肯定。她一直都有种感觉，有什么东西不对劲，现在她知道这种感觉不是空穴来风。

Chapter 31

约克西姆按照约定来到地下停车场等着，手里抓着一个低调的黑色运动包。几个小时前，他从苏贝格集团的律师那里接过这个包，不需要说很多话，约克西姆只需要签了合约，然后接过钱。他讨厌自己不断想着签合约的事，但约克西姆告诉自己是不得不这么做，如果他没有亲身体验，他就写不出东西，但是反过来——现在他签字保证了不会写出自己的经历，这真是两难的境地。

约克西姆不耐烦地来回踱步，脚步声在空荡的地下停车场回响，他听着，有辆车开过来了吗？不，脑海中回荡的只有埃蒙德低沉的声音，那是自己打电话同意签约时，埃蒙德的回应，除此之外再听不到别的。当时约克西姆唯一的条件只有立刻拿到 250000 克朗的现金，其他部分转账到他的账户。

约克西姆听到一个车门响声，是这个吗？一辆毫不起眼的红色车缓慢地驶过他的身旁，一个女人在方向盘后，但并没有看约克西姆。实际上只等了 10 分钟，约克西姆却感到无尽漫长。他嗓子发干，腋下有些出汗，尽管地下凉爽而干燥的风距离外面温暖的夏夜十分遥远。下一辆发出动静的车，比上一辆更大一些，是辆白色货车，玻璃贴了膜，看不到里面。这辆车拐向角落，停在稍远的地方，突然打开了大灯，约克西姆什么也看不见，他只能隐约看到两个男人坐在前座，一侧的窗户摇了下来。

“转过身去！关了手机，脸靠着墙，站着别动。”一个男人带着哥本哈根口音吼道，他们已经提前计划好了，约克西姆现在看不到他们，甚至都看不到车牌号。

约克西姆听从了他们的指示，转过身去，握紧手里的包。他听到车门打开的声音，不久传来脚步声，另一扇车门也开了，传出更多脚步声，车子的引擎还发动着，侧面的车门滑开，两组脚步声快速靠近。约克西姆稍稍转过头，想看看究竟发生了什么。

“站着别动。”一个男人生气地说，现在他离约克西姆很近，“你关手机了吗？”男人问，并从约克西姆的兜里掏出手机查看。

“关了。”

一个头罩迅速蒙在他的脸上，粗糙地摩擦着他的额头与鼻子，一切都变黑了。约克西姆下意识伸出手想把头罩拿走，但感到右侧手臂被束缚住，是他拿着包的那只手，他挣扎着并发出痛苦的呻吟声。

“如果我们的身份暴露，你一定没什么好果子吃！”背后的男人狠狠地说道。

约克西姆感到两只胳膊被束缚在背后并绑在了一起，一个冰冷而尖锐的金属制品紧紧地系在了他的两只手腕上，他的手腕被控制住了。

“好了。”身后的男人一边说，一边很重地推着约克西姆的后背。

约克西姆踉跄地向前，小腿撞在货车突出的外沿上，然后又被推了一下后背，约克西姆失去平衡并摔进了车里，跟着他的腿被粗暴地抬起，身后的车门重重地关上。不久后，汽车向前开动，驶出了停车场。

开始的很长一段时间，约克西姆都保持不动，是他选择将自己置于这样的处境的，甚至还为此支付了一大笔钱，约克西姆默默对自己说。他扭动着让自己在车的一侧保持舒适的姿势，他的头顶着什么东西，双臂在背后的姿势下开始发麻，需要时不时活动下胳膊以确保血液流通。约克西姆一直在听着动静，试图从周围的声音中得到一些信息，在很长一段时间里，他除了引擎声什么也听不到。车飞速地径直开着，不断超越其他车辆。这是条高速公路？车里的两个男人彼此不说话，抑或是前座的声音被有效地切断了，所以约克西姆听不到他们说话。

“嘿，我们要开多久？”约克西姆试探性地喊道。

没有回应，车子的晃动撞着约克西姆的后背，背逐渐开始疼痛。车现在开得慢了点，它转弯了吗？听起来车好像在一个环岛行驶，过了一会儿又径直向前开，加快了速度，应该是又回到了高速公路，然后车放慢速度，开始拐弯，这种情况循环了三次，约克西姆想：难道他们在同一段路上来回开吗？上路、下路、转弯，这样就会让约克西姆觉得车开得比实际的路程远？

“嘿，你们在吗？我们已经开了很久了。”约克西姆喊道。

依然没有回音，约克西姆睁开双眼又闭上了，头罩里面漆黑一片，一直非常湿润。他在做什么，为什么他现在在这里？约克西姆自问自答:因为这是他唯一的机会。如果不这么做，他就永远找不到关于露易斯·安德森的真相，找不到那个失踪女人的真相，找不回那个与他生活息息相关的女人。他闭着眼睛，眼皮变得十分敏感，血管突出而弯曲，眼球在转动，却看不到任何东西，只能小幅度地跳动着。他必须查出露易斯身上发生了什么，他知道真相后就收手，约克西姆向自己保证着。

他睡着了吗？门开了，有人粗暴地抓着约克西姆，几乎把他扔出了车。长时间弯曲后，约克西姆的腿有点不听使唤地打着战，他踉跄着被带到另一个地方，脚下的土地柔软而不稳，那两个男人夹住他的胳膊以保持他身体的直立。清新的空气穿透进头罩，驱散着由呼吸带来的湿气，他能闻到什么，清新的香味……是松叶吗，还是盐？他们在海边或者在森林里吗，还是靠海的森林？他的脚重重地磕在什么东西上。

“抬脚。”其中一个男人说道。

“有段台阶，向下的。”另一个男人说。

约克西姆把脚抬高，向下踩在坚硬的地面上，小心翼翼地用另一只脚试探着找到台阶，向下走。一段台阶之后，约克西姆踩到地板上，这是个地下室，这气味错不了：土地的味道，赤裸裸的混凝土味。约克西姆的手腕被松开，头罩也随之被取了下来，他听见身后的门关上并被锁了起来，转过身去，那两个男人已经走了，只剩下他一个人。墙壁、天花板与地面都是混凝土制的，这里的湿度变得很低，几个蜡烛架台沿墙摆着，上面点着摇动的烛火，天花板上挂着钩子，是那种会出现在老式屠夫店的沉重金属钩，约克西姆这样想。地下室里还放着一张钢制桌子，像是个手术台，配有一系列各式各样的工具。约克西姆本想看看整间屋子，但目光被桌子上和地面上散落着的风干的血迹吸引了，太多的血迹斑点，血迹已经干了很久了。他们是故意不擦拭这些血迹吗？顾客喜欢这样？后墙经过了粉刷，看起来比其他墙面更具哥特式风格，上面的钩子不是现代风格，具有古典气息和早期的铁质特点，像是出自对女性充满仇恨的打铁室。上帝创造了这种仇恨并令其根深蒂固，没有什么能令它毁灭，也没有什么能令它消失。前几天，约克西姆在戈姆那里，在夜店客人那里，还有黛西小姐那儿，就感受到了，很多男人对女性根深蒂固而毫无理智可言的仇恨。艾琳，以及那个出版社的女人……夏洛特 · 伦德，为什么在想着她们？对……因为她们唤醒了约克西姆体内的特质，一种他不喜欢的特质，他不希望知道的一种特质。

后墙摆着一张小桌子，上面铺着张一直垂到地板上的深红色桌布，桌子上方挂着一面大而宽的镜子，这面镜子像人的眼睛一样向外凸。

约克西姆以前见过这种镜子，这是威尼斯风格，只是没有见过这么大的，像个巨大的眼睛。约克西姆走近，避开镜子里的自己，注意力被几个金属箱子吸引了，它们表面有着奇怪的浮雕图案，打开其中一个箱子，里面装着个钳子，另一个箱子里装着不同大小的长针头。桌子旁装着个一人高的屏幕，正对着地下室角落，屏幕由黑色的铁制成，和蜡烛架台的材料一样。约克西姆继续向后看，看到一组挂着服装的衣架，上面有半蒙面斗篷和其他衣服，都是厚重而光面的黑色材质，约克西姆用手指在套装上滑动，感觉这是为女人准备的紧身服装。

门开了，约克西姆听见并转过身去，进来的女人十分年轻，实在太年轻、太瘦了。她有着妓院女子同样的妆容，曼迪也用白色粉底、尖锐的眼妆与黑红色的口红装点着自己，但是这个女人没有曼迪的美艳，她穿着迷你的内衣，只够遮住最敏感的部位，吊带丝袜是网眼式的，但略显松垮，也许他们找不到符合她娇小身材的型号。约克西姆的目光被她凸出的肚脐吸引，女人慢慢靠近，鞋跟非常高以至于走路都有些不稳，她的步调有些奇怪，就好像找不准自己的节奏。约克西姆咬紧牙关，就是此刻了，终于出现了，如果他想要知道什么，现在是最好的机会。约克西姆走近她，女人停住了，她的瞳孔在放大。约克西姆在想什么？想着进来的这个女人会告诉他一切想知道的？他看着面前这个服用过药物的女人，用双臂抱住她，抓紧她，亲吻她的脸颊，女人的手臂放松，接受着这一切。然后约克西姆感受到一种新事物，这是种全新而陌生的感觉，突然一种理性浮上心头，令他向后退。面前的女人不解地转过头，追随着他的脚步，约克西姆感受到愤怒、苦涩与无能为力，这个女人可以属于他？约克西姆转了过去，呼吸变得急促，感到不知所措，他不能理解自己内心究竟是什么想法。他走到角落那架挂着黑色套装的衣架前，无法将这个画面抛在脑后，约克西姆闭上眼睛，浮现出一个被紧紧束缚的女人的身体，挂在墙上，双腿分开，面无表情，微张着嘴唇，痛苦地呻吟着……画面中还有他自己，自己应该在画面的哪个位置呢？在这样的幻想中，他要做什么呢？约克西姆睁开眼睛，强迫自己看着那面像眼睛一样突出的大镜子，看着镜中的自己，看着自己紧致而带有小胡子的皮肤，在漫长的夏季后依然维持着古铜色，眼下有黑眼圈，头发竖直向上，以及自己的眼睛，自己的眼神。

Chapter 32

海琳娜一直等到晚上，等待时机实施关乎她人生的计划，也许人生计划这个词用得太夸张了，但至少也可以算得上一个下意识的、追求真相的点子。车钥匙在她的包里，她很想出去……但还要再等一下，等拿到自己需要的信息。埃蒙德把她关在了医院，他告诉医生海琳娜现在处于失控状态，说她在胡思乱想，并编造出了一个叫Hirsch的名字，不过他还说了点儿别的，他说这家医院自很久以前就开始为集团员工服务，这给了她一个点子，或者说是一个计划。

整整一天都有医生围着她。护士们友好地看着她，关切地问各种问题。也许过于夸张了。海琳娜觉得医生、护士们在盯着她，也正因如此，房间里一直都有其他人，防止她突然失踪。对于绝大多数的面孔，她都没什么太深的印象，但海琳娜一直留意着一个人：约安 · 伊文森，这是位小脸的年轻医生，额头的左右上角有些脱发。约安 · 伊文森一遍又一遍地询问海琳娜关于失控行为的问题，想让她复述出病发时最准确的感受。重复性的讨论令人感到十分冗长而无聊，这既与海琳娜难以集中记忆力有关，也因为医生很难将她的回答录入到电脑里，电脑屏幕总是锁着。

“很抱歉，真是太抱歉了。”约安 · 伊文森第四次试图重新登录电脑时说，紧张得整个脖子都红了。

伊文森叫来了一个护士，让她帮忙调整电脑设定，让屏幕别动不动就锁上。

护士朝海琳娜笑了笑，用恭维的眼神看着她，海琳娜勉强地挤出笑容回应，然后脑海中冒出了一个想法。这间私家医院已经和苏贝格家族绑定很多年了，海琳娜十分确信这是间顶级的私家医院，她理解在丹麦西部，人们不像东部地区居民那样对一切都无比信赖，公立医院在西部影响力有限就是个很好的例子。很久以前这里还是个疗养院，现在苏贝格航运集团控股了这里，埃蒙德就在董事会高层。这间医院所有的病历与报告都保存着，没有东西被删除过。海琳娜充满混乱与偏执的大脑试图将所有思绪整合在一起。她都知道些什么？她知道自己失踪之前在那家酒店出现过，询问关于 Hirsch 的事，这是马丁告诉她的，以及她知道 Hirsch 是公司一艘船的名字，不过船又不会待在酒店，只有人会。海琳娜进一步想道：这艘船是由一个人名命名的，一个埃蒙德不想让海琳娜知道的人，她以前应该没有见过那张老照片。把照片挂上去的那个人或那几个人并没有注意到她所看到的：驳船最左侧，几乎被水平面吞噬的那行模糊不清的字，不，那张照片应该是因为她父亲在上面才被挂上去的，也许叫 Hirsch 的人在这家医院看过病，特别是在集团所有人都可以来这里看病的前提下？人总会生病，如果病了，他或者她就会在那里留下记录，在病历上。

这个假设会不会太离谱了？也许吧，不过海琳娜混乱的大脑此刻产生的这个想法，让海琳娜觉得行得通。于是她立刻开始实施自己计划的第一部分：偷看医生的电脑登录密码，然后她就可以在病历记录里查找 Hirsch 了。

护士俯身站在医生旁边，两个人都全神贯注地盯着电脑，这着实费了一番工夫，电脑程序有点儿问题。海琳娜保持绝对的安静，侧身半躺在床上，她快速捕捉到用户名，是医生名与姓的前两个字母，约安 · 伊文森，JOIV，这很好记。不过接下来的五位数字密码就没那么容易了，当她得到一个很好的时机时，海琳娜将身子向前探，然后看到了：5，5，0，3，9。

时间来到晚上，外面漆黑一片，十分寂静，海琳娜躺着并等待护士的夜巡。突然走廊上传来护士穿着白色胶鞋的脚步声，门开了，一个脑袋探了进来，海琳娜闭着眼睛，让呼吸保持规律地吸吐气。门又关了，走廊又传来脚步声，海琳娜快速起来，走到门边，小心翼翼地打开门，蹑手蹑脚地走到空荡荡的走廊，走廊上只闪着微弱的夜光。海琳娜三步并作两步朝有电脑的房间走回去，打开半掩着的门，里面的光线同样很暗，电脑就在桌子的正中。海琳娜按了一个按键，登录界面立刻弹出，她的手有些发抖，但依然按计划进行，用户名：JOIV，密码：55039，海琳娜还清楚地记得。她当然记得住了，一整天除了这个再没关心别的东西。但这管用吗？一个旋转的蓝色小圆圈出现在登录界面，转了一圈又一圈。海琳娜不由自主地用手捋着头发，将头发一圈圈绕在手指上，越绕越紧，然后头皮感到一阵疼痛，才松开了绕着的圈。海琳娜屏住呼吸，突然一个新的界面跳了出来，这是个白色页面，有很多细行，分类与病历，这是个搜索系统。

海琳娜紧张地朝外面的过道看了一眼。有什么声音？脚步声还是什么别的声音？

她的手指抖着，几乎无法将那些至关重要的字母录入进去。Hirsch，这是海琳娜第一次敲下这个名字，按了搜索键，那个蓝色的圆圈又一次跳了出来，它转啊转，停住了。时间静止了，海琳娜仿佛被挂在一个难以置信的空洞的空间，她目不转睛地盯着屏幕，等待着或许能给她带来重大进展的结果，最终僵局被打破，一行字冒了出来：

“没有搜索到您所输入的信息。”极度的失落感涌上她的心头，难道她刚才输错了？海琳娜眼前浮现出马丁的潜水用具，马丁在潜水镜哈气然后用手指写下的字母，她再次盯着屏幕，很难想象这一次只是个幻象。突然楼道传来脚步声，护士朝这边走了过来，夜巡结束了，海琳娜必须赶紧回到自己的房间。她从椅子上起来，朝着门的方向转了过去，然后重新把注意力集中在电脑上，搜索结果那行字下面显示着什么？什么关于 1980 年以前的病历？海琳娜必须再看看。她听到脚步声，然而还是坐了下来，又一次敲着键盘，然后登录界面弹出，海琳娜飞速地把用户名和密码敲进去，那个蓝色圆圈旋转的时候，她一直咬着嘴唇，这时门开了。

“你在这里做什么？”一个生气的声音传来。

搜索界面弹了出来，海琳娜盯着屏幕，她必须再看一眼。

“这是不被允许的，我要叫保安。”护士一边气愤地说，一边按下红色的安保按钮。海琳娜登录成功，看到搜索指示的最后一句话写着：“1980 年以前的病历没有被录入到搜索系统中，需要在纸质档案中查看。”她做了个深呼吸，快速地看了那个护士一眼，护士还在不停地说着什么，但海琳娜完全没听进去，她只听着自己内心的声音。这一切远远没有结束。她一定要找到档案，依然还有机会。

Chapter 33

约克西姆盯着镜子，绝望地想把镜中那个沧桑的男人和自己联系在一起，如果一个人将所有善良美好的东西从自己身上剥离，看起来就会是他现在的样子吗？他一直是这个样子吗？约克西姆又想到了露易斯，他的露易斯，她所有的特质都充满活力且光芒万丈，如果她看到约克西姆现在的样子，会害怕吗？像这个年轻的女子一样害怕？约克西姆摇晃地站着，几乎无法让自己站稳，面前这个女人的上臂有很明显的伤疤，很显然是被挂在墙上的鞭子抽打过，或者有人用刀子划伤过她？约克西姆知道自己只有这一次机会，这一切真是太令人绝望了，但必须试一试。约克西姆抓住女人的手臂，在她耳边低语道："你听说过一个叫露易斯的女人吗？她失踪了，你知道她现在在哪儿吗？"

女人眼里的惊讶告诉了约克西姆，她至少真正理解了约克西姆所说的。女人紧张地看着约克西姆身后的什么东西，约克西姆转过身，她在看什么？约克西姆像之前一样环顾整个房间，水泥墙，后面放着服装的屏幕，铺着红色桌布的祈祷桌，镜子，然后又朝着女子转了回来。

"露易斯 · 安德森？"他又放大音量说了一遍，"你认识她吗？知道她现在在哪儿吗？"

女人的眼神又变得若有所思，于是约克西姆突然有了感觉，一种第六感，有人在盯着他们，那面镜子。约克西姆慢慢转过身，看着镜子，一定有人在镜子的另一面，在看着这一切，看约克西姆有没有在做自己本应该做的。他该做什么呢？抓起鞭子开始打这个可怜的女子？把她紧紧地绑住并划出血？约克西姆把女人拽到后墙，脱下她的内衣，拿起一个黑色细绳，绑在她的手腕上，绑得很紧，但女人并没有反抗。约克西姆抓住那个沉重的船钩，生产厂家的名字刻在金属里，阿玛铁具厂，它看起来就好像港口用具或马具，那种用来固定船或者野兽的工具，至少不应该用来控制这个身材瘦小的女人。约克西姆将绳子穿过铁环，把女人的一只胳膊紧紧地绑在上面，然后是另一只胳膊，她像耶稣一样站着，准备为约克西姆的罪恶牺牲。约克西姆看着女人的私处，那里被整齐地修剪过，没有任何毛发遮盖。约克西姆扫了镜子一眼，很清楚有人就在外面。他们在外面坐着？等着看这个女子被打到半死甚至失去生命？

“露易斯 · 安德森。”约克西姆又小声地说了一遍，同时拿起挂在墙上的鞭子。他要这么做吗？就打一下，为了后面的人能看到，为了博取他们的信任，为了展现他是认真的。约克西姆为这一切花了250000 克朗。“我这里有一个名字。”约克西姆一边向后挥动鞭子一边轻声说。约克西姆不知道这种感觉从何而来，但用鞭子击穿地下室潮湿的空气时，他眼前浮现出了艾琳的脸，好像鞭子是抽在艾琳的身上，她倔强地喊叫着一样。艾琳曾告诉约克西姆做人要坚定而倔强，这样才能达到自己的目的，所以约克西姆再次挥动鞭子时，进行了更用力的抽打。在女人的喊叫中，约克西姆最终听到了自己欲望的回声，他现在做到了，并且对这一切心甘情愿。他想收回鞭子，但鞭子已经与这个女人大腿内侧的皮肤连在了一起，约克西姆用力收回鞭子，女人发出了更痛苦的叫喊，直到现在约克西姆才看到这个鞭子的一端——

上面有个钩子，还带着三个小钩子，这种钩子是用来抓梭子鱼的，这种鱼需要特殊的钩子才能抓住。约克西姆看到血从女人的大腿流了下来，现在他绝望地站着并试图把钩子卸下来，并不能完全把它卸下来，这在女人的皮肤上造成了很严重的伤痕。

“太见鬼了。”终于摘下了钩子，约克西姆小声说，对自己的所作所为感到震惊，此刻他突然对这个女人的命运感到悲哀，呆在那里，为她每周都要被打到半死感到痛心。与此同时门开了，之前的那两个男人走了进来，每人脸上都戴着黑色头套，只能看到他们的眼睛。

“不是我的错。”女子高声说。

“没事，他是假的。”其中一个男人一边说，一边松开她的绳子。约克西姆站在那里，做了个深呼吸，也许他们要说些什么。

“听着，我在找一个女人。”约克西姆说。这时一个原来没有出现过的男人带着女子走出了门，这个男人用粗壮的上臂抓着女人，随后消失在过道，这个人身材高大，腿部肌肉发达，粗脖子，走起路来十分沉重。另两个男人极具威胁性地快步朝他走过来。

“该死，你到底想干吗？”

约克西姆没法逃离这里，两个男人站在他前面，凶狠的目光令他感到害怕。

“我只是要找露易斯。”约克西姆可怜兮兮地说，试图同时盯着两个人，其中一个人走到了他的后面，“这很重要。”约克西姆继续说，并想找到一个关于爱情的词汇，一个能让他们产生同情心的词，“这与你们完全没有关系，这和海琳娜有关。”约克西姆小声说，想把整个故事告诉他们，不过前提是他能让这两个男人静下心来听。见鬼，就是出于这些原因，约克西姆才下决心写作的，他想要表达自己，想告诉世界为什么自己像以前一样。学校里的老师们总是严厉批评他，他的父亲也从来都不会满足，总是责骂约克西姆想做个天马行空的梦想家。父亲确实是对的，约克西姆的确是个梦想家，不管他正在做什么，都可以立刻进入自己的想象世界，在数学课上、在物理实验室，抑或是当他帮父亲用木头生火的时候……约克西姆会突然呆住，手里拿着已经生了火的木头，眼神却盯着木轮，想着这块木头有多大年纪了，曾经经历了怎样的冒险。像是一种捍卫，对梦想的捍卫，后来约克西姆选择了写作。约克西姆试图把事情告诉那两个戴面罩的男人，用一种特别的方式告诉这两个男人，自己对海琳娜的爱，海琳娜满足了他所有的梦想，以及约克西姆现在不知自己该去向何处。“你们能理解吗？”约克西姆小声说，“我只是想找露易斯。”

两个男人一个站在他后面，另一个站在他前面。“我求求你们了。”约克西姆说道，然后感到自己膝盖后关节被专业而用力地踢了一下。他的膝盖磕在了地上，一阵强烈的疼痛感传来，约克西姆忍不住大叫一声，指甲狠狠抓着地面，想转移注意力，降低痛感。

“你不该来这儿找什么人。”其中一个男人小声说，他将约克西姆的双手拽到后面，手腕交叠，比上次更紧地绑了起来。

约克西姆的头再次被罩上了黑色头套，里面还留存着之前的湿气，那是他在不安与绝望的氛围中大口呼吸而留下的。一只手放在约克西姆的肩膀上，他的腿被拽着，整个人被带离房间，沿着台阶走上去。约克西姆抬起脚，想寻摸到台阶，突然后背被猛推了一下，这是急促而又不耐烦的推搡。

约克西姆脚下绊了一下，膝盖很重地磕在了台阶上，台阶外沿把裤子磕破了，血顺着腿流了下来。约克西姆急促地呼吸着，突然不知道哪里高哪里低，该把脚放在哪儿，他感到上臂被一只手抓着，几乎是被抬上的最后一级台阶。终于又到了外面，空气中有一股松木味，风吹着树叶发出窸窸窣窣的响声。两个男人不耐烦地把他向前推，约克西姆又听到了车门声。车子启动，然后约克西姆被扔进了车里，现在他知道了，自己很有可能会死，这些人对性命毫不在意——也许一切都将在这里结束。他最后的愿望，就是见到海琳娜……哪怕就一次。

Chapter 34

海琳娜能信任的只有自己，埃蒙德不行，出卖了她的约克西姆也不行，他刚刚用以 100 万克朗卖了他们的过去。现在海琳娜必须自己坚强起来，她这样想着，并看了看眼前的这些员工。医生是最后才现身的，从他的脸上可以看出，他也是最不愿意出现在这里的人。护士解释着一切，说明自己是如何在这里碰到海琳娜，海琳娜是多么不配合时，医生几乎一直都在走神。海琳娜依然坐在办公室椅子上，身体一会儿向前靠，一会儿向后靠。

“我只想看看我是否能在这里连上网,这样就能查看电子邮件了。”海琳娜说。

护士神色凝重地看了看医生，他必须说点儿什么。

“这当然是行不通的。”医生最终说，“我们的病历都是保密的。”

海琳娜点点头，她脑子里除了档案什么也没有，一定要了解 Hirsch 的病历，在现实中找到不断盘旋在她脑海里的 Hirsch。

“我们必须把您带回床上。”医生继续说，“明天一早我们要和您丈夫谈谈。这个安排不错吧？”他问海琳娜。海琳娜突然意识到了什么，医生的话并不是客气，他真的是在征求她的意见。医生看着护士说：“你能把苏贝格女士带回到床位吗？至于你，就可以回前台了，这里不再需要你帮忙。”他又转过身对保安说。

海琳娜慢慢站了起来，看见房间里的所有人都在朝同一方向移动，保安朝着门走，护士缓缓朝海琳娜走来，一只手伸了出来，脸上挂着狐疑的表情，海琳娜看着医生，看他正朝着柜台上的电话走过去，他动作极其缓慢，就好像永远都不会结束这个动作。医生把手从兜里拿出来，朝着电话方向伸过去时，海琳娜意识到，埃蒙德，医生要给埃蒙德打电话。

“别打。”海琳娜说，这是一种低沉而权威的声音，她以前从没发出过这样的声音。

医生三人齐刷刷回头看她。海琳娜的下巴咬得很紧，额头两侧直发疼。

“你不要告诉我丈夫。”海琳娜说。

医生手里拿着电话，突然看起来充满歉意，就好像做什么坏事被抓了个现行。

“嗯。”医生说，除此之外再没说别的什么，他的脖子再一次变得通红。

护士的表情似乎说明了什么，还是说护士的表情一直是这样？不，变得不一样了，医生和保安的表情也是。他们畏惧她，海琳娜对此完全确信，他们的眼睛里带有恐惧，声音里带有紧张的情绪。海琳娜重新审视了自己，苏贝格夫人，海琳娜·苏贝格，全国第一梯队财富帝国的唯一继承人，全国最有权势的女性之一，在这间医院有绝对控股，海琳娜当然对医生他们有支配权，她的权力掌控着他们的命运、工作与未来。海琳娜打一个响指就能结束他们的职业生涯，不和谐的氛围就是由此而生的，这也是他们畏惧她的原因。

“你们知道我是谁。”海琳娜低声说，她看着眼前的自己，这就是监控录像里那个用坚定步伐走进酒店的海琳娜，也是照片上那个强大、冷酷而强势的海琳娜，这个海琳娜不需要高声说话，她只需轻声下达命令就可以办成事。“你们知道我动动手指就能炒了你们。如果你们把这里发生的说出去，我会矢口否认。我可以说是在服药后感到头晕，也可以投诉你们对我的治疗。如果我说你们的行为不得体，那么掌握话语权的就会是我了。”海琳娜停顿了一下，她利用这个停顿与这三个人分别进行了眼神交流，然后她感受到了权力，当你说话时其他人只能服从，这种感觉真好。

医生走在最前面，将海琳娜带到台阶处，他们要下到地下室。医生把地下室过道的灯点亮，一个非常亮的白炽灯照着这群面色苍白而心事重重的人，他们缓缓地向下移动到过道尽头，在一扇门前停了下来。

“你带着钥匙吗？”医生问护士。

护士将门卡插了进去并输入密码，一声清脆的电子音后，锁上的灯变成了绿色。海琳娜把护士推到一边并急切地打开了门，门大敞着，海琳娜走了进去。终于，她找到了档案，兴奋之情在胸口蔓延，与太阳穴的头痛交叠在一起，要是她能放松下巴就好了，但这是不可能的，她的上下牙一直紧紧地咬在一起。

海琳娜身后的护士和保安靠墙站着，紧紧地挨着对方，他们就像人质，仿佛海琳娜手中有把手枪。海琳娜转向医生，他是这三人中头脑最清醒的。

“我要找一个叫Hirsch的人的病历。”海琳娜说，把名字拼了出来。

“他什么时候看过病？”医生问。

“我也不知道。”海琳娜说。

“是男的还是女的？“

海琳娜只是耸了耸肩，看着前面高高耸起的一排排长长的钢制架子。从下看到上，一份一份地看，想着如果告诉他们，其实她自己都不确定是否有这个人名下的病历，告诉他们这个人也许只是她脑中凭空想象的，会怎么样。海琳娜的上下牙咬得更紧了，会找到 Hirsch 的，必须找到 Hirsch，否则……否则什么？这个问题盘旋在她空荡荡的脑中，否则她不得不亲眼见证自己已经疯了。医生目标明确地沿着架子过道走，海琳娜跟在后面，又转过身，看看另两个人是不是还在墙边站着，一个眼神就足够了，他们不敢做什么，不得不顺应现状。医生仔细地找着，在一个架子前停了下来，这费了些工夫，他要把每个文件夹抽出来，再翻查所有的病历。海琳娜拉出一组文件并做着同样的事情，仔细在一串以“HI”开头的名字中找着，潦草的笔迹记述着疾病记录，一些病历只有一份简单的档案，而另一些非常厚，满满都是对肺结核与梅毒的描述，这都是 20 世纪的顽疾，它们属于另一个时代。海琳娜不耐烦地快速翻找着，但也害怕错过什么，很多次她本来都翻过去了，又翻了回来。海琳娜翻回去看了一个叫 Hicks 的人的病历好几眼，怀疑自己是否把名字看对了，也许她看走眼了，也许这个人实际叫 Hirsch？她翻过去一遍，又翻过去看了一次，但没看错，这个叫 Hicks 的人 20 世纪 40 年代得了白血病，这个可怜的男人病发后很快就去世了。海琳娜继续往后翻，她的手指在薄薄的病历页之间翻动，划伤了自己，用舌头吸走手指上的血滴，又开始继续翻找。海琳娜差一点就要失落得大哭起来，就差那么一点儿，也许这里什么有用的都没有，每一个她翻过的病历都没有记录 Hirsch 这个名字，海琳娜的心跳得越来越慢，机会越来越渺茫。

“在这儿。”医生说，语气中带着疲惫、烦躁与恭敬，然后递给海琳娜一个很薄的文件夹。

海琳娜扔掉自己手里的病历，文件在她面前落在地板上，一把接过医生手里的文件夹。海琳娜读着第一页：Hirsch · 威廉，她能感到自己的心脏跳得越来越快。海琳娜找到病历部分，一行一行看着，贪婪地吸收着全部内容，她终于知道 Hirsch 是谁了，她终于有了头绪。病历最上面写着出生日期：Hirsch，1918，犹太人。在那个年代，这种种族记录十分常见。1937 年他因阑尾炎住院，接受了手术并且手术很成功，这就是全部内容了。海琳娜前后翻动着这几页纸，读着个人信息部分，他的妻子是洛斯 · Hirsch，威廉与洛斯？这些名字对她有什么意义吗？应该有什么记忆从她的脑海中浮现出来？海琳娜突然看到文件最下方写着：苏贝格 · Hirsch 航运集团主管。苏贝格 · Hirsch 航运？海琳娜惊讶地读着，感到难以置信。

“找出洛斯 · Hirsch。”海琳娜粗鲁地命令着医生，他正蹲在海琳娜面前，捡着她之前扔下的那些文件。

海琳娜目不转睛地盯着文件，从声音判断出医生遵从了她的指示，不久后医生又给了她一份病历，海琳娜迅速浏览着洛斯 · Hirsch 的病历。病历显示她是新生儿，是洛斯和威廉的女儿，出生后不久得了肺炎。就是这些，海琳娜手里拿着这两份病历，好似被催眠一般直勾勾地盯着那行字：苏贝格 · Hirsch 航运。这怎么可能呢？为什么她从来都没听过这种称呼？埃蒙德告诉她的全部内容，她所听到的就只有这些，对家族企业的赞扬，她父亲的传奇，那个二战后将公司从一无所有建立起来的艾克塞。威廉 · Hirsch 这个名字从未被提及，然而他是公司另一个控股人。这是为什么？为什么威廉 · Hirsch 被雪藏了起来？

医生站在她面前待命，海琳娜转向靠墙站着的那两个人，他们现在按照她说的做，不过他们早晚都会改变这种局面。他们会给埃蒙德打电话，让医生麻醉她，海琳娜飞速地想着。自己必须离开这里，海琳娜很快就下定决心，她必须从这里出去，远离埃蒙德能掌控的地方，远离他的谎言。这样，她才能逐渐挖掘出埃蒙德隐藏起来的真相……顾穆逊！那个听力很差的荣誉董事，不，是记忆力很差。海琳娜觉得好极了，也许这两个人可以负负得正？

“我要离开这里。”海琳娜告诉医生，同时提醒自己别忘了带上包，里面有车钥匙，并换上自己的衣服。

他们在地下室的这段时间，医生的长脸发生了变化，不再紧张，不再因压力发红。医生直接看着海琳娜的眼睛，微微眯起双眼，试图判断出究竟发生了什么。

“如何才能以最快的速度、不引人注意地离开这栋楼？”海琳娜问。

Chapter 35

约克西姆在疼痛中醒来，疼痛已经成为他的朋友了，约克西姆甚至无法想象没有疼痛相伴的人生会是怎样的，然而话虽这么说，他还是希望自己的视力能恢复。约克西姆试着站起来，他晕过去多久？一个小时？一天？一年？躺在车里时，约克西姆想这两个男人一定想把他打死，过了很久他们终于停了下来，已经不需要再一圈一圈地绕路开，并把每个方向都开一遍了，约克西姆觉得再没有其他人会像自己现在这样方向感尽失了。两个男人把他拽出来，其中一个人小声说："我们知道你是谁，约克西姆。"然后把他扔在了地上，就好像把一个香蕉皮从车窗扔到高速公路上，完全不带有任何同情心，也没有任何道德感。该死，从生理上讲，他已经瘫痪了，那两个男人一定也是这么看待约克西姆的，也许有一天他的身体会滋养那些滋养着小麦与燕麦的蚯蚓。"那么我们就把他扔这儿吧，再给他脑袋点儿教训。"然后约克西姆的头部遭到了猛烈的撞击。

"该死。"

约克西姆还记得头部的撞击。第一次的撞击并没有让他眼前一片黑，他不像《丁丁历险记》的主人公那样一打就晕，他叫喊着，用尽全力挣扎了几秒钟，然后又遭到一次撞击，之后他便突然失去了知觉，直到现在才恢复。

“该死。”

他把头套从脑袋上拿下来，独自一人，现在已是夜晚，这是一片森林。约克西姆感受到不适，没有流血，只是在之前戈姆打出的包旁边又有了一个包，他的头骨并没有太大的问题，但心脏的问题就严重多了，几乎不能正常运转。两个女人，一个过于痴狂地爱他，而另一个并没有爱到离不开他的地步。天哪，你也许会认为这一切终将会过去，但事实并非如此，心脏如此脆弱，而头骨却可以经受住一次又一次的击打——然而约克西姆多么希望能反过来，在任何时候都能有颗强大的内心去抚慰脆弱的头骨。

他沿着小路走出森林，看到了休灵教堂，这个滑稽的城市名估计没有做过什么修改就一直沿用至今。他为什么想着这个名字，还想着休灵和休息的神灵是不是有什么关系，他的脑子一定被打坏了，然后约克西姆突然想道：他一无所获，没有取得任何进展，所有的线索都陷入迷雾，他永远找不到露易斯 · 安德森，找不回那美好的故事与爱情了。

来到罗斯基勒火车站后，约克西姆打开手机，用双手捧着它，就像古埃及女人从刚洗过的衣服中拧出尼罗河水一样，挤出手机的最后一点电。只有最后百分之五，无所谓了，约克西姆只想回家。家？他根本没有家，不过他得找到顾韵儿子公寓里的垫子，然后明天要得到新的灵感。远行，准备去非洲，沿着尼罗河顺流而下，从苏丹一直到肯尼亚。尼罗河的尽头在肯尼亚吗？约克西姆对此并不完全确定，他只想在肮脏的水中沐浴，走过非洲大草原，并将自己的肉献给鬣狗与狮子，他的脚腕会被蛇咬，血液留给传染疟疾的蚊子。也许动物们能做到戈姆与仇恨女性的精神病患者都不能做到的——终结约克西姆的生命。

火车来了，约克西姆上了车，车上为数不多的乘客看着他。“抱歉。”一边小声说，约克西姆一边找吸烟区，尽管他知道吸烟区早就取消了。找地方坐了下来，约克西姆脑海中浮现出一幅幅画面和所有可怕的记忆：那些女人，那些虐待者，那些对孩子与对成人的虐待、毁灭，那些男人是如此得丧心病狂，连一丁点同情心也没有，那些男人把女人紧紧绑起来，绕在铁具上的绳子……

“到阿玛区了……”约克西姆呆呆地说。铁圈，那些刻着什么的沉重铁钩，那些东西的制作者原本想把它们用于其他用途，给牛用或者拉重物，无论如何都不是给女人用的。“阿玛铁具厂”，写在铁钩上的是这几个字，这是约克西姆从那个地方唯一挖掘到的，除了那个女子之外，约克西姆没有记住任何面孔，也完全不知道自己当时在哪里，至少不会是休息的神灵教堂。铁具是阿玛铁具厂生产的，这又怎么样呢？这意味着什么？没什么意义。只是约克西姆的作家头脑总是在捕捉细节，这些细枝末节并没有什么意义。

“等一下。”约克西姆开口打断了自己的思考，最后在餐厅和海琳娜说的是什么？真相都在细节里，他是这么说的，然后海琳娜说“就好像魔鬼”。他们当时在谈论什么……啊，是她的背包，或者说是露易斯的背包，这是证明露易斯 · 安德森存在过的唯一证据。约克西姆在阁楼找到了它，调查了它，还发现了那个可疑的啤酒杯垫，这个杯垫曾把他带入歧途。

“铁具。”约克西姆小声说，背包的底部有铁，材质几乎都生锈了，一定曾经被放在具有铁矿石颗粒的水上，他这样想。一个铁具厂，约克西姆用最后的百分之三的电在搜索引擎上查找阿玛铁具厂，这个铁具厂已经被废弃很久了，图片显示一些城市探险爱好者曾经踏足此处，他能看到工厂的遗迹。这个工厂依然存在，里面空间很大，有几个大熔炉，这是起源于工业时代的建筑，正是那个时代造就了当今世界。遗迹还在，约克西姆站了起来，他现在在哪儿？看着地图上的车站位置，还有二十分钟到中央车站，约克西姆确认后便焦急地站在车门处。

Chapter 36

苏贝格航运门口的停车场里，除了海琳娜外空无一人。海琳娜的车周围停着几辆车，伴随着黎明的曙光，她要把车从这里开出去。海琳娜的秘书曾经说过什么？她说海琳娜永远都是每天早上第一个到公司的，这意味着她从不和孩子们一起起床，每天在家里人醒来之前她就已经走了，然后监视着公司的一分一毫，及时捕捉利润或止损。

海琳娜决定冒险，平静地走在停车场里，打开车门，坐了进去。她之前放在车里的电话还在座位上的充电口，海琳娜把手机打开，看着通信录。通信录里的信息寥寥无几，埃蒙德、凯尔——她的秘书、卡洛琳、克里斯蒂安，苏菲还没有手机，埃蒙德觉得这对小女孩来说为时尚早。海琳娜拨通了一个号码。

“苏贝格夫人。”凯尔害怕地说。

“很抱歉大清早吵醒你了。”

“没有，您当然没吵醒我，我已经起来了。”凯尔说，但海琳娜能听出她在说谎。她为什么要说谎？哪一种老板会期望自己的员工在清晨 5 点半就起床？

“凯尔，那天我在欢迎会上遇到一个男人，他叫顾穆逊。”

“卡尔 · 顾穆逊。”凯尔快速回答。

“我需要他的地址。”

“白海滩”，这是个浪漫的名字，这样的城市名会让人联想到一对男女正沿着沙滩漫步，女人穿着裙子，夏季草帽檐下的目光浪漫而深情。海琳娜一整个清晨都在开车，一路向西，同时思绪变化万千，从克罗耶画家笔下海滩上的女人到约克西姆，想着他们在一起的时光。约克西姆的身体，声音，他看着她的眼神，这一切都已不复存在。前方的路牌显示距离白海滩还有10公里，海琳娜驶出主路，从出口出来，泪水含在眼眶，这是失去爱情的眼泪。她在想，这个该死的名字，白海滩，是这个城市的名字让自己如此伤感吗？也许所有人都是这样，在白海滩的大街小巷漫步并为已经消逝的爱情哭泣。她望向外面狂风大作的景色，是一片圣诞树种植园，很多树才种下不久，还只是小树苗，还需要很多年才能被庆祝圣诞节的家庭所收集，到时候他们会手拉手，成群结队地来到树林……突然，海琳娜喊叫起来，愤怒、绝望，现在是日德兰半岛的早上，快8点了，海琳娜停了下来，再做一次刚才的喊叫让她感到很爽。喊叫着约克西姆，他怎么可以这么对待他们在一起的所有回忆？难道对他而言，海琳娜就那么无足轻重？约克西姆已经出卖了她，就像犹大一样背叛了她，他以100万克朗的价格出卖了他们在一起的时光。海琳娜又一次喊了起来，所有这一切都是钱闹的。

海琳娜释放了情绪，在一片圣诞树林中喊叫很有效果。在接下来前往白沙滩的路上，海琳娜一直盯着后视镜。她确定没人看到自己驶离停车场，然而有辆车一直在她车后，它离得很远，海琳娜隐约能看到若隐若现的灯光。不论她加快或减慢速度，那辆车一直在后面，是那个在天堂山一直跟着她的男人，还是海琳娜那个八卦的秘书？抑或是埃蒙德监控了她的手机？

朝顾穆逊的地址开去，海琳娜经过了市中心和一所托儿所。海边的景色是永恒不变的，海琳娜停下车，没发现别的车跟上来。她站了一会儿，突然很想抽烟，这可真奇怪。她以前抽烟吗？

气味是无法掩盖的，老人身上的气味和年轻人的就是不一样，这是事实。海琳娜想起桃子过于成熟时，咖啡馆那个装水果的冰箱散发出的味道。海琳娜和莉娜一直都存着桃子，她们用桃子来做冰糕，这是约克西姆最喜欢的甜品，事实上也是他唯一肯吃的甜品。

“抱歉，我想找卡尔。”海琳娜对一位护士说，试图用直呼名字来让这一切听起来很轻松。

“我们这儿有很多人叫卡尔。”

“他姓顾穆逊。”

“最里面的房间，唯一带有阳台的那间。”护士一边说，一边指向过道深处。

海琳娜沿着木地板上的箭头走，一直走到头，她敲了敲门，不过没人回应。海琳娜向斜后方看一眼后，推开门走了进去，顾穆逊正躺在床上。海琳娜走近他时，心里想着这个人也许时日不多了，她看着顾穆逊张开的嘴，里面完全是黑的，发出一种低沉的声音，这是一种持续不断的、疲惫的声音，这种喘气声让海琳娜想到上了年头的手风琴，沙哑而绝对的低沉，但又从支气管里潜在地带着一种微弱而尖锐的音调。

“顾穆逊？”海琳娜小心翼翼地拂过他的胳膊。

身后的门开了：“不好意思，请问您……？”

海琳娜转过身，看着门边的那个男人，从他的神情中可以看出他一点儿也不觉得不好意思，与之相反，他的神情里带着控诉。

“这里发生了什么？”

“发生了什么？”海琳娜说，她走过去，把手伸过去，这是一百年前陌生人初次见面时所用的传统礼仪。但这对开门的男人不起作用，他非常轻地摇了摇头。

“我是海琳娜 · 苏贝格，我来这儿是为了……”开门的男人打断了海琳娜的话：“我知道你是谁，但你不能因为你父亲为卡尔支付了这间带阳台的病房，就觉得自己有权突然闯进来。我才是这里的负责人。”

“我……”海琳娜朝阳台望去，这个阳台并不是特别好看，钢制而冰冷。这就是她父亲给卡尔的吗？为了犒赏他多年立下的汗马功劳？然后她望向外面，停车场上停着一辆车，方向盘后坐着一个人，海琳娜几乎可以肯定，这个男人就是那天在天堂山跟踪她的人。这种人压根就不用特意和他人区分，穿着风衣夹克，头发侧分——完全是特殊的一类人，他们能做任何事，做账、开大巴车、进行软件开发，抑或是跟踪侦查。

“如果你想要见卡尔，你需要先告知集团。”

“这花不了太长的时间。”海琳娜说。

“但我现在不得不请你离开，这没什么可商量的。”男人用哥本哈根口音说。也许日德兰半岛人比哥本哈根人更尊敬苏贝格这个姓氏。眼前的这个男人至少没有被她的姓氏所吓到，还是说埃蒙德已经提前给这儿打过电话了……

“我已经和卡尔的女儿说过了。”海琳娜微笑着说。

“这……这……这事儿我从没听说过。”

“那你得给她打电话。”海琳娜说，“如果你不介意的话，我现在要和卡尔谈话了。”海琳娜向前朝他走了一步，带着强大的气场与权威，她扬起眉毛，负责人走出了房间，在过道里嘟囔着他马上就联系顾穆逊的女儿什么的，但海琳娜并未再听下去。门关着，但没有锁，于是她把一把椅子抵在门把手下，犹豫着这是否有效，然后她又回到床边，来到这个公司创始人的身边。这个人比其他任何在世的人都了解公司的历史，顾穆逊曾经是海琳娜父亲的左膀右臂，这是埃蒙德之前告诉她的。

“卡尔。”她对着他的耳朵大声说道。老头睁开眼睛，看着海琳娜。

“卡尔，你还记得我吗？”海琳娜小心翼翼地问。

老人并没有回答，他的眼睛含着水但双眼无神，嘴动了起来，但嘴唇闭紧，和当初海琳娜在欢迎会露台上遇见他的情景一样。你可以从他的动作中读出太多东西，一种从未被满足过的饥饿，或是过早断了母乳？海琳娜看着墙壁，东西挂了满墙：黑色相框里泛黄的照片，展示陌生场景的老式版画，画上满是骆驼的沙漠与满是阿拉伯商贩的城堡，他们的香料摊开，坚果与水果放在格子图案的布上，就连窗台都堆满了东西，油灯、古典烛台。房间的地板上铺着真材实料的毯子，它们相互交叠着，组成马赛克图案。也许顾穆逊在年轻的时候为苏贝格航运奔走了很多地方，回程时从欢乐的阿拉伯人那里拉回了一点东西，带到寒冷的北方。

“卡尔？”海琳娜又试了一次。卡尔看着她，嘴微微动着，如果有人把东西放到他嘴里，会发生什么呢？

海琳娜环顾房间，这里有什么有用的、可以让海琳娜深入了解卡尔职业生涯的东西吗？她走到书架边，翻动着上面的书，百科全书、世界经典、辞海，以及最里面有三本封面没有标题的书。海琳娜蹲下来，将没有标题的书拿了出来，打开其中一本快速地浏览，所有内容都是关于苏贝格航运的，报纸、照片，所有内容都被精心而整齐地剪切并粘贴，但总而言之，都有顾穆逊在正中，这种排列方式一般是年长的父母在孩子离开家以后会做的。每一张剪切片下都用蓝色钢笔写着日期和地点，字体是成熟的钢笔字，十分清晰易读，照片下面写着人名。海琳娜翻着全书，书的后半部分是空的，书页上什么也没有，卡尔 ·

顾穆逊的故事在这里戛然而止。海琳娜拿出下一本开始翻阅，上面都是20世纪60年代与70年代的照片，但没有一张是公司初建立时期的。她打开第三本书，快速地扫着，用贪婪的眼神看着每一页，每一张照片，没什么特别的，她叹了口气。这太难了，这本应该是警察的任务，而不是给非专业人员准备的。

“不。”海琳娜小声说，重新开始看起来，仔细地看着那些老剪切片，尤其是二战以前的。她发现一张小的剪报，纸张泛黄而脆弱，当时公司新开航了一艘驳船，照片里只有海琳娜的父亲和一个年轻男人，也许是威廉·Hirsch？稍远处的照片背景里还站着个男孩，这是顾穆逊吗？海琳娜翻了一页，看到一份公司建立时的广告，苏贝格-Hirsch航运集团，苏贝格-Hirsch是公司创立初期的名字，这已经是板上钉钉的事实了，一切并非由于她头脑错乱。海琳娜研究着威廉·Hirsch的照片，有一种奇怪的感觉……好像对这个人有种奇怪的熟悉感。海琳娜看着书里的驳船员工，看着顾恩河畔的泥炭厂与瓦砖厂，看着他们的航运如何一步步扩展到拥有自己的货运与客运河道，海琳娜看着照片里沿着河道修建的木板路，看着一张张沧桑并被汗水洗礼的面孔，一开始十分严肃死板，随着时光的流逝，这些面孔变得越来越平静，甚至到后期好像还有了些笑容。

下一页贴着张照片，两个男人站在一栋低矮的楼房前，这栋楼还不是现在公司气派的主楼，应该是公司最初的地址，这两个男人是公司的奠基人。海琳娜的父亲，艾克塞·苏贝格就站在那里，眉头紧锁，宽鼻子与线条优美的眉毛并不相配。站在他旁边的是威廉·Hirsch，他的名字就写在照片下面，Hirsch在照片上看起来比她父亲大一点，两人都看起来神采奕奕，近乎有些傲慢。海琳娜看着剪报，《施克堡报纸》页面有些泛黄，顾穆逊不知出于什么原因把一则美国飞机在纽约撞上电线杆的新闻贴了进来，那次事故中无人生还，也许顾穆逊认识飞机上的什么人。下一页的照片里有卡尔·顾穆逊，另一篇文章也提到了他，这篇文章报道了他年轻而有冲劲的公司。海琳娜又翻了一页，她能够感受到自己呼吸中带着的愤怒情绪。埃蒙德为什么要向她隐瞒公司另一位创始人？威廉·Hirsch 为何被雪藏？一篇又一篇的报道描绘着这家成立不久却具有巨大前景的公司，以及这对具有前瞻性的搭档。然而，从某一页开始，威廉的名字就再也没有出现了，Hirsch 的名字被从公司名中删除，剩下的只有她父亲与卡尔·顾穆逊，公司的名字变为苏贝格航运。海琳娜前后翻动着，威廉就是从这里开始消失的，到底发生了什么？海琳娜能看出的只有当时正值二战。

海琳娜走到床边，让顾穆逊看到自己手里拿的书。“卡尔。”海琳娜说，“威廉身上发生了什么？”

卡尔向下看了看书，眉间的皱纹更深了，海琳娜前后翻着，试图唤醒他失去的记忆。威廉在照片上，威廉消失了，这个老人温和地看着海琳娜，并不知道她是谁。现在应该发生点儿什么，海琳娜的失忆与顾穆逊的衰老碰撞在一起也许可以负负得正。不过在这样的情况发生前，海琳娜听到了动静，有人握着门把手，试图开门，椅子把他们抵在外面，但坚持不了多久。

“把门打开！”一个男人在外面喊，就是刚才的主管。海琳娜走过去查看情况。

“卡洛琳？”卡尔突然开口。

他伸出一只手，温柔和毫不犹豫地用食指抚摸着海琳娜的脸颊。

“卡洛琳？”海琳娜紧紧握着顾穆逊的手，手指轻轻捏着，快速而急迫地问。

“威廉……”卡尔的声音很弱，他停顿了下，又眨了眨眼。

“他是犹太人。”卡尔轻声说，在他的声音之外，另一种响声一阵阵传来。

“如果你再不开门，我们就叫警察了。”外面的男人喊。

顾穆逊又看了眼照片，海琳娜轻轻地捏着他的手，现在需要紧紧把握住顾穆逊。

“威廉 · Hirsch 是个犹太人。”海琳娜重复，“德国人把他抓走了吗？”

卡尔点点头，不过海琳娜有一种感觉，卡尔无论听到什么话都会点头的，这只是他让自己保持平静的方式。海琳娜迅速翻出一张照片，这大概是 20 世纪 40 年代拍的，从照片上看，公司的所有员工都在，那个时候差不多一共只有不到十五人。威廉旁边站着一个女人，这个女人挺着胸，很清楚地知道自己所散发出的光彩，她的衣着优雅，头发盘起并打了个结，一手扶在自己的孕肚上。

“是洛斯吗？威廉的妻子？”

卡尔点点头，海琳娜又一次感到疑惑，他是会对所有问题都点头吗？

“卡尔，他们现在在中国吗？”

卡尔困惑地看着海琳娜，好吧，看来他还没完全糊涂，还有点清醒。

“不是中国。是美国。”卡尔说，“他们逃离了……”

“逃到美国？”

顾穆逊又看了看海琳娜，把头侧过来：“洛斯？”

海琳娜叹了口气，能看出顾穆逊已经在胡言乱语了，顾穆逊又看了看剪贴本，自言自语嘟囔起来，海琳娜小心翼翼地放开他的手起身，卡尔的目光也随之向上。海琳娜小心地把剪贴本放了上去，看着公司的照片。海琳娜认识自己的父亲，她从父亲的面孔中能看出自己的脸。她又看着威廉，看着洛斯，那个怀孕的洛斯，这是在什么情境下照的？战争时期逃难到美国？似乎有什么微弱的东西在召唤着她，有种似曾相识的感觉，是什么呢？海琳娜思考着，她很确定这是自己第一次看到 Hirsch 家族的照片，所有家里和办公室的照片都完美地避开了他们，就好像有个黑洞把关于这个家族的东西吸走了，家里的相册里也有一页被撕掉了。一定是埃蒙德干的，他能够清除掉所有的线索，那么她为何有种认识这些面孔的感觉？威廉，特别是洛斯，这张脸，这样的神情，这样的自信，以及卡洛琳，顾穆逊刚才为什么说这个名字……老人又沉浸到自己的世界里了，海琳娜把手放在他的肩膀上，友好地朝他笑了笑。

“把门打开！”门外的声音又响起，海琳娜走到门边，移开了紧紧抵住门的椅子，椅子顶端的扶手已经被门把手顶坏了，更准确地说，被主管歇斯底里的疯狂撞击撞坏了。海琳娜打开门的那一刹那，主管愤怒的目光死死盯着她。

“一切都好。”海琳娜说，“只是门坏了。”主管想要抓住她，但不敢这么做。一切都好，不，并不好，现在海琳娜知道自己是从哪里对洛斯，这个很久以前就已经去世的女人感到熟悉了，她认识这张脸，这样的特点，犹太的、高颧骨、多毛发的特点，这很像那个照顾海琳娜孩子的女人。名字、面孔、神情，卡洛琳 · Hirsch，她和母亲逃到了美国，所以她就是那个现在住在海琳娜自己家的女人吗？

Chapter 37

牌子歪歪斜斜地挂着，门上拴着一条很长的链子，这条链子在一个木桩上绕了好几圈，上面还上了道巨大的挂锁，建筑物周围的围墙破败不堪，很多段围墙都倒了，这家铁具厂一定已经被废弃很久了。约克西姆把身体弯下向前倾，从围墙上的一个洞努力挤进去，他的后背传来一阵阵疼痛。

从市政厅广场到这里没有公交车，约克西姆最终决定步行，他把领子竖起来一直包围到耳朵，身上湿透了，在冷风中瑟瑟发抖，穿过整个克里斯蒂安港，向城外走到阿玛。沿着阿玛火车站老旧的铁轨一直走，约克西姆经过克罗夫田地，在铁轨上保持平衡，终于找到了阿玛铁具厂过去的厂房，现在只是座等待被拆除的废弃建筑，或许以后会被重新建成平层公寓。

约克西姆站在那里，听着四周的动静，现在是早上，除了雨声之外，他听不到其他的声音。出于安全考虑，他先在整座建筑外绕了一圈，广场杂草丛生，四周都是生了锈的器具与水泥块。约克西姆从后门走了进去，双脚踩在一个肮脏的水坑里，冰冷的雨滴在头发上，顺着脖子往下流。约克西姆又向前走了两步，他能隐约看到有个通往上层的楼梯，一扇通往一个巨大而空洞的空间的门，一个有着很多门洞的过道。

约克西姆谨慎地沿着过道前进，向每个房间望去，都是四边形的空屋子，本应有窗户的地方是大洞，房间空无一物，不可能由此判断出之前它们是用来做什么的。工作间？办公室？约克西姆停了下来，他好像听到了什么声音，一个空洞而带有回响，好像金属落在水泥地的声音。约克西姆等待着，周围再次回归平静，继续向前走，又朝另一个房间看了看，这里的窗口被封上了，有人住在这里，角落里有个床垫。约克西姆走了进去，小心地走到一个垃圾堆旁，里面都是空瓶子、烟头、木板、比萨纸壳、卷成一团的报纸、广告纸堆以及生火留下的废弃物，等等。他蹲了下来，把手放在床垫上，迅速地拉了它一下，这个床垫单薄而潮湿，不过可以看出不久前还有人住在这里，对于那些无家可归的人来说，这里显然比睡在街上或公园里好太多。露易斯现在或者曾经住在这儿吗？是这样吗？或许海琳娜从施克堡失踪后和露易斯住在一起？约克西姆很难把自己的露易斯和这里联系在一起，也许三年前这里的情况并没有这么糟糕。

约克西姆来到走廊尽头，转了个身，只能再上楼了。突然，他与一双乌黑的眼睛相对视，前面站着个男人，约克西姆只能感受到这个男人的轮廓。约克西姆向后退了两步，双脚碰到了什么，他迅速弯下腰，用双手抓起卡在地上的金属物，用尽全身力气向上拉，当金属物脱离地面时，约克西姆差点向后摔了个跟头，一个尖锐的东西，可能是螺丝钉或者螺丝帽之类的，划破了他的手掌。他把灯柱举过头顶，高声叫，面前的阴影迅速向后退，将双手举在半空中。

“你……你在干什么？”那个男人结结巴巴地说道。

约克西姆放下双手，面前男子的面容在窗口投射进的微弱光线照射下逐渐清晰，这是张消瘦得可怜的脸，他比约克西姆更害怕。这个男人张着嘴站着，两个门牙都掉了，从鼻子两侧到嘴角边纵深的皱纹里藏着黑色污垢，蓝色帽子紧紧地压着脑袋，帽子下的头发油腻，似乎很久没洗了。

“见鬼，你在这里干吗？为什么突然这时溜进来？”约克西姆说，他看了看自己的手，有点出血，但不太严重。

男人放下举起的双手，一边嘴角挤出了一个假笑的酒窝，约克西姆能识破这种虚伪的笑容。

“你并不属于这里。”男人说。

“我在找一个人，露易斯 · 安德森，你认识她吗？”约克西姆问。

“有太多女人在这里住过了。”

“外面还有更多人吗？”

“或许吧，不过这里并没有负责办理入住和退房的前台。”

男人的说话方式带着傲慢，这是一种与他外表不相衬的男孩子气，天知道他实际上多少岁了。

“楼上是什么？”约克西姆问。

“是熔炉。你不能上去。”

“为什么？”

“因为有味儿。”这个无家可归的男人说道。

“有味儿？”

“我们往熔炉里扔垃圾。”

约克西姆观察了四周，并没有迹象表明他们把垃圾扔到了特别远的地方。

“你有钱吗？香烟呢？”

约克西姆摸了摸口袋，拿出钱，看到这个男人的眼睛正直勾勾盯着自己的现金和信用卡，也许他刚才不应该放下那个铁灯柱，也不应该告诉他自己带着钱，该死。约克西姆刚刚还有很多钱，花了 100 万的四分之一，给了几个虐待女子的男人，身上所有的现金给了这个无家可归的男人，一张百元钞票和几个硬币。

“我不抽烟。”约克西姆说。

男人满意地将钱卷了卷，把它放进口袋里，然后从口袋掏出一个皱巴巴的烟盒，用一个金色的打火机点了一支烟，放松地在屋子里踱步。约克西姆做了个深呼吸，试图让心脏跳得慢一点，回到台阶，继续往上走，早上的光线试图从钉在窗户上的合板缝隙中穿过来。约克西姆小心地向前走了几步，走到一个大洞的边缘处，这是一个坑，那个无家可归的人说得对，这里散发出可怕的恶臭。又走了几步，约克西姆来到最后一级台阶，这是个大房间，整个房间到处都是水泥柱。

在房间里面有个锁上的篱笆门，约克西姆看不到这扇门通向何处，他摇动门把手，用脚抵住门，卡得死死的，需要用什么东西才能撬开它，一个撬棍？约克西姆气喘吁吁地在房间各处移动着，用脚翻动着垃圾堆，终于，他的脚碰到了一个坚硬的物体。约克西姆弯下腰拿起一根一米五长的铁棍，这次拿得比上次更小心，他谨慎地向前摸索并避免接触到尖锐的底部。约克西姆坚定地看着那扇门，必须打开它，这是最后的机会，他必须看看里面到底是什么。走回到门边，约克西姆把铁棍放在门微微打开的门缝处，用自己的整个身体靠过去，向下压，听见了吱吱的响声。他感受到自己的按压对门的另一侧造成了巨大的压力，一点又一点逐渐有了进展。终于，随着一声巨响，篱笆门开了。一股气味在约克西姆走进去的那一刹那扑面而来，这是种甜腻而令人作呕的味道，令人难以忍受。约克西姆向里面望去，或者说是向下望去，里面只是间没有电梯的空的电梯井，晨光照在电梯井的最底部，里面除了一群鸽子以外什么也没有。

约克西姆往外走，贪婪地呼吸着外面新鲜的空气，走出工厂的他如释重负也有些低落，这里是他疯狂之旅的终点。也许露易斯·安德森是个魅影，这种想法曾浮现在他的脑海中。如今不得不承认这个事实，约克西姆又继续想，也许我们每个人都是魅影。爱情也许只是一个念头，一种理想，一种我们一直在追寻的东西，但实际上并不存在于现实世界。约克西姆原以为自己找到了爱情，但它却建立在谎言之上，建立在相互不对彼此坦诚的基础上，无论是过去还是将来。也许所有的亲密关系都是这样，人们总要避开现实，你是否被别人所吸引；你是否想要和别人在一起；如果我生了重病，你还愿意爱我吗？如果真爱至上论被奉行，所有的这些我们都无法诚实回答。回城的路上，约克西姆一直想着这些，他感到轻松，也做好准备放手。嘿，他的账户里有钱了，他得到了接近三年的炽烈的爱情，这比绝大多数人的所得都要多。现在他要去旅行了……约克西姆停了下来，朝着工厂往回看去，一朵黑云罩住了日光。

“别去管它了。”约克西姆对自己轻声说，但似乎身体和欲望在想着不同的事情。他刚才并没好好看熔炉。那个巨大的打铁炉，铁环和铁圈在那里炼成，这些东西曾出现在那间令人作呕的地下室中，就在西兰岛的某处。

约克西姆走上了熟悉的台阶，找到那个无家可归的人，他正平静地躺在自己的床垫上抽着烟，当他走进来时，他友好地看着约克西姆。

“你想要搬进来吗？这里是我的地盘。”无家可归的人说。

“我想借下你的打火机。”约克西姆不耐烦地说。

男人从兜里掏出它，说：“别忘了还我。”

约克西姆重新走上楼梯，从路边地板上一大摞纸堆中捡起一摞免费报纸，他在那个坑前停了下来。这股气味令人难以忍受，似乎不仅仅是垃圾味儿，他紧紧地卷起四页报纸并点了火，把这个火种照进这个好似张着的大嘴的大黑坑中。报纸很快燃尽，约克西姆不得不扔了它。火种噼里啪啦地作响，变成小片的灰烬，慢慢向下沉降，并落在周围四处。坑里曾经有个活生生的人，她的心脏曾经在跳动，眼睛曾经在看着什么，胳膊摊在两侧，后背扭曲着，腿被以一种高难度的姿势拽到后面，脸部朝上，没有了皮肤，也没有了眼睛，黑色的窟窿，几乎只剩下头骨。如果不是黑色长发还在，约克西姆根本看不出这是个女性的尸体。

Chapter 38

卡洛琳是威廉 · Hirsch 的女儿吗？从白沙滩开往施克堡的路上，这个念头一直盘旋在海琳娜的脑海。卡洛琳为什么从未提起此事？为什么这个女人出现在了海琳娜家族的核心位置？这个看上去善良、柔和，几乎完全不出风头的女人。

海琳娜把车停在路边，坐在车里看了一会儿，等待着，她既看不到埃蒙德的车，也看不到卡洛琳的，只有马厩中传来阵阵声音。海琳娜走上楼梯，来到前厅，里面一片寂静。她急忙走向客卧室，打开门沿着走廊走，在卡洛琳的门前停了下来。海琳娜知道卡洛琳住在哪里，曾去过那里给她带一封信，但从未被邀请进到屋内，卡洛琳永远只是把门打开一条缝。你到底在隐藏什么？门锁着，卡洛琳在海琳娜家里锁着门，这里面一定有秘密，也可能是机密。不，不能放任她这样。海琳娜用肩膀抵着门，想轻轻推一下，但门打不开，这把锁与房间里其他锁的类型一样，海琳娜没费太大劲就从一个卫生间里找到了钥匙，就是这把锁的钥匙。海琳娜打开了门，门轻松地被滑开，她好像站在一个单独的公寓中，里面两个厅房连接在一起，有一个卧室和一个带瓷砖和浴缸的浴室。卡洛琳 · Hirsch，这是她的全名吗？海琳娜毫不犹豫地走向衣柜，打开所有抽屉，有条理而又有效率地翻着里面的东西，没什么特别的。她打开柜门，漫无目的地看着挂衣杆上一排排精致的衣服，又看了看衣架。她要翻遍所有东西吗？对，这是她的权利，当她把衣服扔到地板上时，心中这样想道。女士上衣、围巾、上年纪女人的衣服，当穿衣不再意味着美丽与吸引力时，当优雅被务实取而代之时，人们会选择穿这样的衣服。

突然，海琳娜听到了一点声响，然后看过去，有什么东西掉到了地板上，发出轻微响声。这是个珠宝盒，海琳娜把它捡起来，摇了摇，里面有东西，但她手里没有钥匙。海琳娜走下楼梯，来到厨房先用一把刀插进盒盖与盒子之间试了试，刀子较着劲，有点弯曲，海琳娜的手指感到无比疼痛，没有打开，然后海琳娜改用一个金属片，往里撬，也没有成功。她变得绝望，开始在厨房案板上用力砸着盒子边缘，想毁坏盒子然后把它打开，她太需要一个真相了。

"抱歉？你在对我的盒子做什么？"

海琳娜抬头看过去。卡洛琳站在那里，看起来很害怕。

"你有钥匙吗？"

"我不会把它给……"

海琳娜用一声尖叫打断了她："把钥匙给我！"

卡洛琳没有回应，海琳娜把盒子又狠狠地砸了三下，然后成功了，打开的一个小口让她能把金属片插进去。海琳娜没有抬头，锁还没完全打开，但她开始尝试把里面的东西倒出来，她摸到一条项链。

"这是我的。"卡洛琳的声音从门边传来，眼里含着泪水。

海琳娜用力拽着，链子的另一端紧紧地卡住了。海琳娜听到一辆车在房子前面停了下来，她向外看去，是埃蒙德，无所谓，海琳娜一定要知道真相。

"这是我母亲留给我的。"卡洛琳说。

“从洛斯那里？”海琳娜掷地有声地说，眼睛盯着面前这个老人。

老人迟疑了一下，说：“对，从洛斯那里。”

“你到底在这里做什么，你和我的孩子在干吗，你到底是谁？”

“看起来你已经知道我是谁了。”卡洛琳说，听到外面的脚步声时，她把身子转了过去。埃蒙德停了下来，看了看海琳娜，又看了看卡洛琳。

“海琳娜，原来你在这儿啊，我们到处找你……这里发生了什么？”埃蒙德说。

埃蒙德看着毁了厨房案板的珠宝盒，他的眼底有黑眼圈，头发十分凌乱，衣服卷着，很显然一夜未眠。海琳娜觉得有点负罪感，并从眼前这个帅气的男人身上感受到了柔情，她原来体会不到。她在没有任何证据的情况下怀疑他，这一切与他无关，而与卡洛琳有关。

“埃蒙德。”海琳娜说，“卡洛琳并不像看起来那么简单。”

埃蒙德走近一步说：“我不明白你在说什么。”

他的话语中有什么东西让海琳娜感到困惑，他的轻快不见了，剩下的只有沉重，这种氛围轻轻掠过他，他的眼睛眯成了一条缝。

“卡洛琳是威廉 · Hirsch 的女儿，威廉当年和我父亲一起创建了公司，威廉是个犹太人并惨遭德国人杀害，洛斯逃难到了美国，她怀上了卡洛琳……但她现在在这里，卡洛琳，她就在我们家里。我不知道她的真实目的是什么，但这一定与钱有关，一定与某种敲诈勒索有关。”海琳娜的声音充满了激愤。

“海琳娜。”埃蒙德用低沉的声音说。

埃蒙德朝海琳娜走过来，每一步都被严格克制着，但海琳娜能看出他心中的火焰在燃烧，他很生气，或者说是愤怒。为什么？埃蒙德没听到自己说的话吗？埃蒙德不相信自己吗？

“海琳娜，你已经不是你自己了，这一切都是你凭空想象的。”

埃蒙德一边说，一边用一只手臂搂住海琳娜。

“放开我！”海琳娜喊道，“我没病，你给我听清楚了，她是个用假身份居心叵测的人。”

埃蒙德张开嘴想要说些什么，但被卡洛琳尖锐的声音打断了。

“别白费力气了，埃蒙德，她永远不会罢手的。”

埃蒙德放开海琳娜，眼睛盯着地板，一只手扶着厨房案板。

“卡洛琳。”他用警告的口吻说。

卡洛琳摇了摇头说：“这只是时间问题，她总会自己发现真相的。”卡洛琳的声音就像平时和孩子们说话那样温和，“看起来这次她很有希望取得更大进展了。”卡洛琳说话时，脸上浮现出意味深长的笑容。

这次？她什么意思？海琳娜站在一个大水槽旁，手里仍然拿着金属工具。

“我该从哪里开始呢？”卡洛琳的眼神扫过海琳娜，然后盯住外面的一处绿油油的草丛，“海琳娜，你的父亲……”

“卡洛琳。”埃蒙德再一次用警告的口吻说道。

“你说的是对的，我的父亲被德国人杀害了。他是被艾克塞举报的，就是被你父亲，海琳娜，这场谋杀背后的黑手是你父亲。”

海琳娜有种感觉，卡洛琳在说谎，不愿相信她。

“你的父亲当时想和德国人合作，纳粹需要商船来运送进出德国的物资，这能赚很多钱。他们当时只有二十岁，在战前买了一艘驳船和一艘退役渡轮。”卡洛琳停止了讲述，犹豫着。海琳娜看着她，然后卡洛琳继续讲道：“一个和德国人的大单能带来很多机会，不过那个时候没人愿意碰这种事。我父亲也不愿意，他极力抵抗，拒绝与敌人合作，但艾克塞不愿意收手。艾克塞是有远见的。”卡洛琳说，脸上泛起一丝微笑。卡洛琳很疲惫，海琳娜从她脸上能看出来，当卡洛琳坐在厨房桌子旁时，一直用手撑着自己的后背。卡洛琳继续说：“艾克塞知道，总有一天战争会结束，然后德国人会再次成为最重要的商业伙伴，当时是战争末期了。那时，我父亲生活在地下室，躲藏着，你能理解吗？”

“嗯。”海琳娜的声音是微弱的。

“否则他会被送到集中营。你的父亲把他举报给了德国人。”

“我不相信你。”海琳娜小声说道。

“当时有个证人，海琳娜。一个男人看到威廉被捕并遭到枪杀，当他们把尸体扔到湖里时，艾克塞就在旁边。”

海琳娜想要设身处地地感受。这说得通吗？难道她的父亲是杀人犯？

“你所有的财产，海琳娜，你所得到的所有……”卡洛琳迟疑着，几乎耳语般地说，“这种极大的财富是建立在极大的罪恶上的，海琳娜。你能理解我所说的吗？”

“我不相信你。”

卡洛琳忽视海琳娜，继续说：“战后我们回来了，我在1945年出生。我母亲想找到艾克塞拿到在公司的股份，这家公司是我父亲与艾克塞一起创建的，这家公司成长得这么迅速与巨大跟艾克塞与德国纳粹的合作分不开，但Hirsch这个名字很久以前就从公司名中移除了。你父亲想把我们从历史中清除，他威胁过我母亲。”海琳娜打断她：“用什么？”

“用起诉诽谤罪与诋毁罪威胁，如果她告诉了别人，如果她把当晚的证人所说的关于我父亲的死泄露出去……这能指证艾克塞是从犯。你父亲给了我母亲一点钱和一张开往开普敦的船票，让我们离开这里。”她一边说着，一边耸耸肩膀，“他在那里开了个分部，我母亲能在那儿找到份工作。”一种不满的声音从卡洛琳嘴里冒出来，“50年代的开普敦并不适合一个单身母亲生活，我母亲成了悲惨的女人。这就是我继承的遗产，悲惨，我们被彻彻底底地耍了，我们的钱以及我们的权力都不翼而飞。”

海琳娜坐在桌子旁，有那么一刻，对这个老女人产生了一丝同情。埃蒙德无法平静下来，他与这一切又有什么关系呢？

“上完学后，我又回到了丹麦，寻找到你的父亲。当时我还是个年轻女人，他对我一见钟情，并不知道我是谁。这是我的计划，这是能拿回本该属于我们的东西的唯一机会，婚姻。从古至今都是这样，女人最好的武器就是，怀上一个男人的孩子。”

“怀孕？”海琳娜摇了摇头，“你怀了我父亲的孩子？”

“最重要的不是钱。”卡洛琳突然说，她转向海琳娜并重复，“不是为了钱！我父亲曾参与了公司的创建，而你的父亲将他彻底从这段历史中清除了，就好像他从来没有存在过一样。我当时觉得如果能让他喜欢我，如果我足够有魅力，我当时在想什么……”卡洛琳又一次停住了。

“后来发生了什么？”

“你父亲发现了真相。你父亲不傻，海琳娜。他很狡猾。艾克塞在某个时刻产生了怀疑，也许他看出我和洛斯长得很像，推断出我是她的女儿，又或者他翻了我的东西，找到了母亲写给我的信。”

卡洛琳停住了，叹了口气。海琳娜感到惊讶，事实上她相信卡洛琳所说的，要么卡洛琳实在是太高深的说谎精，要么她说的是彻头彻尾的实话。

“继续说。”

苦涩的叹息出现在这个老女人的脸上：“在那之后他彻底地变了。他充满了愤怒并把我送走，送回到开普敦，强迫我签下一份协议，承认孩子是其他人的，并威胁说如果再出现在他的生活中，就让我去死。”

海琳娜的身体渐渐向下沉，她越来越相信这一切：卡洛琳说的是真的。

“你父亲很快就和他的会计结婚了。”卡洛琳继续说，“两年后你就出生了，那是1972年。”卡洛琳的声音重新带着憎恨，“他似乎并不能将关于我、威廉与洛斯的记忆快速而彻底地清除干净，我们是他辉煌商业、丰功伟绩上永恒的污点。你父亲是个目的性极强的人，如果他想要有自己商业帝国的继承人，他当然一定可以得到。”

“但你怀孕了……所以我有个……什么？同父异母的姐姐，还是同父异母的哥哥？”海琳娜说。

“我生了个男孩。”卡洛琳回答。

卡洛琳身后的埃蒙德正不安地走动着,走上前一步,又向后退一步。

“他还活着吗？”海琳娜好奇地问，脑子里想，自己还有个同父异母的哥哥。

卡洛琳叹了口气，脸上浮现出一丝紧绷而诡异的微笑，然后朝后面点了点头。海琳娜不明白，埃蒙德发出了声音，他看起来十分渺小，几乎认不出来。

“现在就到了令人兴奋的时刻，来看看你是否彻底忘了一切。”卡洛琳一边说，一边看向海琳娜的眼睛。

“卡洛琳，别再说了。”埃蒙德突然吼道。

海琳娜盯着他。“埃蒙德？你是……”她小声说。

埃蒙德什么也没说，低头看着黑白相间的厨房地板，不敢看海琳娜的眼睛。海琳娜站了起来，一股反胃感涌了上来，她吞咽着，将它留在嘴里，强迫自己将异物咽下。

“但是，但……”海琳娜重复，看着面前的这两个人，突然发现了什么，埃蒙德和卡洛琳长得很像。那她自己与埃蒙德呢，长得像吗？又高又瘦，差不多？埃蒙德也有和自己一样的鼻子吗？

“但这是家族丑闻。”海琳娜小声说，“孩子们……如果埃蒙德是我同父异母的哥哥……”

海琳娜想要离开，腿好像为她做了决定。

“她现在又想逃跑了，忘掉这里的一切。”卡洛琳说。海琳娜听见埃蒙德在朝他母亲吼叫，这是在她关门前最后听到的。海琳娜来到洗手间，蹲了下来，张开嘴开始呕吐，呕吐物是清晰的，她继续吐。和自己同父异母的哥哥生了孩子，这是何等丑闻，海琳娜拼尽全力地尖叫着，同时把双手按在自己的耳朵上，她不想听，也不想看，不想知道这一切。埃蒙德弯腰站在她身旁，抱着她，眼睛里布满了血丝。

“海琳娜，我爱你，我爱你，海琳娜……”埃蒙德以一种小到几乎听不见的声音说。海琳娜在洗手间里缩成一团，根本不在乎自己坐在哪里，自己所处的环境越糟糕越好，因为已经没有什么外在环境能让她害怕了。当时就是这样遇到露易斯的，海琳娜突然意识到自己的记忆一点点找回了，往事找回了，她当时那么震惊，从森林中骑过……

“海琳娜，”埃蒙德说，“我爱你。”

……当时海琳娜在湖边跳下了马，跑完了剩下的路，穿过茂密的针叶林，从森林的另一端出来，到了公路上。她当时不知所措，需要静下来想一想，只要静一静，她不想要离开孩子们……不，她的心脏在下沉，记忆之门关闭了，然后记忆断了片，直到埃蒙德在基督岛找到她。

“你太病态了。”海琳娜低声说。

“事情是这样开始的，卡洛琳……我妈说的都是真的。”

埃蒙德紧张地看着卡洛琳，她正站在门外，她现在看起来很轻松，如释重负，就好像一切都很好，一切都过去了。

“能让我们单独待会儿吗，妈妈？”埃蒙德低声说道。

卡洛琳犹豫着，看了看自己的衣服，然后慢慢走了。

“我母亲恨你父亲，我就是在这样的环境中成长起来的。”埃蒙德一边抚摸海琳娜的手，一边说。

被抚摸这种感觉像火一样烧进了皮肤，带来钻进骨子里的疼痛。

“从我出生开始，你父亲就不想知道关于我的任何事。”埃蒙德说，“他声称自己不可能做一个父亲，这让我母亲的恨更深了，然后她想出了这个主意。我要成为公司员工，竭尽全力工作去赢得你父亲的信赖，假装自己是另一个人，在这样的计划中我要想方设法接近你。你是你父亲的掌上明珠，他对你是那么地珍视，要赢得你的心，首先要成为能赢得你父亲信赖的人。从二十岁起，我就在你父亲的公司工作，从南非的一个部门开始，我一步步成为他的助理，成为他最信任的人。海琳娜，你要知道，我也很敬仰你父亲。尽管从母亲那里听到了整个故事，并在对你父亲的憎恨中成长，然而我……然而我还是敬仰他，你父亲是个传奇，他富有魅力并富有经商天赋。

“你父亲。”海琳娜低声说。

“什么？”

“他也是你父亲。”海琳娜说。

埃蒙德迟疑了。

“这我知道，但从未真正这样感觉过。你父亲不知道我是谁，我是他的女婿，我一直是认同这种身份的。海琳娜，我真的很爱你，这不是表演。到后来，我甚至完全不在乎我母亲关于复仇的全部计划了。”

“你母亲的真实计划是什么？”海琳娜问，她起身，想要离开，埃蒙德抓住了她的手。

“去恢复家族的荣耀。如果我们结婚并有了孩子，Hirsch 家族就会重新获得在公司的股份。”埃蒙德答。

“为了荣耀。”海琳娜难以相信。

“但海琳娜，我爱你。孩子们十分健康，这件事根本不需要让任何人知道，我们可以在这个秘密下生活，你和我。你那时也很爱我，你现在还可以这样，我愿意为你做任何事。”

海琳娜把手从埃蒙德的手中抽出，离开洗手间，这次她要逃到哪里？海琳娜努力走上楼梯朝卧室方向走去时，埃蒙德还在继续说，声音烦人地嗡嗡作响，但都进了海琳娜耳朵里。埃蒙德说啊说，说着尽管他很清楚海琳娜会再次发现真相，还是又把她找了回来。说着海琳娜失踪前，卡洛琳曾出现在艾克塞的坟墓旁，她无法假装自己无所谓，这是复仇的实现。那时，海琳娜曾经看到过埃蒙德和卡洛琳之间的眼神交流，并知道这两人之间一定有什么联系，这不是一个秘密。现在，海琳娜重新认识了卡洛琳，知道了真相，但不管多么努力挖掘自己的记忆，海琳娜也想不起来失忆前是如何发现他们之间的关系的，但最终真相眷顾了她，就好像所有东西都眷顾了她，财富、男人、爱情、诅咒。失踪前，海琳娜从一个相册里认出了卡洛琳，在一张战前艾克塞年轻时期的老照片里发现了蛛丝马迹，那是一张公司新船在施克堡的港口试水的黑白照片，有个女人站在稍微远离主人物的背景里，这个漂亮的女人长得很像卡洛琳。海琳娜询问埃蒙德那个在葬礼中出现的老女人是谁，并问了为什么出现在那里的那个女人和另一个时代的老照片上的女人长得很像。埃蒙德否认认识这个女人时，海琳娜开始了自己的调查，她询问了大多数参加葬礼的客人下榻的那家酒店，当她得到 Hirsch 这个名字时，她并没有放弃，就像现在一样，发现了自己无法承受的真相。这个真相海琳娜现在也面对着，埃蒙德是她同父异母的哥哥，他们有了孩子。

“但这也没有太糟糕吧？”埃蒙德问，“我们还是可以轻松地住在一起，别人不会知道这个。我已经把相关页从照片中撕掉，Hirsch 也被清除了，这只是在我们相遇前发生的不幸。现在我们在一起，一切都会变得很好，海琳娜。”

“没有任何希望。”海琳娜小声说，并在自己走到卧室后才打断埃蒙德，然后站在卧室里看着自己的衣服。

“很抱歉我打扰了你们。”卡洛琳说。

卡洛琳站在门边，海琳娜刚才压根没听见有人走过来。

“警察来了。”

“警察？”埃蒙德惊讶地说。

海琳娜身后站着两个穿制服的警官。

“孩子们出了什么事吗？”海琳娜问。

“不。”老警官说。

“那怎么了？”

“你是海琳娜·苏贝格？”年轻警官问。

海琳娜向前一步，脑海中的第一个念头是，约克西姆出了什么事吗？

“我再问一次。”警官说，“你是海琳娜·苏贝格吗？”

“见鬼，你太知道我太太是谁了。”埃蒙德生气地说。

“我们必须问。”老警官说。

“为了什么问？”

“代表检察院。我们要拘捕苏贝格夫人。”

埃蒙德动作很快，站到了警察前面：“拘留？为什么？”

“她涉嫌谋杀露易斯·安德森。”

Chapter 39

被关在单间里也是一种解脱，海琳娜这样想，远离埃蒙德，远离那可怕的真相，远离站在奥胡斯警察局外，等待抓拍更多照片的媒体。记者要拍多少张照片，直到拍到海琳娜·苏贝格手戴手铐才会满意吗？

海琳娜环顾小单间四处，墙壁空荡荡的，一切都太过晃眼。她能听到外面走廊里的动静，警察来了，她又一次被带到问询室，被问了更多她不想回答的问题，她已经说过很多次了：她承认自己有罪。海琳娜并不在乎要被关多久，干脆把钥匙从小窗口扔出去也行。已经在这里待了多久了？两天？海琳娜并不确定，绝大多数时间她都在睡觉。是睡觉吗？不，应该说是她的思绪飘走了，灵魂从躯体中消失，如果她可以只用意念就让自己的心跳停止，她早就会这么做了。

警察进行过血液测试后，海琳娜第一次出庭，埃蒙德试图获得探视许可，但海琳娜拒绝见他，也拒绝了苏贝格集团的律师为她做辩护。她并没有认真听公诉人与法官说的，只知道露易斯·安德森的尸体已经被找到了，警察仍在等待露易斯牙齿检测的最终结果，但他们已经有了百分之九十九的把握，因为死者脖子上的挂坠里装着露易斯儿时的照片。警察需要以最快的速度把海琳娜关进看守所，首先因为海琳娜曾经偷了露易斯的身份以及个人证件，这让她成为主嫌犯；其次是因为苏贝格家族并不是没权没钱，不能排除他们影响调查的可能，所以对公诉团来说，开展调查期间把海琳娜关进看守所是十分关键的。警察也对房屋进行了搜查，海琳娜完全不理解这到底是为什么。

门开了。

“请跟我来一下。”一个警官说，然后抓住了海琳娜的胳膊，另一个警官在外面等着。海琳娜顺从了，不再进行任何抵抗，人们可以做任何他们想做的事，让人们以最强烈的欲望决定她的命运。海琳娜被一双双手拽着，这很适合她，最开始的手，是法律之手，它们会把她从法院带到监狱，之后她会变老，其他的手会接管过来，那些温暖的手，会把她从床带到浴室再带回去，最后会有一双手把她抬进棺材。然后她终于得到解脱。

当海琳娜在走廊里被带着走时，她脑中想着埃蒙德与卡洛琳，孩子们，以及发生的所有事，所有她现在才知道的真相。是这个真相导致她失忆的吗？失忆意味着潜意识试图保护她，让她远离和同父异母的哥哥已经结婚并有了孩子的可怕真相？

“您坐下吧，苏贝格夫人。”警察说。

海琳娜坐了下来，警察坐在前面，他身上灰色的西服与他的小胡子相配：“我们可以放轻松，不要那么正式吗？”

海琳娜耸了耸肩膀，这是个奇怪的问题，现在没有比说话方式这种更让她提不起兴趣的东西了。

“海琳娜，我叫格雷格·斯泊灵。”警察疲惫地说，“你拒绝带自己的律师？”

“是的。”

斯泊灵若有所思地看着她，手指敲着桌面，声音在空荡荡的房间被加强了，海琳娜没说什么，只是疲惫地看着对方手指的动作。警官俯下身压在桌子上，他们的面部之间只有几厘米的距离：“你说自己把她打死了……但你得告诉我关于你和露易斯的事情，你怎么认识她的？你们是什么关系？你为什么把她打死？你出现在博恩霍尔姆岛时为什么会带着她的包和个人证件？”

海琳娜思索着，努力回忆起来，然后突然想起了什么，一种气味，香草味？

“露易斯曾经用一种闻起来有点甜的香水。”海琳娜说。

她想起来了，这是种记忆？这很重要。海琳娜思索着，对，她记得露易斯，她认识露易斯，海琳娜记得露易斯的声音，沙哑声，以及笑声。

“我曾经住在哪里，那个地方。”海琳娜不太肯定地说。

海琳娜记得那种气味，除了露易斯之外的其他所有东西都带着泥土味。当时海琳娜浑身发冷，露易斯让她进到自己的毯子里，她蜷缩着靠在露易斯身上。

“她拿了我的钱。”海琳娜用一种不像自己的声音说道，“我只有那些钱，真的很需要它，但露易斯从我身上偷走了，还叫我被惯坏的上流社会大小姐。”

海琳娜对自己的话语感到惊讶，停了下来，这些词都是从哪儿来的？这是回忆的全部吗？或者说这些都是真实的记忆吗？海琳娜不知道。她知道的只有她漂亮而无辜的孩子是家族丑闻的产物，她的婚姻与爱情都建立在谎言与秘密之上。她记得露易斯身上带有的寒冷，那些消失的钱，露易斯偷的那些钱，本应是海琳娜逃离的路费。与孩子们一起逃离？是这样吗？对，她当时在寻找一种能把孩子接走的方式，保护他们，在一个没人认识他们的地方重新开始。

“我把露易斯打死了。”海琳娜低声说。

闭上眼睛，海琳娜又低声说了一遍：“我把露易斯打死了。”

她是一个凶手、说谎者、背叛者、一个禽兽的女儿、一个病态男人的妻子。海琳娜觉得自己也是个禽兽，把无辜的小生命以这样一种病态的方式带到这个世界，并且她把露易斯打死了。海琳娜不再怀疑，她看着自己的手，仿佛整个人生能从出汗的手掌中解读出来，掌纹复杂交错，其中的哪一条揭示着她会选择杀人凶手这条路？

“这你以前都说过了。但你得再说些你具体操作的细节。”斯泊灵说。

海琳娜再次闭上眼睛，走进自己的记忆，挖掘着一幅幅画面，越来越多的片断，它们正以一种飞快的速度浮现出来。背景是漆黑而寒冷的，她对露易斯很生气，她们为了钱吵了起来，对，她们争吵过，然后露易斯走了，海琳娜对此记得很清晰。

“露易斯拿走了我原本要用在路上的钱。那是我最后的现金了，我不能用我的信用卡，否则就会被发现，我必须不留下任何痕迹地消失，这很重要。我们激烈地争吵，露易斯觉得我可以通过出卖肉体赚钱，就像她一样，但我不愿这样做，这让她很愤怒，她觉得我看不起她，然后……我们争吵着，当时天已经黑了，后来她就走了。我一个人回来后，也不知道自己该怎么做。”

海琳娜停顿着，在众多刚刚搜寻到的记忆中寻找正确的那个。黑暗，绝望，愤怒，露易斯曾保证过会帮她，但现在……

“然后我在垫子下掏出一把刀。”海琳娜说，“我等到她回来。我已经计划好了这一切，我知道她会带着很多现金回来，她挣很多钱，然后我等她回来，扎进她的……”

海琳娜搜寻着，搜寻着，那个片段，在哪里呢？她在漆黑的房间中等着，在门边做好了准备，准备好用刀刺进露易斯的后背，刺进后背与肋骨之间，直插心脏，这幅画面十分清晰。不过后来发生了什么？她等了多久？

“然后露易斯回来了，我把刀用尽全力刺向了她，十分用力，刺中了她的肋骨之间。”海琳娜说，目视前方，描绘着当时刀是如何出来进去，钢刺进了血肉，一次又一次，“我需要她的身份和钱，这是我这么做的原因。”

海琳娜停住了，整个人气喘吁吁的，完全被自己所说的话压倒，从她口中冒出来的文字逐渐变成一幅幅画面。她现在记得所有的情节。

“然后你做了什么？”斯泊灵平静地问。

海琳娜也很平静，是自从命中注定的那一天，她在基督岛的咖啡馆被埃蒙德认出来后，内心头一次感到平静。她是凶手，她会进监狱，她知道自己的所作所为与真相。

“我隐藏了尸体，我把它藏在一个极其隐秘的地方。”海琳娜说。

“在哪里？”

海琳娜搜寻着，在自己所有的思绪中，从黑暗的最深处寻找着一幅幅可怕的画面，那个尸体，血迹，很多血迹，很多处刀伤。她把尸体藏在了哪里？海琳娜哭了起来，不知道泪水从何而来。

“事情其实是这样的。”警察说道，“……露易斯·安德森的死因并不像你所说的那样。”

“可是，可是……”海琳娜茫然地看着他。

“露易斯·安德森并没有被刀刺伤，一次也没有。她是被打死的，然后她的皮肤被撕下来了。”

“没错！”海琳娜喊道，“我想起来了，我就是那么做的。打了她，然后就像你说的那么做的，对她的皮肤……我撕了下来。”海琳娜感到胃里一阵恶心。

“这是为了掩藏她的身份吗？”

海琳娜并不明白这个问题，但她点了点头，说：“是的。”

“你以这种方式假装自己是她？”

“是的。”

斯泊灵摇了摇头说：“海琳娜，在你把她的皮肤撕开后，你对尸体做了什么？”

“我知道，我只是不能记起全部了，全部内容十分……模糊，但我记得它。我能记起来，再给我一点时间。”海琳娜绝望地说。

“你能坐在这里向我发誓，保证你真的是谋害露易斯的凶手吗？”警察十分疑惑地说。

“是我做的。我谋杀了露易斯。”海琳娜用斩钉截铁的口吻说。

但只要轻轻扫一眼警察的眼睛，便可以看出他并不相信海琳娜。

Chapter 40

拘留所的光线终于消失了，海琳娜现在独自一人，没有约克西姆在身边，他是她生命中出现的唯一美好的回忆，但海琳娜离开了他。现在这里只有黑暗，就像那次一样，没人能够理解，黑暗是个朋友，如果一个人唯一的朋友是黑暗，这是种怎样的体验呢？

“苏贝格夫人？”外面的一个声音说道。苏贝格这个名字，海琳娜真的不想再用了。

“您的丈夫来看您了。”

“我想一个人待着。今晚我不想再被打扰了。”海琳娜生气地说，并喊叫道，“走开！”

一开始没有任何回应，然后传来脚步声。最终，海琳娜又是一个人，她不想再见到任何人了。

海琳娜被带到问询室，斯泊灵坚持这么做，如果海琳娜不肯见家人，他就要把海琳娜送到封闭式管理的精神科。海琳娜不想让斯泊灵这么做，她希望自己能像其他人一样被审判，然后被终身监禁。海琳娜已经失去了时间感，现在是早上还是晚上？朝窗外望去，微弱的光线被小窗口中一条条条柱分隔开，呈条带状落在房间里，自己在看守所里待了多久了？被送了两次早餐，也许是三次？海琳娜记不清了，她一次也没吃过。环顾四周，房间里有张四边形小桌子，带有钢制椅子腿的椅子分散在房间各处，地上铺着浅灰色的油毡地板。如果不是因为小窗格里的一条条柱体和带警报的门，人们也许会觉得这是小学里的一间教室。

“坐那里吧。”一位女性警官说道。

不久后，门开了，埃蒙德走了进来，卡洛琳站在他的身后，小心翼翼地朝海琳娜微笑着，几乎可以说是亲切地笑着。为什么埃蒙德把她带来了？还是实际是反过来，现实中卡洛琳操纵着埃蒙德的一举一动吗？

“海琳娜，我们会让你出去的。”埃蒙德说，他坐在椅子上并把双手伸出放到桌子上，“你不要担心。我们已经在法庭对看守所进行上诉了。警察把案子办得太糟了，律师也这么说。”

“律师？”海琳娜疑惑地抬起头，看到埃蒙德苍白的脸，然后迅速又把头低下来。恶心感，她一直都有种恶心感：我和自己同父异母的哥哥有了孩子。

“别担心，这是全国最好的辩护律师，她已经介入这个案子了，她和警方交涉之后，就会来这里找你。他们在没有律师的情况下拘禁你是完全不合理的，不能再让这种情况重演了。”埃蒙德用几乎愤慨的语气高声说，“实际上这是个极其无厘头的案子。他们没有任何证据，警察除了知道你出现时带着她的包以外，手里没有任何有价值的东西。那个时候的你也不是真正的自己，他们不能因为你病了而惩罚你。目前看来，最差的结果也只是封闭式精神科治疗，但律师认为这种情况不会发生。”

“埃蒙德，”海琳娜平静地说，“我没有疯，过去也没病，所有的事我都能记起来，是我打死了露易斯。我不需要律师，我想被关进监狱，你现在应该走了。”

“海琳娜，这没有道理。”埃蒙德快速而坚定地说，“你不仅仅是你自己。你当然不能进监狱了，想想孩子们，他们很想你。”

埃蒙德的手仍然伸出，放在他们之间的桌子上，好像随时等待海琳娜握住。有一段记忆突然闪现：这是关于夏日某一天的记忆，温暖的空气拂过海琳娜的皮肤，她躺在柔软的草坪上，时间是清晨，土壤里还带着湿气，在周围蒸发。这是段儿时的记忆，海琳娜立刻想起来的。为什么她现在想起了这个呢？埃蒙德已经起身，正和律师说着什么，好像说着他一会儿再回来。门开了又合上，留下海琳娜和她的思绪待在房间里，她朝窗外看，看起来还要过很久天才会黑。

“海琳娜？”

海琳娜抬起头，是卡洛琳。她在那里坐了多久了？

“埃蒙德现在正和律师谈话，在他回来之前，我们并没有太多的时间。”卡洛琳说，她直立地坐着，大腿上有个手包，双手放松地放在包上。

“你想做什么？”

“我觉得我能理解你的感受。”

“你不能。”

“我能，海琳娜。”这个老女人说，同时怜悯地看着海琳娜，“我怀孕的那次，孩子的父亲是个禽兽。那是打死我父亲的男人。”

“那是你自愿的。”

“你不也一样，你当初是那么爱我儿子。”

“这不一样。”

“当然一样。”卡洛琳说，“但我的父亲，威廉 · Hirsch，创建了这间公司，你父亲想把一切占为己有。我儿子——埃蒙德——在公司的股权得到了承认，并且你们的孩子成为化解两家矛盾的橄榄枝。

一切都很好，海琳娜，现在一切都回归正轨，除了你。”

海琳娜茫然地坐在椅子里，很长时间过去了，她并不知道自己该说些什么。

“海琳娜，你听到我说的了吗？”卡洛琳的声音将她拉了回来。

“你什么意思？”

“你当初就不该来到这个世上，你不在，一切就都好了。埃蒙德将会是第一个孩子，一切自然而然就是我们的，属于我们Hirsch家族的。你明白吗？”

“我该怎么办？”海琳娜茫然地低声说。

海琳娜能从卡洛琳的眼神中看出某种亲切的情感。“有些事只有你能做。”卡洛琳小声说，同时打量着周围，警惕地看着门的方向，然后把身体从桌子上靠过来，一只手放在手包拉链上，“海琳娜，我自己也经历过这样的情境，体会过你现在的处境。”卡洛琳小声说，“我当时是那么困惑，曾经的处境让我觉得唯一的解决办法是我消失，我觉得消失的人应该是我。”卡洛琳打开包，迅速把手伸进去，拿出一样东西，把手放在桌上紧紧握着什么，“海琳娜，我在当时有个朋友，是个医生，他……像我理解你现在的处境这样理解我当时的处境。”

海琳娜的声音突然变得异常虚弱，她们二人之间悄无声息。卡洛琳的表情有了变化，变得更加凝重，更加坦诚。那只握着的手放在她们之间的桌子上，只是双老女人的手，皮肤脆弱而布满皱纹。卡洛琳清了清嗓子继续说：“他当初给了我一样东西……这是他留给我的……我保存很多年了，它成了我的安全感，因为我知道自己有一条路可选，这让我有安全感。但我后来发现这并不是正确的解决办法，有问题的人也不是我。我发现的就是这个，海琳娜，你明白吗？这不是我的解决办法，使用它也没有意义。”

卡洛琳转了转手，摊开掌心，海琳娜盯着她掌心里那些白色小药片。卡洛琳完全展开手，把药片倒在桌子上，然后很快把手收了回去，合上了包。

“他是医生，他知道这里面所有的原理，这是肯定的。他曾向我保证过，不会有任何痛苦。他是个好人，海琳娜，一个可以托付生命的人，你懂吗？”

海琳娜几乎同时点头又摇头，仍然眩晕地盯着面前桌子上的药片，她听到卡洛琳走到门边，转了过来。

“这完全看你自己。”卡洛琳说，“但你只有现在才有这个机会。律师很快会为你争取保释，她很专业，是全国最好的律师。你只有现在可以自己一个人待着，你可以决定以后的路怎么走。”

卡洛琳按下按钮，不久后门开了。海琳娜看到自己的手在桌子上移动，移到桌面上，拿到药片，握住了它。

Chapter 41

约克西姆站在柜台前，柜台后的警官谨慎地打量着他。

“海琳娜 · 苏贝格不接受任何访客。”他说。

“可这很重要。”约克西姆说，“我必须见到她。”

“但你连家属都算不上，我这里查不到任何你的预约记录。”警官说。

“但他给我打了电话，并告诉我得过来一趟。”约克西姆气愤地说，“他叫什么来着，格雷格……好像差不多是这个，他是个谋杀案刑侦专家，你一定知道他是谁，他专门为了这个案子来的奥胡斯。”

面前的警官没有任何反应，约克西姆能从他的目光中看出，警官已经习惯将形形色色的人挡在外面了，如果有必要阻止约克西姆进去，警官一定已经做好三天不吃不睡站在这里的准备了。

“我必须见到海琳娜。”约克西姆又说了一遍，这次他不由自主地提高了音量。自从发现了那具尸体，约克西姆经历了很多个不眠之夜，他难以忘却那具面目全非的女尸，终于可以睡下时，他做了个噩梦，那具尸体就在他的眼前。醒过来后，他遭到警方的盘问，约克西姆一遍又一遍地解释着同样的事情，金巴利酒的杯垫、电话号码、戈姆、那两位妓女、桑拿房，在带有血迹和铁具的地下室里的酷刑……然后他发现了女尸。但约克西姆屡屡被质疑，一遍又一遍地被从头问着：金巴利酒？确定你是在桑拿房遇到他的吗？你如何认识的戈姆？同样的问题，警察们问了上千次。约克西姆已经到了崩溃的边缘，有时甚至觉得自己也是个嫌疑犯。

终于获准离开时，约克西姆得知海琳娜已经被拘留了，一切变得更糟糕，他躺在小公寓里，眼前永远浮现着躺在熔炉底部的那具尸体。约克西姆有了种奇怪的感觉……近乎悲痛的感觉，对，是悲痛，他不认识露易斯了，他不再认识那个露易斯·安德森了。当约克西姆坐在小公寓里，喝着廉价的红酒时，他完全无法区分她们二人，海琳娜与露易斯，约克西姆觉得她们是同一个女人。被发现的那具女尸可能也会是海琳娜，也许这也是约克西姆现在嘶吼的原因。正因如此，他才如此迫切地想见到海琳娜，因为想确定她还活着，他的海琳娜，约克西姆想确定海琳娜依然在呼吸，她的皮肤依然完好无损，她的气味依然存在。

“你们昨天给我打了电话。”约克西姆尽量用平静的语气说，“是那个叫斯泊灵还是什么的人打来的，他要我立刻过来。”约克西姆又在想海琳娜，想象着她如何不幸而恐慌，独自一人坐在里面，想象着当她见到自己时会变得开心。约克西姆想帮助海琳娜，他知道这一切不是海琳娜做的，海琳娜现在需要他，但柜台后面的警官并不这样想，一次也没看约克西姆，只是站在那里，全神贯注地盯着面前的屏幕，试图忽视约克西姆的存在，就好像谈话已经结束了。约克西姆待在那里，突然开始变得失策，内心所有的悲痛、愤怒、急躁与愧疚，一股脑地化作怒吼。周围所有人都害怕地看着约克西姆，一个穿制服的保安从门边朝他跑了过来。

“不！”约克西姆吼。

保安紧紧抓住约克西姆的双臂并将它们放在背后，约克西姆被压制着。他不在乎，不，他有了新计划，他要进监狱，这是能接近海琳娜的唯一办法。也许他的关押室能在海琳娜的隔壁。那么他们就可以隔着墙说话了，就像美国电影里经常演的那样。

“放开他。”

约克西姆抬起头，面前是个有权威的男人，他的小胡子也带有权威，其中的灰色展现着威严，旁边还有一个警察曾在哥本哈根问询过约克西姆。

“是我叫他过来的。”斯泊灵说，并把一只手放在柜台后面那个警官的肩膀上。

斯泊灵快速沿着走廊走着，约克西姆跟在他后面，他们拐了很多个弯，穿过很多道安全门，终于来到了关押室。斯泊灵转向约克西姆。

“现在你可以和海琳娜独处一会儿，可以吧？不过，过会儿我想再和你聊聊，这里有些状况并不合情理，我觉得或许你是让她开口的关键。”

约克西姆点了点头，他看到门解锁了，期待感涌上心头……终于要再次见到她了。门开了，约克西姆走进去，却立刻停了下来，海琳娜倒在地板上，面部朝下，金色的长发分成两股，在身体两侧的地板上，她的面容被掩盖着，一只胳膊拧巴地摆在她的头上，另一只胳膊折叠着摆在身体下方，双腿呈胎儿姿势蜷缩在身下。

“海琳娜？”

约克西姆蹲下身，把一只手放在海琳娜的肩膀上，小心地把她转过来，这样就能看到她的脸了。海琳娜的身体冰冷，约克西姆把她的上身扶起，把头放在自己大腿上，可她的身体松弛而沉重，失去了生命体征。

“海琳娜？来人啊！”约克西姆喊，听到斯泊灵走进了房间。

“发生什么事了？”斯泊灵说道。

“她没有呼吸了。”约克西姆喊，声音裂成碎片，然后约克西姆俯下身看海琳娜的脸，把耳朵贴在她的嘴边。什么动静也没有，完全没有气息呼进呼出。斯泊灵很平静，把两只手指放在海琳娜的手腕上，坐在那里判断了一会儿，然后迅速起身跑到过道，呼喊着救援。约克西姆将海琳娜没有生命体征的身体放在地板上，在旁边跪了下来。她不能死，她不许死，这样的话语一直在约克西姆脑海中回响。他探过身，把自己的嘴放在海琳娜的嘴上，往里吹气，然后挺起身，找到海琳娜胸口的正确位置，用力而十分有规律地按压着，嘴里数着一二三四五，然后再次吹气，按压，吹气，按压，吹气……什么反应也没有，海琳娜的身体就躺在那里，躺在约克西姆面前，他的爱，他生命中闪闪发光的露易斯。海琳娜、露易斯、海琳娜，她不能死，真正的那个露易斯死了，这已经够了，海琳娜不能再死了，不能再消失了。约克西姆吹着气，朝海琳娜体内吹，用尽自己全部的力气、用尽自己全部的希望，约克西姆的爱注入海琳娜的体内……然后约克西姆感到后背被猛烈地抓了一把，一双强壮的手臂将他拉开，然后其他更多的手臂拉着约克西姆，更多人走向海琳娜，穿白大褂的医生抬着担架走过，约克西姆被拉到后面。他吼叫着，抵抗着，这一切都是他的错，他本该放手的，本该放海琳娜平静地生活下去。每次电流穿过海琳娜，约克西姆都能看到她放松而没有任何动静的身体艺术性地起伏。海琳娜被抬到担架上，两名急救人员严肃而沉默地跑过约克西姆的身旁，逐渐消失在走廊里。约克西姆瘫倒在地，双腿无法支撑自己的身体。海琳娜已经不在了。

Chapter 42

约克西姆没被允许上救护车，车门被摔上，救护车走了很久后，他耳朵还回响着救护车的鸣笛声。约克西姆乘上一辆出租车，在前往医院的整个途中，时刻用手握着门把手准备下车，到医院后他不耐烦地将自己的信用卡递给司机，直奔医院主楼入口，看到一个穿白大褂的大夫时，他停了下来。急诊部，还是应该叫……创伤科，急救室？护士试图让约克西姆平静下来，她的手扶在约克西姆的手臂上，已经习以为常了，每天急匆匆赶来的有男女朋友、丈夫与妻子、家长与兄弟姐妹，这些人可能马上就会失去一切——这家医院就是这些人的教堂，一座为自己所失去的挚爱而建造的教堂。约克西姆在疾步走进电梯并急匆匆按楼层按钮时想，如果当事人是幸运的，那么他们只会在这里失去一点点，比如阑尾炎或者乳腺炎，但有些人的心脏会停跳，海琳娜所面对的就是这种情况，在这里会失去几次心跳，会失去几次呼吸，但不会太多。“不会太多的。”约克西姆小声说，并再次按了按钮，他知道这不会让电梯运行得更快，但就是不能听之任之，一次又一次，直到电梯门终于滑开。约克西姆看着自己的指甲，它们很脏，这让他想起了那些可怕的场景，它们追随到了这里——那间地下室的地板上凝固的血。

"等一下。"

一只脚挤进了电梯门，电梯不动了。约克西姆烦躁地用一只手捶着电梯墙，然后看到了这个走进电梯的男人。他的皮肤发灰，眼皮沉重，眼睛里布满了血丝，就好像好几天都没睡觉，他的衬衫皱皱巴巴的，扣子系歪了，如果不是这个男人与约克西姆眼神接触时有所反应，他压根就认不出这个人——埃蒙德。

"真见鬼，你进来吧，这样门就能关上了。"约克西姆小声说，然后又气愤地按了电梯按钮。

埃蒙德当然会在这里，没人能阻止埃蒙德来这里，不管约克西姆多么不喜欢这个想法，但事实上海琳娜的确是埃蒙德的妻子。约克西姆握紧拳头，克制着，看着电梯向上运行，电梯门上显示的数字逐渐在变化，一层又一层。终于，约克西姆冲了出去，走到一扇玻璃活板门前，想忽略自己身后埃蒙德的脚步声，继续往里走，来到手术室。约克西姆看到一位警官。警官应该在把守着门。

"请问你要做什么？"护士有友好地问。

"海琳娜 · 苏贝格！"约克西姆高声说，"她刚刚进去。"

他身后的埃蒙德清了清嗓子，但什么也没说。护士解锁她的工作仪器，眉头紧锁地读着什么，在刚才的十几二十分钟里，他们能记录下什么呢？约克西姆暗暗想着。

"那么你是她的丈夫？"护士头也没抬地问约克西姆。

约克西姆能感觉到自己的身体下沉了一点。埃蒙德上前一步，挤到约克西姆前面。

"埃蒙德 · 苏贝格，我才是海琳娜的丈夫。"他用几乎可以算是平和的语气说。

护士靠到边上一点并与约克西姆进行眼神交流。

"那么你是？"她问。

“我是发现她的人。”约克西姆说，想再说些什么，说他几年前找到了海琳娜，越过一间拥挤的咖啡馆他看到了海琳娜，四目相对，点燃了爱情。

约克西姆不知道该待在哪里，他拒绝坐在埃蒙德旁边，索性在离埃蒙德几米远的地方靠墙站着。时间一分一秒地过着，这是漫长、痛苦而焦虑的时刻，门终于开了，医生走了出来。这是位身着白大褂的消瘦而严肃的男人，口罩挂在脖子上，他介绍自己叫拉斯穆森，是位全科医生。医生握了握埃蒙德的手并向靠墙站着的约克西姆点了点头。“海琳娜挺过来了。她十分坚强，活下来了。”医生说。

一种如释重负的感觉如决堤的潮水般涌上约克西姆心头，他双手掩面，听医生解释着他们如何对海琳娜使用了电泵，医生谈到了中毒，谈论着向海琳娜的心脏注射了多少肾上腺素，还说对这种心脏损伤程度来说，仅仅几分钟后心脏便恢复跳动是多么得罕见，还说急救员在救护车上就捕捉到了她的脉搏……约克西姆没有再继续听下去，他坐下来，努力接收这些信息，海琳娜还活着。

“我能看看她吗？”埃蒙德问道。

“她的周围现在还都是医生，我们还要做很多化验。”医生说，“不过她已经脱离了生命危险，这是现在最关键的信息。”

“她到底怎么了？”约克西姆嘶吼着。他能看到埃蒙德对自己质疑声的反应，就好像他已经忽视了约克西姆的存在。医生依次看着眼前的这两个男人，停顿了一会儿后回答：“我们要先化验血液，她很可能服用了一种毒药，我们能从她的瞳孔中看到这种迹象。也许她服用了过量的百服宁，不过我们现在还不能完全确定。”

“自杀？”约克西姆困惑地说。

“这我就无从得知了。”医生粗鲁地说。

“可她的药是从哪儿来的？”约克西姆暴跳如雷地问，“在拘留所里？谁给了她这些药片？”

埃蒙德转过身，生气地盯着约克西姆：“你为什么就不能出去待会儿？”他说，“你在这里做什么？”他又看了看医生：“抱歉，你们什么时候能得到进一步结果，我又什么时候能见见我妻子？”

“我个人觉得，很快就可以，她的情况会稳定下来，然后我们会再做最后的化验。在外面等着吧，一会儿会有人来接你进去。”

医生握了埃蒙德的手，又心满意足地对约克西姆报以毫不走心的点头致意，然后回到了手术室。约克西姆能感觉到一种新的情绪在自己体内慢慢积聚，无法被压制住，这种情绪在过去的几分钟没有显现出来，是因为他之前一直在担心海琳娜的安危，但现在愤怒的情绪上来了，他再也无法克制住自己。

“到底发生了什么？海琳娜为什么会吃那种药，那些药又是从哪儿来的？”约克西姆嘶吼。

埃蒙德迅速转向他，他们面对面地站着，埃蒙德很平静，这只能让约克西姆变得更加气愤。

“你到底对海琳娜做了什么？”约克西姆说，压制着自己的本能，想立刻把面前这个男人打倒，就像石器时代雄性竞争者相互做的那样，想打碎埃蒙德的脑袋。

“把露易斯挖掘出来的人是你。”埃蒙德说，“如果你当初收手，这一切就都不会发生了。你为什么就不能让海琳娜安静地生活？”

约克西姆看着这个高大的黑发男人，听着他平静而深思熟虑的声音，向后退了一步，站了片刻然后觉得自己十分没理。埃蒙德说得对，从某种程度上讲是这样的，然而约克西姆再也不能用绅士风度控制自己，狠狠地、几乎可以说是极度暴力地打了埃蒙德的侧脸。这一拳他憋了很久了，也许起源于和戈姆在森林里的较量，或者更早，起源于埃蒙德冲进咖啡馆并毁了他一切的那一天。打埃蒙德的下一拳也同样憋了很久，源于黛西小姐的那间潮湿的屋子，源于过去几天约克西姆无尽的疼痛与忍耐。

“别打了。”埃蒙德说，但约克西姆完全停不下来，现在还没算完账，没什么能阻止他。约克西姆双臂抱住埃蒙德的上身，用尽全身力气朝他的脸打了过去，打他的下巴，听见埃蒙德的牙齿狠狠地撞在一起。埃蒙德打了回来，约克西姆的气终于消了，这很好，这笔账要在这里算清，这很合理。埃蒙德的拳头打在约克西姆的耳朵上，顷刻约克西姆什么也听不见了，耳朵里只有电视在没信号时发出的哔哔声，就像很久以前每天晚间节目结束后，信号关闭的声音，那种调试画面的声音。约克西姆想把注意力集中在调试画面中，但看到的却是埃蒙德，他满脸是血，这很好。突然约克西姆感到有人紧紧抓住他的上臂，然后他被拽了起来。

“你们在做什么？”抓着他的男人喊，这是个医生，是海琳娜的医生拉斯穆森。约克西姆在一片沉默中看着埃蒙德，他的嘴唇在流血。

“是你把他打成这样的吗？”医生的声音带着愤怒与权威，“这里是医院，这里有罹患癌症濒临死亡的孩子，就在走廊过去二十米。”医生的话语好像悬挂在了空气中。约克西姆低头看着地板，感到十分惭愧。

“海琳娜醒了。”医生说，此刻所有人都做着深呼吸，“她想和你说话。”医生看着约克西姆。径直地且只看了约克西姆。

“但我才是她的丈夫。”埃蒙德说。

“我知道，但她很坚决。”医生说。

他放开埃蒙德并走回了手术室，把门打开。

Chapter 43

海琳娜看到约克西姆出现在门口时，脑海中第一个印象是约克西姆看起来像个刚从前线下来的战士，衣服上带着血迹，脸上也有一点，头发从没像现在这样油腻而凌乱。这还是约克西姆吗？海琳娜看着他一步步走进来，小心翼翼地靠近着，来到床边，手滑过床单，几乎要和海琳娜触碰在一起，这种感觉很好。

“你现在能写作了吗？”海琳娜小声说。他笑了，现在能认出这是约克西姆了，这是他的招牌笑容。

“你活过来了。”约克西姆一边说，一边坐到床边的椅子上。

“我宁愿你没在监狱发现我。”

约克西姆靠过去，迅速把双手放在她的脸上，亲吻着她，这一吻唤起了泪水。约克西姆再次坐下，他们之间的沉默填满了整个病房的空间。有多少人就像她一样，宁愿放弃身旁这个维持人体生命的仪器？海琳娜这样想。

“你出卖了我们的回忆。”海琳娜说，不知道自己为何还在纠结这个，但这的确是事实，海琳娜感到泪水盈眶，毕竟这是她生命中唯一纯洁而美好的回忆。

“什么？”

“埃蒙德给我看了你和他签的合同。”

约克西姆打断了她：“不不，事情不是这样的。”约克西姆说话时身体离她越来越近。他很快讲述了事情的始末，很难一下接受这么多信息，但她了解到约克西姆找到了露易斯，还知道了那些被打到半死甚至被打死的可怜的妓女，听到关于那间地下室的故事以及约克西姆为什么需要那么多钱。约克西姆还说了墙上的铁具和背包上的铁锈，以及熔炉里的露易斯。

“为什么？”海琳娜问。

“什么为什么？”

“你为什么做这一切？”

“因为我爱你。”约克西姆回答，就好像这是这个世界上再显而易见不过的事情，她就好像在问二加二等于几一样。“我知道你没有杀她。”约克西姆说，“你连一只苍蝇都不忍心拍死。为什么承认自己杀人呢？”约克西姆看着海琳娜，等待着回答。

海琳娜在接下来很长一段时间里什么也没说，但约克西姆执意要问。或许这也是她唯一能做的正确的事。海琳娜应该说出真相，不管它多么令人恶心。在开始前海琳娜做了个深呼吸，一开始的描述磕磕巴巴的，很多次她都停了下来。不久以后情况有所好转，她的语言逐渐变得流畅，讲述出了所有的情感，所有关于埃蒙德、卡洛琳与孩子们的可怕真相。她告诉约克西姆自己的家族丑闻以及苏贝格家族令人作呕的秘密，不过快要收尾时，她又迟疑了。当说完整个故事，她和约克西姆也完了。当约克西姆得知这一切，知道这个他自以为很熟悉的女人在现实中是个杀人犯时，他们之间的一切就结束了。海琳娜最终选择了原原本本地和盘托出，告诉了约克西姆她认识露易斯，还把她打死了，以及海琳娜想不起当时具体的细节。说完之后，海琳娜觉得自己和约克西姆关系的终结只是时间问题。

“我的记忆开始恢复，一点一点，慢慢地，但我很确定它总会恢复的。”海琳娜低声说。

约克西姆看着海琳娜，当她坦诚这一切时，约克西姆的手伸到被子里面，温柔地捏着她的手臂。海琳娜感到很困惑，约克西姆为什么还不放开她呢？为什么不把手缩回去？海琳娜等待着约克西姆的抵触与轻蔑，但约克西姆看起来只是若有所思，没有别的，没有愤怒，只是在想事情。

他摇了摇头，“二十五年来我一直在追寻各种各样的故事，我生来就是为了捕捉故事……没有什么东西比现实中家族里的谎言与秘密更扑朔迷离，这是绝无仅有的。”

海琳娜疑惑地看着约克西姆，约克西姆的眼睛是黑色的，他停了下来，捏了捏海琳娜的手：“但你不是杀人犯，你并没打死露易斯·安德森。”

海琳娜试图松开他的手：“约克西姆，我知道这一切太过沉重了，但露易斯已经死了，杀死她的人就是我。我不是那个你以为的女人，你从来都没有真正了解过我，没人真正了解过我，这一切都是个巨大的谎言。”

“可唯一不是谎言的，是你与我。”约克西姆说，“我们是这个故事里唯一真实的情节。我了解你，我知道你不会剥夺别人的生命，你根本不可能做这种事，你是我见过最富有同情心的人。你能感受其他人，甚至是一只蜘蛛的痛苦。你曾经看到蜘蛛并想把它们捏死，努力告诉自己只是一只蜘蛛，并且所有人都是这么做的，但你做不到。你拿来一个玻璃杯，温柔地把蜘蛛装了进去，然后小心翼翼地走到窗户边，你甚至都没把它扔出窗外，而是轻轻地放在窗框外沿并注视着它，直到确定它在屋外找到了立足点，然后才把窗户关上。你不是杀人犯，海琳娜，我很确定。”

“不是的。”海琳娜说。

“什么不是的？”

“所有公司里的那些……员工。”

“他们怎么了？”

“他们恨我。海琳娜·苏贝格是个人人害怕的冷血巫婆。我并不像你想的那样。”

约克西姆笑了：“这只是各花入各眼罢了。”海琳娜无法再听下去，她只想睡觉，只想逃离，想要合上自己的耳朵。“海琳娜，听我说，”约克西姆握住她的手小声说，强迫她听下去，“一个人总要找到让自己成长的地方，和能让你释放自己积极情绪的人待在一起。”约克西姆小声说道，几乎贴着海琳娜的耳朵。

“不。”她哭了起来。

“当然是这样了。”约克西姆温柔地重复道，就好像这是他最新的祷告文，“一个人总要找到让自己成长的地方，和能让你释放自己积极情绪的人待在一起。”海琳娜感受着他的抚摸，听着他的话语，听约克西姆说在遇到海琳娜之前他曾是个十分糟糕的人，“作为独立的个体时，我们微不足道，直到遇见了其他人，才会产生反应。”约克西姆告诉海琳娜所有人的人生旅程都是这样的，他花了很长的篇幅讲述一种无害物质——甘油，这是一种再普通不过的物质，只是作为佐料的甜酒，但当它与硝酸放到一起时就变成了炸药，约克西姆大叫了一声“砰！邦”，就好像海琳娜不知道炸药是什么一样。海琳娜笑了，这是过去那么久以来头一次笑，她已经忘了操纵微笑的肌肉是如何运动的，然后又哭了，也不知道自己现在为什么这么爱哭，可就是控制不住自己。约克西姆也控制不住，他意识到，自己一直坚信着语言无所不能，可是事实上海琳娜记得露易斯，她记得自己的钱被露易斯拿走时内心的愤怒。

“有太多你不知道的事了。”

“不，事实是有太多你不知道的事了。”约克西姆斩钉截铁地说，“是我找到了露易斯的尸体。事实上你入狱都是我的错，是我追踪到的线索让警察怀疑到了你。但我还发现了别的，这个故事里还有太多未解之谜，露易斯只是那个组织的一部分……那个极其可怕而残忍的组织。我很确定一定是那里面的什么人做了这一切，这不是你干的，海琳娜，听到我说的了吗？”

海琳娜听着，她试图理解他所说的。

“但我都记得。”她小声嘟囔着。

“你记得的是你把她打死了，还是仅仅你认识她？这是天壤之别，不是吗？”

海琳娜慢慢地点了点头，她闭上眼睛，再次努力捕捉那段记忆，但这么做并没有什么用。突然，什么东西闪现出来，就好像一阵风。她记得露易斯，她认识露易斯，自己把她打死了吗？警察说露易斯的皮肤被扒了下来，有迹象表明，有人想掩藏她的身份，想清除一切能识别露易斯尸体的线索。除了海琳娜以外，还有谁会对这感兴趣？

“当初确实是我偷了她的身份。”

“海琳娜，你不会把别人的皮肤撕下来，这实在太荒谬了。”约克西姆说。

海琳娜看着约克西姆，意识到了什么，一种希望？然后感到情绪下沉，埃蒙德、卡洛琳、她的亲生父亲，这一切都太肮脏了，没有什么能有所好转。约克西姆轻轻地摇了摇她。

“听着，海琳娜，你不是杀害露易斯的凶手。”

“可是，”海琳娜郁郁寡欢地小声说，“有太多其他事情，这一切都是那么错乱，我自己的孩子……我父亲是个禽兽，我压根就不该来到这个世界。”最后几个字刚刚脱口而出，海琳娜的声音便哽咽起来。

“这些都不是你能选择的，被欺骗了这么久，你只是可怜人的游戏中的一枚棋子。”

约克西姆直起身，把海琳娜向外拽出一点并注视着她。“你是我遇到的最美好的人。”约克西姆说，“你所说的那些，完全不能改变这个事实。你的家庭……你的丈夫，还有他的母亲，他们对你做的这些完全是错误的，但这不是你的错，你明白吗？这并不是你的错。”

约克西姆停顿了一下，看起来若有所思。

“你现在有了故事的一个版本，”约克西姆说，“但这是他们的版本，谁跟你说这就是真实的了？”

“那他们为什么要告诉我一个这样令人作呕的谎言？”海琳娜问。

“人们总喜欢润色真相，而不是和盘托出让自己的处境变得更糟。”约克西姆回答。

约克西姆耸了耸肩膀：“我们现在什么也不知道。你有看到过任何证据吗？”

“约克西姆……”

“没有！”约克西姆说，“现在你可以决定自己要怎么做。你曾选择回到他们身边……”

“我有孩子。”海琳娜说，想着自己仍然拥有他们，爱他们，但还能再见到他们吗？这是自己当初选择消失的原因，为了保护他们？所有人都能在失去父母一方的情况下生存，甚至能在失去父母双方的情况下生存，但没人能在血缘丑闻中生存，至少在情感上不能，海琳娜这样想。这样的思考被约克西姆打断了，他正用手捧着海琳娜的脸。

“我们能做个约定吗？”

“什么约定？”

“死亡永远是一种选择，是不是？”

“你什么意思？”

“我们必须搞清楚整件事情，全部的真相，而不是一知半解，不是猜测，然后你才能决定是否要选择死亡。”约克西姆说。海琳娜很清楚他想要做什么，他想唤起自己不感兴趣的东西——希望，想让自己变得积极。

“这次我们一定要看到证据。”

海琳娜看着约克西姆，他停住了，坐在那里，死死地盯着自己的指甲，就好像刚刚才发现它们到底有多脏。

“证据。”约克西姆小声说。

Chapter 44

约克西姆离开酒店时还是清晨，昨天，海琳娜曾试图结束自己的生命，也是在昨天，约克西姆重新找回了人生的意义。布利什尔酒店门前的停车场里只有他一个人。布利什尔，国家的每个角落都有各自的历史名人，这个布利什尔曾在不经意间创作了世界上第一部犯罪小说，并把民主引入到丹麦。记得在自己还是少年时，约克西姆想读《维贝亚的牧师》，这是两次不成熟的尝试，当时的他还太心浮气躁，连一口气读完四行字的耐心都没有，便急不可耐地徜徉进自己想象的世界，想着自己可以进行怎样的创作。直到他到了基督岛，才得以把这本书从头读到尾，这已经是老生常谈了，以前和海琳娜住在这家酒店时，约克西姆就在床上给她讲过这些，“始于 1829 年”。

海琳娜已经出院了，格雷格·斯泊灵，那个从哥本哈根来的警官说了不少好话，海琳娜才得以保释。埃蒙德也出席了庭审，本以为既然保释金是苏贝格集团出的，理所当然埃蒙德会把海琳娜带回家，然而跟着海琳娜走出法院的却是约克西姆。他搂着海琳娜的肩膀，从后门出去，躲开了媒体与记者。约克西姆感觉到……终于在关乎海琳娜的这场古老搏杀中扳回一局，埃蒙德的眼神中充满悲伤，似乎感到自己的存在是可悲的，所有这一切都告示着约克西姆赢了，至少是初步取得了胜利。

“来吧。”约克西姆小声对自己说，当他坐进租来的车里时，看见自己的呼吸在清晨寒冷的空气中形成哈气。约克西姆很清楚，这一切还没有结束，远远没有结束。他们从过去到现在一直都在争取着时间，就和布利什尔写的那本犯罪小说里的涉嫌谋杀的牧师一样，小说里的牧师坚称犯下杀人罪的不是他，这完全是魔鬼的圈套，但没人相信他，就像没人相信海琳娜无罪一样。

“你为什么要给我讲这本古老的小说？”那天晚上海琳娜曾这样问过，她当时很累，只想睡觉。“你真应该听听世界上第一部犯罪小说，因为这里面的情节是真实的。”他当时这样回答，感觉自己有点像上了年纪的小学老师，“这里面是有深意的，带有布利什尔想告诉我们的哲理。没有什么完全能像我们设想的那样，事实真相总是有偏差的，要对别人告诉你的故事抱以质疑的态度，否则很可能深受其害，别人的讲述总是很不靠谱的。”

租来的这辆车引擎几乎没有任何声音，约克西姆开得实在太快了，但他认为这很有必要，他需要一直保持在快车道，否则很可能会后悔，然后开回去，开回海琳娜的身边。约克西姆依然对他们在一起的那个夜晚记忆犹新，她的味道还停留在自己胡楂上。但他们做了正确的事，约克西姆这样说服了自己，海琳娜需要找出关于她父亲的真相，而约克西姆需要挖掘露易斯谋杀案的秘密，洗清海琳娜的嫌疑，收拾好这片自己亲手制造的混乱。不过约克西姆要从哪里开始呢？他知道什么呢？可以说是一无所知。急躁的情绪让约克西姆用手砸方向盘并按着喇叭，前面的那辆车害怕地放慢速度，开到了一边的车道，约克西姆快速超过了他并抱歉地挥了挥手。格雷格·斯泊灵，那个谋杀刑侦专家，到现在还不相信海琳娜是无辜的，约克西姆费了好大力气才说服他去检测约克西姆指甲里残存的血液，那是那间地下室风干的血迹。约克西姆早就解释了这一切，解释了自己与那些可怕的男人以及那个可怜的女人的会面，但他完全不知道那间地下室在哪儿，知道的只有斯黛拉给他的电话号码，在弗雷德里克堡那家游泳馆里的桑拿房的约定，所有这些都已经讲过无数遍了，斯泊灵有点怀疑其中的真实性。但如果事实并不是这样，他又如何能发现露易斯的尸体呢？听到这个问题时，斯泊灵朝约克西姆笑了笑，耸了耸肩，说他觉得最符合情理的答案是海琳娜告诉了约克西姆这个案发地点。

《维贝克的牧师》，约克西姆开过跨海大桥时脑子里一直想着这部小说。他不相信其他人所说的，格雷格不相信约克西姆说的，而约克西姆不相信海琳娜以及她的家人。

“我才是为故事带来结尾的人。”约克西姆小声对自己说。这是典型的作家优越感，但他要从何开始呢？约克西姆真的要从头来过，再找一次斯黛拉吗？思绪被手机铃声打断，此时约克西姆正开到跨海大桥的中点。

“你是约克西姆吗？”斯泊灵有些急促地问。

“你们化验了血液吗？”约克西姆说，同时屏住呼吸。

“嗯，也可以这么说吧，但你指甲里的并不是血，只是颜料。”斯泊灵干巴巴地说。

“颜料？”约克西姆不解地问。

“化验员检测了你指甲里的物质，约克西姆，这不是血液。我知道你一直以来的想法，但我们没必要再沿着它调查下去了。”

约克西姆眨了眨眼，然后拐进应急车道，把车停在那里。这说不通啊，他的眼前又浮现出那间地下室，当时手里抓的固化物质，看起来很像溅到地板上的什么东西。

“你们能不能再测一次，也许只是和颜料混在一起？这一定是血，我完全不明白那里为什么会有颜料。”约克西姆说。

斯泊灵叹了叹气。

“我们的技术能精确检测出它是什么，它就是颜料。它……”

此刻，斯泊灵在室内，约克西姆能听见纸张摩擦的响声。

“胭脂红喷剂。”警察说，然后又一字一顿地说了一遍，“胭，脂，红……喷，剂……我这里就拿着检测报告，这不可能有错。它只是颜料，并没有混进其他什么东西。这不是血。”斯泊灵带重音地强调了一遍。

约克西姆泄气了，巨大的失落感涌上心头。他真的错了吗？这么说完全没有任何值得追踪的线索了。他想要再问一次，让警官们再测一次，但这并没什么用，警官们当然有道理了，如果他们说这不是血，这就一定不是血。

“那么斯黛拉呢？你们找到她了吗？”

“我们找了，但徒劳无功。”

“徒劳无功？就在外面，就在某个地方，女人们在一间黑暗的地下室被虐待致死。”

“就是那间你戴着头套被人开车带到的地下室？”

“也许停车场里有监控探头！”约克西姆喊道，“找到那辆车，找到那个车主，难道我是唯一一个往这里想的人吗？”

“约克西姆。”斯泊灵略带傲慢地说，“我不能把我们的工作进展汇报给你，你牵涉在这个案件中。”

“是我找到了尸体，没有我的话你们能做得了什么？”

“没有你，我们确实不能发现海琳娜的这桩案件。”警官说，“但我们现在有了其他进展，就在犯罪现场。我本不应该说这个……但……你就是这样的人，我又能拿一个像你这样实心眼儿的日德兰大区人怎么办呢？”

“你现在劲头正足，约克西姆。我们看过一些人，把自己投身于他们自己的案件中，但从没有什么真正有效的进展。虽然很多时候需要自己的事情自己做，但刑侦破案需要交给警察来办。”

“我再问一次，是谁找到的露易斯？”约克西姆大声问，电话那头并没有回音……警察在点烟嘴吗？这个傲慢的蠢货，“你刚才说你们发现了什么？”

“我们在那里发现了一些头发，它与苏贝格女士的DNA相吻合。”

“这不能说明什么。”约克西姆说。

接下来的一段时间，两个男人在电话两端保持沉默，也许有一声用烟斗敲烟灰缸的声音。约克西姆挂断了电话，他在应急车道上坐了几分钟，看着大海，感到自己一定错过了什么，错过了能证明海琳娜无罪的机会，不可能他得到的只有胭脂红喷剂。

Chapter 45

死亡的阴影依然留在她的身体里，就像一朵挥之不去的乌云，从大街一直来到了家里。这里的一切都是父亲一直以来所追求的——权力与财富，海琳娜看着这栋白色的豪宅，里面掩藏着真相，她对此确信无疑，是时候把真相挖掘出来了。门口的喷泉，以及线条流畅而优美的海豚雕塑，这些都是她父亲征服世界各大洋的证据。日光照在白色的墙壁上，玫瑰花丛中的花有红色、白色、橘黄色和粉色的，组成了一番华丽而奢侈的景象。海琳娜呼吸着这香甜的空气，把这一切都吸进肺里，一直以来她将这座房子联系到一起的都是——恶心、病态与阴森。

海琳娜站在空荡荡的前厅里，能听到从一间屋子里传来的声音，这是卡洛琳的声音，自己要和她谈谈，要站在卡洛琳面前问清楚事情的真相。海琳娜想要知道，谁是那个目击威廉 · Hirsch 被杀害的证人，要迫使卡洛琳把一切都讲出来，并且在她讲话时，海琳娜要瞪大眼睛盯着她。今天是工作日，孩子们都去学校了，孩子们……海琳娜又该告诉他们什么呢？不，现在她要按照向约克西姆保证的去做，先找出真相，其他都不重要。海琳娜顺着卡洛琳的声音走去，来到那间带露台的房间，房子里有三组绿色的沙发以及通向花园的气派玻璃门，这是海琳娜最喜欢的房间，之前她还以为自己会一直住在这里，之前的那天海琳娜还以为只是自己头脑错乱而引发了这一切。当她走近时她也听到了埃蒙德的声音，他们在激烈地争吵，声音在房子里回响，关于孩子、金钱、谋杀与那些药片。“我们只想要那些属于自己的。”卡洛琳说，并不断责备埃蒙德，说他不该不管不顾地把海琳娜带回家，他怎么就想不到这会把麻烦引到家里？为什么就不能让海琳娜消消停停地在丹麦的另一端待着？

海琳娜听到埃蒙德愤怒而又十分脆弱的声音时，对他产生了同情。整理思绪后，海琳娜把门推开，埃蒙德和卡洛琳惊讶地看着她。

“孩子们在哪儿？”海琳娜固执地问。

埃蒙德朝海琳娜迈了一步，身上带着某种情绪，某种坚定，这让海琳娜感到害怕，这真的就是埃蒙德，几乎不会被任何事所影响。

“孩子们在哪儿？”海琳娜又问了一遍。

“他们在伦敦。”埃蒙德平静地回答。

“伦敦？”海琳娜不理解地说。

“我们觉得最好让他们远离这一切，孩子们感到十分困惑。媒体包围了我们，并且不停地问你在哪里，我们想让他们远离头条并避免从学校的朋友那里听到什么。”

“我们觉得？”海琳娜小声说，同时盯着卡洛琳。海琳娜知道这个女人是自己孩子的祖母，然而她并不能忍受这个老女人理直气壮地为自己的孩子做决定，他们可是海琳娜自己的孩子。

“但……伦敦……为什么是伦敦呢……”海琳娜不解地看了看埃蒙德，又看了看卡洛琳，然后又看回埃蒙德，“他们现在和谁在一起？”

“卡缇卡带着他们。”埃蒙德平和地说。

“卡缇卡？”海琳娜一边说，一边疯狂地思考着，这个名字她曾经听过吗？

“对，卡缇卡，她是苏菲的马术教练。”埃蒙德说。

海琳娜想起马厩里那个阴郁的年轻女子，她当时几乎没怎么向海琳娜打招呼。海琳娜不情愿地回忆起，当自己从窗户窥视到她时，觉得这个女子看起来十分与众不同，不过两个孩子跟着她是安全的，这点倒是毋庸置疑。

“她之前就带孩子们去过伦敦，当时是去看马术表演。卡缇卡已经在这儿工作很多年了，孩子们也很喜欢她。他们现在很好，比起在这里待着，待在伦敦会更好。”埃蒙德说。

海琳娜叹了口气，埃蒙德说得对，她感到自己体内紧绷的情绪放松了下来。孩子们的离开扫去了她脑中挥之不去的隐患。孩子们现在被照顾得很好，现在没有任何借口能够阻止她挖掘事件的真相了，海琳娜的目光停留在卡洛琳身上。

“你说我父亲谋害了威廉。”

“是的，亲爱的。这是他做的。”卡洛琳点头说。

海琳娜早就知道这个了，卡洛琳对此并没有说谎。

“我们得找到尸体。”海琳娜平静地说，“我不想在谎言中生活了，我要把父亲的行为公之于众。”

卡洛琳难以置信地看着海琳娜，张着嘴，说不出一句话，但这种状态只是暂时的，片刻后她便整理了思绪，头脑恢复清醒。

“这完全没有必要。”卡洛琳说。

“没必要？难道正义是毫无必要的？”海琳娜问。

卡洛琳摇了摇头，看了看埃蒙德。

“海琳娜，如果公布这件陈年往事，会对公司非常不利，你难道不明白吗？一家公司的发家建立在与纳粹的交易之上，并且公司的创始人为了更好地与纳粹合作，亲手置同为创始人的犹太人于死地，这在证券交易中是绝对消极的消息。”埃蒙德说，这让海琳娜重新认识了他——埃蒙德是一个商人。

“你说威廉的尸体被藏在湖底，并且有个证人目击了整个事件。”海琳娜执意说，并看着这个老人，“这个证人现在在哪儿？”

在一刹那间，卡洛琳的眼神出现了闪躲，她在害怕什么？

“完全不知道你在说什么，我从没说过一个湖还有什么证人。”

海琳娜眉头紧锁，记忆一直是她的弱点，她挖掘着记忆深处自己在探监室与卡洛琳的那场对话，卡洛琳提到过有个证人，她说过威廉的尸体被扔到了一个湖里。对，海琳娜很确定，此外她还记得卡洛琳讲述这些时得意扬扬的语气，特别是当她终于说服海琳娜，让她相信艾克塞确实是杀人凶手时。为什么她现在又对此矢口否认呢？

“我来到这儿就是为了搞清楚这一切，你必须告诉我这个证人到底是谁。”海琳娜说。

卡洛琳被海琳娜的话打击到了，她试图掩藏一切，但事实是毋庸置疑的。

“你难道不明白，我来这儿就是为了不被稀里糊涂地糊弄过去？你必须告诉我这个证人到底是谁。”

“你为什么一定要把一切都毁掉？”埃蒙德突然问。

埃蒙德的声音从很远的地方传来，他坐在自己的写字台旁，那天早上他们就是在那里享受鱼水之欢。

“你为什么就不能放下这一切？”埃蒙德问。

“如何能做到呢？”海琳娜问，“想想孩子们，想想……”

“苏菲和克里斯蒂安会继承两个家庭的财产。”埃蒙德打断海琳娜，“只要你能放下这一切，重新回家，我们就可以继续生活下去了。一切都会重新变好的。”

海琳娜目瞪口呆地看着他，埃蒙德的确是这么想的，他完全相信自己刚才所说的。埃蒙德怎么能相信自己会继续与他生活在一起呢？可怜又可悲的埃蒙德，卡洛琳把他毁了，她让自己的儿子成了复仇的牺牲品，这实在太缺乏人性了。海琳娜不知道自己该说些什么，转过身，走出了房间。她在前厅的柜子里找到了自己的车钥匙，然后走出了房子。进一步寻求真相的方向上只有一条路，那具湖底的尸体，那个证人，真相就潜藏在其中。

Chapter 46

约克西姆站在颜料店里并打量着周围，里面的一切既熟悉又陌生，周围的一切都是前妻艾琳的专长，这是她的世界，她的主场——艺术、哥本哈根与杰出人才。约克西姆还记得在艺术学院拜访艾琳的几次经历，那里的气味与这家颜料店一模一样，松节油、油漆与胶水。约克西姆不耐烦地等待着，店里唯一的店员刚刚结束与一位顾客的谈话，这个顾客手拿着一支很细的画笔，双臂不停地摇摆着。约克西姆已经在搜索引擎上查了胭脂红颜料，这并不是一种用来粉刷房子的颜料，而是被艺术家使用的。那位店员终于动了起来，他将胖胖的脸蛋转向约克西姆的同时，理了理身上穿的精心熨烫的衬衫，约克西姆完全不敢去想自己现在看起来是什么样子。

“先生，请问您需要点儿什么？”店员愉快地问。

“胭脂红颜料。”约克西姆脱口而出。

“你是现在马上就要用吗？”

“不不，其实我并不是要用它，不过我想问问这到底是什么，你能不能给我介绍一下它，以及它是用来做什么的？”约克西姆问。

店员迅速地上下打量了下约克西姆，但并没展现出自己对约克西姆的穿着与外行究竟抱以何种想法。

“胭脂红专业颜料是红色专业颜料的特殊分支，它源于一种叫作胭脂虫的昆虫，胭脂红这个名字来自从这种虫子中提取的一种酸。这种虫子用这种特殊的酸抵御天敌的进攻，阿艺台克人最早发现了这种酸的提取方法并将其用作颜料。”店员说着拿出一支小管，并把它放在桌上，“这种虫子最早只生活在南美洲，寄生于仙人掌上，后来欧洲探险家把虫子与萃取技术一并引进到欧洲。”

约克西姆欢欣鼓舞地点着头，时不时对店员回应着“啊”“这样啊”之类的语气词，好像自己对此非常感兴趣，但这位店员提供的信息中，没有一条让约克西姆有进展。为什么这种红色专业颜料会出现在那间地下室呢？

“嗯，那专业颜料又是什么呢？”

“专业颜料最早发明于中世纪。”店员继续说，“它由骨头、骨髓与软骨制成，是经过熬煮后提取出来的。对，这绝对是一种更复杂的过程，其中加入了盐酸用以去除钙盐，并且要蒸煮到化合物质形成，然后还要过滤。”

店员停顿了下来看着约克西姆，约克西姆的脑袋飞速运转着。

“这是种常用物质吗？”

“完全不是，它其实逊于之后的新一代颜料，新一代的颜料能以更低的制作温度得到同样的物质。胭脂红专业颜料需要60摄氏度的制作温度才能发挥它的颜料作用，冷一点不行，热一点也不行，很显然一直保持这样的温度是有点困难的，这整个过程都需要精确地控制，此外最后的颜料成品也比其他类型的颜料更不稳定，并且它不是完全安全的。”店员说。

“怎么讲？”

“如果温度太高，它会发生自燃。这经常会发生，有些画家会把擦画笔颜料的抹布遗落在地板上，然后酩酊大醉睡死过去，第二天日光会从天窗照进画室，带有胭脂红专业颜料的抹布置于高温中，过不了多久就会发生自燃。”

“现在还有哪些画家在用这种专业颜料？”约克西姆问道。

“嗯，这个嘛……我知道画家泰勒·R会用它，不过其他人我一时半会儿想不起来了，至少现在你猛地一问想不起来……我对颜料的研究比对艺术家的研究多很多。”店员抱歉地说，“不过我能感觉越来越多的人对这玩意儿感兴趣，现在已经有越来越多的人来我这儿咨询它，一拨接一拨的。”店员以一种问询的眼神看着约克西姆，“需要为你预订它吗？”

“不，我并不画画，非常感谢你的解答。”

“小事一桩。”店员礼貌地说，然后走回自己的柜台。有位顾客正耐心地在那里等着，熟悉这种商店的人显然知道很可能会等待较长的时间。约克西姆又看了看四周，呼吸着店里刺鼻的化学味道，艾琳，他脑海里浮现出了自己的前妻，她是自己在这个世界上最不想见到的人，总是安排永远开不完的艺术展会，然后拽着约克西姆在会上到处走，指着一个又一个有名的大人物——那些艺术家、艺术经销商与艺术品收藏家们，艾琳知道关于他们的一切，这是她的特技。艾琳称这为生存环境，而约克西姆总是想逃离这一切，这个世界里的游戏规则让约克西姆总捉摸不透，或者也可以说他只是缺了那么一点儿天赋。约克西姆曾经习惯置身于痛苦、肤浅而又尖酸刻薄的唇枪舌剑中，曾经习惯于在招待会或展览会上以最快的速度将自己灌醉，现在他不得不回到过去。他不得不承认，如果说有人能让他发现更多有用的信息，让他挖掘出线索，搞清楚为什么这种胭脂红专业颜料会出现在那间地下室，这个人一定是艾琳。

Chapter 47

海琳娜等最后一个学生离开后才走进潜水学校，她看到马丁就在不远处，正要把一些潜水用具收集好。海琳娜坐在船桥上，抚摸那柔和而带有日光温暖的木质栏杆，看着黑色的湖水，然后闭上眼睛深吸一口气。这是新鲜水源的味道，这种深邃而纯净的空气让肺尽最大努力扩张着，她贪婪地吸收着这一切，然后再慢慢吐气。海琳娜看着马丁，他还没有注意到自己，海琳娜完全不确定这个地方是否是展开调查的最佳地点，然而这是手中唯一的线索了。瞄了眼身后，海琳娜不知道自己是否被跟踪了，但应该没有，她刚刚花整整一个小时的时间，在施克堡的大街小巷兜兜转转地开车，就是为了确保没有人跟踪。将视线停留在那座大湖上，湖面是黑色的，几乎给人一种石油泛光的感觉。海琳娜耳边回响起卡洛琳的声音，刚才卡洛琳矢口否认曾说过威廉的尸体就在湖里，但真相一定就潜藏在湖底。

马丁朝海琳娜走了过来，海琳娜靠近他时，马丁把腰板挺了起来。

“嗨，马丁。”海琳娜说，然后停在马丁面前，向他伸出手，在握手前马丁用自己白色的短裤擦了擦手，“你还记得我吗？”尽管能很清晰地从马丁的眼神中看出记得她，海琳娜依然这样问道。

“当然了。”马丁答道。

“我想寻求你的帮助。”海琳娜说完停住了，该从哪里开始呢，能告诉马丁多少呢，“我想问问潜水好学吗？”

马丁惊讶地看着她：“你想学潜水？”

“难吗？”

“不难。我下个月就有个零基础班。”马丁说。

下个月，海琳娜想，下个月她就要在监狱里度过余生了。“我其实想在这之前学。”海琳娜说，然后笑了，她自己也不知道为什么。但这种感觉很好，这样的笑声很适合这种气氛，也与湖水和太阳相得益彰——简直是绝配三剑客。

这是种自由的感觉，海琳娜紧紧抓着橡胶船的扶手，潜水服紧紧地裹着她的身体。海琳娜看着坐在船另一端的马丁，这是个成年男人，但也的确还是个孩子，身上带着一种对器械与速度永不疲惫的激情。他花了不到两个小时就在浅水区教会了海琳娜基本的潜水技能，能觉察出他对此感到十分兴奋。马丁充满激情地讲着潜水管嘴是如何工作的，讲着在水下不能憋气，需要一直呼进呼出才能一直潜下去。他还说如果一个人只想在浅水区潜着玩玩儿，只要上一天的课就够了，不过如果想潜到更深几米的地方，或者想探索沉船的宝藏，就得考取一个很严格的潜水证书。在他们开航之前海琳娜只要学会一件事，只要知道如何把潜水面具里的水放干就好……当然，是在水下。海琳娜试了足足五次才学会这种操作，需要用两个手指十分用力地按住潜水面具最外面的地方，然后用鼻子吐气，才能在水下把水挤出去。海琳娜觉得这一切听起来有些神奇。

“你容易晕船吗？”马丁喊道。

“应该不晕，我感觉很好。”她喊了回去，声音打破了发动机发出的噪声。一滴滴新鲜的湖水溅到她的脸上，她的嘴唇上，海琳娜舔了舔，这有种旧日时光的味道。

“我们能在我家附近的水域潜水吗？”她喊道。

“什么？”马丁放慢了速度，海琳娜清清嗓子，她并没告诉马丁她突然对潜水感兴趣的原因，“我只想……也许我们可以在我家附近那里潜水？”

“那里有点儿深。”马丁说。

“那附近吗？”

马丁看着她，发现了什么，发现的或许不是海琳娜在寻找卡洛琳父亲的尸体，但知道海琳娜并不是来欣赏梭鱼、鲈鱼与水草的，马丁知道的只有这么多。

“我们在另一个点停下来，大概距离湖东岸一百米，那里离你家很近，水深超过 20 米，那儿是冰河世纪留下来的休眠冰地貌，能见度很差。”马丁说完向海琳娜解释起休眠冰，它们从巨大冰山融化下来，在地表形成螺旋状，被称为“无底的沼泽”。海琳娜想，这是掩藏尸体的绝佳地点。关上发动机，马丁从船上扔出锚，海琳娜看着链条一点一点地沉下去，水面触碰船身发出的声音就像音乐一样，这是首动人心弦而充满诱惑力的乐章。

“我们要找什么？”马丁头也不抬地问，努力整理着思绪。

“我的过去。”

“如果你能多说一点，那我也能帮到你。我在这些湖里潜过太多地方了。”

海琳娜思考着，要告诉他吗？不过如果马丁发现过一具尸体，他早就说出去了，现在还不是坦诚的时候。

“你准备好了吗？”马丁问。

“好了。”

“要保持一直在我一米以内的范围，可以吧？”

海琳娜的耳朵感到疼痛，指了指它们，马丁点了点头，示意海琳娜如何保持耳压平衡——用两只手指捏鼻子。潜入黑暗中，一开始的几分钟里，海琳娜紧紧地盯着马丁，害怕得完全不敢看其他东西，直到马丁笑着指了指上面，她才敢把视线从眼前这个掌握她生死的男人身上移开。她向上看，历经几万光年来到地球的日光，在水面上结束了它的漫漫长旅，从水下能看到船的底部，这很美的，就好像站在镜子的另一面一样。这面镜子并不普通，是人生之镜，它能创造前所未有的体验，带你来到光线的尽头——湖底。马丁抓着海琳娜的胳膊，海琳娜努力让自己的身体像马丁一样保持直立，马丁用手势告诉她，不要用胳膊，海琳娜想起马丁刚刚教的，鱼没有胳膊，这是因为在水下它们没有用武之地，要用脚来操控动作。海琳娜努力尝试着，突然身体转向了错误的方向，鼻子朝上，这完全不像在浅水区练习的那么简单。马丁带着宽容的笑容看着她。自己现在一定看起来像个婴儿，海琳娜这样想道，就像个完全分不清上和下的巨婴。终于，她找到一点平衡了。海琳娜看到马丁穿越黑暗，看着不知道叫什么的鱼从身边游过。鱼并不害怕，它们靠得如此近，游过去时看着海琳娜的眼睛。得记住自己的任务，有东西沉在湖底。但其实看不到底部，水底还长着植物，海琳娜绝望地想根本不可能，这压根是个初级潜水者根本完成不了的、没有希望的计划。过了一小会儿，马丁抓着她的潜水电子屏，看着上面海琳娜并不懂的数字，用大拇指告诉她，马上要往上走了，最多再待五分钟。海琳娜点点头，跟着马丁，但依然试着再潜得深一点，潜到底部那些枝杈丰富的植物那里，那里有什么吗？下面那里，那些植物如风中的谷物一般，优雅地在水中摇曳，它们之中有什么东西。好像，什么东西在发光，海琳娜潜了过去……突然她感到被猛烈地拽了一下，马丁抓着她的胳膊，看起来很生气，再次向上举起大拇指。

现在必须上去了，海琳娜转过身，回头看着那个发光的东西，水草膨胀起来，延展开，露出底部，那是个瓶子，一个旧瓶子，仅此而已。

“你怎么跑开了？”当他们上去，扶着船沿时，马丁问，声音听起来有些受伤。

“很抱歉。”海琳娜说。

“抓紧这里，我惦记着你，你知道吗？”

“嗯。”海琳娜说，然后把一切交给马丁，他的动作平和而专业，先上了船然后帮海琳娜上来。

“刚才实在太美了。”海琳娜说。

海琳娜指着湖底，然后坐在船的横板上，用手握住船沿，下巴咬得很紧，马丁坐在发动机旁。

“你不该从我身边游开。”马丁说，然后启动了发动机，开始往回走。海琳娜小心地把一只手放在船边，让它在水里滑动，就这样坐了很久，让凉爽的水从自己指间淅淅沥沥地滑过，然后想一切有多么令人绝望。海琳娜向船的边缘靠过去并向下看，湖水黑暗而带有泥浆，浑浊不清，底下淤泥很多。这一切都像个毫无意义而没有经过充分策划的主意，她居然想用一己之力找到湖底的尸体，海琳娜回想起卡洛琳那张可怕的脸以及她说的——一具尸体，一座湖，一位证人……闭上眼睛，海琳娜想要放弃，也想消失在自己身下这无尽的黑暗中……等等，她又睁开了眼，刚刚看到了什么？

“你能不能往回开？就一点儿？”

“什么？”马丁有些烦躁地看着她，这很明显：他觉得自己被利用了。

“马丁，就几米。”海琳娜说。马丁身上有某种特质，一股孩子气，他耸了耸肩膀，快速转动船身，海琳娜差点儿掉了下去。这逗笑了马丁，海琳娜也笑了，气氛重新变得好了起来。然后海琳娜看到了那栋木质老建筑，牌子上有用白色字母写下的名字——圣诞客栈。

“你知道那个地方吗？”海琳娜指着它问。

马丁转过去，耸耸肩。

“这只是个客栈，这样的客栈有很多。”马丁说。

“圣诞客栈？”海琳娜盯着那栋建筑，它的露台对着湖，为什么这个名字听起来这么耳熟？然后海琳娜想起来了，想起在可怕的那一天，海琳娜问过苏贝格航运的主楼里唯一在她面前举止正常的秘书凯尔，问过她，消失之前自己都在做什么，凯尔的回答就是圣诞客栈。海琳娜当初调查过圣诞客栈，关于圣诞客栈有一个月的异常支出，海琳娜失踪前找不到相应的合同了。凯尔当时说了什么？凯尔说这里面并没涉及很多钱，但海琳娜还是亲自去调查了，是出于好奇，还是其他什么？

“我们为什么要来这里，海琳娜？”马丁问，并微笑地看着她，不再生气。这是个好男孩，脾气来得快，去得也快。

海琳娜又看了看客栈，一位证人？她想，一具尸体、一座湖、一位证人和金钱，那里面会有一个人正在为钱保守秘密吗？

Chapter 48

艾琳马上就上完课了，看到约克西姆时，她向上扬起了眉毛，但看起来一点儿也不惊讶。约克西姆把手深深地插进裤兜，靠着门框，希望自己的紧张情绪不要被看出来。学生们一个个从他身边走过，直到教室里只剩下两个学生。学生站在艾琳的桌边，口若悬河地说着，与此同时，艾琳把书放进她高雅的公文包里，这个包也许是斑马皮做的，黑白条纹从头到尾装点着它。艾琳的皮肤是古铜色的，约克西姆想她也许刚去过非洲，从没见她的皮肤这样过，就像镀过金一样。艾琳全情投入地回答着学生们的问题，完全没有注意到这两个男孩过于兴奋，上肢过度地比划着。就在这里，在这间教室，艾琳让年轻人相信只要他们愿意把全部流程走完，就能成为了不起的人物。不过，全部流程？哪儿又有什么全部流程呢？这两个学生终于离开了教室，艾琳跟在他们后面。

“明天见！”其中一个学生用近乎迫切的语气说。

艾琳对之报以一个转瞬即逝的笑容，然后用锐利而智慧的目光看着约克西姆，用特有的方式将约克西姆钉在那里。

“我之前没接到电话。”艾琳快速地说，语气并没有不友好，“我觉得如果你有什么要紧事，你会来找我的。看起来确实有重要的事儿？”

约克西姆曾担心过这样的会面，花了整整一天来整理思绪，在一家又一家的咖啡馆里坐着，模拟会面的情境，权衡着再次见面所带来的不愉快和可能会在艾琳这里获得急切想知道的答案，这两者孰轻孰重。约克西姆在这一天里一遍又一遍地回想他们上次见面的情景，上次他们面对彼此，艾琳气得火冒三丈，手脚并用地打着约克西姆。约克西姆当时不得不抓住她，紧紧握住她的手腕，艾琳用那永远经过精心修饰的、又长又尖的指甲抓他，这是他们在一起的最差经历。然后艾琳就预订了去往圣塞巴斯蒂安的机票，想作为他们的和好之旅，呃……或许去的是巴黎？艾琳在机场等，约克西姆却一直没有出现。这是四年多以前的事了，所有关于离婚的事项都是通过律师代理的，约克西姆就像个胆小鬼一样，不敢和艾琳说话。现在约克西姆站在艾琳面前，准备面对并接受她的愤怒，约克西姆做好听艾琳控诉并对一切进行反思与道歉的准备了，甚至还为可能的拳脚相加做好了心理准备。然而现在站在这里，艾琳只是在朝他笑，看起来状态好极了，完全不像约克西姆之前想象的那么尖酸刻薄。

“那么现在我想问问你为什么来找我，约克西姆？”艾琳继续平静地说。

“我需要你的帮助，艾琳。”约克西姆说。

与艾琳说话，并直接说出她的名字时，约克西姆感到十分亲切，这也让约克西姆很诧异。曾在一起那么多年，称呼彼此的名字那么多次却毫无感觉，约克西姆为艾琳崩溃过，但现在突然有了感动的情绪，这里所发生的事，没有一件在他预料之内。此刻，艾琳一动不动且内心毫无触动地站在他面前。

“我需要你。”约克西姆说。

艾琳带他来到咖啡馆，指了指外面的一张桌子，约克西姆坐了下来，听着道路另一侧那栋楼里传来的噪声——这是城市的声音。艾琳手里拿着一瓶佩莱格里诺酒和两杯红酒。他们迅速地碰了下杯，两个人都没有去看对方的眼睛。约克西姆感到温和的法国红酒正滑进自己体内，与白天喝过的一杯又一杯的咖啡融合在一起。他今天有吃过什么吗？

“你怎么样？”约克西姆问。

“很好啊。”艾琳说，“我下个月要去波士顿。”

约克西姆没说什么，本以为艾琳会讲述自己离婚后的时光，一切不好的经历，但艾琳只是热切地谈论着自己的工作，看起来愉快而放松。这就是过去这些年所发生的吗？如此简单？还是说艾琳已经变了？她看起来还是又瘦又小，约克西姆依然记得当初如何为她的身体痴迷，艾琳的身材与海琳娜完全不同，海琳娜是丰满的，全身曲线迷人，而艾琳的身体是含蓄的……艾琳的胸部几乎只能看出个大致的轮廓，皮肤上没有任何的雀斑或杂质，只是牛奶白色，像柔和的纸张一样，纯洁无瑕。

约克西姆曾经那么爱艾琳，为她痴狂，还是说……实际上爱的只是艾琳眼神里的那样东西，对约克西姆的崇拜？艾琳坚定地认为约克西姆能成为大人物，最了不起的人。也许他们之间的问题始于艾琳不再用那种崇拜的眼神看着他，始于艾琳开始质疑约克西姆是否能走上巅峰，然后约克西姆就断了线，去找其他的女人，这让艾琳感到嫉妒。也许是约克西姆让艾琳变成了那样，让她崩溃。在医院时，约克西姆不是这么和海琳娜说的吗，一方水土养一方人，一个人总要找到让自己成长的地方，和能让你释放自己积极情绪的人待在一起。这么看来，约克西姆其实是艾琳的毒药，这是显而易见的。

约克西姆意识到他沉浸在自己的思绪里越飘越远时，艾琳已经不再讲话了，她只是坐在那里，等约克西姆告诉她为什么来找她。但约克西姆要从哪里开始呢？约克西姆舔了舔嘴唇，寻找着语句，他觉得应该从露易斯的尸体开始说起，但又觉得应该从海琳娜开始谈，必须从故事的最开头开始，告诉艾琳故事的全部。幸运的是，一些事情艾琳已经从报纸上读到了，她知道那个失踪的巨富继承人又出现了。约克西姆说话时一直紧张地看着艾琳的脸，担心她会有暴力的举动，打约克西姆或者突然崩溃——这样的想法依然深植在约克西姆的脑中。但事实上并没有什么让艾琳感到惊讶，艾琳既没有对约克西姆和另一个女人在一起感到吃惊，也没有对整个充满暴力的故事，包括故事中的失忆、悬疑、谋杀指控、斯泊灵发现的 DNA 以及那个抽烟斗的讨厌警官……有什么情绪波动。约克西姆逐渐放松了下来，语言变得越来越顺畅，最终讲出了自己来找艾琳的原因，为了那个从地下室发现的烦人的胭脂红专业颜料。

“专业颜料。”艾琳重复。她摇了下头吗？

“胭脂红。”约克西姆快速地说，然后将杯子里的红酒一饮而尽，示意服务员想再要一杯。

“其实我没什么可提供给你的。”艾琳快速地说，然后将椅子推回去一点。约克西姆看着她，现在这种熟悉的感觉来了——带有狗血戏剧性的愤怒，现在又能认出她了。艾琳把自己剩下的红酒喝完，然后伸手去拿桌子上装水的杯子，过去艾琳从不喝红酒，也不怎么吃东西，总是病病怏怏的，说自己身上哪里不舒服，现在坐在他面前的这个女人还是真正的艾琳吗？

“我刚才说的有没有……让你想起什么？”约克西姆问。

“你什么意思？你是问我认不认识一个有虐待癖好，喜欢把人的皮肤撕下来而且用胭脂红颜料画画的艺术家？”

约克西姆耸了耸肩膀：“也许这有点过于简化了……但，是的。就是类似这种吧。”一边说着，约克西姆一边看着艾琳，那种熟悉的情景发生了：艾琳笑了笑，摇了摇头，说了句“不知道”。但约克西姆太了解这样的举动了，艾琳在说谎，她说谎时语速总会变慢，一直这样。艾琳是绝顶聪明的，比约克西姆敏锐太多，绝大多数的问题都可以以经典的、如机关枪般的方式回答——快速、直接而准确，只有说谎时，才会花更多时间。

“你确定吗？”

“我当然不知道这个凶手了。”艾琳小声说。

“艾琳……你想不起任何人吗？完全想不起？”

“或许……托尔 · 萨克斯德……”艾琳说，语气完全是平静的，又一次说得有点慢。这让约克西姆感到困惑，这难道是谎言中的谎言吗？

“你认识他吗？”艾琳问，“他用专业颜料绘画，但不仅仅是因为这个。他和女人与痛苦有关，画了很多与之相关的……都是些不寻常的画。他为痛苦着魔，并且作品中总有这样或那样的令人难以接受的出格元素，创作动机也通常带有性。”

艾琳有些犹豫不决，约克西姆感到很困惑，有那么一刻陷入到层层迷雾中，他不确定艾琳所说的是否正确，还是说这一切都不是寻求真相的正确途径？其实也不能确定杀死露易斯的凶手就在艺术界里，不过转过来想：为什么这种昂贵而又不常见的颜料会出现在那间地下室里？“当然我也不确定，可根据你刚才所说的，他也许与这件事有关……不仅仅是对人身体上的折磨，一定还有什么别的……”

艾琳在寻找合适的词汇，约克西姆等着她。

“他也画了世贸双子塔的倒塌，并虚构了纳粹集中营的场景，他的确处在道德的边缘。”艾琳身体向后靠了靠说。

“托尔 · 萨克斯德……”约克西姆说，“谢谢你……”

约克西姆晃了晃手，知道艾琳理解了自己的意思，这件事的意义不仅仅在于艾琳愿意帮助自己，在于经历了一切后，他们依然可以坐在这里相互交流。艾琳在玻璃杯上留下了清晰的红色唇印。她以前用口红吗？不，艾琳连香水都受不了，更不用说其他化妆品了，艾琳的头发也和以前不一样了，看起来更结实了，更浓密了。

“今天我得到了个见他的机会。”艾琳说，“这是个艺术学院董事会，萨克斯德也是董事会成员，不过他不总出席。如果萨克斯德出现，那我就要问问他到底有没有在地下室杀害一个无家可归的妓女，然后还把她的尸体藏在了铁具厂。”艾琳高声笑着，约克西姆也忍不住笑了。

“我能到那儿和他聊聊吗？”约克西姆迫切地问，身体在椅子里向前靠了靠，“我可以在外面等，在会议结束后和他聊。”

“不行，你不能这么做，这不是个好主意。”艾琳说着叹了口气，突然看起来很疲惫，她把装水的杯子放到一边，从包里掏出手机，然后看了看表，“我必须得走了。”艾琳突然就站了起来。

“但我只是站在那里，”约克西姆坚持说，“他都不会知道我们认识彼此。”

艾琳摇了摇头。“这真的行不通，约克西姆，你难道就看不出这是个傻极了的主意吗？就不应该告诉你这个董事会。”艾琳说，速度像通常说话那样快。

约克西姆也站了起来，站在艾琳面前，她现在突然变得拒人于千里之外。约克西姆对她的印象就是如此，情绪十分多变，突然就会变得冷淡。一种伤感的情绪占据了约克西姆的内心，自己还喜欢着艾琳，希望她过得好，并且约克西姆想要坐在这个全新的、直接的艾琳面前。

“很高兴能再次见到你，我希望你能够找到……整件事的真相。”艾琳用平滑而不带任何情感的语气说。

“谢谢你的帮助，艾琳，这对我来说真的太重要了。”约克西姆真诚地说。

艾琳转身朝大街的方向走去，脚步坚定。约克西姆看着她身着昂贵服饰的娇小身体，然后艾琳的步伐突然变慢了，变得迟疑，就像是说谎时的节奏，停了下来，转身看着约克西姆。

“怎么了？”约克西姆问，并朝她走过去。

“其实你中午也可以过来。”艾琳用近乎害羞的口吻说。

“可以吗？”约克西姆惊讶地问。

“这是个可以携带伴侣的午间会，你可以作为我的伴侣出席。”

艾琳的话中有什么东西让约克西姆的眼神游离，他向下看，首先看到艾琳娇小的胸部。艾琳发现了约克西姆的举动，以及他不带羞愧感的眼神，约克西姆赶紧继续向下看去，看着艾琳带有细长带子的凉鞋，这凸显了艾琳带有优美线条的脚以及古铜色的肌肤。当艾琳继续开口说话时，声音几乎被抹去了。

“不过这样的话我们就得假装复合了。”

约克西姆发自内心地感受着这一切，这种感觉不对，但与海琳娜在监狱的景象相比，这算不了什么。

“你看怎么样，木疙瘩？”艾琳问。

Chapter 49

海琳娜搞不清楚体内挥之不去的这种感觉是乘船还是潜水导致的，整个世界仿佛都在摇晃，地面从一边晃到另一边，就连回到车里还有这种感觉。坐了一会儿，海琳娜看着后视镜，思考自己这么做是否过于偏执，但她依然把车停在了林间道上，而非圣诞客栈门前碎石子铺成的停车场。

最后看了眼周围，然后海琳娜走进这栋茅草盖的木屋。客栈外已经停了很多辆车，店里也是热情洋溢、热闹非凡。咖啡的香气提醒海琳娜，她今天还没吃没喝，一个身着白衬衫与黑背心的年轻男子朝她走了过来。

“您有预订吗？”年轻男子友好地问。

海琳娜考虑着要不要先问他是否有空位，垫垫肚子，然而海琳娜注意到了好奇的目光，一个女人不动声色地指了指海琳娜并正和自己的丈夫小声讨论。

“我想和这里的负责人说话。”海琳娜赶忙说。

本该戴个帽子，或者至少也该戴个墨镜的，海琳娜又忘了自己并不是个普通人。万幸的是，这位服务生也注意到海琳娜的出现似乎引起了关注，他小心地点点头然后招呼海琳娜过去。他们沿着一条走廊向前走，然后服务生在一扇门前停了下来，敲了敲门。

“门没锁。”一个声音从里面传来。

服务生开门时，海琳娜做了个深呼吸。“海琳娜·苏贝格在外面，她想和你说话。”服务生说完后先是一片寂静，然后海琳娜听见了几句嘟囔声：

“苏贝格……她……”之后的话，海琳娜便听不清了。门被关上，片刻后，服务生又出现在门口。

“请直接进去吧。”

海琳娜走了进去，然后服务生关上了门，海琳娜面前站着个男人，他高大、壮硕，有着很引人注目的鹰钩鼻，年纪有点儿大了，大概是70年代出生的，男人看起来很困惑，但依然伸出手臂，面带微笑地欢迎海琳娜的到来。

“马瑞斯·弗林特。”这个男人自我介绍。海琳娜注意到他桌上摊放着各种会计凭证，海琳娜在基督岛管理餐馆时的会计业务从不会像他这样。这个回忆刺痛了她，她怀念美好的旧日时光，怀念她的厨房、香料、那扇面朝旧港口的窗户以及精美的刀具，那些小确幸，海琳娜实在太想它们了。

“请坐吧。”弗林特说，然后他摊开双臂，靠在写字桌另一侧的高背椅上。座椅加了软垫，靠上去后让海琳娜疼痛的背部肌肉很舒服。马瑞斯·弗林特向后靠着，将双手交叠放在后脖子上，随和地看着海琳娜。

“阁下大驾光临，有何贵干？”弗林特温和地问。

海琳娜知道报纸已经报道过自己，或许弗林特已经知道了自己在追踪什么。海琳娜清了清嗓子，决定开门见山，直奔主题。

“苏贝格航运一直在给圣诞客栈打钱，每年都转账，你知道这件事吗？”海琳娜问。

她努力让自己的声音保持平静，但还是能听出有些颤抖。

“这事关一份很久以前的协议。”弗林特说。

弗林特没再说别的，从脸上也看不出任何线索。

“这份协议是因为什么签订的？”海琳娜问。

弗林特耸了耸肩膀，不为所动地看着海琳娜。

“这是我接管这间客栈之前的事儿了。我父亲曾为你父亲工作，相关的细节我也不清楚。”弗林特心不在焉地说。

“但你父亲现在不在苏贝格航运工作，对吧？”海琳娜问。

“我父亲已经去世了。”马瑞斯·弗林特回答，声音有些恼火。

“这听起来很奇怪，毕竟每月都有钱以这种方式不停转出去。”海琳娜继续说道。

马瑞斯盯着她，现在能看出来了，在这友好的表情下还潜藏着别的东西。弗林特在小心翼翼地观察着海琳娜，就像海琳娜也在密切观察他一样。这两个角斗场上的选手都在等着对方先出招，奇怪的是，这反而让海琳娜彻底放松了，手不再紧张，声音也变得更有力，海琳娜知道自己已经来到正确的轨道。

“你父亲和 Hirsch 有什么关系？”海琳娜问。

“你到底要干吗？”

“Hirsch？”海琳娜平静地重复。

弗林特耸了耸肩膀：“我从没听说过这个男人。”

“你怎么知道这是个男人？”

这个问题的作用比预期的还要大，弗林特，这个高大的男人带有威胁性地在海琳娜面前站了起来。海琳娜也站了起来，看着弗林特的眼睛，她能够感受到，那个令所有员工又害怕又讨厌的女魔头又回来了，就站在这里要求合理的解释。

弗林特坐了下来，整理着思绪，又戴上了平和而礼貌的面具：“当初我还只是个孩子，但我听说他在战争期间消失了。德国人抓走了他，是这样吧？”

海琳娜摇了摇头：“这些钱还在转过来，你父亲为我父亲所做的……”海琳娜让话悬在半截，兴奋地等着，尽管已经确定弗林特一定和这件事有关系，但海琳娜还需要更多，需要从弗林特口中得到证明与确认。但弗林特已经不再惊慌失措，平静地看着海琳娜。

“听着，”弗林特说，“我父亲是位聪明的商人，他签了一份好的协议，这让我至今都受益。关于这份协议我没什么可多说的，协议与转账从我出生开始就生效了，这实在太久远了，我觉得没必要深究它。”

海琳娜能感觉到不会再进一步得到什么了，但她依然说：“这份协议没有纸质文件，在任何时候我都可以停止转款。”

弗林特的双眼出现了爆裂的闪光。

“我认为今天的谈话可以到此为止了。很高兴认识你，苏贝格女士。”

“你知道我可以停止转账。”海琳娜固执地说，无视这个男人正伸出胳膊礼貌地想请她出去，“告诉我你所知道的，我们可以一起看看你父亲所做的工作是否真的值这么多钱。”海琳娜决绝地说。

“你不能撕毁协议，这是有纸质文件的。”

“那我想看看这份协议。”

“不行。相信我，你不会想看到它的，而且也看不到。”弗林特小声说，“在你停止转账之前看不到。如果你真这么做了，这份协议就会被公之于众，你可以在报纸上读到它，到那时你就有大把的时间了。”弗林特说着笑了，尽管他很害怕，海琳娜可以从他的声音中听到恐惧，“这份协议会彻底摧毁苏贝格航运，数千人会失业，你会失去一切。你父亲签署这份协议是有原因的，他也实在称不上是慷慨的老好人。”

海琳娜驶离客栈，想要联系约克西姆，只想听听他的声音，但约克西姆没接电话，也许他只是还没有改变主意，海琳娜这样想。也许约克西姆已经发现了整件事有多么诡异而肮脏，包括海琳娜的人生和一切。

很快就要到晚上了，但夏天的夜幕依然不会很快降临，这条弯弯曲曲的路边有各种茂密的树，偶尔树丛间会有缝隙，从中能看到湖面的景色，湖面与道路间是个很深的斜坡，各种想法在海琳娜脑子里转个不停。弗林特说，有份纸质文件。但海琳娜之前就找过了，据凯尔说，办公室里并没有这份文件，难道是埃蒙德与卡洛琳把它藏起来了？海琳娜必须在其他地方寻找，从头开始找。弗林特的父亲，他会是个意外的事件目击证人吗，还是其中另有隐情？一辆黑色汽车从后面驶来，开得很快，海琳娜加快了一点速度，但那辆车离她的车实在太近了，海琳娜放慢速度并打开车灯示意要留给后车超车的地方，终于，这个蠢货超过了她。海琳娜皱了皱眉头，又一次陷入沉思，她要找出关于马瑞斯父亲的更多信息，这是第一步，也许可以去地区档案馆。在古耶时，约克西姆曾整整一周都坐在那里，翻找着各种上年头的档案。海琳娜每天早上都给约克西姆做好餐食，鱼饼佐黑面包，旁边还放了自制的蛋黄酱，他早上乘船过去，很晚才会回家。约克西姆曾为一个故事废寝忘食，然后有一天这个故事突然像沙子一样从他指缝间流走了，海琳娜从没见过一个人像约克西姆当初那样失魂落魄过。不过这只持续了几天，这个所谓的新故事对约克西姆而言便变得无所谓了。约克西姆曾告诉过她，写作的过程就是这样，这就好像鱼逆着水流朝高山游，每当鱼向上跃出水平面一次，它就应该对这次跳跃有信心，相信这次跳跃能够战胜阻止它前进的岩石。每次说完他便会把海琳娜拽过去与他享受鱼水之欢……那时海琳娜还是露易斯。“只有死鱼才会顺着水流游，人生充满了高峰与向上，每次我们跳跃，都应该保持信念。”

海琳娜为什么想起了这个？地区档案馆，她那丧心病狂的家人并不能随心所欲地删除那里的文件。海琳娜的思绪一次又一次地被那辆黑车打断，那辆车在她前面，现在又开得格外慢。海琳娜从黑车的身边开过去，黑车立刻又加快了速度。海琳娜被挤到逆行车道上，她放慢速度以回到正确的车道，但那辆黑车也立刻放慢速度，拒绝让她回到右侧车道，海琳娜困惑地看着那辆黑色的车，看清了里面的司机，然后听到尖锐的金属碰撞声，两辆车靠在了一起，车身发出摩擦声。是他！那个戴墨镜和帽子的神秘男子。海琳娜抬起头，迎面驶来一辆卡车，这辆黑色的车依然不让她并到右侧车道，想让海琳娜留在左边逆行。卡车从她旁边飞速驶过，司机愤怒地不停按着喇叭。海琳娜的汽车前轮在柔软的路上失去了抓地力，她转动方向盘，试图控制住车，那辆黑色的车还稳稳地行驶在路上。现在海琳娜的后车轮也开始滑动，路边柔软而平滑的植被让她的车轮不停打滑，那辆黑色车开始不停地粗暴地挤她，直到海琳娜的车彻底被挤下道路并冲下斜坡。海琳娜绝望地踩着刹车，左右打轮，但车已经失去控制。在强大的重力作用下，车疯狂向下冲，树枝与树杈拍打着车窗，最终车倒翻过来，底盘朝上，海琳娜的身体抬起，胸口被安全带压着，弹出的安全气囊撞向头部，海琳娜看到车外全是发出窸窣声的森林植被。

一切都停止了。

海琳娜睁开眼睛，不知道距离事故过了多久。一秒钟，还是更久？她被粉红色包围着，只有这种颜色。海琳娜动了动，安全气囊充满了气，把它推开，然后海琳娜听到了脚步声。从前车窗向外望去，所有东西都是倒栽葱，海琳娜能看到马路牙子在上方很远处，还看到正朝她的方向，一双腿走了下来，黑色的裤腿，黑色的鞋。海琳娜慌张地想要够到按钮解开安全带，黑车上的男人正走过来，她看到了那双黑色靴子，这个男人要把她打死，然后把这一切伪装成交通事故吗？海琳娜必须马上松开自己，必须跑，她急躁地拍打着安全带按钮可能在的地方，一次又一次地拍打着，终于解开安全带，海琳娜重重地跌落下去，头撞在已经倒置的汽车顶上。海琳娜努力挤开已经变形的车门，却被卡在安全气囊与座位之间，车窗摇下四分之三后就再也摇不动了，海琳娜抓着包，顺着窗口向外挪动，先是伸出胳膊，然后是脑袋，车窗的宽度正好能挤出上半身，然后挤过胯部。海琳娜紧紧抓着植被与树枝，又拉又踢才让身体的最后一部分从车里出来，她气喘吁吁地在地上滚了几圈，然后站了起来，开始跑，拼尽全力地跑，就像自己以前从来没有这么努力地跑过。海琳娜听到身后的男人高声喊叫着，这是种愤怒的叫喊声，这个男人追赶她时，她能听到沉重的脚步声。海琳娜不敢停下来看自己距离他有多远，是否足够领先。脚踩踏着凹凸不平的植被，柔软的苔藓承受海琳娜体重的同时发出湿漉漉的响声，无法避免地踩着地上极其隐秘的树根，树枝与树杈拍打着海琳娜的脸，她把双手挡在面前。能听到追赶的脚步声，那个男人已经很近了，紧紧跟在海琳娜后面，海琳娜已经做好心理准备，可能会有一双手突然抓住她的脖子，然后把她勒死，弃尸荒野，就像露易斯一样。不知道为什么，但当海琳娜想到可怜的露易斯时，体内增添了一种莫名的动力。

海琳娜努力让自己的步伐更快，背包拍打着大腿，每一次呼吸都好像要把肺撕裂。海琳娜不想死，现在还不行。听到个模糊的声音，海琳娜感到身体一阵疼痛，不由自主地回头看去，看到一个留着偏分头，身穿风衣的男人，面容扭曲，其他就没看到了。海琳娜继续跑，听到那人在靠近，在加快节奏，但步伐有些不同寻常。难道他是跛子？

海琳娜摔了一跤，她注意到自己摔跤的原因：森林尽头与海滩之间有个小斜坡，周围都是深黄色的沙子。海琳娜突然发现斜坡上有个洞穴，她迅速转身，钻进洞里，用胳膊把障碍物扒走，闭上眼睛，屏住呼吸，感受到洞穴的寒冷侵入自己的双脚、双腿、大腿与上身。一切都静止了，无论是洞里还是洞外，海琳娜被泥土与沙子包裹着。这是个狐穴吗？弯曲地斜向一边，面朝下，双臂交叠放在自己面前，海琳娜的身体试探性地适应着这个洞穴。洞口处树根密布，都是上方森林植被的树根，它们在海琳娜进来时被拨乱了，前后摇晃着，但此刻已经复归原位，最终静止下来。一切都静止了下来，然后那个男人来了，径直走向她的躲藏处，他并没有摔跤，跳了过去然后继续奔跑。海琳娜听着他的脚步声，突然静下来了，他转了回来。海琳娜悄无声息地待着，大气也不敢出，脚步声越来越近，越来越沉重，男人没有跑，他在走，步伐依旧有点瘸，总是一长一短，他现在就站在洞前。海琳娜能看到它们——那双靴子，它们带着邪恶，那么沉重，那么黑暗，这是对夏天的憎恨，对生命的否定，现在男人要带走海琳娜的生命。海琳娜屏住呼吸，如果被他找到……海琳娜不想死。她眼前浮现苏菲明快而对自己充满信任的脸庞，克里斯蒂安黑色的眼睛，以及约克西姆和她说话的样子。海琳娜眨了眨眼，咬紧牙关，用鼻子呼吸着，悄无声息。

Chapter 50

“这可真出乎意料。”约克西姆身旁的一个女人低沉地说。

约克西姆蜷缩着，全神贯注地看着一张照片，画面里的是夏洛特堡的前厅，完全没注意到有人到他旁边了。身旁的这个女人穿着玻璃绿色的裙子，头发是深红色的，身上的香水味让他想起了海琳娜。

“出乎意料？”约克西姆困惑地说。

“在这里见到你啊。”这个女人说。

“很抱歉，我有点记不得你了。”

女人高声笑道：“这样看来，你可真是一点儿也没变啊。”说着向后退了一步，同时摇了摇头。约克西姆脸红了，不知道自己该说什么。他和艾琳在一起的岁月是那么波荡起伏，他们曾在繁华的大街上大吵，艾琳曾躺在柏油马路上叫喊，并总会威胁要把一切都毁掉，把约克西姆拽进无尽的黑洞，所以约克西姆当然不记得了，完全想不起眼前这个穿绿裙子的女人是谁。女人说自己叫麦斯，自称在各种场合无数次见过艾琳和约克西姆。艺术学院的董事会还在进行，约克西姆和其他参加午餐会的客人一起在前厅等着，周围都是参会者的配偶或男女朋友，约克西姆假装是其中一员。约克西姆心想，这只是个再简单不过的晚上，一切都是为了海琳娜，为了海琳娜，他要假装自己和艾琳在一起。

“他们应该快结束了吧，我都快饿死了。”人群中的一个女人小声说，但并没有人回应她。约克西姆察觉到，说话的女人并不真正是这里的一员，她并不懂那些虚情假意的社交套路。所有的社交套路，约克西姆从来都没真正掌握过，这是种秘而不宣的东西。在学校里，学生除母语外还要学两门外语，如今第三外语的引进也提上了日程，就算花上二十年的时间也只能学个大概。语言已经如此难学，而社交套路语言的难度远在这之上，因为这不仅仅是语言，更隐含了说话人在社会中的口碑与地位，以及人们对一些极其古怪问题的态度。约克西姆感到胃里一阵痉挛。

门开了，前厅里所有人都看了过去，董事会成员们出来了，走到各自伴侣的身旁。几个年轻的女服务员托着托盘在房间来回走，上面放着闪闪发光的细长杯子。约克西姆拿了一杯，一饮而尽，艾琳走到他面前，她的头发盘了起来，眼上化了眼妆，眼神紧紧盯着约克西姆。

“我希望你没等太苦。”艾琳大声说。

约克西姆握住艾琳的一只手并小心翼翼地吻了一下，这是他们之前协商的一部分。艾琳轻车熟路地搂住约克西姆的手臂，将身体靠向他，并小声说：“就是里面的那个人，那个正和穿白裙子女士说话的大胡子的男人。”

约克西姆转过身，原来这个人就是托尔 · 萨克斯德啊，这个男人专门用绘画展现痛苦，喜欢画集中营里扭曲的女性身体。

“旁边那个孩子是谁？”约克西姆问，立刻注意到艾琳的手臂正扶着他。

“她不是个孩子，实际上是个非常年轻的日本女人。”艾琳小声说，“如果你对他的作品稍做研究，一定能在其中发现她。”

约克西姆一直盯着萨克斯德的女朋友，或者说是他的……宠物鼠？

如果非要说这个女人是个成年女子，那她一定是今天才满 18 岁。如果在其他的社会圈子，约克西姆的这种想法会让人感到被冒犯，但在奇葩的艺术圈，情况有所不同。约克西姆知道如果其他大腹便便的中年男人搂着像他们女儿那么大的女孩出现，艾琳一定会为他们的行为辩护的。萨克斯德看起来是个不折不扣的中年人，头发经过修剪，胡子刻意留得很长，一直垂到了胸前。再看这个年轻的日本人，约克西姆研究着她。她看起来像是个有受虐倾向的人吗？萨克斯德的表情就像这里的所有人一样平静而自信，这个日本女人穿着几乎完全透视的黑裙子，正在他耳边耳语着什么。托尔·萨克斯德皱着眉头听，然后摇了摇头，摊开双臂，斩钉截铁地对她说了什么。托尔·萨克斯德是个怎样的人？会是个虐待妓女的人吗？得换一种方式接近他。也许约克西姆可以单纯地问问他专业颜料是什么，然后观察反应，看萨克斯德是否认识自己，不因为约克西姆是和艾琳破镜重圆的前夫，而是因为他曾透过镜子看到约克西姆。这不是没有可能的，约克西姆在那间地下室时，或许托尔就在镜子后面。

约克西姆几乎已经忘了丹麦文化中心的餐食究竟有多好了，最开始的五道菜里有两道前菜，一道珍珠麦意式炒饭，一份熏制的马舌鲽薄切生肉配烤帕尔玛干酪与水瓜柳的酸咸口的细海带。这都属于这个圈子吧，约克西姆这样想，美味食物的呈现量与女性所遭受的压抑成正比。约克西姆盯着那个日本人，她几乎没怎么吃，胸部几乎都露了出来，与她的裙子相得益彰，除此之外还有特别之处：这个日本女人从来都不把嘴完全闭上，上下嘴唇总是分开那么一点儿，当她与托尔有眼神接触时，她的嘴会再张开一点，就好像托尔命令她不许把上下嘴唇合上一样。约克西姆想坐到托尔身边，但艾琳阻止了他，并小声告诉他桌位已经安排好了。约克西姆离托尔很远，根本听不到托尔在说什么，只能静静地观察他，看他的面部表情与上肢动作，看他咀嚼食物的方式，看他说的话多不多，以及他听别人说话时是什么样子。约克西姆知道只用这种方式最终什么也搞不清楚。

艾琳坐在约克西姆身边，心情很好，总是全情投入到其他人的传奇故事中，参与着一个又一个高雅的对话。约克西姆试着加入进去，对他来说这太难了，各式菜肴没完没了地端上来又拿下去，所有的一切都像艺术品一样被精心安排，每道菜都配以特定的葡萄酒。艾琳一直努力在谈话中带着约克西姆，艾琳牵起他的手时，这感觉既不奇怪也不尴尬，约克西姆不得不承认自己有点享受。他从没想过自己会置身这样的场景中，曾经约克西姆拼尽全力想摆脱这一切，这里的绝大多数的人都曾令他感到憎恶，如今他与这一切做了和解。约克西姆还记得当初艾琳曾下定决心想挽救他们的关系，约克西姆的思绪飘到了过去，飘回到那段很久以前曾下定决心要深埋的记忆，这是段不好的回忆。当时约克西姆放了艾琳鸽子，并把她一个人留在机场，艾琳当时是那么渺小而无助。约克西姆本答应了一结束诵读就立刻去机场，他还记得当时自己驾驶着那辆布满灰尘的老沃尔沃，开到机场又开回去的情景，记得差点就到航站楼了，他突然决定调头……当时艾琳独自一人待着，一定备感煎熬，约克西姆难以面对这些，难以接受自己曾把所有绅士应有的品格丢掉，就这么甩下一切走了。他去了博恩霍尔姆岛，想重新开始，一个人。约克西姆来到古耶，乘船驶向更远的地方，一路向东，来到能到达的国家最偏远的地方，来到那座小岛上的小旅馆，成为基督岛的第 92 位居民后，他躺在床上，盯着天花板，一直以这种姿势躺着，直到在咖啡馆初次遇见海琳娜。当然也不是光躺着，在那之前约克西姆也吃饭、小便、洗澡，虽然只是再也无法忍受自己身上的气味时，偶尔洗那么一次半次。当时约克西姆也写作，一页接着一页，下一页的内容永远比上一页更绝望。

艾琳又对他说了什么，这把他拉回现实。

“你说什么？”约克西姆迷迷糊糊地问。

“来吧，刚才上了咖啡和烈性酒。”艾琳一边说，一边起身。

约克西姆看着她，什么烈性酒？

他们走过去时，艾琳的手轻轻碰了下约克西姆的臀部，她的动作很快，也许是不小心的，但手停了下来，停在了那里，如果这只是一不小心，那停得有点儿太久了。难道说……艾琳已经走远了，约克西姆站在那里，开始思考刚才发生的事，他喝了一杯水，觉得自己已经喝得够多，需要清醒一下了。

约克西姆已经酝酿很久了，也许正因如此，他与托尔的对话从一开始就是尴尬的。

“你工作时使用专业颜料？”约克西姆开门见山地问道。

这个艺术家看起来有点生气，也许因为约克西姆打断了之前他和别人的对话，就是托尔身旁的两个女人。那个刚才就在的穿白裙子的女人和那个日本女人看约克西姆的眼神，仿佛在看一个闯入皇家聚会的乡巴佬。

“是的。”托尔干巴巴地答。

托尔只说了这两个字，然后再次转向那两个女人，那个日本女人在一旁偷笑着。

“你为什么喜欢用专业颜料，如果不介意我这么问的话。”约克西姆继续固执地问。

托尔从两个门牙之间的缝隙中吹着气，突然看起来有些疲惫。“你打扰到我们了。”托尔说，然后抓住约克西姆的胳膊，用毋庸置疑的口吻继续说，“或许你可以去那边找杯咖啡喝？”

“抱歉，我知道是打断了这里的谈话。”约克西姆突然意识到自己的声音听起来就像个醉汉。

艾琳过来拯救他了，用手臂搂住约克西姆的后背，靠在他身上笑。

“托尔，抱歉让你感到不舒服了，这都是我的错。”艾琳说，“我真是给他灌太多酒了。约克西姆正在为一本新书做研究，是我告诉他也许你能在有关专业颜料绘画方面帮到他。很抱歉我之前没好好介绍你们认识。约克西姆工作起来就有点儿……太投入了，不过他是个不错的人。”

艾琳笑着，约克西姆也将身体靠向她，闻到她身上幽微的肥皂味，不过除此之外还有另一种味道，是一种温和的花香，香水味。艾琳开始用香水了吗？托尔简单讲了讲专业颜料，这都是看在艾琳的分儿上，而不是为了约克西姆。

“那么那些痛苦呢？”约克西姆说，就连他都为自己所说的感到惊讶，他仔细观察着这位艺术家的反应。

“你什么意思？”

“为什么你总是展现痛苦？就是那些可怜女人的苦难。”约克西姆说。

“你这话的意思就好像是我造成了她们的痛苦。”萨克斯德说。

“这么说不是这样的？”约克西姆留意着萨克斯德的反应。

这位艺术家耸了耸肩膀：“这是个过时的问题了。我不想对此谈什么。”

“为什么不呢？”艾琳说，语气中带着俏皮和欢快，她熟谙社交套路。萨克斯德看起来比刚才温和多了：“我展现的是自己所看到的世界，我只呈现自己所感受到的东西。所有那些暴力，那些狂躁，我都先是装在自己心里，然后会发现再也不能憋着了，就用绘画表达它们。”

看起来这样的回答令艾琳很满意，可以算是简介或者采访的标准答案。约克西姆感到也许自己的调查方向错了，虽然不知道一个杀手应该长什么样，也不知道自己为什么就能下结论，但约克西姆就觉得托尔·萨克斯德不是杀害露易斯的凶手。约克西姆努力把注意力集中到他们的交谈中，但思绪总是飘向各处，如果说不是托尔做的，那他不是又一次无功而返了，手中再次没了有价值的线索？约克西姆想到了DNA，工厂里曾找到海琳娜的头发，然后她带着露易斯的东西出现在博恩霍尔姆岛，有钱包和背包，这就够了吗？凭这些斯泊灵就能把海琳娜关进监狱吗？艾琳握起约克西姆的手，并把他带到另一边。这看起来很有意思，约克西姆想起从前与艾琳在一起的场景，比他们分手时更狗血。艾琳曾歇斯底里地哭泣，曾激烈地争吵，但由于各种各样的原因，这些狗血剧情在艺术圈子里算不上什么大不了的事。这里的人会做很多可怕的事情，随地小便，在窗帘上排泄，与邻居家的女主人偷情，用花园剪刀剪断电线等，所有的这些都让艺术家觉得自己比外面那些小市民更有种，如果个别人有特殊怪癖，情况就会变得更加糟糕。

“离开这里之前，我想给你看样东西。”艾琳迫切地说。

他们回到前厅，朝艾琳的办公室走去，然后路过了办公室门口，继续朝楼梯走去。

“我得拿外套。”路过办公室门口时，约克西姆说。

“我们一会儿会原路回来的。”艾琳说，并没有放慢脚步。

他们走上楼梯，艾琳一边走，一边兴高采烈地聊，一直握着约克西姆的手。

“这是最后一场展览的艺术品，是有些特别的，它们明天就要被送回布鲁塞尔了，所以这是能在这儿看到它的最后机会。我就是不能分身，要是可以的话，真想把自己放到它旁边，或者干脆进到它里面，就像黑泽明的电影那样……”艾琳聊着别的什么，聊着一个男人曾进到一幅画里并成为它的一部分。

艾琳几乎是跑上了台阶，约克西姆跟在后面，不由自主地感到好奇，尽管艾琳喜欢艺术品，但他还从没听过艾琳对某一幅画如此饱含热情。他们一直走到顶层，艾琳打开一扇门，他们站在仓储室的入口，楼梯间的光线照进房间，一股温暖而满是灰尘的空气扑面而来，到处都是画作。画作摆在很多巨大的钢架上，架台把它们分成很多层，一直通到屋顶，钢架之间的过道很长，所有架子上都放着画，绝大多数的画用胶合板做的细盒子装着。约克西姆找到开关，一片区域的顶灯亮了，照亮了悠长的房间，但艾琳把灯又关上了。他们走到房间的尽头，艾琳站在约克西姆面前，伸展着四肢，将双手放在约克西姆的胸膛，眼睛在近乎黑暗的房间里绝望地发出光亮。

“约克西姆……”艾琳说。

这沙哑的声音，就好像触电了一般，艾琳的声音触动了约克西姆，和正在抚摸他身体的双手一样。约克西姆一直呆呆地站着，任由艾琳的手缓慢地向下滑动，她握住他的皮带并解开了。约克西姆闭上眼睛，有种怦然心动的感觉，他靠在墙上，身体在摇晃，就好像在船上一样，好像要抛开一切。突然，约克西姆又一次看到了那个地下室的钩子，它就像闪电一般闪过约克西姆的大脑，在开灯的那么一瞬间照亮了什么，他看到了什么，就在刚才的那一瞬间。他看到地下室的那个钩子了吗？约克西姆突然站了起来，把艾琳的手推到一边并再次打开顶灯。

“怎么了？”艾琳伤心地问。

她的声音是心碎的，约克西姆拒绝了她，又一次拒绝了她。约克西姆感到胸口一阵疼痛，自己在对艾琳做什么？怎么能在这里这么做呢？灯亮了，一排接着一排，约克西姆急切地看着周围。难道是错觉，还是说真看到了那个钩子？突然他找到了，这是一幅很大的画，比约克西姆整个人还要大，在架子的最前面，背靠着架子，上下反着放，一张扭曲的脸在一个奇怪而扭曲的房间里。这幅画的比例与视角有些不协调，但这的确是一张脸，这是个女人，并且画里有一个钩子，还有墙壁，墙上有镜子，女人的身体在镜中隐约可见——里面的一切就好像威尼斯的黑死病时代。约克西姆的确在那间地下室里看到过这样向外凸出的镜子以及里面扭曲的镜像，并且他也看到了服装、墙壁与桌子，约克西姆对此十分确信。

“这是什么？”约克西姆指向这幅画，手在颤抖。

艾琳转身看向这幅画。

“这幅画要被送往瑞典的一个展览。”艾琳回答。

“是谁画了这幅画？就是最前面的这幅。”约克西姆的声音清楚地展现了他此刻的情绪。

艾琳摇了摇头。

“如果你觉得它与凶手有关，那你就大错特错了。”艾琳把双手交叉放在胸前，“这是皮埃尔·克利桑德的画。但我很确定不会是他，他是这里最有名的画家之一。”

Chapter 51

等了足足一个小时海琳娜才敢从洞里出来，此时她确定跟踪者已经走了。他到底是谁？只有再进一步寻找线索才能找到这个问题的答案了。海琳娜必须搞清楚马瑞斯·弗林特的父亲是谁，查出这个人为什么对艾克塞如此重要，那么多钱都被转了过去，转账仍将继续，从过去直到现在，包括以后，这里面一定有什么秘密。

海琳娜加快脚步，朝沿着湖边照亮夜晚的一排彩灯走去，她的呼吸逐渐变得平缓。她有个计划。为了这个计划，海琳娜还给约克西姆的电话答录机留了言，告诉约克西姆现在不能联系她，海琳娜会在适当的时候给他打电话，也叮嘱他不要过于担心。打完电话，海琳娜便把手机扔进了湖里，以防“那些人”追踪到她，不能让“那些人”得逞，她要找到真相。不过在此之前，海琳娜必须先做好必要的准备——确保不会有人认出她。

海琳娜手里拿着个购物篮，站在野外露营地的小商店里。进店之前，她已经竭尽全力掸掉自己身上的沙子，不过衣服仍然皱皱巴巴、脏兮兮的，但海琳娜觉得其实不比周围的野外露营者差哪儿去。这是个水边的露营地，上百辆的旅行拖车停在湖边，对海琳娜而言，这是个改变自己容貌并掩藏自己身份的好地方。

夜色也很好地帮了她，尽管这是个典型的丹麦夏夜，黑夜总是姗姗来迟且无精打采。海琳娜明天就要进城查找档案，她所处的小商店弥漫着懒散的气氛，到处都是穿拖鞋的男人和他们膀大腰圆、手臂被太阳晒得通红的老婆。几乎所有人都是来这里买葡萄酒和啤酒的。海琳娜仔细打量着各种染发剂，她拿起一罐火焰红色的，考虑了很久，最终将一罐正棕色放进购物篮，还选了剪刀、饼干和苹果。年轻的收银女孩脸上毫无表情，这让她想起了布约克，就是海琳娜在基督岛咖啡馆雇佣的那个懒怠的女服务员。

“没别的了吧？”女孩不耐烦地说。

“没了，就是这些。”海琳娜将银行卡放进插卡机并输入密码，显示密码错误，同时机器还发出了响声，这让海琳娜身后排队结账的男士好奇地望了过来。

“我再试一次吧，也许刚才把密码输错了。”海琳娜温和地说。

收银员看了看自己面前的屏幕，然后抬头看着海琳娜，上下打量着她，看起来比刚才清醒多了。

“错误号为43，这说明这张卡被盗了。”收银员说，眼睛紧紧盯着海琳娜。

“这一定是搞错了。”海琳娜说，“我丈夫马上就来了，一会儿用他的卡付账。”海琳娜回到队伍后面。这个年轻女孩犹豫了一下，海琳娜能从她的眼睛里看出犹豫：她要为这起疑似失窃案做什么吗？随后开始为下一位顾客结账，越来越多的客人走了进来，海琳娜的心怦怦狂跳。她站在这家满是夏季露营用品的烦人小店的最后面，等待着，每当女孩抬起头便朝她微笑。她得带着东西从这里出去，海琳娜将身体转向出口，当女孩背过身去，从架子上拿一瓶廉价的伏特加时，海琳娜抓住了机会——她跑了出去，飞快经过那条颜色丑陋的小结账传送带，然后听到女孩喊道：“快拦住她！”

海琳娜又一次跑了起来，飞快向后望了一眼，这次又是一个男人追着她，不过这次追她的男人是个脚穿拖鞋、身材发福的，可以看出这个人追她的动力只有上次那个神秘男子的一半。海琳娜跑到露营接待台后面，几辆旅行拖车的中间，然后很快便从追踪者的视线里消失了。海琳娜放慢速度，开始溜达起来，就像周围那些露营者一样，可实际上内心十分不安，她接下来该怎么办呢？如何才能避人耳目地离开这里？海琳娜朝着游泳区的招牌走过去，迫使自己用很慢的步调行走，这个游泳区离刚才的商店太近了，但她必须试一试。别人能通过头发认出她，还有衣服。海琳娜经过一辆拉起晾衣绳的露营拖车，车里没有人，也许车主去城里逛或者到湖里游泳了，海琳娜飞快地伸出手，从晾衣绳上拿下一条沙黄色的短裤和一件白 T 恤，然后继续朝游泳区走去，游泳区外站着三个聊得眉飞色舞的男人，朝刚刚海琳娜消失的方向指指点点，还好不是朝她现在站着的地方。海琳娜小心翼翼地走进去，以免让他们注意到。趁另一个人出来时，海琳娜从门缝溜了进去，她一直低着头，避免和其他人有视线接触。见鬼，进去游泳要交钱，15 分钟要 5 克朗，可她兜里连个钢镚也没有。海琳娜将自己锁在一间狭窄的厕所隔间里，是弄头发的时候了，她把超市袋子挂在门上的钩子上，迅速拿出剪刀飞快下了刀。一缕头发掉在她脚边的地板上，是很厚的一缕金发。海琳娜转着圈剪，一直剪到耳朵后面，把刘海和额头上的头发都剪了，然后她蹲在洗手间马桶前面，有种难闻的气味。海琳娜按了冲水键，将双手放进马桶，接水将头发浸湿，之后拿出染发剂，她迅速完成了染发过程，并在染发的同时，将地上散落的头发捡起冲进抽水马桶。海琳娜能听到门外的两个女人在谈论着已经有人报了警，警察正在路上。海琳娜脱下脏衣服，然后将头发上的染发剂冲干净，她的手指穿插在湿润的头发间，轻轻抖了抖，然后走了出去，在洗手池彻彻底底地洗了手。海琳娜看着镜中的自己，这是谁？一个在露营地洗手间的女人，一个在逃的女人，一个头上有厕所水，甚至是尿液的小偷，孤零零的一个人。海琳娜想念约克西姆，必须联系他，等到了施克堡，一定要找到一部电话给他打过去，告诉他自己需要帮助。这里的一切都远远超出了海琳娜所能承受的范围，比她想象中的要糟糕太多了。

海琳娜躲在森林里，与露营地保持着比较近的距离，几个小时后，她才敢回去。已经是深夜了，所有人都睡了，对小偷的搜索已经告一段落，警察也已经回去了。海琳娜在一辆露营拖车前的草坪上发现了个被丢下的气垫，她迅速将气垫夹在自己的胳膊下面，回去的路上还从一把躺椅上顺走了一条毛巾，就连海琳娜都对自己娴熟的动作感到惊讶，看起来就好像她已经偷东西、藏东西很多次了。蹑手蹑脚地走回去，海琳娜在森林里找了片空地躺了下来，夜晚是漫长的，海琳娜只能安睡片刻，每过一会儿就会被噩梦惊得坐起。

伴随清晨第一缕曙光来的还有蚊子，海琳娜不得不起身，她双手戒备，走了一圈又一圈，梳理着整件事。海琳娜知道苏贝格集团一直在给圣诞客栈转账，马瑞斯·弗林特坚称有份纸质协议，即使这是真的，海琳娜也不能通过官方渠道找到它。一定不在办公室，失踪前的那个海琳娜已经试图找过那份协议了，被找回的新海琳娜认为这笔转账与 Hirsch 的死有关，海琳娜觉得这份协议与封口费有关，这个秘密能让苏贝格航运瞬间倾覆，弗林特当时就是这么说的吧？大概就是这个意思……但海琳娜要知道得更多，并且要从另一个地方展开调查，回到更从前，马瑞斯·弗林特的父亲是谁？这会是解释这笔转账的另一个线索吗？太阳升了起来，阳光穿过森林里湿润的空气，海琳娜坐了下来，盘腿坐在那个几乎没气的气垫上，时间依然很早，但她知道该从哪里开始了，她要做的只是再等一小会儿，然后去施克堡。

Chapter 52

皮埃尔·克利桑德，约克西姆从写书开始就听过这个名字，这个天才托利桑德满足了艾琳对男人的所有幻想。约克西姆走进市中心宽街的伦德托夫特画廊，这个区域到处都是各种大画廊，后脑勺的阵痛不断提醒着约克西姆昨天喝得实在太多了。房间里满是温暖的光线，墙上摆着各式各样的画……有一些精巧的风景画，约克西姆觉得它们并不是地地道道的图纳画的风格。这上面画的什么？约克西姆靠得更近些，是桦树林？另一幅画上是枝叶茂密的橡树……哎，也许颜色上有什么特别的？要是艾琳能一起来就好了，不过在昨天那件事发生后，这已经不可能了。约克西姆其实也不能理解为什么昨天居然任由她那么做。他们都喝得太多了，艾琳后来就像什么都没发生一样，但约克西姆了解她，拒绝艾琳其实是种重罪，约克西姆从没有逃掉过一次这样的审判。

“如果您有任何问题，我竭诚为您服务。”店员在约克西姆身后说。约克西姆转过身，看着店员，这是个身材十分矮小的男人，就像条宠物狗一样，甚至比它还要更温顺些，此刻正朝约克西姆微笑着。

“这个地方似乎看起来有些特别？”约克西姆伸手指着克利桑德的作品问道。

店员看起来有些惊讶，或者说是困惑："它……它……你大概了解克利桑德的画法吗？"

"毫无了解。"

"这些都是'存有'系列的画，每一幅画都用了转喻的手法。"

约克西姆试图回想转喻到底是什么鬼，他应该知道的，曾经学过这个，实实在在地学过这个词。当时约克西姆还是个青年，读着厚厚的文学概论，但这已经远去了，彻彻底底地想不起来了。好在店员看出他想不起来了，解释着克利桑德是如何地从自然景物中寻找材料作画的，他画中的桦树是用烧焦的树枝画的，上面的彩色是从树叶中提取的，他会从树中提取黄颜料和秋叶中提取色彩，画中的橡树和玫瑰也都是用了同样的画法，树木就是画作的一部分，砍伐并烧至半焦作为木炭色彩绘画，因此这些画作也是自然景物的永生，这种重生，衔接了景色与绘画材料，也连接了实质与形式。

"你想不想要一本详细介绍克利桑德作品的书籍？"身材矮小的店员问。

约克西姆叹了口气，书，又是该死的书，我就想要海琳娜回来，他这样想，但约克西姆依然问了店员，他是否能获得克利桑德的联系方式。

一种拒绝的表情立刻浮现在店员脸上。

"他现在不在国内。"店员说。

约克西姆笑了，他希望自己的笑里不带有敌意："我知道肯定有很多人来这儿找他，但我真的有很重要的事，我是位作家。"约克西姆说。为什么这句话从他嘴里说出来怪怪的？是因为太久没有写作了吗？

"也许我可以在这里留下名字，然后你可以帮带个口信给他？我马上要写一本书，里面打算用位艺术家当主角，我非常希望能采访他。"约克西姆说话时，脸变得通红。他自己都能听出整件事听起来有多假，赶忙又说了说这个文学研究的重要性。

“很抱歉，克利桑德现在不在国内，而且他真的很少接受采访。”

店员的脸色告诉约克西姆，采访是完全不可能的，没什么再值得做的了。约克西姆放弃了，然后走出画廊，朝着国王广场的方向走去。

现在该干吗呢？如何才能找到进一步的线索？约克西姆手上的信息太少了，几乎可以算什么都没有，他这样感觉。约克西姆只有种含糊的怀疑，除此之外再没什么别的了。走近英格兰大酒店时，约克西姆回想起与斯黛拉在酒店房间的那一幕，想起斯黛拉讲述露易斯被困处境时的表情，眼中充满恐惧。这件事很严重，一个杀手晃悠来晃悠去，就像剥貂皮和其他动物皮一样，剥下女人的皮。海琳娜是警察手中唯一的嫌犯，只有约克西姆还在寻找真正的杀手，尽管昨天约克西姆就给斯泊灵提供了信息，告诉了他那个钩子——克利桑德的钩子。约克西姆能够听出当时自己说话的语气有多么卑微，一个过气小作家想控告著名艺术家谋杀。约克西姆从兜里掏出手机，又给海琳娜打了个电话，他本应该让线路保持畅通以便海琳娜主动联系他。海琳娜没有听电话，约克西姆手里拿着手机，失魂落魄地站着，然后搜索了克利桑德的地址。出乎意料的是，地址立刻显示了出来，谁都可以轻而易举地找到克利桑德，他就住在阿马力大街！这简直不能再酷了，并且他的地址离画廊特别近，可以说就在旁边。不过店员刚刚说克利桑德不在国内，约克西姆决定去查查店员说的是否是实话。

站在克利桑德家门口时，约克西姆意识到自己没有任何计划。他在想些什么，很显然不能咣咣敲门然后开始采访克利桑德。也许应该坚持自己在画廊编的谎言。假装马上要创作一本书，对，没有比这更好的借口了，此外约克西姆也希望这次能装得比在画廊时更令人信服。克利桑德全名的缩写贴在门铃上面，约克西姆按了按门铃，没有任何回应。也许他真的外出了？又按了按楼下的按钮，约克西姆等待着。

“您好？”门铃里的声音听起来断断续续的。

“我找克利桑德。”约克西姆说。

“什么？”

“我找皮埃尔·克利桑德。”约克西姆喊道。

没有回音，但片刻后，大门发出了电子开锁的声音。

约克西姆沿着宽阔，擦得闪闪发亮的楼梯走了上去，楼梯扶手被装饰得很漂亮，修剪整齐的植物摆在窗台上。原来富人的生活环境是这样的，约克西姆想，然后突然意识到自己看起来像很久没洗澡了，用手理了理头发，尽管约克西姆很清楚这并没有什么用。克利桑德楼下住户的门开着，一个老女人站在门口，鼻尖上挂着眼镜，灰白色的头发被系在了后面。

“皮埃尔外出了，你可以把他的包裹给我。”老女人说。

约克西姆伸出自己空空的两手。

“我不是来送包裹的，我是位作家，想要写一本关于克利桑德的书，你知道他在哪儿吗？”约克西姆说。

这位女士的脸像刚才那位店员一样变得拒人千里。“如果你不是来送包裹的，那么我不得不请你离开了。”她用没有商量余地的口气说。

约克西姆飞速思考自己还有多少机会，克利桑德的公寓就在楼上，他已经进到楼道了，他能上去，然后闯进去吗？这真的是他要做的吗？

面前的老女人扬起了眉毛。“你还有什么事儿吗？”她冷漠地说。

看起来在约克西姆走出楼道之前，老女人是不打算回自己公寓了，而且她也见过约克西姆了，如果楼上发生了陌生人闯入事件，她能提供十分确切的线索，或许能认出他？约克西姆摇了摇头然后转过身，为自己蠢笨的行为感到懊恼，自己居然想玩儿破门而入的侦探游戏。斯泊灵之前说什么来着？即使在这个个人主义盛行的年代，刑事侦查的工作还是得交给警方。

刚才对这个女人的预判是正确的：她靠着楼梯扶手，眼睛死死盯着约克西姆，想确认他会走出去。

艾琳，约克西姆很清楚地知道，一直都很清楚，艾琳知道关于艺术世界的一切。她能告诉自己关于克利桑德的事，能帮到约克西姆，如果艾琳还愿意再搭理他的话。

艾琳的表情告诉约克西姆，她早就知道约克西姆会来，也许早就在这里等着他了。艾琳站在门口，看起来美极了，柔顺的棕发被打了个宽松的结，歪放在肩膀上，穿着及膝的灰色裙子，没有穿袜子。约克西姆很确定，她裙子里面什么也没穿。

“早上好。”艾琳说。

“嘿，呃……昨天很对不起，我……”约克西姆结结巴巴地说。

慌乱地伸出手，约克西姆感到宿醉感突然又以恶心而反酸的形式回来了。艾琳摇了摇头，无可奈何地转了下眼珠，然后伸出双臂，拥抱了他。

“别放在心上，约克西姆，我又不会吃了你。”艾琳说，“至少以后不会了。”她俏皮地补充了一句，然后欢快地朝约克西姆眨了眨眼，转身走进公寓，约克西姆笨拙地跟在后面。

走进自己曾经居住的公寓感觉很怪异，第一感觉是一切都像以前一样，约克西姆甚至不能在极简的装饰中找出一样新东西，家具都没变，连摆放方式也和以前一样。艾琳的品位很好，这是毋庸置疑的，这是种奢侈的品位，由内而外的丹麦风，然而约克西姆对这里还有家的感觉吗？艾琳优雅地坐在沙发的一边，盘起双腿，看起来放松极了，约克西姆坐在沙发另一边的边缘上，将手放在膝盖上。窗户开了一条缝，外面是小区的院子，孩子们玩耍的声音从窗外传来，艾琳和约克西姆从没得到过自己的孩子。

“哟，木疙瘩，”艾琳说，“怎么了？”

“我想要联系克利桑德，但他不在国内。”约克西姆说。

“啊，对，他在西西里有个艺术居所。”艾琳说，并轻轻地晃了晃头。

艾琳身上一股甜美的新款香水味刺激到了约克西姆，他打量艾琳的脸，艾琳感到失望吗，会觉得自己是为了其他事来找她吗？艾琳继续说：“这实在太疯狂了，约克西姆。我和克利桑德工作过几次，在那期间我感受到克利桑德是个温暖、彬彬有礼，而且很有气质的人，也很聪明，真算得上伟大的艺术家和很好的人。”约克西姆能感受到，艾琳的话就像拳头一样重击着他，艾琳说的这两样约克西姆都没有——伟大的艺术家和很好的人。

艾琳又变回了通常状态下的自己，从双唇之间叹了一口气，然后用食指尖触摸沙发红色的皮革，这个动作十分微小，可以算得上小动作，尽管如此还是引起了约克西姆的注意。艾琳曾和克利桑德在一起吗？想想艾琳和其他男人在一起，这种感觉很奇怪，但当然了，她当然在约克西姆之后和其他男人在一起过。为什么不能是克利桑德呢？

“你有多了解他？”约克西姆小心翼翼地问。

艾琳立刻将双手握起来，思考着约克西姆到底想说什么。“不像你想的那样。”艾琳用辩解的口吻说，“我们只是在一起工作过。”

外面传来球撞击房屋外墙的空洞响声，一位母亲在叫孩子吃饭。

“艾琳，”约克西姆说，朝她转了过去，向她解释了那面镜子，凸出来的镜子，威尼斯风格的装饰，那家铁具厂，那个钩子，以及各种细节，包括他指甲里的血，以及那其实不是血，而是一种从昆虫中提取的，用来做胭脂红专业颜料的酸。艾琳听他讲着，尽管绝大部分的内容她已经在昨天听过了，但约克西姆还是站了起来，在自己无比熟悉、曾踩过无数遍的木地板上来回踱步，讲述着这一切。约克西姆突然意识到他就像讲述自己的事情一样说着这个谜团。

艾琳打断了他。“他是个天才。”艾琳平静地说，“他在很久以前就是了，自从年轻时就是了，也许这是他最了不起的地方，完全配得上青年才俊的称号，你对这个称号也不陌生吧。”艾琳说着做了个鬼脸。

约克西姆叹了口气，低下头。

“与其他年少有为不同的是，克利桑德之后变得越来越有名，作品中的深度是多数当代艺术难以企及的，有多少人都在他的作品前驻足。

“有人还对克利桑德的作品做了专门研究。”艾琳笑着说，“因为作品与自然景物融为一体，从他在艺术学院学习开始他就……”艾琳的话突然停住，有那么一刻她看起来恐惧极了。

“怎么了？”

“没怎么。”

“不对，你刚刚明明要说什么。自从他在艺术学院学习开始就，怎么样了？”

“从那会儿开始，所有人就发现他的才华了。”艾琳缓缓说，这实在太缓慢了。

“你刚才要说的不是这个。”

艾琳笑着说：“我刚刚要说他把其他所有人都比下去了。”艾琳微笑着，可约克西姆知道她在说谎，但也知道追问艾琳也不会有什么进展。

“克利桑德的作品笼罩着神秘色彩。”艾琳说，“他在很多访谈中都提到过这点，说过自己作品的创作过程会超越其他作品创作的局限。所有人当然都想知道其中的奥义，但他的条件是十分明确的：要等他死后，真相才会公之于众。”艾琳说。

约克西姆坐了下来。艾琳对克利桑德的崇拜是显而易见的，很显然虽然他们并没有在一起过，但艾琳十分乐意崇拜他。

约克西姆想到了露易斯，她的尸体被简单粗暴地扔在电梯间的垃圾堆里，约克西姆想着那幅画上的钩子，想着画里的女人扭曲而诡异的面孔，这不仅仅关乎痛苦，也不仅仅关乎恐怖，一定还有其他什么，边界，越界。如果他能接触到克利桑德就好了，艾琳一定知道他在哪儿，也许艾琳可以安排他们见面，如果艾琳愿意的话。她为克利桑德着迷，约克西姆应该利用好这一点。

“艾琳，那个斯泊灵，他觉得我是个疯子。”

“我觉得他的判断是对的。”

“他们的侦查卡在了露易斯尸体上有海琳娜的DNA，我必须找到克利桑德。你知道他现在在哪儿吗？”

艾琳迟疑着：“就像刚才说的，他一定在西西里岛的艺术公寓里，就在锡拉库扎。”

“但你了解他。”约克西姆说。

他身体向前倾，将一只手放在艾琳的膝盖上，同时急切地继续说：“我是可以自己一个人去那里，但你也可以和我一起去。也许我的怀疑是错的，你能和他叙叙旧也没什么不好的，谁知道会发生什么呢……”

“约克西姆，这实在太远了。”艾琳打断他。

“你就说是去那里研究伊特鲁里亚的不就好了，我就只是跟着你，仅此而已，我会安排好其他事，保证不让你掺和到我的……我的调查里。”

“不是伊特鲁里亚，是腓尼基。”艾琳说，然后握住约克西姆的手，从自己膝盖上拿开，跟着又松开他的手，“你的意思是……我要再去机场，站在那里，等你？”

约克西姆感到血液从大脑里往外流，约克西姆害怕她，一直以来都是如此。“我很抱歉，艾琳，那次的事真是太可怕了，我所做的是那么无情。”约克西姆说。

一种得意扬扬的笑容浮现在艾琳脸上：“那次你没有出现在机场时，我还以为是遭遇了事故。我给警察打了电话，他们说失踪不满 48 小时不会受理，然后我给所有的医院打了电话，我突然就崩溃了。”艾琳在约克西姆面前摆弄了下手指头，发出一声清脆的响声，“我当时的举动蠢极了。我当时站在机场歇斯底里地朝电话吼。”艾琳笑着摇了摇头。

“然后我关了手机就去度假，一个人，之后我找回了自己。”

艾琳扬起眉毛，嘴唇紧闭，看起来心满意足，就好像刚刚饱餐了一顿的贪吃猫。约克西姆看着她，等待暴风雨的降临。

“我也不能解释自己为什么突然就能放手了，当时就想放下所有糟糕的过往，你、还有我们糟糕的关系。但我每天早上醒来时都对我们的回忆感恩。”艾琳捏了约克西姆的胳膊一下。外面有个孩子摔了一跤，哭了起来，但约克西姆依然看着艾琳，等待着结尾。

“我愿意和你一起去锡拉库扎。”艾琳一边说，一边点点头，“我并不觉得克利桑德做了你所说的事……这实在太诡异了，但我愿意帮助你找到事情的真相，我也不知道为什么，其实也对他的绘画材料感到好奇，你现在倒是提醒我这点了。”艾琳笑着说。

Chapter 53

她是个糟糕的侦探，海琳娜从市区的博物馆开始调查，走遍了整栋旧房子，和海琳娜一起参观的大多是一大早就起来的退休旅游者，他们努力打发着无聊的时间，想让自己的人生稍微有点儿事干。海琳娜在一具托伦德人的木乃伊尸体前驻足了很久，她知道自己以前见过它，能够认出它来。海琳娜对自己的逆行性失忆症感到有些困惑，虽然完全想不起关于自己的事情，但依然记得除此之外的其他事：历史事件、滑铁卢、第二次世界大战、托伦德人。她看着这张有两千年以上历史的面孔，看起来还是这么活灵活现，如果它突然睁开眼睛然后开始和她讲话，海琳娜一定不会感到惊讶。木乃伊脸上的笑容、传递出的平静，就像这博物馆里其他的展品一样，深深吸引着海琳娜。它当时是被勒死的，在残酷的铁器时代被这样残忍的方式杀害后，它居然还能保持如此平静的神情？也许海琳娜也会以这样的方式死去，到那时她就终于能获得永恒的安宁了。人们是愿意看她死后脸上表现出的解脱，还是生前痛苦的挣扎？这个托伦德人在死后被悬挂，然后被扔到了一个小湖里，很显然，现如今人们还会这么做，依然会用这种有上千年历史的方式。海琳娜的父亲只是延续了这样的传统：对于你不在意的人，只要杀死，扔到湖里就好了。

终于海琳娜的注意力从这具木乃伊身上移开了，她向一位博物馆员工询问起近期的历史记载、报纸以及二战时期的材料，得知自己完全选错了方向，她该去图书馆的。

城市档案被堆在图书馆的最里面，这地方的氛围闲适而安静，架子上放着各种夹子和书籍，从地面一直摆到天花板，房间里还有档案柜、阅览桌、电脑，以及一位正俯身在桌上盯着一张泛黄报纸的白发老人。海琳娜想，这个地方对约克西姆来说再适合不过了。他可以在这里做自己感兴趣的研究。海琳娜感到愧疚，因为自从和她住到一起后，约克西姆便开始在写作上遇到各种障碍，海琳娜一直对这件事耿耿于怀，也许问题出在她身上，毒害了他们的爱情。

当海琳娜走进去后，一个年轻的男性员工从工作桌上抬起头。他有着圆圆的娃娃脸，但鬓角已经有些脱发了。

"有什么能帮到你的吗？"图书馆员工问。

"我想了解圣诞客栈以前的老板。"海琳娜紧张地说。

"你会用我们的搜索系统吗？"

海琳娜紧张地摇了摇头，她之前就在担心这种情况，不知道如果图书馆要求出示身份证件，她该如何应对。海琳娜身上能证明自己身份的，只有那张无法使用的信用卡，并且她完全不想对别人透露自己的名字。不过好在图书馆员工并没有问她叫什么，只是把她带到一台无人使用的电脑前，直接开始教她使用搜索系统。

"绝大多数的文件都可以在网上查到，但也有一些文件只有纸质档案。你可以先搜索圣诞客栈或者客栈老板的名字，如果有什么需要帮助的地方，随时叫我就好。"图书馆员工说。

员工脸上两个深深的酒窝让他看起来岁数更小了，真是个友好又热心的人，不过海琳娜还是在他走回自己办公桌时一直盯着他，想着如果被认出来该怎么办。也许埃蒙德和卡洛琳已经在追踪她了，不，她现在要相信自己变化的容貌。海琳娜在搜索栏输入圣诞客栈，立刻就显示出很多信息，这家客栈已经有超过150年的历史了，海琳娜看着一张张照片，扫读着文件，读到这家客栈获得了国家售酒许可证，当时它还只是个乡村小店，然而并没有什么有价值的信息。海琳娜花了点时间才搞明白如何对时期进行筛选，这样她才能找出这家客栈过去的老板、马瑞斯·弗林特的父亲的名字，不过终于她搜对了，马瑞斯的父亲叫瑞茵豪勒·弗林特。当海琳娜将瑞茵豪勒·弗林特这个名字输进搜索栏后，显示出与之前完全不同的文件。通过原来的剪报可以看出，瑞茵豪勒是个不折不扣的纳粹同党，海琳娜点击一个链接，弹出一篇很长的文章，她飞快地读了起来：二战时期圣诞客栈在德国人中很受欢迎，很显然大家都知道他与德国敌军同流合污，不过这篇文章指出瑞茵豪勒·弗林特在同一时期也参与了抵抗运动。海琳娜感到很奇怪，这两样东西如何能联系到一起呢？她快速阅读了另一篇提及瑞茵豪勒的文章，这篇文章是关于民族奸细思想动机研究的，文章表明奸细的动机是复杂的，有些人是出于个人恩怨，有些人是出于经济原因，还有些人纯粹就是被纳粹洗脑了，就想帮助侵略者。文中把瑞茵豪勒作为典型例子，说还有一部分人帮助敌方的动机不明，一些人指出他与纳粹的合作是为了掩护自己对抵抗运动的支持，而另一些人觉得他是为了偿还赌债，但这些观点都未得到证实。海琳娜又打开其他很多文件，不耐烦地点了又点，突然意识到自己其实应该去翻翻纸质档案。海琳娜犹豫地看着那个工作人员，其实更希望自己不用再和他交谈了。工作人员立刻抬起头，与她有了眼神交流，难道他在留意海琳娜吗？

“你需要帮忙吗？”

“嗯。”海琳娜承认。

工作人员快速走到电脑前，看着屏幕。

“你需要点击这个窗格，这样我就能在系统中看到你的申请，然后我会在档案室找到你需要的文件。”工作人员又补充，“不过你得先登录进去，已经在这里注册了吗？”

海琳娜变得很紧张，现在工作人员会问她的名字了，也许还会要求看她的证件。埃蒙德会因此发现她在这儿吗？卡洛琳呢？

“没注册过。”海琳娜用微弱的声音说。

“啊，不过这也不是什么大问题，很快就能办好。你只需要在这里填写你的名字、邮箱地址、身份证号，然后选一个密码就好。”工作人员一边说着，一边点击按钮。

海琳娜看着这个界面，输入自己的身份证号后会发生什么？其他的什么地方会发现她的踪迹吗？不，她一定要赌一把，海琳娜输入自己的姓名与身份证号，虽然她仍然对这个名字与身份感到陌生，现在只差一个密码了，犹豫了片刻，她输进约克西姆的名字字母，真奇怪，输入约克西姆名字时，海琳娜感到内心久违的平静。现在真的很需要找到一部电话，打给约克西姆，告诉他自己最近发生的一切。

“这就好了，你填得可真快。”工作人员用欢快的语气说，“看起来你要的东西都保存在这栋楼里。”

海琳娜从一堆文件中选出相关的，有些是关于客栈房屋建造的，有些来自一座监狱——国立摩尔凯尔监狱，还有一些是关于战后官司的。海琳娜对最后一类文件格外感兴趣。

“我们一起要找的材料就是这些？”

海琳娜惊讶地看着工作人员，他的意思是她可以跟过去吗？跟着工作人员沿着楼梯走，他们一边走一边聊着，工作人员告诉海琳娜这家档案馆原本是一座旧掩体，是冷战时期的避难所。不一会儿，工作人员打开一扇防火门，带着海琳娜走进一间低矮的、四周都是水泥墙的房间，这房间很容易让人得幽闭恐惧症，到处都是从地面一直延伸到天花板的各种书架。施克堡发生过的所有事，都被记载到了这里，所有被这座城市所遗忘的各类报纸、小册子与公开信，都可以在这里查到。

工作人员的动作很快，立刻指了指一张小桌子："你要找的绝大部分文件都应该在这里。"工作人员还告诉海琳娜如果需要其他文件该如何在电脑上搜索。海琳娜觉得她应该是很久以来唯一一位要查纸质文件的人，所以工作人员十分希望能帮到她。"如果你看完了，随时叫我就好。有些关于监狱的文件有点麻烦，不过我会帮你找出来的。"

"谢谢。"

海琳娜开始阅览文件，最开始的是1929年的地方报纸，里面并没有什么有用的信息……不过她还是被几张老照片吸引了，一些展示那个年代的人的照片，海琳娜看到自己父亲的童年，这些文章是关于贫民窟、孤儿院与禁闭室的。原来艾克塞和威廉是在这样的环境中成长的，他们所处的艰苦贫困环境，也无法被社会保障所覆盖，海琳娜几乎可以从这些报纸中看出她父亲的贪婪从何而来，所有这些特质也被卡洛琳所继承，他们都曾为生存而挣扎。海琳娜叹了口气，把报纸放到一边，然后开始飞快地扫读有关房屋建造的记载，这些文章写了客栈受保护的建筑如何被允许翻修改造，如何被进行了现代化的装修，也没什么值得关注的地方。然后海琳娜打开装有法律官司文件的文件夹，第一页的剪纸上用订书针别了张黑白照片，上面是瑞茵豪勒·弗林特，他当时正值中年，看起来不太高兴，照片照了他的正脸与侧脸，战后对瑞茵豪勒·弗林特的问询记录写在最前面。海琳娜仔仔细细地将它读了一遍，瑞茵豪勒并没有对自己帮助德国敌军的行为与自相矛盾的动机做出什么解释，他保持沉默，甚至都没试图装可怜博取他人同情。事实上瑞茵豪勒帮助了至少三十名抵抗运动的成员，又向纳粹检举了二十名犹太人，他们之中的很多人都惨遭杀害。那些关于他曾经帮助犹太人逃跑的传言，以及掩护抵抗运动成员的行为并没有在战后的审判中帮到他，瑞茵豪勒最终因谋杀与叛国罪被判处死刑，在 1946 年 10 月 8 日的 0 点 33 分于维堡外的屋恩阿勒伦德被执行枪决。海琳娜转向电脑屏幕，搜索了战后的行刑，找到一张网页，上面记载了所有在战后数年因告密通敌罪被判处死刑的人，海琳娜读着日德兰半岛的死刑是如何执行的：死刑犯在月黑风高的夜晚被带到森林里秘密行刑，在哥本哈根，人们为死刑犯建造的执行死刑小房子，同样也是在夜里动手的。海琳娜在一张死刑小房子的照片前停了下来，墙上有各种巨大的皮制带子，这是用来拴住死刑犯的胳膊、腿和脖子，并牢牢扣紧的。

瑞茵豪勒的案子审理期间，他待在监狱里，就是那间国立摩尔凯尔监狱，缺少的文件就是关于这间监狱的，那位年轻的工作人员已经去找了。海琳娜看到档案室的门依旧关着，她试图先消化自己刚刚读到的信息，并将其与父亲的罪行联系到一起——她父亲杀害了威廉 · Hirsch，一个犹太人，父亲的合作伙伴和朋友。海琳娜想象不到自己如何在那样的情境中生存，战争时期，所有平时井然有序的法律和规定都荡然无存。

那个工作人员终于回来了，但两手空空，他抱歉地摊开了双手。“我真是不明白了。那些文件明明应该在这儿啊，可是就是找不到。”

“它们被拿走了吗？”海琳娜问。

“它们一定就在这里的什么地方，除档案馆外，也没有别的地方会放这类文件了。”工作人员说，就好像这一切都是他的错一样。

海琳娜站起身，这样的情况已经发生过太多次了，每次凭借直觉提出问题都是这样，她再也不能用自己的偏执去解释这件事了。那些关于监狱的文件一定存在，这点她很清楚，很显然是什么人把它们拿走了。海琳娜做了个深呼吸，意识到这些文件一定很重要，不然为什么会有人把它们拿走？

“我会再仔细找找的……如果找到，我就给你发邮件？”工作人员说。

海琳娜快速地摇了摇头：“这其实也没什么大不了的。”

“你确定吗？”工作人员的声音听起来有点失望。

“十分感谢你的帮助。”

海琳娜在工作人员没来得及再说什么的时候转过身去，飞快地走出这栋红色砖楼，来到大街上。

海琳娜在斯堪德堡的车站换乘了火车，从施克堡到这里的火车上没有检票员，也许她又变得走运了。海琳娜坐在靠近洗手间的位置，实在太累了，要是能闭上眼睛眯一会儿就好了。几秒后海琳娜睁开眼，一个男人坐在了她的前面，她看向火车上的屏幕，屏幕的最下角显示着时间，就在她想再次闭眼之前，屏幕上显示了自己的照片。海琳娜站了起来，动作有点快，男子有些害怕地看着她。

“你之前去过斯堪德堡吗？”男人问道，海琳娜没搭理他，走到过道上，看着屏幕，现在屏幕上变成了天气预报，马上就要下雨了，不一会儿，她的通缉信息又显示出来：如果有海琳娜·苏贝格的任何信息，请联系……

海琳娜转过身，看到了检票员，来不及躲进洗手间了，并且如果发现她没买票，检票员就会要她的身份信息，而海琳娜身上什么也没有。然后会怎么样呢？然后得说身份证号，海琳娜只知道自己的身份证号。一边想着，海琳娜一边飞速往火车前面走，她被通缉了吗？警察一定对她的失踪感到紧张，她是谋杀案的嫌犯，但如果她在这里被发现……就永远查不到真相了。第二节车厢里坐着几个和她年龄相仿的女人，她们已经坐在那儿一会儿了，她们中的很多人脱下了鞋子，到处摆着饼干、擦手油、杂志与黄油甜饼。

“我能进去吗？”海琳娜微笑着问。

“啊，可以。”其中一个女人说，她把脚从前面的座位上放下来，海琳娜坐了下去，她能听到身后的检票员问：“有刚上车的乘客吗？”她闭上眼睛，像其他人一样把鞋脱了下来。她们是一群小学老师，刚参加了一个教学培训，海琳娜在检票员走近时听着她们的谈话。

“有刚上车的乘客吗？”检票员问，这帮女人继续聊着，检票员走了，但海琳娜不敢抬起头，脑中想着刚上车的乘客，这明明就是她啊。海琳娜现在又走进了谎言的世界里，在发现真相之前，她是不会自己走出来的。

Chapter 54

他们在法兰克福的中转时间十分紧张，不得不从一座航站楼狂奔到另一座航站楼，即使这样，也只是恰好赶上下一班飞机。当班机在亚平宁半岛上空朝着西西里岛飞时，约克西姆感到旅行在这个时代已经变得太便利了。从艾琳身边逃离时，约克西姆花了整整两天才到达基督岛，当时他先是乘坐过夜邮轮到博恩霍尔姆岛，到了古耶之后，他并没有赶上下午前往基督岛的末班渡轮，第二天，他才到达基督岛。但现如今人们只要花几个小时就能轻松抵达西西里。

约克西姆和艾琳在卡塔尼亚降落，机场就在一座岛上，离锡拉库扎很近。艾琳下飞机后直奔租车点，她负责起了一切，这让约克西姆心生感激，但他对艾琳并不是那么有信心。艾琳为什么要做这一切？仅仅是为了帮他？约克西姆实在太了解她了，一定还有什么别的，从一开始艾琳就带着以前不曾有的气场，性格中也多了约克西姆以前不曾了解的一面。摇了摇头，约克西姆不想再去猜测艾琳的心思，转而打开自己的手机，但并没有从海琳娜那里收到任何短信。

“你怎么了？”艾琳从租车点回来时问。

约克西姆本想说些关于海琳娜的事，告诉艾琳自己一直联系不上海琳娜，告诉艾琳，自己很担心。“没什么。”约克西姆最后只说了这几个字。

艾琳笑了："那我们可以走了吗？"

"嗯。"

艾琳将身体靠了过来。"别紧张，木疙瘩。"她小声说。约克西姆能看到她上嘴唇上细小的汗珠，"这是属于我们两个人的旅行，我们在很多年之前本应享受的旅行，我们要抛开一切。"艾琳选了辆带黑色敞篷的运动型轿车，她打开车门坐到了主驾驶座上，身体俯在副驾驶座上方并为约克西姆打开车门。

"赶快进来吧。"艾琳说。

约克西姆感到很奇怪，以前一直是他在开车，艾琳毅然决然地拒绝了所有考驾照的提议，当时她觉得自己不可能去学开车，但现如今的艾琳显然有了另外的想法。约克西姆坐在副驾驶座上，艾琳发动了汽车，然后娴熟地倒了出去，很快就找到了通往南边的公路。他们迎着傍晚的夕阳开，现在依然有 30 摄氏度，不过太阳下山后温度立马就会大跳水，然后陪伴他们的就只有月黑风高的夜晚。他们得花上一个小时的时间才能开到锡拉库扎，约克西姆望着外面被太阳炙烤的、满是灰尘的景色在窗户中飞速闪现又消失，艾琳调高广播里音乐的音量，开得快极了，任由头发在风中飘散。这是个意大利语的广播，带有很多交谈并且喜欢放一切 80 年代的歌曲："你偷走了我的心，你主宰了我的灵魂……"

"你联系了克利桑德吗？"约克西姆在嘈杂的环境中喊道。

"你说什么？"艾琳喊了回来。

"克利桑德！"约克西姆重复。

艾琳伸手关掉了广播，掏出自己的手机，拨了过去，整个过程几乎没让视线离开过前面的路。

"嗨，皮埃尔，我是艾琳·卢特肯，我知道这可能有点儿……"

艾琳的话被打断了，她对着电话听筒听了很久，然后对电话那头报以约克西姆以前从未听到过的大笑。“哎，你知道吗？其实我打给你是因为我正在开往锡拉库扎的路上，你现在就在这里，对不对？”艾琳若无其事地问。

约克西姆朝艾琳那边侧了过去，但完全听不到电话另一头在说什么。艾琳又对着听筒听了很久，脸上一直带着沉醉而痴迷的表情，这让约克西姆很不爽，尽管知道自己没什么权利和原因这么做，但他就是不爽。

“啊，这听起来真是太好了，那我们就这么愉快地决定了。”艾琳说，看了约克西姆一眼，她补充道，“不过我现在不是一个人在路上，还有个同事和我一起，其实也是我前夫啦，但我们这次是出于工作原因一起来的。”

电话那头又说着什么，艾琳高声地笑着。

“好吧，那到时候见了。”艾琳挂断电话后，用温柔的动作把手机放在约克西姆大腿上，“我们明天晚上和他一起吃饭。”她心满意足地说。

“明天？要等到明天晚上？”

艾琳轻轻拍了拍他的大腿。“哎，我说你有没有搞错啊，你明明应该跟我说‘实在是太感谢我亲爱的艾琳小姐了，要不是你，我哪儿有机会接触到世界知名的艺术家呢’。”她用讽刺的口吻说道。

约克西姆并没有反抗，艾琳说得没有错，他靠在椅背上，感到体内躁动不安，想着明天晚上。艾琳把手放在他的大腿上，动作温柔极了。“这样我们也有一个晚上的时间叙旧。”她说。

Chapter 55

海琳娜沿着路走，这条路一直通向那座国家监狱，它是从老式的黄色墙体庄园改造而来的，海琳娜觉得自己所处的位置非常缺乏隐蔽性。她又一次被通缉了，海琳娜·苏贝格，一个永远被人寻找着的女人，一个永远无法获得安宁的女人，她的处境一直都是这样。海琳娜环顾四周，看着周围巨大的草坪，它被修护得就像高尔夫球场的草地一样，海琳娜在停车场停了下来，在很多斯柯达与雪铁龙轿车之中寻找最贵的那辆。在这个金钱与地位无处不在的时代，监狱长一定开着最贵的那辆车。海琳娜继续寻找着过去的自己，那个无时无刻不在紧紧盯着每一分钱的自己，这让她感到有些害怕，自己其实并不想成为这样的人。也许约克西姆为了鼓励她而说的那些傻话是有道理的：一个人总要找到让自己成长的地方，和能让你释放自己积极情绪的人待在一起。苏贝格——这个既是企业又是家族的称号——并不能激发出她最好的状态，而是最坏的，海琳娜能感受到关于苏贝格的一切都围绕着金钱与权力。在二战前，海琳娜父亲的事业刚起步时，他便拼尽全力生存下去，他经历过极度的贫困，完全被排除在社保体系之外，这当然会让人感到绝望。海琳娜父亲的财富逐渐积累起来之后，他并没有放松下来，反而更加贪婪地索取自己其实用不到的财富，卡洛琳与埃蒙德也是这样。海琳娜想她父亲死之前是否意识到了这一点：如果一个人所拥有的只有钱，那么他反而是极度贫穷的。

刚刚在开往霍森斯的火车上，海琳娜一直坐在那里听着那几个学校老师谈论着她们的培训。海琳娜全程闭着眼睛，想着自己如何才能接触到监狱的档案，肯定不能径直走进去然后要求看他们的档案，作为一个被通缉的女人，这显然是荒唐的，可说自己要做个正式的调研也是行不通的，至少这整个流程会花费太多的时间，海琳娜需要另寻出路。看着那些汽车，海琳娜觉得没有一辆能脱颖而出，直到她看到离监狱入口最近的那个停车位，车位上停着一辆满是灰尘的黑色福特车，这个车位是专门为监狱长留着的，现在要做的只有等待了。刚才的舟车劳顿让海琳娜的双腿疲惫不堪，她坐在监狱长的车和旁边一辆银灰色菲亚特车之间，不久后有个男人走过，好在他没有往她的方向看。海琳娜没戴手表，但现在一定已经是下午了，监狱长什么时候才会下班呢？靠着身后的汽车，海琳娜等待着，脑子里想着约克西姆，想着他依然爱着自己。越来越多的人走过，或是走进监狱，或是从监狱里出来，没人注意到她，终于，他出现了，一个身穿西装，手臂夹着皮制公文包的男人走了过来。他一边走着，一边疲惫地解着领带，快速走着，然后突然充满戒备地停了下来。

“我叫海琳娜·苏贝格。”海琳娜一边斩钉截铁地说，一边伸出手，她的动作努力展示着与生俱来的上层社会身份。

海琳娜在之前就感受过自己姓氏的威力，希望这种威力依然能奏效，尽管她现在的打扮和一个普通人没什么两样。监狱长站在那里没动，并没有去握她的手。

“苏贝格？”他狐疑地锁紧了眉毛。

海琳娜不抱希望地递过自己的信用卡，无所谓地耸了耸肩，想让自己看起来很放松。她尽力让自己站得笔直，展示出轻松的气场。监狱长上下打量着她，海琳娜直视着他的目光，并没有眨眼。

“海琳娜·苏贝格已经被通缉了，她的家人说她又一次失忆了。”监狱长说。

“并不是这样的，实际上我在躲着的正是他们。”海琳娜干巴巴地说，她的内心在颤抖，原来这就是他们编的故事。

“我为什么要相信你？”监狱长清醒地问。

“你知道苏贝格家族是很强大的，每天都有上亿资金在流动。我受到威胁的原因在于坚持要找出很多年前的一起谋杀案的真相，我父亲杀了一个人。”

海琳娜停了下来，观察着监狱长，等待着，他的眼里闪着什么，犹豫、好奇。海琳娜吸引了他的注意力，这是个不错的开始。

“我是从施克堡的地区档案馆过来的，有份档案丢失了，这份档案记录着一个在第二次世界大战后被判处死刑的告密者，当时他就被关在这座监狱里。我觉得他是我父亲犯罪的证人，那份档案的丢失并不是个巧合。”

监狱长眯起眼睛，用自己的老本行审视着她，他整天都在判断一个人是否说了实话。海琳娜努力让自己保持镇静与坚定，又补充了一些，解释着整个案件，告诉监狱长 Hirsch 的死，努力用细节来说服他。故事出彩于细节——这是约克西姆一直在说的，圣诞客栈、马瑞斯·弗林特，这些算细节吗？海琳娜讲述着那份消失的合同，但能感觉到这些并没有奏效，她整个身体颤抖着，不知道自己该说些什么，知道自己离令人信服还差得太远。海琳娜向后退了一步，感到胃里一阵恶心，同时还感到疲惫与不安，她总是遇到瓶颈，让监狱长相信她的想法实在太蠢了。

监狱长打开了车门，但并没有坐进去。“我之前在一次宴会上遇到过海琳娜·苏贝格，就坐在她旁边。”监狱长缓缓说道，“这是很久以前的事了，大概十年前吧。那是个市政厅的宴会。”

他的话令海琳娜吓了一跳，她再次看着这个监狱长，仔细观察着监狱长脸上所有的细节，他的眼皮很重，眼神带着轻蔑。她绝望地挖掘着自己的记忆，想不起来他，海琳娜诚实地摇了摇头。

“实际上我的记忆并不是很好，这是真的。”海琳娜低声说。

“她在宴会上令人厌烦。”监狱长直言不讳。

他径直注视着海琳娜的眼睛，然后继续说：“大家都知道我很厌恶皇室家族、上层贵族，以及像苏贝格家族这样的富裕阶层，我在左翼家庭里成长，我的很多社会评论冒犯了这些阶层。与海琳娜·苏贝格的会面实在是太令人不爽了，如果你真的是她，我为什么要帮助你呢？”

“如果我曾经冒犯过你，我非常抱歉。”海琳娜温顺地说。

“你当时嘲讽了我。”监狱长说。

之后是很长的沉默，海琳娜完全想不起任何关于面前这个男人的事情，也完全不知道自己该说些什么，还要向他证明自己的确是那个令他蔑视的女人——这真是个令人绝望的任务。

“我知道就是你，我能认出你。”监狱长小声说，“你的头发虽然变了，但你的眼睛……”

海琳娜屏住呼吸，感到不安的情绪在刺痛着自己的身体。

“你当初认识的……那个女人……那个海琳娜，其实我也不了解她，那不再是现在的我了。我真的很需要帮助，我必须找到那些消失的档案……有人想隐藏我父亲犯下的罪行。”海琳娜屏住呼吸地说，双手握在一起。

“每一份财富都建立在罪行之上，我父亲在我还是一个男孩的时候就是这么教导我的，直到我发现其中的道理后才对此深信不疑。”监狱长看着监狱方向说。

“谢谢你能相信我。”海琳娜小声说。

监狱长耸了耸肩膀，转过身，镇定地朝那栋黄色的建筑走去：“我不能给你看里面的机密文件。”

“当然不能了。”海琳娜说，不知道自己这么说到底想表达什么。海琳娜跟在监狱长后面，门口的守卫朝他们点了点头，什么也没问。监狱的门随着一声经典的电子音打开了，这是个短促而沉重的响声，海琳娜跟他走了进去，门关上的那一刻，她意识到，也许自己走进了一个陷阱。

这是座老式监狱，过道的两侧是监狱隔间，监狱官员可以很清楚地看到隔间里的情况。一些犯人站在一起，看着隔离电网后面的监狱长和海琳娜，有人吹着口哨，但很可能是这样的环境要求他们这么做。海琳娜不由自主地看着他们的脸，她见过他们所有人，在档案馆，在那些20年代的报纸上，这里的犯人属于过去，他们没有被判处死刑，也许海琳娜的父亲曾担心过自己会和这里的人有一样的结局。监狱长带海琳娜来到自己的办公室，里面干净整洁，可以说是舒适的，墙上挂着《单车失窃记》的电影海报，这对海琳娜而言并没有什么意义。她一直做好监狱长诓骗她到这里的准备，也许他会突然锁门把海琳娜扣住。海琳娜想了想：如果自己在这里度过余生会怎样？她的父亲会作何感想？他曾竭尽全力脱离贫穷的泥潭，宁可把别人杀死，力保自己不会回到贫民窟，而现在……他的亲生女儿，他的女儿在这里，正处在他恐惧的正中心。

“我的秘书今天不在，不过，呃……你想喝咖啡吗？”

“谢谢。”

海琳娜站在房间正中，身后是傍晚的夕阳，一只苍蝇懒洋洋地在窗框嗡嗡作响，她坐在柔软的椅子上，正对着对面监狱长的高背办公椅。监狱长去走廊的尽头找档案了，海琳娜能听到他用力打开又合上一个个档案抽屉，这一切可真够麻烦的，希望他不要放弃。海琳娜的目光落在写字桌上的一摞文件上，扫了眼上面的文件，这是有关明天释放的犯人的，研森·布林克，根据刑法第28条，他被裁定为经济罪犯。海琳娜不由自主地继续读着，总感觉这和自己有关，这一切都关乎所得与所失的，海琳娜想到露易斯·安德森，想着约克西姆曾说的话，露易斯做那些事是为了最基本的生存，她让别人抽打，让别人伤害自己。埃蒙德和卡洛琳，以及那惨遭谋杀的Hirsch，他们也在海琳娜的脑海中转来转去，研森·布林克的故事与这些人有着千丝万缕的联系，在养父母家庭成长，15岁时便犯了罪，之后又犯下无数罪行，最近一次犯罪是闯入了足球明星的私人别墅，研森·布林克偷了一些艺术品以及两把布约·摩恩森设计的高级座椅。他在丹麦与德国的边界被抓获，因为当时他右侧的后车灯坏了，被警察叫停进行例行检查，也是个不走运的人。海琳娜希望明早被释放以后，他能有好一点的运气。

“我们来看看这个吧。”监狱长说，他坐在桌子的另一边，然后开始迫切地读着手里的文件。

海琳娜伸长脖子，想自己去读它们，但监狱长在桌子的另一侧拿着文件。监狱长聚精会神地皱起了眉毛，翻动一张又一张的文件时，嘴里不时嘟囔着什么。

“也许……”监狱长说着把文件递给海琳娜，她的眼神飞快地扫过文件，并没有看到什么有价值的东西，直到有个名字突然映入眼帘——艾克塞·苏贝格。她的父亲曾在监狱里探望过瑞茵豪勒，一共在一天之内探监过两次，1946年10月5日，就在瑞茵豪勒被枪决的前几天。在最后一次探监中，艾克塞·苏贝格并不是一个人来的，在她父亲名字的旁边还有一个名字——罗伯特·伦克斯特，他是一位律师。

Chapter 56

他们缓缓驶过锡拉库扎，约克西姆拿着地图指路，将他们引到一座桥，这座桥连接着一个小岛，城市的旅游中心就在岛上。只有得到特别许可的车辆才可以开到岛上，于是艾琳和约克西姆停下来，拿起包徒步走过桥，尽管已经天黑很久了，街上依然人来人往。路上最多的是游客，这些人既有素质又钱包鼓鼓，让约克西姆有点不爽。

“我们是不是该找家酒店？真想痛痛快快地洗个澡。”艾琳说。

他们看了一家又一家的酒店，但碰到的都是拒绝，“没有空房了”“已经满了”，这实在太令人绝望了，正值旺季，所有的房间都被预订了。终于，他们在一家小酒店找到了一间没被订出去的房间，约克西姆和艾琳完全没去考虑他们现在是否能睡在同一张床上，实在太累了，也太担心再去其他地方找不到空着的房间了，如果这样他们就只能睡在海滩或者公园的长椅上。

进入房间后，一股尘土味扑面而来，一张中间凹陷下去的双人床几乎占据了整个房间，天花板上红白相间的壁纸已经有些脱皮，但这也另有一番乡村风格的魅力。艾琳并没有抱怨，而是打开玻璃门走到非常狭小的阳台上，将身体靠在黑色铁栏杆上，约克西姆站在后面，他们面前是极具魅力的、松石蓝的大海，约克西姆从未见过大海的颜色如此饱满。海浪有节奏地拍打着岛上的悬崖，在酒店与大海之间只夹着一条狭窄的街道，约克西姆感到无比平静。在这一刻，他的身边似乎只有大海、海浪声与海风的气息，他多么希望海琳娜也在这里。当艾琳走到外面去找走廊里的公用洗手间时，约克西姆一直站在那里。艾琳很快便回来了，兴奋地讲着当她打开淋浴喷头时，发现有只蟑螂跳进了水槽。约克西姆看着艾琳，她一边说着一边整理着自己的头发。难道这世上就没有什么会让艾琳惊慌失措吗？艾琳真正的人生方向是什么？她想要做什么，梦想成为什么样的人？她站起来，甩了甩头发，让它呈漂亮的偏分，这让艾琳看起来……呃？其实还挺想让人亲近的。艾琳穿着一条紧身的黑色裙子，一双平底深棕色皮制凉鞋，几乎可以算拖鞋，上面装点上了很多不同色调的珍珠。

“我们可以出去吃饭了吗？”

晚餐在一种似曾相识的氛围中进行，给人一种说不出的奇怪感，他们漫无目的地聊着，好像什么都聊了，而又好像什么也没聊，没有一句是关于他们在一起的往事，也没有关于克利桑德、谋杀或是海琳娜的。约克西姆其实也不想谈这些，抛开这些对他而言是一种解脱，就让葡萄酒充分发挥它的功能吧，甩掉那些烦人的忧心忡忡，好好享受这一切。在晚餐的某些时刻，约克西姆变得有些不由自主，他想着艾琳，想着她为什么会在这里，这里面一定有什么……那天他们在咖啡馆碰面时，她好像说了什么……

“木疙瘩？”艾琳说，约克西姆抬起头，“今天晚上就别想太多了，好吗？”

晚餐后，他们手挽手在酒店后面散步，艾琳靠在他身上，说起了胡话。回到房间后，艾琳掏出一包烟，并在阳台上慢慢抽了起来，完全陶醉其中。

“你也要来一根吗？”艾琳笑着问，约克西姆摇了摇头，他坐在床的边缘，觉得自己处在一个奇怪而又令人放松的环境中。要让局势继续这样发展下去吗？这种感觉有些不对劲，一种负罪感油然而生。

艾琳熄灭烟蒂，懒洋洋地伸了个懒腰。“我觉得我差不多该睡了。”艾琳用略带沙哑的嗓音说。

艾琳的话就好像火苗，点燃了约克西姆的内心，他一声不吭地坐着，感到床垫在艾琳躺下的时候陷了下去，片刻后，便听到艾琳沉重的呼吸声。约克西姆侧躺着，看着艾琳，第一次见面时，她的声音便像现在这般沙哑。记忆突然清晰地浮现在约克西姆眼前，那是在一次聚会，他们是那么得年轻，他是那么得傻，当时正为自己第一部书的畅销感到忘乎所以。艾琳整个晚上都围绕在约克西姆身边，用尽一切办法想吸引他的注意力，但他当时对艾琳并不来电，几乎在刚看到她的那一刻便拒绝了。他觉得艾琳身材太矮小，太瘦，也太过认真了。约克西姆本想和一些大胸妹搭讪，但艾琳说了些什么，令约克西姆第一次留意到了她沙哑而性感的嗓音，如电流一般穿过他的心房，约克西姆朝艾琳望过去，然后艾琳带他回到自己的卧室。艾琳的房间与约克西姆在新建宿舍楼底层的小公寓截然不同，没有他公寓里那股挥之不去的塑料画味。艾琳的公寓奢华而宽敞，就在皇家剧院的后面，安徒生曾经就住在她公寓前面的白砖建筑里，上面镶嵌的金属牌展示着它悠久的历史。艾琳的浴室里有个经典欧式浴缸，浴缸主体被四个小金属架托了起来，她当时刚开始在艺术学院的生涯，她还有些害羞地向约克西姆展示了她的拼贴画作品。约克西姆坐在艾琳铺好的床上，床上厚重的床罩是她在大马士革买的，艾琳一直都是这样：她的所有东西都有着与众不同的来历，这件床罩是她从戈兰高地的苏菲家族那里买到的，这个家族还邀请她参加一场隐秘的精神修行，他们通过舞蹈让灵魂得到净化，从而感受到安拉。约克西姆到现在还记得艾琳的各式东西，它们令他感到自己的眼睛不够用。艾琳有洛克公司生产的老式储帽盒，洛克是世界上历史最悠久的制帽商，总部在伦敦，还有角落里放着的那把破旧不堪的长腿椅，是由红色皮革与暗色竹子做的，艾琳坚称它是被萨拉·贝尔纳用过的，不过这些都是艾琳后来才告诉他的。今天属于他们两个人的晚上，才刚刚开始，约克西姆只是坐在那里，不太知道自己该说什么，当沉默变得让人有些难以忍受时，艾琳打开了音乐。她的双肩有棱有角，从纤薄的女士衬衫中凸显出来。然后她突然转过身，用优雅的动作迅速将衣服脱下。

“我的身材怎么样？”艾琳说。

又是这沙哑的嗓音，约克西姆目不转睛地看着，望得出神，贪婪地吸收着这一切，看着艾琳纤细而紧致的大腿，她深色的头发散落在两腿之间，胸部只能显现出大致的轮廓，但颜色美极了。约克西姆仍然不知道自己该做什么，艾琳一定已经读懂他的心思了，并没有将约克西姆的沉默理解为拒绝，而是直接上前亲吻了他，然后坐在他的大腿上，双腿分别放在他大腿两侧，握住他的一只手，并将其放在自己的腿上。

“靠近我。”艾琳用沙哑而带有喘息声的嗓音说道。

约克西姆将手放在艾琳温暖的大腿上，感到自己慢慢膨胀并在裤子中有些疼痛。艾琳朝他压了过来，迫不及待地发出声音，然后约克西姆意识到了，自己并没有什么好害怕的，他们两人的欲望并没有什么不同。“她一定和我一样，我们都想要对方。”这种新想法穿过大脑，令他感受到一种从未发觉的安全感，这种感觉突然被释放出来，令他想随心所欲。约克西姆的手握住艾琳的脖颈，让她的脸与自己的贴得更近，用一种全新的感觉吻着她……一种炽烈的感觉。与此同时，他将一只，然后是两只手指伸进艾琳的身体，她前后晃动着，接受着他，肌肉变得紧绷。约克西姆放开艾琳的脖子，她用双臂环抱着约克西姆，他们的吻十分绵长，似乎永远不会结束。他们赤裸地抱着对方，这种感觉令两人醉生梦死。约克西姆将手放在艾琳的胯部，随着她的身体，时而向前向后，时而向上向下地移动着。艾琳的嘴唇一刻也没离开约克西姆的嘴唇，回应着，与他唇齿交融。约克西姆的下身紧绷，很想释放自己，想将裤子脱下，与艾琳真正在一起。艾琳将一只手放在自己的双腿之间，抚摸着自己，她的胯部固定着不动，约克西姆想前后移动，但被艾琳阻止了，她的嘴依然张得很大，嘴唇靠近约克西姆。按捺住性子，约克西姆坐着不动，下身抵着裤子，他能感受到艾琳大腿肌肉的紧绷，感受到她的手指。等待着，但约克西姆并不知道自己在等什么，突然艾琳松懈了下来，大腿肌肉不再紧绷，她再一次前后移动着自己的胯部，亲吻着约克西姆，然后突然将头向后靠，发出一声轻微的呻吟声，几乎可以算是沙哑的喘息。约克西姆释放了自己，他以前从没体验过用这种方式释放自己，当一个女人足够兴奋时，即使没有最直接的接触，她也能让男人感到醉生梦死。

艾琳在浴室冲洗着约克西姆的裤子，并将它晾在烘干加热器上，这让约克西姆有借口一整晚都留在这间旅馆里，也可以成为明天留下的借口。他们曾经同床共枕过那么多次，但这是约克西姆第一次好好去思考这件事。为什么？因为他们之间又有了化学反应，并不像之前那么多次那样只是例行公事？约克西姆能感受到自己体内的欲望，他想叫醒艾琳，想要亲吻她，对此艾琳不会拒绝的。这件事绝不能让海琳娜知道，这只是个偶然，是他和艾琳之间最后一次的和解与告别。约克西姆翻身躺到床的一边，看着墙皮有些脱落的天花板，壁纸的最上面松动了，所有事情都乱了，包括约克西姆自己。他叹了口气，感到自己体内的欲望蠢蠢欲动，生理需求令他躁动不安。

Chapter 57

海琳娜坐在出租车里，等在那栋黄色监狱楼外，尽管已经日上三竿，晨雾依然没有减弱的迹象。海琳娜在昨晚得到了充分的休息，她在凯尔的沙发上待了一夜。当海琳娜的秘书打开门时，她看起来吓了一大跳，凯尔·舒尔茨，全施克堡只有她一个人叫这个名字。海琳娜进凯尔家后，向她解释了发生的事，告诉她自己需要一个地方休息，并且现在所做的一切都是为了公司的未来，还告诉凯尔现在自己唯一能信赖的人就是她。海琳娜的这些话打消了凯尔心中的不安，海琳娜可以看到凯尔在厨房里时，她的身体由于放松，逐渐舒展起来，看上去高了好几厘米。凯尔烤了带谷粒的白面包，并沏了绿茶，海琳娜此刻才意识到，自己之前从未称赞过凯尔，以前的那个海琳娜，几乎从没对凯尔说过一句好话。

海琳娜不耐烦地盯着监狱紧闭的门，都到现在了，还没有谁带着今天被释放的研森·布林克出来。出租车司机在前座翻着报纸，纸张发出刺啦刺啦的摩擦声，出租车已经熄火了，但计价器依然开着。海琳娜身上的钱是凯尔给她的，整个过程没太大困难，看起来员工并没有收到关于海琳娜的任何警告，要求他们不要给海琳娜钱之类的，他们似乎都没有从其他地方听到关于她的任何消息，除了电视、报刊上报道过的信息。

海琳娜又看了眼监狱，在脑中梳理了自己的计划。整个计划充满了漏洞，但她没有比这更好的办法了。事实上研森·布林克是这个计划最关键的一环，过不了多久，门就会开了，研森·布林克会走出来，在六个月的监禁后重获自由。海琳娜昨天在不经意间碰巧在办公室看到了他的释放文件，当时监狱长没有留意。有些时候巧合能成为一个可怜人绝地反击的关键。

终于，这栋老式黄色庄园外围的围栏打开了，一个男人走了出来。他身材矮小而结实，头发有些稀疏，而且脏兮兮的，手里拿着个运动包，身穿黑色运动裤和一件有点太大、洗得还有些褪色的带帽子的毛衣。海琳娜认得这张脸，和文件上的照片一样，站在前门台阶上的正是研森·布林克。研森·布林克并没有表现出喜悦之情。他来到停车场，看起来有些心神不定。也许在等什么人。海琳娜打开出租车门，快步走向他。

“研森？”她问。

“你是监狱服务中心的吗？我不是说了我不坐车走。”研森·布林克暴躁地说。

他环顾四周，在找停车场上的什么东西或者什么人吗？那个一会儿来接他的人，也许已经在来这里的路上了，还是说他们不小心把他给忘了？海琳娜还有很多事要做，又向前走了一步。

“不，我不是监狱服务中心的，不过我是来这儿接你的。”海琳娜说。

“你到底是谁？”研森·布林克狐疑地问。

研森·布林克的话突然提醒了海琳娜，此刻站在自己面前的是个不折不扣的罪犯，他犯下过无数罪行，也许是个危险的人，而现在海琳娜想让他和自己一起乘出租车。海琳娜能相信的只有自己的直觉，研森·布林克的气质给她的第一感觉是……不，他并不是个危险的人，不是那种坏人。

“你不认识我，但我来找你是因为我需要你的帮助。我有份工作给你。”海琳娜低声说。

“你该不会在逗我吧？”研森·布林克轻蔑地问。

“我知道以这样一种方式出现在你面前实在挺奇怪的，但还是希望你能跟我一起上车，在路上我可以向你解释所有事。”海琳娜小声说，但语气坚定。

研森·布林克站了一小会儿，又一次扫了眼停车场，显然他觉得会有人来这里接他，但这个人并没有出现。海琳娜可真走运。

“你能带我去霍森斯吗？”他一边说，一边不在乎地耸了耸肩。

“我们先找个安静的地方好好坐下来聊聊。地方随你挑，只要能给我个机会，向你解释我需要你帮我做什么就好，然后我可以送你去霍森斯。”

“高速路环岛附近有家咖啡馆。”他一边嘟囔，一边坐进了车里，然后补充，“他们做的肉酱配土豆好吃极了。”

当他们在车里时，海琳娜想着自己的计划，她昨天一整晚都在考虑它。海琳娜查过那个叫罗伯特·伦克斯特的律师，就是那个当初和他父亲一起去监狱探望瑞茵豪勒·弗林特的人，罗伯特·伦克斯特当然已经不在了，但他的公司还在，这家公司叫伦克斯特索恩，就在施克堡。海琳娜曾让凯尔打电话过去，以凯尔的名义查找那份每年给马瑞斯·弗林特汇款的合同，但海琳娜已经很清楚结果会是怎样的了。这份协议是由老苏贝格草拟，上面带有保密条款，都是按照程序走的，没什么破绽，像这样的保密合同在商业社会里再常见不过了，这种合同只有律师才有权接触。

终于，他们来到了咖啡馆，海琳娜说话时，手紧张地捏着桌上破旧的红桌布，研森·布林克吃着新鲜出炉的薯条，狼吞虎咽，仅用三大口便吞下了一个松软的汉堡，很可惜肉酱配土豆已经卖完了。海琳娜小酌了一口橙味苏打水，紧张情绪令她有点恶心，只是这是她唯一能喝的。海琳娜并没有说出所有事情，但讲了最重要的部分，告诉研森·布林克协议就在律师办公室里，由于特殊条款，这份协议并不可能给别人看，即便是自己亲生父亲签署的也不可能。“唯一的机会便是亲自拿到这份文件。”海琳娜说。

“这份文件为什么这么重要？”研森头也不抬地一边吞咽着，一边说。

海琳娜耸了耸肩。

“这你没必要知道。”海琳娜谨慎地说，“这份协议对我很重要，并且我愿意付钱来拿到它，这不就足够了？”

“那我又怎么知道自己是否能得到你说的那笔钱，你甚至都不能证明自己真是苏贝格家族的成员。”研森·布林克怀疑地说。

“你现在就能得到定金，这样就能相信了吧。”

钱就放在他们两人之间，海琳娜的手重重地放在那沓崭新的千元钞票上。

“我也需要相信你。”海琳娜用略带反抗的语气说，“其实你也能带着这些钱一走了之，我又怎么才能确认你会履行我们双方的协议呢？”

沉默，两个人大眼瞪小眼地看着对方，这好像是一场比谁先眨眼的较量。

“我当然会履行我的承诺了。”研森有些不满地说。

海琳娜将手从钞票上拿开，研森的手快速地伸上前去，拿走了全部的钱，他们达成了协议。

研森接管了这个任务，这对海琳娜来说是个不小的解脱，毕竟他是个偷盗专家，并且很清楚自己老本行的全部流程。海琳娜的任务只有一个：买个手机，里面带有厂家赠送的电话卡，用这部手机给研森·布林克发个短信。研森·布林克特别叮嘱她，绝不可以用这部手机干别的，然后只要等进一步的短信通知碰面的时间地点就好。

海琳娜在施克堡转来转去，坐在长椅上，躲避着他人的目光。她一想到自己可能被认出来和即将闯入一家律所，心脏便怦怦狂跳。她在一家咖啡馆的报纸上看到了关于自己的故事，讲述着富商的女儿拥有这一切，却失去了神志，这篇文章引用了埃蒙德的话，这个男人在寻找自己的妻子，还配了一张带有孩子们的老照片，他们看起来幼小而无助。海琳娜的泪水夺眶而出，孩子们是那么得幼小而无助，现在在伦敦和一个非亲非故的年轻女孩待在一起，他们本应待在家里，和他们的母亲待在一起。

终于等到了短信，海琳娜要在10点半在律帅办公室所在的楼前和研森·布林克碰面。海琳娜闭上眼睛，感到一阵眩晕，然后她睁开眼睛，对着眼前的空气看得出神，这一切给人的感觉是那么不真实，而同时又的确真实存在着。一定要做点什么，她父亲的秘密不能再隐藏了。

消磨着时间，夜幕降临了，海琳娜提前出发。这条街道似乎被废弃了，海琳娜的步伐变得越来越慢。她该在哪里等着呢？突然，研森出现在了她身后，紧紧抓住她的胳膊，把她拉进一个后院，拉进一个黑暗的角落，递过来一个黑色的针织帽，海琳娜疑惑地接了过去。

“现在你要好好听着我们的计划。”研森·布林克低声耳语，“楼里面有避不开的警报，我们能进到主楼，来到办公室大门，但进到办公室里，警报就会响起，在保安赶来之前，我们最多只有10分钟的时间，懂吗？”

“我们？”海琳娜问。

“对，你得和我一起进去，我们一个人望风，一个人行动，我哥哥就在河边等着，最后从河边那条路离开。

“其实不需要我也能进去吧？”海琳娜抗议。

她本以为自己只要在外面等着，然后拿过那份协议就好了。她怎么能闯进私人办公室呢？

“听着，的确参与的人越多，出状况的风险就越大，但我们没法带其他人进去。我能相信的人只有我哥哥，并且我们需要一个带我们逃跑的人，所以你必须亲力亲为，不然这事儿压根就没法做，明白吗？”

海琳娜把嘴边的话又咽了回去，然后缓慢地点点头。

“好。”研森·布林克说，“哎，即使我剪掉电线也没法阻止警报响起，因为它的电池能维持整整24小时。所以一进去就要快速行动，明白吗？”

海琳娜又只是点了点头，有点被眼前的情况吓到。

“不过好事是办公室在最上面的五楼，并且有个通往后院的楼梯，只有一个保安，所以当他上来时，只能在前楼梯和后楼梯里选一个走，我们下去时就沿着他没走的楼梯。”

研森的脸上浮现出满意的神情，他看了看手表，然后招手示意海琳娜过来。海琳娜茫然地跟在后面，他们很快便穿过那条寂静的街道。从商店小偷到破门而入的窃贼，海琳娜的父亲当时也是这么一步一步走的吗？这是一种犯罪路径：一个人一开始只偷了苹果和染发剂，然后开始破门而入，直到最后犯下谋杀罪。

研森将一个和海琳娜相似的帽子套在脸上，海琳娜现在仍把它拿在手里，但很快也将帽子戴了上去。这玩意儿戴上后有股酸味，海琳娜在想之前是谁戴过它。研森在上锁的主楼门前停了下来，快速看了看四周，然后开始助跑，狠狠踹门，海琳娜害怕地向后退，研森又踹了一脚。他并不是个技术娴熟的小偷，也许这正是他被抓住那么多次的原因。海琳娜想自己要不要逃走，不过在研森踹了第四次后，门开了，他快速顺着门缝走了进去，海琳娜跟在后面。踉跄地上了台阶，研森拿着个手电筒，手电筒光圈试探性地沿着台阶向上，海琳娜在他们到三楼前便开始屏住呼吸，并且有点跟不上了，到五楼的门前海琳娜才再次找到研森。黄铜牌子上写着“伦克斯特索恩律师事务所”。

“记住，我们只有10分钟，你知道协议在哪儿吗？”研森一脸严肃地说。

“不，不过……”

研森打断海琳娜：“我在外面望风，你去找协议，这是最有效率的方案。你最知道要找的东西是什么。”研森的话斩钉截铁，他重复，“10分钟，准备好了吗？”

不过海琳娜还没来得及回答，研森便开始助跑了，这次他只用力踢了一次便踹开了门。

警报瞬间响了起来，响得尖锐而有节奏。

“进去，赶快进去啊！真见鬼！”研森喊。

他推了海琳娜后背一把，海琳娜在门槛上绊了一下，心脏狂跳，汗水顺着帽檐一直流到眼睛里，根本不能在漆黑一片的房间里找到方向，然后她身边出现了光线，回头看着研森，他脸上戴着黑色面具，充满鼓励地点了点头。

“这无所谓，我们尽管打开灯好了，已经触动了警报，只要不被人记住面孔就好。我们得赶快出去，赶紧开始找。”

研森站在窗边背对着海琳娜，她茫然地站在那里片刻，然后挺起身板，现在要分秒必争。海琳娜将注意力集中在那几个档案柜上，它们盖住了整整一面墙，海琳娜胡乱打开了一个，试图找到其中的规律，按字母顺序，还是按时间顺序？飞快地翻着抽屉，她找到了文件编号，但并不了解这些编号的意义。海琳娜绝望地拉开另一个抽屉，看着编号并将其与文件最上面贴着的各类标签做比较，姓名、年份，她毫无头绪，停下来，双手在颤抖，警报声尖锐地在耳边回响，根本无法思考。

“快点。”研森叫道。

海琳娜继续打开一个又一个抽屉，到处翻动着，感到绝望极了。突然，她看到了什么，稍远处的档案柜里有个上了锁的抽屉，就在写字桌后面的角落里，与其他抽屉隔开。

“你能帮我把这个打开吗？”海琳娜朝研森喊道。

研森三步并作两步地走到抽屉旁，现在海琳娜已经对他的手法再熟悉不过了，与她之前想象的技艺高超的手段大相径庭，研森用力在旁边踹了一脚，又踢了下抽屉正面，然后抽屉被踹开了。研森又跑回到窗户旁，看着外面。

“我去，车已经朝这边开过来了。”他喊道。

海琳娜拉开抽屉，慌乱地翻着里面的文件，写着“机密”的红色标志贴在里面所有文件夹以及所有的文件上。

“该死，我们现在得走了，必须得走了。保安已经沿着前侧楼梯上来了，我们从后侧楼梯走。”研森咆哮着。

海琳娜翻啊翻，文件上的名字一个个从眼前扫过，她一定要找到那份协议，她知道就在这儿。

“走啊！”研森一边吼，一边抓住她的胳膊，但海琳娜甩开了他。

“我必须找到它。”海琳娜恳求。

“我们现在必须得走了！”研森吼道。

“不，我要留在这儿，我必须得找到它。”

又过了一秒，再也不能这样一秒一秒地耽误下去了，海琳娜能感到血液在体内快速流动，警报声以及恐惧与不安刺激着她的身体。她咬紧牙关，已经很接近真相了，现在绝对不能走。

“你走吧。”海琳娜小声说，“但我要留下来，必须找到那份协议。

我保证不会告发你的，你快跑吧，按照原计划。我留在这儿，我会承担全部责任，我发誓，并且你依然可以拿到所有的钱。”

他犹豫了，海琳娜几乎可以看到他的大脑在飞速运转，但这只持续了一小会儿，然后研森跑了，海琳娜留了下来。她听到研森的脚步声向下方远去，直到消失，然后另一组脚步声逐渐靠近，是保安，她没时间了。海琳娜俯身在抽屉上方，翻着里面所有的文件，一份一份地看着，扫读上面的名字，抛开没用的，然后突然看到了它，是这份协议，两个人的名字都写在上面，瑞茵豪勒·弗林特与艾克塞·苏贝格。保安离得更近了，现在已经来不及逃跑，海琳娜已经错过机会了，但她必须读这份文件。环顾四周，她看到了洗手间，海琳娜跑了过去，把门关上并反锁。就让他们来吧，让他们逮捕她，只要能挖掘出真相就好，她现在手里就拿着它，现在海琳娜终于可以知道真相了。海琳娜感到十分平静，她坐在马桶上翻开了第一页，外面传来保安的声音，他已经进到办公室里了。海琳娜能听见保安在办公室里来回跑，也许保安很困惑，然后他发现了这扇紧闭的门。海琳娜看到门把手向下移动，有点担心警察会采用和研森一样的手法，但幸运的是，外面一片安静，海琳在洗手间里屏住呼吸。

“我已经报警了。”保安在门的另一侧喊。

海琳娜能听到保安的呼吸声逐渐归于平稳，他在等待警察来，一时半会儿构成不了威胁了。海琳娜继续读着，读着，吸收着全部的信息与所有真相，终于，她读完了全部协议。只要瑞茵豪勒的儿子还活着，苏贝格集团就要每月给他汇款 5000 克朗。5000 克朗在二战刚结束的年代值很多钱，瑞茵豪勒思虑很周全，他在条款中约定了这份金额会根据通货膨胀调整，正因如此，海琳娜在苏贝格集团的会计报表中发现这笔款项时，已经可以算是天文数字了。海琳娜继续读着，与协议在一起的还有一封瑞茵豪勒手写的信，协议说明，如果这笔钱没有及时到账，这封信会被寄到丹麦各大报社，瑞茵豪勒的儿子手里有一份信的副本，他可以随时公之于众，这一切都写在了协议里。突然外面的声音停了，只有警报声在响。海琳娜没有太多时间了，拆开信封，她以最快的速度读着，同时听着外面的动静。很多脚步声逐渐传了上来，外面有很多男人，警察来找她了。海琳娜读着瑞茵豪勒的信，一切如她所料，威廉·Hirsch 被捕的那晚，瑞茵豪勒也在场。当时犹太人在丹麦危机四伏，威廉本打算和他已经怀孕的妻子洛斯逃到瑞典，但艾克塞另有打算，长期以来威廉都明确拒绝与德国人合作，不管这些生意的利益有多丰厚，艾克塞却很想和德国人做生意。海琳娜的父亲认为公司成立就是为了赚钱的，那时艾克塞才二十岁出头，两个商业伙伴之间的相互制衡对他不利，于是艾克塞想摆脱碍手碍脚的威廉。艾克塞找到瑞茵豪勒，众所周知，瑞茵豪勒正和德国人合作得如火如荼，瑞茵豪勒联系了盖世太保，告诉他们有个叫 Hirsch 的犹太人正准备逃跑，威廉被抓时，瑞茵豪勒和艾克塞都在。瑞茵豪勒在信中强调，所有这一切都是艾克塞主导的，当时德国人对丹麦的航运生意很感兴趣并很想参与进来，艾克塞决定保护洛斯，并将她送到了国外，但艾克塞同时也决定了威廉必须死，必须彻彻底底地消失。德国人把他带到偏远的湖区。瑞茵豪勒准确地描述了地点，就在湖区的最深处，这场阴谋被掩藏在接近二十米深的圣诞湖湖底，从客栈湖边的那棵栗树往南偏西 22.5 度方向延伸就能找得到。威廉就在湖边被处决，然后被扔进水里，艾克塞当时站在湖边目睹了这一切，是他一手策划了这场谋杀。海琳娜突然有点喘不上气，这种上气不接下气的感觉就好像她自己在一个雾气沉沉的夜晚被扔进了湖底。海琳娜感到一阵眩晕，整个空间都在旋转。当门被踹开时，警察如旋风般闯了进来，她透过一层难以穿透的雾气看着他们。

Chapter 58

“你确定是这里吗？”约克西姆充满怀疑地问。

这栋建筑在市区一条狭长的石板路上，风格与旁边的建筑别无二致，都是三层的石制房子，一个挨着一个，就好像只有靠在一起，它们才能共同担负起历史的厚重感。约克西姆和艾琳的酒店在城市对角线的另一端。约克西姆再次上下打量了这栋房子，与周围建筑唯一的不同在于，它的所有窗户都是封着的，所有窗外厚重的遮光板都合上了。克利桑德真的住在这里吗？艾琳打了个寒战，她的肩上只裹了一件轻薄的花式外罩，现在太阳已经结束了一天的旅程，从屋顶后方慢慢下落，风从海面吹来，带着些许凉意。约克西姆知道她有些紧张，艾琳在决定穿那件橘黄色裙子前换了一件又一件衣服。约克西姆也很紧张，但并不是跟艾琳一样的原因。

“就是这里了。”艾琳说，然后迈着坚定地步伐走向正门，“他说我们直接穿过去就好。”

“穿过去？”约克西姆重复。

门上有个门铃，但上面并没有写名字，艾琳犹豫了一下，按了按门上这个锈迹斑斑的按钮，屋里门铃的响声能一直传到门口。片刻，门发出一声电子音，然后艾琳推开了这扇沉重的、经过雕刻的木门。

光线照进走廊，眼前是宽敞的台阶，上面铺着绿色的地毯，艾琳走过台阶旁边，朝着通往后院的门走去，然后转过身说：“你跟过来吗？”约克西姆跟在后面，当他看到后院，便了解了为什么克利桑德约他们在后院见，后院呈长条状，经过一个菜园、一口老井，直通房子。克利桑德当然会住在这样的环境里了，这栋老式房子按照艺术家的审美标准翻修过，奢华而大隐于市，从房顶能看到大海和其他房子的屋顶。

“你觉得怎么样？”艾琳一边笑，一边小声说。

“这几乎可以算是一个老式修道院。”约克西姆笑着小声回应。艾琳紧张地整理着头发，从包里拿出一个镜子检查着自己的口红是否掉色。约克西姆曾在一本书上读到过，西西里岛是这个世界上战争最多的地方，这片干旱的土地见证了各种各样的战争。约克西姆想，这里的建筑特点可以反映出这点吗？不，历史上来来往往的众多军队给这里留下的是令人震惊的和谐景象。白色的墙壁、屋顶有三层砖搭建、锻铁的阳台、三层的建筑、窗户外厚重的遮光板，这些无不展现了简单的风格，不过毕竟那么多横征暴敛的军阀曾经征战在这里，每次战后都要进行翻修重建，也的确应该是这样简单的风格。克利桑德就站在门边，他是个高大而结实的男人，约克西姆对此有些惊讶，说不出自己之前的预期是怎样的，但肯定不是这样的。克利桑德的脸开朗而友好，展现着聪慧，他的眼睛是黑色的，古铜色的肌肤似乎久经日晒，两腮处带有清晰的黑色体毛，他的头发是银灰色的，双肩很宽，头发随风飘摆。

“艾琳！”克利桑德一边说，一边真挚地伸出双臂。

艾琳沿着台阶走上去，钻进他的怀抱里，艾琳娇小的身体几乎完全被克利桑德裹了起来。他放开艾琳，然后艾琳站到了克利桑德的身边，艾琳体内的热情之火一直向上蔓延到了脸上。约克西姆看着陶罐里的花朵，十级台阶的每级上都摆着这样一个陶罐，一直通向主门。

“嘿，你好吗？你就是那个还对她念念不忘的前任丈夫？这实在不难理解。”克利桑德说着笑了起来。

约克西姆想辩解什么，但又不知道自己该说什么好，于是只好笑着耸了耸肩膀。

“你们来得最早，一会儿还有些人要来，你们的到访正好是我们小聚会的意外插曲。”克利桑德说着把约克西姆他们引向公寓。

里面没有玄关，直接就是个宽敞的房间，有厨房和客厅，书本和烤盘，还摆着酒架和写字桌，宽大的横梁裸露在外面，承载着上面一层的重量。一张用结实的船舷制成的桌子占据着房间的正中心，桌子四周摆着小巧的休闲沙发组合，配以图案精美的地毯和靠垫，在紧里面的角落里摆着一张巨大但没有整理好的床。

“这里也是你工作的地方吗？”艾琳好奇地问。

克利桑德再次对之报以响亮的笑声，他的嘴张得很大，就好像在大喘气，旁边的人都忍不住也跟着笑了起来。

“我随时随地都在工作啊。”克利桑德一边说，一边摇了摇头，“我之前还天真地以为你是为了看我才来的，是为了照顾我这个可怜的老年人，结果你却只是为了我的艺术品才来这儿。”

约克西姆仔细打量着克利桑德，他轻松的话外还有别的什么，是某种脆弱感，也许他真的很孤独。

“我保证明天就带你看我的私人收藏室。不过工作与社交都是人生重要的部分，我们今晚就只社交，没什么问题吧？”

“当然可以了！抱歉，我刚才只是好奇那么一问。”艾琳说。

“我花了整整五年的时间和一大笔欧元才让这里的官员允许我在收藏室的天花板开一个窗户，我保证，这次一定让你们瞧瞧。”当克利桑德聊起自己独特的绘画手法时，约克西姆看着他。克利桑德说着自己画什么，就从实物中提取绘画颜料，今天他刚刚还萃取了山茶花。

他一边说，一边伸出自己厚实的手掌给艾琳看，上面全是各种色彩，有粉色、黑色还有白色。约克西姆觉得，眼前的这个人有他的独特之处，这与他高大的身材有关，不是随便就能见到一个大人物对鲜花萃取侃侃而谈的。克利桑德搂住艾琳，然后带他们来到一张已经摆放好餐具的桌旁，桌上的陶土盘里盛着意大利地方特产，碗里倒了黑色橄榄油，面包片上撒着食盐碎片，克利桑德往他们的酒杯里倒好酒，然后他们一起碰杯，第一次干杯时有那么一刻他们谁也没有说话，只是透过酒杯相互看着彼此。葡萄酒有点微甜，口感细化，极易入口。克利桑德信誓旦旦地告诉他们，这葡萄酒是由院子角落里种着的意大利普里米蒂沃葡萄新鲜制成的。克利桑德聊着葡萄从葡萄藤到装瓶的全过程，农民这个月刚刚在院子里晾晒葡萄，一串串葡萄就这样在西西里秋季温暖而柔和的空气中慢慢变成葡萄干，它们吸收了海风与非洲暖风的味道。克利桑德说从非洲吹往地中海的海风总是带着吸取大地精华的非洲沙砾，这种风会在葡萄、海枣、小豆蔻与山茶花里留下一种辛辣的味道，听罢他们都笑了。与此同时，约克西姆小心观察着四周。

“那么是什么风把你们吹到这儿来了？可是跨了一整个欧洲啊。”

“这里实在太美了。”艾琳有些词不达意地说。

“这里，小偷、黑帮、骗子和行贿者与美食、艳阳天同在。意大利人还真是矛盾啊。”克利桑德说，“我实在无法理解他们，不过前几天我倒是有了不错的体悟。”他一边说，一边看着约克西姆，“他们其实也并不理解他们自己，意大利人对他们自己十分困惑，正因如此他们才总待在这里，没有动力探索外面的世界。”

“他们不出去旅行吗？”约克西姆说，但他开口只是为了说点什么，而不只是傻呆呆地坐在那里听。

“我跟你们说，在西西里岛只有不到百分之五的人有护照。”克利桑德说道，然后开始聊起他的管家。这令艾琳笑个不停，她就像聆听上帝说话一样入迷地听着克利桑德说的每一句话。

现在约克西姆知道自己的感受了，他很讨厌艾琳这样崇拜一个男人，这是约克西姆以前未能达成的成就，克利桑德曾放弃了爱情，放弃了小资产阶级温馨的家庭梦想，把所有赌注押在艺术上，现在终于得偿所愿。约克西姆喝了一大口清凉的红葡萄酒，想从中品出山茶花的味道。

其他客人陆陆续续到齐了，有三个女人，她们当中有个人十分年轻，还有个非常疲惫的年轻男人，他几乎可以算是个男孩。三个女人中的一个在西西里岛上开了一家贩卖莎草纸的商店。约克西姆想这种东西到处都能买到。欧洲南部的每个城市都有自己独特的小玩意儿，广口瓶、芥末、瓷器、玩偶，所有游客都会买一两样带回北欧，把它们视作一项旅行必不可少的购物任务，这能给人一种玫瑰色人生的感觉。人们会在雨天带着莎草纸，还有其他什么稀奇古怪的纸，来到哈德维芙或者哈泽斯莱乌，约克西姆这样想，试图将注意力集中到她们纸张生产的话题中。对其中一个女人而言，商店也是开放式的工作间，她在那里制作羊皮纸。约克西姆自始至终也没搞清楚第三个女人是做什么的，就是那个十分年轻的女人。还是说这三个女人是姐妹？也许西西里岛上的所有女人都长这个样子，身材矮小，从某种程度上说，在她们的陪衬下，艾琳的身材头一回显得正常起来。她们很清瘦，留着及腰深色长发，指甲涂成了粉色，与她们薄而线条优美的嘴唇相得益彰。和艾琳一样，她们也被克利桑德的魅力迷倒了，对约克西姆无动于衷，约克西姆也因此得以从一个旁观者的角度审视这一切，不会受到任何干扰。那个男孩名叫比利，不过很容易就可以看出这只是大家称呼他的小名，艾琳很快便理解了他们谈话中的一个生僻的笑话，但约克西姆对此不知所云，能理解的只有这个男孩之前与家人分离，是克利桑德“收留”了他。男孩很快便有点醉了，开始断断续续地嘟囔，然后突然唱起歌来，他那尖细的嗓音令所有人停止了交谈，在场包括艾琳在内的四个女人组成了临时小集体，温和地倾听着。约克西姆看着她们，觉得自己或许是希腊神话中被美艳的海伦歌喉诱惑的狄修斯，还让他想起了神话中的半人半鸟的女海妖，这些希腊海妖出没在爱琴海，她们用歌喉诱惑过往船员，让他们如痴如醉，从而成为自己的猎物。约克西姆看着眼前安静倾听比利唱歌的女海妖——她们正在为合唱团选拔成员吗？艾琳就是约克西姆的女海妖吗？这可真荒唐，约克西姆已经醉了，但他又喝了一大口，看着克利桑德，想看清眼前这个世界知名的艺术家的背后是什么。克利桑德曾经去过那个阴森恐怖的地下室吗？是他杀害了露易斯吗？这实在太难以置信了……克利桑德的目光突然撞上了约克西姆的，那是什么样的一瞥？好奇？怀疑？

“比利会一直住在你家吗？”约克西姆赶忙问，有些分心。

“不，他会被送到他在阿伯丁的父母那里，不过我要确认这之间不会有任何问题。如果让他坐飞机回家，而他不久后却出现在附近一所大城市，如果这个世界上每天都在发生的悲剧在他身上重演，那我会心碎的。”克利桑德说，脸上浮现出担忧的神情。

“但他现在住在这里吗？”约克西姆一边说，一边看了看那张没收拾的床。

约克西姆知道自己在曲意巴结克利桑德，不过主动问克利桑德一些私人问题总比克利桑德问询他要好。

克利桑德歪着嘴笑着说道：“不，他不住我家，他住在我管家的家里。其实我比你想象的要无聊多了，几乎无时无刻不在工作，所以我需要周围的环境绝对的安静，这样才能潜下心来，也正因如此，这栋房子整个都归我一个人使用，如果在去往工作间的路上碰见个喋喋不休的邻居，那我全部的艺术灵感都会被毁掉的。”

“这一整个宅院都是你的？”约克西姆惊讶地说。

“既然我能够负担得起，那么为什么不把事情做到极致呢，这样我也能让自己最大限度地随心所欲。你会不会感到有些愤慨？其实每当有丹麦人听到我占了一整栋宅院却没有真正用到每一个房间时，总会表现得十分愤慨，可为什么不能这样呢？我在这里的人生是完美的，我拥有自己想要的一切，并能将其归在一栋房子里。我的管家会在我在工作间创作时打理好我的一切饮食起居，这样我就不会为除艺术之外的其他琐事分心了，如果我想见见其他人，我就出去找别人或者邀请客人到家里来。当然了，还会有一些主动上门的客人。”克利桑德说着，用温柔的目光瞥了一眼艾琳，此刻她正对克利桑德的行为表示称赞，脸上流露出幸福的微笑。

在场的女人们都安静了下来，专注地听着他说话。克利桑德在不经意间将丹麦语转化为英语，这样在场的所有人就都能听懂了。不久后饭桌的主题便被充满人生哲理的讨论占据了，大家聊着其他人总会对自己的人生提出各种要求，要求自己遵守社会规范，沿着约定俗成的家庭梦想前进，最终沦为庸俗之辈，这其实是作茧自缚。

“我觉得，正是由于在艺术领域的成就，我才赢得了自由自在生活的权利。”克利桑德说，“我跟你们说，现实就是这么可怕，直到你取得了成就，你才不用看别人的脸色做事，才不用依照别人的意愿曲意逢迎地生活。”

比利对克利桑德所说的话表示了质疑，然后又断断续续地嘟囔着在某某地方生活的所有人都处于和谐之中，克利桑德温和地拍了拍他的头，然后扬起眉毛，用问询的表情看向眼前这几个咬紧嘴唇，努力憋住不笑的女人。他们的交谈继续着，餐会继续着，但约克西姆感到自己被克利桑德刚才说的话打击了，他愿意用与海琳娜在一起的时光去交换更多的成就吗？

艾琳从洗手间回来了，这是这一层唯一可以把门关上的房间。约克西姆把头向后靠了靠，抬头看着天花板，天花板的木质横梁裸露在外面，它是多孔材质的，外面几个老树优美地靠在石头墙壁上，房间的另一头离床不远的地方，放着一个巨大的白坯黄铜制独立浴缸。支撑横梁上每间隔一米便会挂一个铁钩子，一直延伸了整个横梁，约克西姆仔细观察着这些钩子，看了许久，一直想着那间阴森地下室里的钩子，在脑海里捕捉着当时的情境。也许艾琳说得对，约克西姆在自己主观的怀疑中徘徊了太久，以至于看这里的什么都是疑点，横梁上的这些钩子可能是很久以前，这栋房子还作他用的时候就在了，也许之前这里是一个谷仓，很多沉重的袋子要被挂起来，或者肉需要被挂起来晾干，这完全是说得通的。约克西姆叹了口气，被气馁的情绪打击了，艾琳已经喝多了，直勾勾地看着约克西姆的眼睛，眼里闪烁着光芒，约克西姆起身，起得稍微有点猛，椅子在他身后倒了下去，在砸到地上前，他及时精准地抓住了它。

“我觉得我们得走了。”约克西姆高声说。

“现在就走吗？”艾琳说。

“我们回去还有一些事。”约克西姆说。

艾琳耸了耸肩膀，不满地噘起了嘴。

“我们后面又没什么要紧事。”说着艾琳又朝自己在克利桑德旁边的位子挪动了几下。

在她还没来得及坐下前，约克西姆赶紧走到她旁边，用手臂搂住了艾琳。

“这当然很要紧了。你得为明天参观克利桑德的工作间做准备。”约克西姆说，脸上挂起了僵硬的笑容。

约克西姆朝艾琳靠过去，贴得很紧，用极小的声音耳语道：“走吧，艾琳，这非常非常重要。”

艾琳看了克利桑德最后一眼，然后深深地叹了一口气。

“我明天能来看你的大作吗？”艾琳问，她沙哑的声音中毫不掩饰地带着欲望。

克利桑德回答的时候，眼睛看着约克西姆：“没人见过那幅《神秘女人》（本书原标题所指的《神秘女人》）。”克利桑德握住艾琳的手，温柔地吻了一下，这个过程中克利桑德一直坐在椅子上。

“神秘女人。”艾琳重复，“你可真会制造神秘感。”另外那三个女人站起来热情地亲吻了艾琳的脸颊，然后略微朝约克西姆点了点头，看来约克西姆并没有给她们留下什么好印象。当身后的门关上时，艾琳开始对他们这么早就离开表示抗议。

“有必要这么做吗？”当他们站在房外时，艾琳说。

“你该不会忘了我们为什么来这儿吧。”约克西姆严肃地说。

“什么？你还没放下你那奇葩的念头？你难道以为那个海琳娜没了你，她就……”艾琳并没有把话说完，现在她又是约克西姆曾经熟悉的那个艾琳了，充满着嫉妒心的艾琳。

“海琳娜生活得很自在，约克西姆。她是有钱人，那些有钱人都玩在一起，而且活得都很自在。”艾琳小声说，约克西姆能听出她已经醉了。

“你回家吧。”约克西姆说，“我去克利桑德的工作间看看，必须得赶快了。”

“我就不明白了……你觉得你能找出什么？”

“肯定找不出什么。”约克西姆说，然后他感到了绝望，“但我必须这么做。”他说，“如果怀疑一个人，你就要利用一切手段去调查，警察就是这么做的。”

艾琳打断他：“警察，哼，你是警察吗？”

约克西姆看着她，把艾琳的轻质罩衣向上提了提，裹住她的肩膀：“你能找到回酒店的路吗？”

“你别做梦了！”

“什么？”

“你别想当那个唯一看到他神秘作品的人。”

约克西姆考虑了一会儿，然后小心翼翼地挽起艾琳的手臂，他其实更希望自己一个人去做，艾琳喝醉了，嗓门很大，好在客厅里的声音足够大能够掩盖艾琳的声音，那个男孩又在唱歌了，几个女人相互交谈着。约克西姆踏上了后墙边向上通往工作间的台阶，“把高跟鞋脱掉。”他小声说。艾琳听从了他的指挥，约克西姆思考了片刻，然后打开门，他最近几天都在做坏事，然而却并没有什么负罪感。门开了，只有一束月光顺着几扇巨大的天窗照进来，但这也足够了。艾琳安静地站着，约克西姆明白这是为什么，这里面的作品对她来说太震撼了，对约克西姆而言，这样的体验也如同和海明威交谈一般。工作室里面到处都是画作，一些在画架上，其他的沿着墙壁堆起来，它们处在不同的绘画阶段，但全部作品都带有克利桑德鲜明的、独有的创作特色——从自然中取材，木炭、鲜花中萃取的颜料，这些约克西姆都能闻出来。从一幅画旁走到另一幅画旁，约克西姆深陷其中，只能听到艾琳的脚步声。他体内有种无力感，就像被催眠了一样，还是说这些画有毒？也许这里的香味带着毒气，他们在一边走一边吸？

地板正中摆着个画架，画架背对着他们。他们走上前去，艾琳紧紧地握住约克西姆的手，他能感到艾琳的手在颤抖。这是幅小画，算不上什么杰作，艾琳拿起画，小心翼翼地把它翻过来。“神秘女人。”她小声说道。

这幅画非常简单，只画了一个女人的脸，没别的了，女人背过身去，但头在向后看，她的嘴唇……在微笑吗？她的眼睛里有种温柔的神情，周围的天空是红色的，也许是夕阳在地平面附近的光线。约克西姆很难找到合适的语言形容它，一方面这幅画看起来十分普通，可另一方面这幅画中似乎又有什么……特别之处。

“不。”艾琳小声说，她的声音听起来有些断断续续的。

“它实在太小了。”约克西姆说。

艾琳握住他的手，约克西姆感到有些空虚，就是这样了吗？似乎他之前的判断是错误的，这幅画和露易斯的死没有任何关系，他失望地松开艾琳的手，眼睛看着她。她的眼睛里含着泪水，对她而言这幅画难道就这么了不起吗？约克西姆并不能理解她的激动之情，对艺术世界的那些事他一无所知。他又看了眼这个神秘女人，似乎有什么……对了，这幅画上的人似乎比现实中的人还要鲜活，可又是什么让这幅画如此特别？画法吗，还是那精美的红色夕阳？它看起来就像印上去的，而不是用画笔画上去的，但不仅仅是这些，画布看起来也有什么特别的，约克西姆离画更近了些。

“约克西姆。”当约克西姆伸出手，艾琳叫他。

“怎么了？”

艾琳摇了摇头，说：“你难道看不到吗？”

看到什么？约克西姆的指尖小心地在摊开的画布上滑动，画布很干，轻薄而透气，这不是普通的画布，这是莎草纸吗？约克西姆将整个头向前伸，仔细地研究着，不，这不是之前合成的植物纤维，绝对不是。这是种更柔软的材料，什么东西一开始便被加了进去，是动物皮吗？

约克西姆再次伸出手指，当他更加大胆地移动手指时，体内依然有那种沉重而疲惫的感觉，这种感觉就好像他的心脏不能像平时那样快速运转，似乎有什么东西被他忽略了。约克西姆的手指停在了一个洞上，这个洞就潜藏在画上这个女人的红色嘴唇上，女人的瞳孔处还有另一个洞，然后在左耳廓处有第三个洞，这三个洞连在一起呈三角形状。

“约克西姆……”

艾琳并没有靠近画作，这令约克西姆感到很奇怪，就好像画中这个女人四周有一圈保护膜，令艾琳不愿破坏。三个洞，分别在耳朵、嘴巴和眼睛上，连在一起呈三角形。约克西姆一个接着一个地摸着这些洞，它们小而空洞，缺乏生气，无所谓了，这其实什么也说明不了，没什么有用的斩获。

“走吧。”艾琳拽着约克西姆来到门边，他们能听到克利桑德正要送其他客人走。等了一会儿，听到那几个女人走在石板路上，离开了，约克西姆他们才下楼。这次换艾琳走在前面，小心翼翼地走下台阶，回到了房子外面。

“艾琳！”克利桑德的声音出现在他们身后，她转过身。

“我以为你们已经走了。”克利桑德说道。

“我们刚刚想抽支烟，还想看看星星。”艾琳说，努力让自己的声音听起来很欢快，约克西姆觉得艾琳很擅长做这个。克利桑德沿着台阶走下来几步，抬头看着夜空：“今天晚上真是太尽兴了，是只有我一个人喝醉了吗？”克利桑德笑着说，“啊！你知道我们今天忘了什么吗，我特制的意式柠檬水！”他兴奋地说。

约克西姆看着克利桑德说：“我觉得我们还是先回家吧。”

“你们必须得给我这个机会。”克利桑德说道，“它的口感就好像一千颗柠檬在你的舌尖爆裂，美妙极了。”他提高了音量，“宇宙的精华就潜藏在柠檬里，来吧！很快就好的。”克利桑德走了进去，朝他们喊道。

艾琳看了看约克西姆，她看起来……怎么会？她有些害怕。

“你觉得我们要去吗？”艾琳问道。

“走吧。”约克西姆回答。

她走在前面，约克西姆迟疑了片刻，他依然不理解艾琳刚刚在工作间里的举动。当约克西姆再次来到客厅，克利桑德正要往几个小杯子里倒柠檬水，“百分百家庭手工制作。”克利桑德说，“我下辈子想当个农民。”艾琳接过杯子，她的手微微颤抖着。

“给你的，约克西姆。”克利桑德说着递给他一个杯子，他们安静地喝着。这柠檬水很凉，尝起来又甜又刺激，就如同克利桑德说的那样，好像用了一千颗柠檬。

“这很不错，不是吗？再来一杯吗？”约克西姆看着艾琳。他的视线有些模糊，看起来艾琳好像在摇头，但她其实接过了盛着柠檬水的杯子。

“这是最后一杯了啊。”约克西姆说，“不然明天我们可起不来了。”约克西姆喝第二杯时，像喝第一杯一样一口闷，他能感受到酒精的作用，这感觉和喝醉酒的感觉一样，地面开始快速地旋转。约克西姆坐了下来，想着就坐一会儿。“我能要一杯水吗？”艾琳看起来也累极了，克利桑德仍然在说话，他的声音从厨房的洗手槽传来，谈笑风生。约克西姆闭上眼睛，然后看到了那个……三角，那个钩子……钩子上有个三角！那间阴森地下室的钩子有同样的结构，与那个女人皮肤上的伤痕一模一样，就是那个约克西姆花了一大笔钱才能虐待的地下室里的女人，她的身体上有着相同结构的鞭打痕迹，就在她的大腿根部。

“艾琳……”约克西姆站起身，眼前变得一片黑，同时一种想睡去的欲望扑面而来，他的判断没错，现在他明白了。警察曾经说过，露易斯的尸体上没有皮肤，他们曾以为是海琳娜撕去了露易斯的皮肤，为了掩盖露易斯的身份，但其实是克利桑德。那个神秘女人就是露易斯。那是露易斯的皮肤，克利桑德残忍地扒下了她的皮肤。

“艾琳……”约克西姆试图去扶艾琳，他的双腿……有种软绵绵的感觉，约克西姆抬起头，看到克利桑德站在自己面前，脸上不再有微笑。约克西姆明白这是怎么回事时，发现克利桑德的脸上浮现出得意扬扬的神情，他们刚刚喝了……什么？

“艾琳！”约克西姆叫道，还想去扶起艾琳，但克利桑德抓住了他。克利桑德的动作温和，却带着十拿九稳的感觉。他要死了吗？他刚刚被下毒了吗？眼前的一切都变黑了，约克西姆想要叫喊，想要站起来，觉得自己就像一只海豹，想从冰窟窿里钻出来呼吸，就好像一只不知道前路在何方的海豹，也许迎接它的是凶残的北极熊或捕猎船。黑暗快速占据了约克西姆的视线，他还没来得及反应，便感到头部遭到重重一击，他觉得这就和捕猎海豹一样。意识逐渐模糊，约克西姆伸出手护住头部，然而故事就停在了这里，他向前倒下了，倒下了。

倒下了。

Chapter 59

警察驱车带着海琳娜直奔维堡，一路上，警车里安静极了，他们还能说些什么呢？毕竟海琳娜闯入了私人公司，还被抓了个现行。警察并没有铐起海琳娜的手腕，她也说不上来是为什么，警察们一点都没让她感到不适，她觉得自己比以前任何时候都要……自由？当初在基督岛上是自由的吗？与约克西姆在一起时？在某种程度上来说是的，但那会儿每当她回忆过往，总有某种奇怪的感觉，某种黑暗的感觉压抑着她，那是现实给她带来的压力。

警局的楼十分低矮，整栋楼都是深棕色的，甚至包括门口的那儿扇巨大的玻璃门。海琳娜被安置在地下室的一个单间里，里面有一张僵硬的沙发床还有一个洗手槽，除此之外再没什么别的了，她已经逐渐适应了这样的陈设。

“我要在这里待多久？”

警官在门口停了下来：“根据相关法规，你会在 24 小时之内上法庭。”

“这么说就是在这儿待一天了？”

“见法官的时间总是在早上。”警官说。

“我饿了。”海琳娜说。

警官看了看她，然后摇了摇头。“你按这个就好了。”警官说着指了一个按钮，“然后就会有人给你提供餐食服务。在这个点，通常只有鱼子酱和香槟了。”

海琳娜看着警官，觉得他有些瞧不起自己，苏贝格夫人，有钱得令人嫉妒。海琳娜非常轻地摇了摇头，多想让他明白，其实她很想抛开自己所拥有的一切财富。

来接海琳娜的是另一个警官，他开车将海琳娜径直带到了法院保安那里。这又是一栋无聊的建筑，保安带海琳娜走上了台阶，来到一间低矮而明亮的房间，所有人都是来这里看自己倒台的吗？与海琳娜在一起的，还有两个外国女孩和三个移民。不，海琳娜突然意识到这里是处理夜间发生的案件的地方，这些人都触犯了法律，海琳娜很快明白了案件的原委。那三个移民牵扯进了一桩罗马尼亚至丹麦的香烟走私案，那两个外国女人最多也就十九、二十岁，她们只是想在这个世界上找个更好的地方，找到一个能让自己成长的地方，和能让你释放自己积极情绪的人待在一起。房间里配了个翻译，但他根本没什么机会去翻译，这两个外国女孩在说话时总是痛哭流涕，海琳娜听着她们的陈述，听着她们如何越过了边界，逃难到了这里，整个事情十分复杂，海琳娜到后头就跟不上她们讲述的节奏了，而公诉人与辩护人的观点却是惊人的一致。外国女孩被带出去时，法官朝她们笑了笑，海琳娜意识到了一件事，这里所有的一切都关乎金钱，艾克塞、Hirsch、这两个外国女孩、罗马尼亚的香烟、走私者——所有这一切的一切，都是钱、钱、钱。海琳娜被带到法官前面的桌子旁，感到一阵愤慨，金钱曾令她内心强大，让她变成了一个大家都畏惧的人，海琳娜不想做一个强硬的人，但现在她必须带有一点强硬，利用起原来那个海琳娜的特技，否则她完全无法赢得这场战役。埃蒙德出现了，海琳娜几乎认不出是他，埃蒙德的脸色苍白而消瘦，布满皱纹，他低着头，与海琳娜没有眼神交流。他旁边站着个有点脱发的男人，这个男人身着线条纹饰的西服，出奇得合身。这个男人扶了下眼镜，然后用一种貌似平静的神情看着海琳娜，然后这个穿线条纹饰西服的男人站了起来，他是律师，清了清嗓子，看着近在咫尺的法官。

“苏贝格夫人被确诊患有……逆行性遗忘症。”律师说，然后他递上了文件，法官透过眼镜边框读着，一些专有名词被灵活运用，生理疾病、无民事行为能力……苏贝格航运为海琳娜的闯入向伦克斯特索恩公司支付了所有的损失。海琳娜感到茫然，难道疯了这个借口就要这样被没完没了地用下去吗？埃蒙德还想用关小隔间的方式来让她闭嘴吗？用一堆镇定性药物让她无法揭露令人作呕的谎言？她看着埃蒙德，此时他闪躲着海琳娜的目光，然后海琳娜转向了法官，这是个上了年纪的短发女人，带着一种镇定的气质，她就是海琳娜要努力说服的那个人。

“我没疯。”当法庭对话出现短暂的沉默时，海琳娜说，“我很清楚自己犯了重罪,闯入了私人公司,我能解释下这一切是为什么吗？”

法官侧过脸来，微微调整了下自己的眼镜。

“如果我能说一句的话。”律师说。

“我想听被告人的陈述。”法官说。

律师站了起来，海琳娜做了个深呼吸：“这个律师并不能代表我本人，只能代表我的家族。”海琳娜开始解释整件事，讲了战争年代的那次犯罪，讲述了苏贝格航运的管理层这些年一直竭尽全力掩盖着的真相。海琳娜看着房间的后方，想看看现场是否有记者，应该有吧，现在是个很好的时机，一个属于她的舞台，“我父亲一手策划了针对他合伙人威廉·Hirsch的谋杀，他是苏贝格航运的共同创始人，证据就在我闯进的那家律所里，是个文件。”很好，现场有一个记者，他穿着浅棕色风衣，正在奋笔疾书。海琳娜看着埃蒙德，他双手攥拳，手掌指关节都发白了。海琳娜停顿着，屏住呼吸，等待着法官的反应，这是个很长的停顿，然后法官开始提问题，很多的问题，对她闯入律所这件事做了详细的调查。海琳娜继续讲着在超市的偷窃，讲了绝大部分的事，但小心避开了研森·布林克。海琳娜大声陈述时，感到十分放松，她还谈到了那次未成功的谋杀，谈了那辆在路上难为她的黑色汽车，还有那个跟踪她的男人。问询在你来我往中进行，似乎没个头。海琳娜回答着各种各样的问题，埃蒙德的身体在椅子里越陷越深。律师摇着头，不停地用笔画着笔记本，等待着一会儿轮到他发言，但法官并没有给他这个机会。

“您可以坐下了，苏贝格夫人。”法官说，看了手里的文件片刻，她问公诉人是否有理由拒绝海琳娜被保释。公诉人摇了摇头，没有。下次庭审日期敲定了，海琳娜觉得简直要等到猴年马月，在这个法庭中，苏贝格夫人的案子并不是那么重要，闯入私人公司只是个无足轻重的罪，他们发现了比这个更为严重的罪行。

在傍晚时分，空气依旧是温暖的，天空呈现深蓝色，这是暮光出现之前天空的颜色。说服马丁并不是件容易的事，他觉得对海琳娜而言，潜到比五六米更深的水里，她的水平还远远不够，但海琳娜坚持着，用以前海琳娜的技能，原来的那个她是如此擅长说服别人，原来的那个她让别人畏惧。马丁同意了，但海琳娜还是要向马丁保证不会离开他私自潜到别处去，保证总和他保持一个身体的距离以内，尽管如此，马丁还是感到压力很大，毕竟是带一个潜水菜鸟去找尸体。他们朝着海琳娜手指的方向驾船，朝南偏西 22.5 度方向，来到湖的正中，在这里刚好能看到圣诞客栈门口的那棵板栗树。马丁坐在船上，手里拿着罗盘舵，海琳娜觉得自己穿着黑色的潜水服很有安全感。

“就是这里。”当那棵大树从密密麻麻、黑压压一片的树林线中脱颖而出时，海琳娜大声说。

马丁熄灭了引擎，空气中弥漫着沉寂。

“我从没在这里潜过水，这里很危险的。”马丁重复。

盯着湖底，马丁的脸色苍白，好像所有的血液都从脸部流走了，雪白的脸就好像气馁的镜子，照着黑暗的湖底，这里的地貌由冰川时代地表挤压形成，湖底的地表物质有很长很长的年头了，是深不可测的。

“曾经有一个潜水员溺死在了这里。”马丁说。

海琳娜犹豫了，也许这实在太危险了。

“你认识他吗？”海琳娜小心地问。

“那是个女人，哦不，那是在我开始潜水之前的事了。”马丁说，“其实你最好让警察来下水对这一带进行搜查。”

“如果我们现在不找，就会有别人来，那些人来这里的唯一目的就是掩盖线索，他们要将那场犯罪掩饰得更加完美。”海琳娜斩钉截铁地说。

马丁坐在那里，不情愿地放过了这个话题。他扔出锚，让它沉到湖底，然后帮海琳娜装上了潜水设备。海琳娜把厚重的带子系在身上，背上那个三十公斤的氧气罐，压得她直不起腰来。

“你还记得所有学过的吗？”

“大拇指表示向上。”海琳娜说，“手平举过头表示有鲨鱼。”她笑了，马丁也微笑着。

“这完全不是为新手准备的潜水。”马丁不安地重复道。

“我绝对会非常小心的。”海琳娜安抚他。

最后他们套上了潜水脚蹼，马丁先下了水，海琳娜跟在后面，她的身体顺利地浸入水中，水绕在她身体周围，就好像在欢迎着她。这是海琳娜的第二次潜水，但她已经有点享受这个过程了。面对面看着对方，海琳娜和马丁同时戴上了潜水吸嘴，然后海琳娜依照马丁的指示开始潜水，双手在身体两侧放松地划着，双脚平静地蹬着，双脚的动作既决定了节奏也决定了方向。海琳娜将便携灯的光圈向前伸，照着摇曳的水草，水下的植被摇曳起舞，这是世界下方的另一个世界，一条小鱼被光线照到，然后飞快地游走了。

向下。

黑暗进一步笼罩着他们，他们俩的便携灯发出的光线交叉在黑暗中，小鱼群四处散开，动作轻巧得就像泡沫围绕着她的脸漂浮。他们缓缓地向下潜去。这感觉好像下坠，像一次脱离现实的、永远不会完结的下坠，一直通向虚无。水压压迫着海琳娜的耳朵，她的耳朵被潜水泳帽紧紧地盖住，她害怕地将手举到耳边。马丁看到她的举动后将节奏放慢下来，他们停在这个深度适应了一会儿，然后继续缓慢向下潜水。海琳娜的身体逐渐适应了外面较高的水压，疼痛消失了，终于能专注于去找自己想找的。现在已经潜得很深了，黑暗进一步笼罩了下来，在这里没有任何水底植物，只有停滞的湖水，之后很长一段时间都是这样，他们向下，再向下，然后突然有什么东西在他们身后动，这吓了海琳娜一跳。这是条鳗鱼，它扭曲着身体，泰然自若地从他们身边游过，然后又来了一条，这次这条是从前面来的，它们在海琳娜与马丁身旁游动的方式给人一种不祥的感觉，这些家伙属于另一个世界，海琳娜正硬生生闯进这里。马丁不受任何影响地潜着，他指向下面，海琳娜看到他们已经来到了湖底，这不是一个紧实的沙土底，而是一片泥泞的沼泽。当他们的脚蹼触到底部时，底部的物质奇怪地旋转了起来，看起来像是沙子和土地的混合物，浮起来一次，两次，然后又重重地落在底部，形成了一个新的地表形态，在这些混合物下面还有很多同样的物质，这就好像一个不见底的地表层，飘忽不定，很难瓷实地踩上去。海琳娜感到泄气，距离威廉的尸体被抛下来已经过了那么多年了，她想也许尸体被这样的淤泥埋得很深很深。海琳娜漫无目的地前后移动着，盯着马丁，与她不同的是，马丁的目标很明确，他用灯照着底部，然后有规律地围着一个小圈游着，游了一圈又一圈。海琳娜试图模仿他的做法，但完全不知道自己这个圈的圆心应该在哪儿，鳗鱼依然气定神闲地游过他们身旁，它们显然更清楚自己要做什么。

海琳娜的腿能够清楚地感觉到体内的变化，刚下水时那种欢欣的感觉不在了，在这个湖底世界，从淤泥与黑暗中找东西实在是太令人绝望了。海琳娜想念约克西姆，不知道他现在在哪儿，在做什么，海琳娜依旧被指控谋杀了露易斯·安德森，下半生可能都要在监狱里度过，这是事实。这样的想法刺痛着她的身体，海琳娜的眼睛很痒，双眼在潜水镜里发干，并有种疲劳感，她眨了好几下，努力集中注意力，但更想就此放弃。马丁做手势表示他们的氧气不多了，很快就得上去了。四分钟。海琳娜强迫自己僵硬得难以移动的双腿划动着。她在更下面找着，时不时地判断下自己的方位，看看马丁在哪儿，她不能离他太远。两分钟，马丁朝她挥了挥手，更快地游动着，海琳娜憋着劲儿让双腿的节奏加快，并用双手辅助，向前移动着，马丁一直盯着他的电子仪器。海琳娜能感觉到，他们已经潜得很深了，这里很冷，周围没有任何生机，没有任何鱼，也几乎看不到植被，底部物质柔软而飘忽不定，完全挖不到最深处，也许这是个被冰河时代的冰川所覆盖的无底洞……不，不是完全看不到底，海琳娜能看到一个……什么？一个水泥块，马丁就在她的正后方，他也看到了它，他越过海琳娜，盯着这个东西，一条厚实、磨损严重的绳子将一具尸体绑在水泥块上，鞋子、衣服都完好无损，海琳娜一开始觉得这些东西都是新的，就像昨天刚被扔下来的东西一样。尸体的上身几乎完全被淤泥覆盖，马丁开始迫切地用双手挖掘，很快就将整个尸体上身从淤泥中挖了出来。奇怪的是，衣服被完好地保存了下来，这是件男士西装，上面有老式的开口。然后海琳娜看到了尸体的全貌，并不像20世纪日德兰半岛出土的托伦德人那样安详，马丁用便携灯照着尸体，尸体的眼睛已经变成了两个黑窟窿，但脸的其他部位都还在，这是个恐怖的景象。马丁指着尸体额头的子弹孔，它并不是很大，就好像这个孔是在水下才形成的，海琳娜能从照片中认出这张脸……一种悲痛感突然涌上她的心头，此前这些都还只是传言，而现在……她的亲生父亲，是个杀手，是个灵魂肮脏的人。马丁做手势表示他们应该上去了，就现在，不能再拖了，海琳娜获得了重要的线索——威廉的尸体，她历经艰辛后终于有所斩获。现在手里有了证据，卡洛琳再也不能靠随便打哈哈蒙混过关，回到地面后，他们得立刻通知警察，要坐在船里等警察过来，海琳娜不允许自己冒一丁点风险。直起身，海琳娜为向上游做好了准备，马丁握住了她的手，只要跟着他的节奏就好，缓缓向上，尽管海琳娜的内心已经迫不及待地想赶快把证据给警察看。上身完全竖直后，海琳娜的双腿用力蹬着，触底时有点太过用力，脚立刻被红色的淤泥裹住了，她又蹬了一下，想要甩开淤泥向上游。然后意识到，自己踢到了什么，这是第二次了，她的脚踢到了什么坚硬的东西，不是湖底富有弹性的沉淀物。海琳娜甩开马丁的手，又一次向下潜去，用便携灯照着下面。底部的沉淀物让她看不清眼前的东西，她小心翼翼地用手摸索着，海琳娜很清楚地摸到了一个东西，一定有什么东西，马丁在她旁边潜下来，想抓住海琳娜的手，但她继续挖着淤泥，感受着这东西的轮廓，马丁的手就在她的手边。还有另一具尸体吗？挖着挖着他们突然停下了，周围的淤泥缓慢地向下沉淀，他们的眼神交汇，马丁的眼睛里带着不安，海琳娜知道，他们现在必须上去了。也许他们找到的是那个女潜水员？现在能看到的这具尸体，这不是个女人，也不是个潜水员，它身上没穿潜水服，也没有任何橡胶或铅块。尸体的上身穿着一身制服，背对着他们，这是个有年头的军队制服。马丁抓住海琳娜的手，他们得上去了，海琳娜看了这具尸体最后一眼。这个制服？这个士兵到底是谁？他的头转向一边，脖子处有什么东西在发亮，是士兵的名牌，它浮在水中。马丁紧紧抓着海琳娜的手，毅然决然地拉着她向上游，完全没有松开的意思。海琳娜把便携灯弄掉了，她向下，尽最大可能伸出胳膊，飞快地在尸体的头部和脖子上摸索着，她冰冷的手指抓到了名牌，然后用力把链子从尸体上拽下来。海琳娜攥着这个长方形金属片，向上游时，她可以清楚地摸到金属片上刻的字，这是个士兵的名字。

Chapter 60

约克西姆睁开眼，眼前一片模糊，他又眨了眨眼，才把眼睛完全睁开，房间的光线太强，令他一开始无法辨别自己在哪儿。然后约克西姆看到面前有一幅画，就是那幅神秘女人，这张血红色的脸就是露易斯，克利桑德之前把他们拖到了上面的工作间。那幅画的旁边放着约克西姆的衬衫，他被脱掉了上衣。约克西姆的手臂被绑得很疼，他想把胳膊松开，但克利桑德绑得很紧，无论他如何挣扎，都无济于事。约克西姆很难吞咽口水，因为嘴巴被一团柔软的东西堵住了，这团东西被他的口水浸透，有股酸味，约克西姆想把它吐出来，但它堵得很严实。这团东西迫使约克西姆的下巴张开，让他一直半张着嘴待着，不能说话。转了转脑袋，约克西姆发现，就在他的旁边，艾琳被以同样的方式紧紧地绑着，粗布绳捆在手腕上，另一头拴在天花板横梁挂着的铁钩上，他们上方就是天空，约克西姆只能分辨出，现在是早上。怎么会……克利桑德的饮料……他们当时干了一杯，然后又来了一杯？约克西姆当时还说，好吧，谢谢，这是最后一杯了。饮料里是氟硝安定……它无色无味，是药店里卖的最常见的药，约克西姆有个朋友的女儿就曾在夜店的饮品中被人混了这个。约克西姆看着艾琳，她眼睛紧闭，上身向前摇摆着，一种突如其来的恐慌感涌上了约克西姆的心头，接着他看到了艾琳的胸部此起彼伏地向上，向下，再向上，还好她还活着，真是谢天谢地，艾琳还活着。约克西姆听着四周的动静，克利桑德去哪儿了？隐约能听到外面传来的城市的声音，城市中众多教堂钟的某一个正在发出声响报着时，约克西姆将头向后靠，透过八边形的天窗能看到天空，明亮而蔚蓝，一点云也没有，现在一定是早上，难道他昏迷了整整一夜？约克西姆试图移动双腿，但脚腕被紧紧地捆了起来，他被吊得很高，脚跟完全不能触到地面，整个身体的重量都被自己的前脚掌撑起。约克西姆挣扎着，但失去了平衡，片刻间他全部的体重都承受在肩膀上，这感觉难受极了，他迅速将身体转回了一开始的姿势。

“别乱动。”一个声音突然出现在了他的身后。

约克西姆听到椅子移动的声音，还有脚步声，然后克利桑德站在了他的前面。约克西姆能够闻到他呼出的口气：带着大蒜和肉味。

“早上好啊，约克西姆，希望你昨晚休息好了。”

克利桑德手里拿着一支画笔，用它在一张旧巴巴的画布上摩擦着。

“我觉得，你们应该在我工作时看点好看的东西。”克利桑德朝画点了点头，继续说，“你们喜欢她吗？”

约克西姆继续用双臂挣扎着，使出了吃奶的劲儿，手腕的绳子绑得很紧，磨得皮肤生疼。

“没用的，约克西姆，这纯属白费力气。不如放松一会儿，看看风景。”

克利桑德从约克西姆身后消失了，约克西姆再次绝望地挣扎着，踮着脚尖站起来，然后侧着身摇摆，将全部的力气集中在胳膊上，试图挣脱开手腕上的结。他感到背部有什么东西，什么东西在轻柔地抚摸着他。然后他缓过神来：克利桑德在画画——就在他的后背上，约克西姆竭尽全力挣扎着。

"白费力气。"身后传来不耐烦的声音。

约克西姆不动了，他的心脏狂跳不止，汗水从毛孔里冒出，他绝望地将头转到最大角度，各个方向都试了。艾琳发出了声音，然后她抬起头看着周围，整个人昏昏欲睡的，突然她惊了一下，扭动着胳膊，但这并没有什么用。艾琳踮起脚尖站着，和约克西姆刚刚的动作一样，她试图向旁边，向后面挪动，但这都是徒劳无功的。艾琳转过头看着约克西姆，起初约克西姆并不明白她为什么看起来挺清醒的，然后他意识到了，她料到了这一切，不知怎的……艾琳对这一切并没感到惊讶。

艾琳转过脸，很显然她能看到克利桑德，能看到他正在做的事。

"我很高兴你们找到了露易斯，我必须承认，作为曾经唯一一个欣赏她的人，我感到有点孤独。现在有你们做伴了。"

约克西姆感到皮肤上被画了几个轻柔而温暖的圆，画法精细而考究，克利桑德不时仔细地擦去约克西姆背上的汗水，然后继续不停地画着圆。约克西姆嘴里的那团东西给他一种窒息的感觉，然后他注意到，腿部一股热流流过，他小便了，完全控制不住自己了。

"嗯，这很正常。"克利桑德说着，并站了起来，"这是恐惧导致的。"他清了清嗓子，"这实际上是个有趣的现象，当人十分害怕并想要逃走时，会尽可能甩掉身上的负担，正如蜥蜴在遇到危险时会自断尾巴，我们人在裤子这儿也有类似的本事。"

约克西姆听到身后什么东西发出响声，他最大限度地转过头，克利桑德正小心地将一个钢桌挪到艾琳的另一边。桌子上放着个白色的搪瓷容器，容器底部装着个螺旋恒温装置，容器里有个厚实的块状物，是红色的，和他们面前这幅画的红色如出一辙，是胭脂红专业颜料，它需要不多不少刚好60摄氏度的温度。约克西姆的胸膛猛烈地挣扎着，克利桑德将一个三角凳放在艾琳背后，坐了下来，调整着角度，让约克西姆正好能够看到全部。克利桑德身体向前倾，温和地握住艾琳连衣裙上的拉链，然后解开了她的连衣裙，他把拉链一直向下拉到腰部下面一点，动作轻柔而充满爱意，然后将连衣裙脱下的面料摆到侧面，露出艾琳的背部，突然克利桑德一下将衣服彻底撕开，艾琳娇小的身材看上去变得更小了，十分脆弱。克利桑德将艾琳的裙子向下拉到她的腰部，露出她的胸。这个身材魁梧的男人也脱下了自己的衬衫，穿着一条老式的白色内裤。他的上臂像树干一样粗壮，胸膛被结实的肌肉撑起。克利桑德拿起一支画笔，将它在厚重的颜料中蘸了蘸，然后开始专心作画。艾琳看着约克西姆，她看起来有些……抱歉？

“露易斯对我很好。”克利桑德突然说，“露易斯了解整个流程，而你对此一无所知，但我觉得艾琳是知道的。我想对艾琳好点，就像露易斯对我那么好一样。”

约克西姆做着最后的思考，有什么办法能让他脱身吗？

“我在练习时，付给了露易斯很多钱，我在她后背上画了太多次，然后我才……我试过各种不同的……方法，然后才找到了正确的那种。对我来说，绝对不能让它看起来像皮革，其实很难找到我所需要的那块脆弱的表面。”

克利桑德不满意地捏了捏艾琳的皮肤，她发出一阵阵声音，如果可以的话，艾琳当然会叫出声来了，但绝大部分的声音都被塞满她整个嘴的那块破布吸收了，这些都拜这个伟大的艺术家所赐。

“哎，你的皮肤颜色太深了，约克西姆的皮肤都比你的强，不过没关系，我们就地取材，也算原汁原味，这是我一直以来的工作信条。很多人以为我会计划好全部内容，的确我喜欢去控制，但最极致的掌控，其实只有在人学会放轻松时才会获得。也就是当人能够兵来将挡，水来土掩时。”

克利桑德揉了揉自己的络腮胡子，然后继续说：“既然你们都送上门来了，我就又得到了机会。我并不觉得这次能做得比上次的露易斯更好，我觉得上次已经是我的艺术高峰了，不过现在看来，也许她只是个开始。”

将纤细的画笔蘸在颜料里，克利桑德略微调了调恒温调节器的温度，继续画着，突然他叹了口气。

“我付钱给了露易斯，给了她一大笔钱，但对她而言这并不够。”克利桑德在他们身后说。约克西姆头一次从克利桑德的声音里听出了其他东西，一直以来克利桑德都带着世界级成就，不过现在，当他谈到露易斯是如何偷偷用手机给他录像时，他自信的声音变成了低声细语。克利桑德鞭打了露易斯，用尽一切手段折磨着她，这一切都被露易斯的小相机记录了下来。这些可怕的画面将毁掉这个伟大艺术家的职业生涯。

“露易斯并没有出现，但我找到了她，就在那个铁具厂的外面，她当时和一个疯女人一起住在那里，那个女人当时被什么事情刺激到了，没人知道真正的原因是什么。”克利桑德说，他离约克西姆的脸近极了，“但现在我明白了，那就是你的海琳娜，对吧？”

约克西姆惊讶地看着克利桑德，他是怎么知道的？克利桑德笑了，“是你告诉我们的啊，就在那间地下室。”他说着拍了拍约克西姆的脸颊，在地下室里，约克西姆曾瞥见的那个高大而手臂粗壮的男人……竟然是克利桑德。

“当我正在扒露易斯的皮肤时，她吓了我一跳，我以为这下可以得到两张新画布了，但这个疯女人拼命抵抗。我打了她的头部，将她击倒在地。”克利桑德说。约克西姆的眼前浮现了这幅带有疼痛感的画面，想着海琳娜躺在铁具厂的冰冷地面上，克利桑德重击了她的后脑勺，将她击倒在地，想要把她打死，海琳娜当时刚从她可怕的家族丑闻中逃离，躲了起来，想尽一切办法凑钱，想让孩子们离开埃蒙德和卡洛琳，然后克利桑德出现了，他把露易斯打死了，然后盯上了海琳娜。但海琳娜抵抗着，用力踢了克利桑德，挣脱开来，然后反击了，也许用的是地板上的那几根铁棍，或者用了铁具厂里其他什么源于钢铁时代的东西，在那个时代人们构筑了一个充满黑暗与艰辛的新世界，海琳娜的父亲就是那个时代的一分子。海琳娜站了起来，想要逃离，上了年纪身体又沉重的克利桑德躺在那里痛苦地扭曲着身体，手里什么东西也没有。就在那儿，就在出口那里，放着露易斯的包，海琳娜拿起它，拖着受伤的身躯带着一个已经死亡的女人的包再次逃离。就和约克西姆那次从艾琳身边逃离一样，海琳娜神情恍惚地登上了渡轮，然后在海浪上度过了一整夜，在第二天早上来到了罗纳，身体脱水且鼻青脸肿，在温暖的晨光中，她晕倒在了从渡轮通向码头的舷梯上，再次醒来时已经在医院了。她忘记了一切，她的家庭、丑闻、谋杀、克利桑德——一切。

约克西姆试图用余光看克利桑德，他坐在那里，手里拿着画笔，若有所思地时而盯着画看，时而盯着露易斯的皮肤。他在艾琳后背上画了艾琳的画像吗？约克西姆的背上也被画上了自己的脸吗？他们也会被杀害，然后成为克利桑德疯狂罪行的另外两个无声见证者吗？约克西姆口干舌燥，胸部开始疼痛，之前没有感受过这种疼痛。

“最好先打个底……先打个底，让它彻底晾干，然后再扒下来，这些我都再熟悉不过了，不过……对你们来说，这只是生僻的专业知识，想必你们也不感兴趣。”克利桑德自言自语。

艾琳的头微微向前倾，看起来疲惫而茫然。约克西姆绞尽脑汁思索着有没有什么可以脱身的计划。

“其实我最不理解的，就是你了，艾琳。”克利桑德说，“你是了解我的啊，你从我在艺术学院那会儿就认识了我，如果说有什么人能看透我的心思，那这个人一定是你。”克利桑德站在艾琳面前，艾琳看着他。她在点头吗？约克西姆感到十分困惑。

“不过你为什么要自己送上门来呢？”克利桑德小声说，用手抬起艾琳的头，脸靠近艾琳，可以呼进她呼出的气息，“就是为了他吗？”

克利桑德轻蔑地瞟了眼约克西姆。

“就为了和他一起死在这儿？宁可去死也不愿意放手？是这样吗？”

克利桑德就站在艾琳前面，她向下看，克利桑德抓紧艾琳的下巴，用手强行抬起她的脸。艾琳充满戒备地看着他，嘴唇颤抖着。

“哎，多可人啊，我可人的艾琳，可是你也太傻太可怜了，居然为了引起他的注意，不惜利用我。你难道就不明白吗，艾琳，他压根就看不到？他就是个瞎了眼的小虫，命中注定在黑暗中碌碌无为。”

克利桑德放开艾琳的脸，然后艾琳闭上眼睛，她的鼻翼剧烈地抖动着。约克西姆感到血从头上流下来，他的双臂被吊得累极了。艾琳还爱着他吗，难道跟他一起来的真正原因是这个？难道她所谓的已经放下了，活得很自在，这些都不是真的？艾琳之前就知道把露易斯打死的人其实就是克利桑德？

克利桑德又绕了一圈，看着他们的后背，脸上浮现出满意的神情，然后他将头向后靠，太阳现在已经高高地挂在天上了。

“你们口渴吗？”克利桑德问，“不过遗憾的是我不能给你们水喝，因为我需要你们处在脱水状态，否则就无法继续进行下去了。我已经在你们后背画好了画，这些死去动物的胶状物正与你们的皮肤发生反应，它们正进入你们的身体，也可以说这些死去的动物正一点点渗透进你们的体内。整个过程需要以恰当的节奏推进，这很重要，这些颜料必须在你们的身体逐渐变干时，渗透进你们的皮肤。”克利桑德说。

用手擦了擦额头上的汗水，克利桑德慢慢闭上眼睛，吸气，呼气，将双臂举起放在自己头上，双腿并拢，他以这样的姿势站了一会儿，就好像是约克西姆和艾琳面前的一面人体镜子，然后他再次睁开了眼睛，身体微微向前倾，优雅地向前鞠了个躬。

“现在我要离开这儿，让太阳完成它的使命了。实话告诉你们吧，接下来的过程会是疼痛的，你们一定想着，在这个过程中会有什么人来解救你们，但别做梦了。我想让你们的身体慢慢变干，其实让身体被完好保存下来也是为了你们好。一会儿你们受不了时，就想想我说的话吧，疼痛是你们的必经之路，也是十分必要的。你们得献出自己的身体，能做到吗？”

然后他就走了，从约克西姆的视线中消失了，门在克利桑德身后缓缓关上。约克西姆看着他们头顶上方正散发着光和热的火球。

Chapter 61

警察一整夜都在尝试将两具尸体从湖里弄出来，警官在休息的间隙赶来了，他的后背宽大，脖子总是向下耷拉着，给人一种整个世界的所有重担都压在他肩膀的感觉。他快速握了下海琳娜的手，然后消失在湖边戒严区的人群中。警察的船正集中在湖的最深处勘察，在一小片范围内来回航行。马丁和海琳娜正坐在警车里，看着外面的人群在他们面前来来往往。马丁握着她的手，海琳娜捏了捏它，很庆幸自己不是一个人面对着这些，不安的情绪还在她体内蔓延。那具尸体真的是威廉吗？一定是威廉。但另一具尸体又是谁呢？她迫切希望能将这个石破天惊的消息告诉约克西姆，但就是死活联系不上他。海琳娜拿着马丁的手机坐在那里，又试了一次，约克西姆肯定把手机关了，还是说他把手机给丢了？

一个警察打开主驾驶座的门，坐进来后转头看着他们。

“那个名牌属于一个叫亨利·路易·米勒的人。”警察说，“你听过这个名字吗？”

海琳娜摇了摇头。

“他是个被外派到德国安斯巴赫军营的美国士兵，我们刚刚在国际失踪人员数据库里搜索到了他的名字。”警察说着扫了眼刚刚打出来的几份文件，“在一次假期中，他开着摩托车从德国北上，一直开到丹麦，然后就悄无声息地失踪了，他的家人找了他好几年。”

“这是什么时候的事儿？”海琳娜问，她对警察突然如此高效的办事风格感到很不习惯，他们居然已经调查出了这么多东西。

“1968 年。”警察回答，他的眼睛正从前车窗向外看。

“1968 年？他……”

马丁接过她的话说：“保存得也太好了吧，他们俩都是。”

警察谈到了这个区域的几个湖，以及那些源于冰河时代的无底洞，那里的环境由沙土和泥浆构建，处于缺氧的状态，同时酸性物质让细菌难以生存，因此那里也就没有能降解有机物的物质，海琳娜之前在一家博物馆听过类似的介绍。海琳娜思考着，想把这些信息和自己那个谋杀了威廉的父亲联系到一起，她实在搞不清楚，在谋杀案发生二十年后死于非命的这个士兵，和整件事情究竟有什么关系。她的思考被打断了，湖边有大事发生，警官们站在湖边等着正在驶过来的船，海琳娜将身体向前倾，想看清楚发生了什么。

“他们把尸体抬出来了吗？”马丁问。

“看起来是这样的。”警官说着打开了车门。

马丁和海琳娜也跟了出去，走到湖边，所有人都以同一种姿势站着，不约而同地将一只手遮在额头上以抵御太阳刺眼的光线，海琳娜再次为这具尸体究竟是否是威廉感到十分担心，想着万一这个湖仅仅是其他罪犯抛尸的地方可怎么办，如果真是这样，她手里就又没有任何有价值的线索了。潜水员靠近了岸边，他们小心地扛着那两具尸体，那两张脸，既如此有生气，又确确实实处在可怕的死亡状态。潜水员黑色的橡胶潜水服缓缓靠近，充斥着海琳娜的视线。草地上铺了个塑料托底，尸体被小心翼翼地放了上去，一群好奇而议论纷纷的人在死者周围围了一圈，技术员要求人群向后退，给他一些空间，然后先从那具身穿老式深色西服的尸体开始调查。有一个老警官说，这些技术员总是直接在案发现场调查，不会先将尸体挪到实验室，因为他们要先看尸体是否缺了什么，比如手指，或者其他什么器官，必须确认尸体状况后才能将它带离案发现场。

“是因为这两具尸体缺了什么，潜水员才再次下水的吗？”海琳娜问，她看到穿着潜水服的警察正安静地坐在橡胶艇里。

“不是的。”年长的警官回答，“他们想去找凶器。”

海琳娜推着人群向前挤了挤，她觉得自己有义务密切关注事态进展，毕竟如果不是为了她，他们也不会在这里干活。技术员仔细检查了威廉的衣服，翻遍了所有的衣兜，但一无所获。所有技术性的检验，包括对死者牙齿的检测，都无法在案发现场开展，需要等待进一步处理。技术员又开始检查穿制服的那具尸体，尸体脸上依然布满淤泥与沙土，海琳娜听到什么人在谈论这个制服，说它是美国风格的，并且是美国士兵休假时才会穿的制服。技术员在翻第一个口袋时就发现了什么，他慢慢将一个保存完好的钱包从口袋里拿了出来，小心地打开，然后把里面的东西拿了出来。里面有一些零钱，既有美元也有旧式丹麦克朗，包括五分和一角的，接着继续掏另一个兜，里面是空的，不过在裤兜里又有所收获，里面有个小的黑色容器，技术员疑惑地把它拿了起来。

“这是个什么东西？”他一边问另一个技术员，一边轻轻摇晃了下手里的东西。

“里面有东西。”技术员说着抬起手想把盖子打开。

“不要！”海琳娜喊道。

所有人都惊讶地回过头，海琳娜推开人群，冲到最前面。

“这是那个年代的相机胶卷，那个时候人们还用老式相机呢。如果你们现在打开它，所有的影像在曝光后就消失了。”海琳娜快速说。

技术员看着这个塑料容器，明白了海琳娜的意思，然后有点脸红，他本应该自己发现的。技术员赶紧把这个容器放进一个小塑料袋中并在外面注明了物品类别，这些照片要在实验室进行进一步处理。

警察认为这两具尸体之间一定存在某种联系，所以他们要求海琳娜也跟着去实验室。这间实验室在奥胡斯，专门处理各种照片，现在这种实验室已经不多见了。警长觉得海琳娜能帮到他们，毕竟她是尸体的第一发现人，也熟悉其中一个尸体的面孔，了解这段陈年往事里的各个主角。她和马丁告别，他们拥抱在了一起，这感觉有点奇怪，最终帮助她的居然是一个陌生人。海琳娜与埃蒙德在一起时，从没觉得像现在和马丁在一起时如此有安全感。

“谢谢你，马丁，我永远不会忘记你为我所做的。”海琳娜小声说，拥抱着他。

海琳娜坐在警官旁边的副驾驶座上，警官等她系好安全带后发动了引擎，他们很快驶进了高速公路，行车过程中彼此陷入沉默。海琳娜看着窗外，顺便听老警官打手机时的对话。

“技术员将照片与尸体进行了比对，结果显示这具尸体就是威廉·Hirsch。”警官说，但同时也反复向海琳娜强调一切还尚未有定论，还需要进行DNA检测与其他技术性检验。海琳娜很清楚他们能去哪儿找到威廉的DNA，她手里有证据了，卡洛琳和埃蒙德再也不能掩藏真相，再也不能诬陷海琳娜疯了或者以这个为借口把她关起来。

“基本可以肯定，如果这个名牌是正确的，另一具尸体是一个叫亨利·路易·米勒的士兵。我们现在要挖掘出他是如何卷入这个事件的。”警官继续说。

“你们确定这两具尸体之间存在关联吗？”海琳娜又一次问。

“两具尸体偏偏挨在一起……好歹我也干这行这么多年了，依我的经验，这不可能只是巧合。”

“不过这两个尸体的抛尸时间差了二十年。”海琳娜提出了异议。

他们在一栋独栋房子前停了下来，海琳娜好奇地看着这个有点无聊的红色石头房子，它只有一层楼，两个停车库。

“我们找来了一个老照片爱好者，这可费了好大劲呢。”警官说。海琳娜走到门边，他们等了片刻，一个已经退休的照片爱好者把他们带了进去。照片爱好者身上有一股油烟味，还有股宠物狗的味道。海琳娜和警官跟他来到地下室，走进一间天花板很低的房间，房里的窗户都遮上了。海琳娜看着他，这个人叫索恩，身材很瘦，但却有个大肚子，天知道他做了什么，才会让身体所有地方都瘦巴巴的，只有胃部周围肥嘟嘟。索恩小心地把身后的门关上，把房间里照明的灯关上，然后打开旁边的工作灯，房间充斥着红色光线，海琳娜的眼睛需要一点时间来适应它。照片爱好者轻车熟路地在两张桌子之间狭窄的过道里走来走去，往一个很浅的小桶和另一个容器里倒了液体。海琳娜还在努力思考整个事件的脉络，这个美国士兵，到底在丹麦做什么呢？为什么他的尸体会出现在湖底，还恰恰就在威廉的尸体旁边？

“我现在要把灯全关掉。你们想在里面还是在外面等？”

海琳娜和警长都在外面的太阳底下等着，反正就算他们待在里面，贴着那个年迈的照相爱好者站，也帮不上什么忙。等待的时间很长，海琳娜沿着小房子外的路来回走动，打发着时间，看着年轻的母亲带着她们的小孩回家，修理工们有的推着修好的洗衣机，有的要去修房顶上的雨水槽，这就是寻常人们的生活。海琳娜想起在基督岛时，约克西姆在某一个晚上说过的话，他引用了鲁滨孙·克鲁索的父亲在鲁滨孙出海前曾告诉他的话：平凡其实是一种幸福。这位父亲并不希望鲁滨孙去追求财富与名望，他觉得一个人要敢于接受人生中的平凡，接受普通的柴米油盐，其实这比大富大贵要幸福得多。

“中产生活。”海琳娜小声说，然后看着不远处的一栋黄色小房子。鲁滨孙的父亲曾谈到了中产的幸福，谈到要知足常乐，敢于享受与亲友在一起的小确幸，实现工作与生活的平衡，培养一个自己的爱好，就像这个老照片爱好者一样。但有的人听不进鲁滨孙父亲的话，比如克鲁索和艾克塞，他们都步步为营，总想索要更多，索要过多。

“苏贝格夫人？”

海琳娜转过身，看着警官。“他已经把照片洗出来了。我们进去吧？”

海琳娜跟着两个警官来到地下室，进到暗室里。

“底片已经处理好了。”老照片爱好者说，“现在要看的就是上面到底是什么了。”

海琳娜小心地走过桌子来到他的身旁，看他如何处理底片。老照片爱好者用一个塑料剪钳将一张空白底片夹起来放到一个平底容器中，片刻后，又将它放到旁边的桶里，他的动作不紧不慢，同时处理着很多不同的底片与小桶，他指了指其中一个小桶。

“好像有结果了。”老照片爱好者愉快地说。

海琳娜看了过去，起初并没有发生什么，然后有什么东西慢慢显出轮廓，阴影逐渐展开，然后渐渐变亮，之后图像就清晰地显现了出来。这是片草莓地，几个年轻人沿着一排草莓站在一起，身体向前探，这些色彩都属于另一个时代——柯达的年代，不知为什么，它看起来好像比那个时代的照片更清楚，很显然这只是一种错觉。又有一张照片洗出来了，还是在草莓地里照的，照片里的三个男人肩并肩站着，手臂挽在一起，他们穿着T恤和短裤，浑身是汗，很年轻，心情也很好。海琳娜仔细观察着这些面孔，其中一个是亨利吗？海琳娜不知道自己要找什么。老照片爱好者用剪钳将照片夹起来，将它放在另一种新的洗液中几秒，然后把它放在天花板下挂着的一根绳子上晾干，这根绳子横跨了整个房间，在房内的红色色调下很难看清楚。“等等。”海琳娜说，警官看着她，然后她看着亨利，看着这个年轻的美国士兵。

“你还好吗？”警官在她背后问。

“我知道这个死去的士兵到底是谁了。”海琳娜说，她转过身，看着警官，“我知道他是谁了。”

Chapter 62

太阳履行着自己的职责，逐渐接近天空的高点，虽说现在还没到中午，情形已经变得越来越糟糕了。约克西姆看着艾琳，想要说点什么，但他只能从被堵住的嘴中发出支支吾吾的声音，艾琳眨了眨布满血丝的眼睛，汗珠从她脸上流下来。克利桑德就在外面吗，就在门的另一侧吗？他是不是正坐在外面凉爽的空气中，平心静气地等待他们的身体变干？

《神秘女人》这幅画就在他们面前，画中女人的表情引人入胜，约克西姆很难将视线从她身上挪开，这个女人曾经是个活生生的人，也会呼吸、思考、吃喝、爱恨。不一会儿，约克西姆能从画中看出更多东西，真切感受到，这个女人的表情不同寻常，她以一种特殊的方式顺着肩膀朝斜后方看去，她的眼睛与另一个正盯着她的人对视着，眼神中带有一丝和蔼，这正是露易斯的眼神。这幅画直接取材于死去的露易斯的皮肤，她对约克西姆，对克利桑德，对许多正看着她的人都报以同情的眼神，她宽恕了无休止地对女性的憎恨，正是这种憎恨夺去了她的生命，这种对女性的憎恨居然是很多像克利桑德这样的艺术家创作的动力……它也是约克西姆的创作动力吗？艺术家要想成功，就需要先被他人忽视，被爱情忽视，然后在缺乏爱的环境中，一部分艺术家会被彻底摧毁，而另一部分能走向伟大，艺术家得先牺牲自己独一无二、海誓山盟的真爱，然后才能被成千上万的大众所喜爱。然而每多一个粉丝，每多卖出一本书，每在宽敞的画室中多挂上一幅画，艺术家的心中就会再多一分压抑，这也是为什么很多艺术家都喜欢找年轻女性寻欢作乐。但有时这么做的劲儿还不够大，于是克利桑德便选择虐待并羞辱女性，但这依然不够，这还不足以释放他内心的愤怒与不满，最终克利桑德走向了终点，他把露易斯打死了，扒下了她的皮。就在这里，在约克西姆的面前，露易斯抵抗着，用温柔的眼神以及她小而红的嘴唇周围那抹意味深长的自然的微笑，表达着自己无声的抗议。毫无疑问，露易斯已经原谅了这些男人对女性的仇恨，她无声地说着：你们杀死我的同时，也杀死了你们自己，你们已经失去了一切，而我却将永存。

是的，约克西姆亲手杀死了自己，他突然明白了自己这么多年来是如何一步一步走到这个地步的，想着自己是如何激发出艾琳脾气暴躁的一面。约克西姆曾用一次又一次的敷衍与专横激发出了艾琳内心的怪兽，这都是他一手造成的。当约克西姆向艾琳请求帮助时，便好像又给了她一个机会，艾琳又一次妥协了，又一次顺了约克西姆的意，让他们一同开始了通往地狱的旅程，手牵手灰飞烟灭。

艾琳的眼睛紧闭，呼吸沉重而困难，前后微微摇晃，约克西姆将绝望的眼神移开来，向上看，但灼热的日光刺痛了他，将头向前伸，将下巴抵在胸膛上，约克西姆闭上了眼睛，眼皮后面的黑暗是如此凉爽。片刻后，海琳娜抬起了头，她甩开金发，看着约克西姆，那种痛苦的感觉再次由喉咙向外撕裂开来。约克西姆一想到自己可能再也见不到海琳娜，便痛不欲生。没人知道约克西姆和艾琳现在在哪里，也许很久以后警察会开始寻找他们，他们当然会这么做了，但克利桑德可以付一大笔钱来处理掉他们的尸体，这次他会变得更精明，确保自己完全不会留下任何线索。他这次绝不会像杀死露易斯那样，让约克西姆和艾琳的失踪与伟大艺术家又一个神秘作品之间留下蛛丝马迹，这次克利桑德要做得干净漂亮。如果没有人能发现克利桑德的作品与谋杀案之间的联系，也就没有什么能够洗清海琳娜的谋杀嫌疑，海琳娜的余生将在监狱中度过。警察已经在露易斯的尸体上发现了她的DNA，警察们也不再需要其他证据了，哦，不。约克西姆的双臂绝望地挣扎着，可绳结打得很紧，完全没有松动。他扭动着身体，皮肤传来一阵疼痛，屋里的温度越来越高，已经有地方开始起火苗了。房里的声音令艾琳睁开了眼睛，她痛苦地看着约克西姆，能够看出，她已经放弃抵抗了，但约克西姆还不愿意。约克西姆双腿弯曲，将身体全部的重量压到胳膊上，感到身体的重量迫使肩部周围的肩关节完全展开，疼痛迅速顺着胳膊蔓延开来，一直传递到背部，绳结依旧没有松动的迹象。约克西姆把腿放回到地板上，用力跳起，再让身体沉重地下落，就这样做了一次又一次，但绳结一点也没松动。再次让双脚踩在地上，约克西姆思考着该怎么做，太阳现在已经高高地挂在天上了，炙烤着他们，汗水流到约克西姆的眼睛里，后背上的汗汇成了水珠顺着脊背往下流，要是能喝水就好了，想用冰凉的水洗把脸，让头脑清醒些，现在好像所有的理智都顺着汗水从他体内流走了。

一个人最多能在桑拿房里坚持多久？约克西姆整个身体都在喊着要喝水。太阳残酷地炙烤着他们，天上连一片云也没有，蔚蓝的天空中没有一丝遮挡，没有一丝保护，现在这里面得有多热了，50摄氏度，还是更热？约克西姆低头看着地板，眼睛肿胀难忍，如果足够热的话，身体也能起火自燃吗？他一定漏掉了什么，约克西姆知道自己一定忽视了什么，但越是努力去想，他的脑子越不转，一定有办法的，任何事情都有解决的办法。突然约克西姆发现了地板的一样东西——是揉成一团的布，这个白色画布上到处都是红色颜料，血红色的颜料，这团布，是克利桑德用来擦画笔的。60摄氏度，这颜料需要不多不少刚好60摄氏度才能用，再热一点都不行，这个关于专业颜料的知识是艾琳告诉他的吗？不，是那个画廊的店员跟约克西姆说的，他说，处理这种颜料时一定要小心，因为它很危险，很多艺术工作室都因为这种颜料起火了。所以，这团擦了足够分量的专业颜料的抹布是可以自燃的，自燃。克利桑德曾小心地给搪瓷球盖上盖子，并把它们带了出去，他一定也考虑到了火灾风险，但他忘了这几块抹布。现在抹布就在桌子上，但不在太阳底下，如果约克西姆能将桌子拉到太阳底下，拉到他和艾琳的中间，不就可以……？约克西姆向上看，绳子被紧紧拴在他们头顶的横梁上，约克西姆伸出一只脚，试图够到桌子。这并不是一张沉重的桌子，因为克利桑德日常作画不时就需要挪动它，要是能让它离得更近些就好了，最好就放在他们之间，被太阳最强的光线直射。约克西姆离这张桌子还是太远了，特别是他现在就像达·芬奇画作里的维特鲁威人一样，被紧紧捆住，双手向两侧张开。但也许……如果艾琳能推动这张桌子，哪怕一点点，如果火苗能一直延伸到上面，延伸到横梁上，横梁便会先起火，火会往上走……这是个机会，只要他们不先被烟呛死。

约克西姆张开嘴发出声音，艾琳费力地抬起头，透过烟雾看着他，约克西姆急切地朝艾琳身后的桌子点着头，用脚朝那个方向踢了踢，她疑惑地转过头，看着那张桌子。约克西姆双脚站在地板上一会儿，休息片刻，积聚着力量，然后踮起脚尖，朝旁边晃过去，疼痛难忍，约克西姆伸出腿，用脚尖保持着平衡，整个肩关节又一次因为剧烈的运动完全展开了，竭尽全力，约克西姆伸出腿，终于，艾琳明白了。真明白了吗？至少她开始参与其中了，她离桌子可比约克西姆近多了。艾琳成功将桌子推了几厘米，桌子摩擦地板发出的声音似乎给了她某种东西，是一种希望，一种她也能做些什么的感觉。努力啊，约克西姆兴奋地朝她点着头，艾琳又试了几次，似乎马上就要放弃了。不过她又蹬起了双腿，整个身体的重量承在胳膊上，约克西姆完全想不出这个如此瘦弱的女人是如何承受这一切的，但她的确让桌子离约克西姆更近了，然后艾琳松缓了身体。现在约克西姆能用脚够到桌子了，他将桌子拉到太阳底下，现在桌子就在他们之间。艾琳看着桌上的抹布，现在她能明白这一切了，不安地看着涂了专业颜料的抹布，鼻翼微微颤抖着。

他们能闻到，这是种胶的气味，艾琳摇着脑袋，眼睛仿佛在说不，这实在太危险了，火势是不能被控制的，他们很可能在这里被烧死。第一缕烟在他们之间的抹布上升了起来，他们看着彼此，艾琳也知道，这是他们唯一的机会。约克西姆有那么一刻曾担心火燃不起来，但不一会儿他就看到抹布燃起了黄色又略带弱蓝色的火苗，它之后的进展很快，顷刻间桌上所有的抹布都燃烧起来，就像发生了爆炸一样。火焰贪婪地吞噬着木制的桌子，然后火焰向上移动，向上移动，速度快极了。约克西姆看到艾琳正以和他一样的姿势站着，咬紧牙关，也许在想同样的事情，被火烧死总比被太阳烤干了要强。

艾琳踮着脚尖站着，将身体向旁边靠，以尽可能远离火焰，但她被撕碎的裙子并没有跟着她的身体移动，火焰突然在石头地板上形成一条火线，克利桑德曾在地上洒了颜料吗？火焰沿着墙以闪电般的速度占据了约克西姆的另一侧，并没有烧到他们头顶上方的横梁。艾琳的裙子边缘也有了起火的迹象，情况越来越危急，约克西姆胯部的皮肤开始疼痛，然后疼痛突然蔓延到背部，他身上的专业颜料已经开始发热了。艾琳是对的，这实在太危险了，他们根本控制不住火势，很快会被烧死在这儿。要不是嘴被堵上了，约克西姆真想大喊，他的嘴发出绝望的声音，桌子上全是火，抬头看着横梁，横梁底部已经黑了，但烟已经蔓延开来，艾琳喊叫着，约克西姆闭上了眼睛，他脑子里想着:

上帝啊，我从没像现在这样仰仗着你……身上的疼痛实在太剧烈了，约克西姆放弃了祷告，睁开眼，看着上面，火焰，已经烧到横梁上了，约克西姆想去喊艾琳，她并没有回应。火焰狰狞着，约克西姆知道他们已经没有时间了，这一切将很快化为火海。约克西姆想让绳子离火焰更近些，但他突然意识到，这个计划是不可能成功的，火焰无法成为他的刀刃，无法为他割开上面的绳子。他马上就要死了，那幅《神秘女人》也将在这里被烧毁，能洗清海琳娜谋杀露易斯嫌疑的证据也即将化为灰烬。这一切……都是约克西姆的错，再过几秒钟，他就要死了，但他死后也无法归于平静。约克西姆透过浓烟看着艾琳，她得到安宁了，约克西姆也已经无法再睁开眼睛，这实在太疼了。

“艾琳！”约克西姆喊道，他透过堵在嘴里的布发出的声音是如此绝望，艾琳并没有回应，她已经晕过去了，也许已经死了。

Chapter 63

警长步伐飞快地走了出去，老照片爱好者说这没有什么关系，毕竟地下室的另一侧也是黑暗的，不会让能毁坏照片的光线照进来。海琳娜试图捕捉正在暗室门的另一侧打手机的警官言语间的零星片断，她的脑子一刻也不肯放松，听起来有什么重要的事情发生了，他们在湖里又发现了别的什么。难道这东西重要极了，以至于他们不肯让海琳娜听到？这到底是怎么一回事？警官终于回来了，海琳娜急切地看着他，警官在犹豫，这点海琳娜能从他的眼里看出来，他不应该告诉海琳娜与案件有关的信息，毕竟她是谋杀案嫌疑犯，应该对她有所回避。

“没有我，你们根本发现不了这些。”海琳娜冷静地说，以她从原来那个海琳娜·苏贝格学到的方式紧紧盯着警官，她的眼神咄咄逼人，坚定而目的明确。

“他们找到了个凶器。”警官低声说道。

“在湖底吗？”

“就在尸体不远处，他们用水下金属探测仪进行了探测……”他笑了，“我原来从没用过这玩意儿。”

“这个凶器就是……”海琳娜想该以什么话接下去。

“这还很难说，特别是指纹并不能在水下保存很久。”警官说。

那个老照片爱好者又把几张照片挂了上去，警官看着这些照片。

“你有什么发现吗？”警官问道。

“看看这几张。”海琳娜说，她指着几张在草莓地拍的照片，一群人坐在海滩上，眼睛里还隐约能看到太阳，他们朝照相机笑着，这是旧时代特有的笑容。警官仔细研究着照片上所有的面孔，仍然不知道自己该把注意力集中在哪里。其实海琳娜在一开始时也是这样，直到她看到了它，照片上有两个人环抱在一起，其中一个女人留着长发。这两张脸转了过去，他们正盯着旁边的一棵树，这要不是拍照失误，要不就是摄影师想试试与众不同的艺术花样。又有几张照片被挂了起来。警官和海琳娜一张一张仔细看着这个死去士兵的艺术展，警官看着海滩上的几个年轻人，又看了看照片上的所有面孔，他们是那么得开朗而愉快。这是幅拍在夏天的照片，人们正在摘草莓，这是个星期五，那个长发女人也在这里，她爱意正浓地看着摄影师。

“我该看什么呢？”警官问。

“你知道我丈夫长什么样吧？”

“当然了。”

“他在照片上吗？”

“他怎么可能在上面呢？这是60年代拍的照片啊。”警官说。然后警官看到了他——那个美国士兵，亨利。这就好像在看埃蒙德的照片，他有着埃蒙德的直鼻子，埃蒙德的宽下巴，埃蒙德的大眼睛，还有埃蒙德结实浓密的黑头发。

“这是他的……？”

“父亲。”海琳娜说，然后指了指摩托车上坐在亨利旁边的那个年轻女人，“这是她的母亲。”警官盯着这个女人，是卡洛琳，当时她是那么年轻，漂亮，显然坠入了爱河，她的胳膊环抱着亨利的身体，是那么得开心,这两张快乐的面孔看着彼此。卡洛琳与亨利,他们是埃蒙德的父母。

Chapter 64

约克西姆抬起头，火焰已经吞噬了房间里绝大多数的木制品，高温已经几乎要夺走他们的生命，他已经看不到艾琳了，浓烟已经阻隔在他们之间，弥漫得到处都是，火焰唯一没有蔓延的地方，就是绑着他们的绳子。约克西姆想起了海琳娜，眼前浮现出她的身影，每天早上醒来时，她便会打开房门，来到约克西姆身后看着他，她会叫喊着，叫着约克西姆的名字……还是用外语。不，约克西姆抬眼一看，这喊声，不是海琳娜的，是赶来的人群的，有人已经看到了这里的大火。约克西姆嘟着嘴叫喊着，用吃奶的劲发出最大的响声，尽全力踢着桌子，桌子翻了过去，但这并不足以平息火焰的怒火。约克西姆突然又看到了艾琳，一定是他刚才踢来踢去的动作驱散了浓烟，艾琳现在悬空挂着，双脚完全离开了地面。约克西姆听到越来越多的声音从下面的院子传来，这些意大利人彼此说着什么，突然，外面的台阶传来了脚步声："Attenzione（意大利语：小心）！"一个叫喊声传来，这是谁的叫喊声？好像有谁在要求别人后退，不要走进火海中，又一次喊道："Attenzione（意大利语：小心）！"又有越来越多的人喊着什么，约克西姆努力转过身，朝门看过去，它开了吗？约克西姆尽可能发出最大的声音，然后他突然看到了，一个身影出现在浓烟中，一个人走了过来，有那么一刻约克西姆觉得自己看到了克利桑德的脸，不过其实这是个年轻的意大利男人。这个年轻的意大利男人把身上的毛衣向上拉到了鼻部，惊恐地看着约克西姆与艾琳，然后他的朋友出现在了他的身旁，他们朝彼此叫喊着。约克西姆不得不再次闭上眼睛，他的眼睛实在太疼了，那几个意大利人和绳结较着劲，它们系得实在太紧了，其实这也是约克西姆的错，在一次又一次的挣扎中他让绳结反而变得越来越紧。哎，好了！一只手被放了下来，在一个年轻意大利人的帮助下，约克西姆用快速而颤抖的动作将另一只手的结解开了，自由了，真正自由了。约克西姆的胳膊感到出奇的轻松，他摇晃着胳膊，让血液得以流动，这样就能重新控制好它们了。另一个意大利人努力去解开艾琳手腕上的结，艾琳的裙子上到处都是小火星，约克西姆跑向艾琳，扯开她的裙子，一脚将那张燃烧着的桌子从她身旁踢开，艾琳后背的皮肤也出了很多汗。两个年轻人全神贯注地解着结，一人各负责一只手，约克西姆把艾琳嘴里的那团布掏出来后，她发出痛苦的呻吟声。约克西姆也将自己头周围的一圈绳子解开来，将嘴里的布吐出来，火焰已经烧到了墙壁的宽木构架上。

“赶紧的。”约克西姆用沙哑的声音说，这声音他自己几乎都认不出来。

艾琳看起来格外不知所措，一个意大利人将她抱了起来，抬离地面。约克西姆朝浓烟与火焰望去，那里还留着海琳娜无罪的证据。也许他和艾琳见过了它就够了？这已经足够让海琳娜脱罪？

“不！”

约克西姆跑回去时，他听到那个年轻的意大利人在自己身后一遍遍地这样喊道，约克西姆跑回到浓烟、火焰与高温中，“不！”约克西姆弄翻了桌子，他的腿很疼，但他忍痛站起来，挥动着胳膊，绝望地在浓烟中呼扇着，想看清前面的东西，然后意大利人抓住了他，握紧了他的一只胳膊，吼叫着。约克西姆放弃了，任由他将自己拉出去，然后约克西姆看到了它，在地板上，《神秘女人》就在那里。约克西姆用力挣脱开，在年轻人再次抓住他之前，约克西姆的一只手紧紧地抓住了画。这次他再也没有任何抵抗，跟着年轻人走向出口，朝着光明与生命的出口走去。

约克西姆被救下来时，艾琳已经裹着毯子躺在了院子里，一个女人坐在她的身后，在她的伤口上倒了点水，又给她喂了点水。那两个意大利人架着约克西姆坐了下来，大家都在忙活着，总是不停地有更多人进到院子里。那两个年轻人想跑回去救火。约克西姆听人说，刚刚有人看到一个男人还在一层屋里没出来。又有几个人已经在努力撬开门了，门从里面反锁了，约克西姆朝窗户往里看过去，火焰正在里面肆虐，那里就是几个小时前，他们和克利桑德一起用餐的地方。约克西姆突然看到了他，看到了克利桑德的身影，他宽阔的肩膀，并听到了他的一声叫喊。约克西姆觉得，这些年轻人是不会明白的，他们不会明白克利桑德宁可将自己烧死，也不愿意自己的老底和丑闻被当众揭开。

“约克西姆？”

他转过身，这是艾琳的声音，约克西姆朝她笑了笑，然后闭上了眼睛。

Chapter 65

约克西姆感到睡意昏沉，周围水声一片，这种感觉持续了片刻后，约克西姆有了种在岛上的岩石上搁浅的感觉，还是说他一直都躺在那里，沉浸在一片漆黑与死寂之中？他已经死了吗，像一潭死水一样？不，他现在搁浅在了岩石上，浑身都很疼。约克西姆醒了过来，以一种模糊的视线看着周围，就好像以水的视角在审视着这个世界，然后，他感到自己又一次坠入了绝望之海。约克西姆想，索性就让自己这样消失吧，就让这由 206 块骨头和 9 万公里长的血管与动脉组成的约克西姆，从这个世界永远地消失吧，谁还会记得他，谁还会怀念他呢？他的家人？恐怕不会。他的读者？更不会了。“不，不行。”约克西姆突然小声念叨，上帝，请你抛下我吧，这是最后一次了，把我抛在尖锐的岩石上，就这样把我的生命抛出去吧，但上帝并没有听到他的话，约克西姆并没有死。

已经过了几天了吗？还是几周？约克西姆醒了，但这次醒来的方式与以往都不同，他醒来后并没有一点想要继续睡去的欲望。他看了看周围，这是个巨大的房间，单间里带了两个窗户，轻薄的白色窗帘遮挡着外面下午的日光。窗户不时轻轻摇动着，在房间里留下清脆的响声，有一辆火车开了过去，约克西姆意识稍有清醒，感到十分恶心。

护士强迫他喝下一些水，然后告诉了他现在的状况。约克西姆正在巴勒莫的一家名为维拉·玛利亚·艾利欧挪的医院里，医院名字太长，但大概就是这个名字，这里风景如画，是个适合走向死亡的好地方，比其他任何地方都要适合。如果约克西姆在这里的照片出现在他即将出版的新书上，出现在最后一页的作者简介下，一定看起来挺不错的。约克西姆，于1966年元旦之夜出生于洛兰岛的霍斯隆纳，于2015年在西西里岛的巴勒莫去世，他的人生旅程始于丹麦的边端，终于欧洲的边端。

约克西姆能听到外面传来的一阵急促的脚步声，还有小声说话声，话音中充满了关切，偶尔还有激动的声音或者咳嗽声传来。他低头看着自己：全身都是绷带以及巨大的烧伤膏药，他的背部情况最糟糕，到处都是水疱以及开裂的伤口，不得不侧身躺着，所有没被绷带覆盖的皮肤，都被涂上了又厚又黏的药膏。他的肺部能感受到撕裂般的疼痛。尽管如此，约克西姆在从自己和医生为数不多的交谈中得知，自己其实是十分幸运的，医生用极其蹩脚的英语告诉他，他很快就可以恢复了。但约克西姆询问艾琳的状况时，医生迟疑了，这个迟疑的时间太过长久，他极力想出相关的英文语法与词句，费劲地向他解释着他们已经尽力了……“那个丹麦女人”“中毒”“肺部”“很严重”。约克西姆为艾琳的情况感到无比揪心，艾琳在来之前应该已经知道克利桑德是谋害露易斯的杀人凶手，或者至少心里有所怀疑，约克西姆真是搞不明白艾琳明知道情况为什么还要跟他一起来。约克西姆放弃了对这一问题的思考，转而去想海琳娜，实在是太想念她了，以至于他分不清心痛是否比身上的烧伤更痛。约克西姆能真切地感受到疼痛从身体的最内部一直蔓延到最外部，他想着克利桑德的作品——《神秘女人》，那幅画从那栋烧毁的建筑中被带出来了吗？约克西姆不断地回忆着当时下台阶的情形：当人们把他抬出去时，他的胳膊底下夹着《神秘女人》，但从那儿以后他就失去了意识，什么都不记得了。如果没有那幅用露易斯的皮肤做的画，就没有证据来证明杀死露易斯的是克利桑德了，那么这一切就都前功尽弃了。海琳娜的面孔一直在他眼前浮现，闪烁着光芒，啊，他那美丽而完美的海琳娜，他与魔鬼克利桑德一切的一切的斗争都是为了将海琳娜从监狱里拯救出来。一想到海琳娜可能会为自己从没有做过的事被关进监狱，约克西姆整个人就痛苦不堪。然后约克西姆有了一种强烈的负罪感，艾琳，医生现在正竭尽全力挽救她的生命，而他心里想着的，却只有海琳娜。

一个护士走了进来，她身后还跟着两个穿制服的男人。

“警察来了。”护士说。

这两个男人把警帽夹在腋下，看起来严肃极了。护士走了出去，过了一会儿，又拿着两把椅子走了回来，放在了床边。护士迅速地将约克西姆的床单抹平，就好像是为了让他看起来稍微像点样子，然后她走出去，把门带上了。这两个警察的胡子都修剪得很干净，约克西姆觉得他们应该四十岁左右，都结婚了，因为约克西姆看到了他们无名指上的金色结婚戒指。就在这里，在这间靠近大海的房间里，上帝展现了欧洲中年男人的样板。但同样是欧洲中年男人，他们和约克西姆是那么千差万别，这两个英俊的、循规蹈矩的、对上帝极其虔诚的男人都结婚了，并且有孩子和一切的一切作为他们人生的保障，但躺在床上的这个男人，他总是爱上错误的女人，然后把生活搞得一团糟。

其中一个警官看了眼手表，然后清清嗓子与另一个警官小声说着什么，另一个警官，看起来警衔挺高的，他不耐烦地站了起来，打开门朝外面的过道望去。不久后又进来了一个男人，这是个穿着合身西装的灰发男人，身材瘦削，脸部线条十分清晰，他直接走到了约克西姆身旁。

“我叫弗兰森·维鲁姆森，是丹麦驻意大利大使。”大使说，然后在房间里留下了一个很长的停顿，“我特意从罗马飞到这里的，你现在感觉怎么样了？”

约克西姆耸了耸肩，什么也没说。

“我们把你从一家公立医院转院到了这里，这家医院的专长就是治疗烧伤。”大使说着摊开了双臂，“警察想问你一些问题。你……愿意吗？”

“可以。”约克西姆小声说，“还有，谢谢你了。”大使惊讶地看着约克西姆，然后他笑了笑。这个饱满的笑容瞬间让约克西姆再次想要活下去，也许感恩会成为他新的人生动力吧，这么多年来他一直都在向别人索取着、要求着，未曾想过自己拥有这一切是否真的那么理所当然。当护士搬第三把椅子走进来时，约克西姆还在想着感恩。丹麦大使用意大利语对护士说了什么，约克西姆觉得大使的意大利语听起来十分流畅、毫不费力，他拿出笔记本与圆珠笔，然后问询过程开始了，大使翻译得毫不费力，并且语气中透露出他好像并不是在翻译什么沉重的事，而是翻译如何在托拉斯特找到最棒的蔬菜意大利面。约克西姆完全听不出它其实事关生死，警察并没有听太明白，他们花了很长时间才搞明白到底谁是约克西姆，以及他和艾琳究竟在克利桑德的房子里做了什么。约克西姆曾想亲自解释这一切，但源源不断的问题和整个事件的错综复杂让这个想法根本无从实现，大使总在他一句话还没说完便打断他，那两个警察的电话也总是响个不停，他们轮换地走到过道，大声交谈着，房门开了又关，关了又开。当他们回来后，便开始时不时地相互吵起来，他们还要根据规定把一切记录下来。终于，一个个事件拼图开始被拼合在一起，甚至连大使都开始对整个故事充满兴趣。最终所有细节都说明白了，约克西姆终于有机会问他自己想问的问题了：

“你们找到那幅用露易斯皮肤做的画了吗？就是那个能证明克利

桑德是杀人凶手的证据。”

大使翻译着，警官看起来很惊讶，他们摇了摇头。

“你确定那幅画被你从烧毁的房子里带出来了吗？”大使问道。

“我在下台阶时一直拿着它。”约克西姆说，“不过之后我就失去了意识。”

其中一个警官记录着，另一个掏出手机拨通了电话，大声地说了很长时间。约克西姆等着大使将警官得到的信息翻译过来。

“救护车急救人员拿了你的画，它现在还在医院。这里的警官和我会去联系哥本哈根的警察，对这个地区来说，跨国案件其实不是什么稀罕事儿。”大使解释着，之后又说了很多，但约克西姆并没有听进去，他在听自己内心的声音，他内心有个声音一直在重复：“事情终于尘埃落定了，海琳娜不会坐牢，海琳娜不会坐牢。”

“大使先生。”约克西姆说，大使转过身，站在门边，转过头看着约克西姆。

“叫我弗兰森吧。”

“弗兰森……能不能请你告诉他们，我想和海琳娜说话？”

护士跟约克西姆一起在廊里走着，约克西姆迫不及待要再次听到海琳娜的声音，但又是如此地不安。如果海琳娜现在不想再回到他身边怎么办？“别瞎想了。”他小声对自己说。护士在一扇门前停了下来，看着约克西姆。

“可以吗？”

可以？可以什么？约克西姆只是点了点头，可以，真见鬼，可以继续活着，可以继续见到海琳娜，可以继续呼吸，可以继续伸张正义。护士打开了门。但这并不是医生办公室的门，里面也没有约克西姆想借的电话，屋里的百叶窗都合上了，但还是有一缕缕微弱的光线照了进来，形成一条条狭长的条带，她就躺在这里，完全安静地躺着，是艾琳。

“请进吧。”护士说着用手引领他进去，约克西姆不情愿地向前走了几步，进入房间，门在他身后关上了。房间里只有他们两个人了。约克西姆只能看见艾琳身体娇小的轮廓，她在房间另一端的窗下，半躺在床上。

“你恨我吗？”艾琳问，她的声音比之前任何时候都要更沙哑。约克西姆又向前走了几步，现在能看清她的脸了，她脸上并没有被烧伤，但看起来精疲力竭。

“我经历了和尼基·劳达一样的治疗。”艾琳说。

“尼基·劳达？”约克西姆问道，他看着艾琳胳膊上包裹的绷带。

“就是那个赛车手，他在一次赛车比赛中被烧伤，肺部伤势很重。”艾琳说。约克西姆站在她的身旁，他要坐下吗？他体会着自己的情感，恨她吗？

“你是如何知道这一切的？”约克西姆问。

“你不愿意坐下来吗？我感到很孤独。”

约克西姆并不想坐下，只想离开这里，他想听到的是海琳娜的声音，而不是艾琳的，但他还是坐了下来。房间里沉寂了许久，他觉得，艾琳真的需要好好解释这一切。

“当我们还在艺术学院时。”艾琳终于开口了。

“我们是谁？”

“克利桑德当时就比我低一届。”她说，“但早在当初，在那个时候，他就已经表现出败坏的品德了。”

“这是怎么回事？”

艾琳清了清嗓子，费劲地积蓄足以支撑自己说话的气力：“当他还在给摆姿势的模特画素描时，他就会做一些我们其他人认为十分越界的事情。”

“什么事？”约克西姆一边问，一边看着艾琳，艾琳想做出耸肩的动作，但这让她很疼，约克西姆能从她脸上看到痛苦。

“他曾用一个年轻模特的血液和尿液画过一幅画，这曾引发了激烈的讨论。”艾琳说着，思考着，然后继续说，“对克利桑德而言，艺术只是追求形似还远远不够，他认为艺术不仅仅是个隐喻。”

“那应该是……”约克西姆说。

“当你跟我讲了那个皮肤被扒下的女人，还有那个胭脂红专业颜料……”艾琳停住了，停顿了许久，房间里只有从楼下广场上传来的声音、鸽子声和零星的吵架声。

“如果你早就知道了会是他……”约克西姆说，“那你为什么要自愿接近他呢？还带着我？”

艾琳用转过去的脸回应了他。约克西姆坐在那里，他的怒气已经消了，剩下的只有同情。他其实很清楚答案是什么，为何这么想听她亲口说出来呢？

“我那会儿就知道你会返回来找我。”艾琳说，“而且我知道当你再来家里时，你自己会意识到的。”

“意识到什么，艾琳？”

“意识到你到底都对我做了什么。”

约克西姆在老式按键手机上按下一长串电话号码，这个号码是大使给他的，大使向他保证海琳娜已经准备好和他通话了。电话提示音一直在响着，然后突然接通了。

“约克西姆？”一个急促的女性声音说。

“海琳娜？”

他能听到电话那头传来的她的呼吸声，与这里相距是那么遥远。

“海琳娜。”约克西姆重复，泪水涌入眼眶。

“你哭了吗？”海琳娜问道，“还是信号不好？”

约克西姆破涕为笑道：“都有吧……但还是前者多。”然后他开始解释，几乎不知道该从何讲起。海琳娜告诉他，自己已经从警察那里了解事情大概了，当警察跟她提及铁具厂里的克利桑德时，她想起了一些记忆的片段，想起了他们的争斗，想起了自己是如何登上那艘驶向博恩霍尔姆岛的渡轮的。从施克堡逃离的那段记忆在她脑海中逐渐清晰，她绝不愿抛弃自己的孩子，她逃离只是为了想清楚这一切，为了想出能让她和孩子们逃离埃蒙德和卡洛琳，逃离一切的方法。约克西姆静静地听着，海琳娜讲到她是如何坐卡车来到了哥本哈根，又如何遇到了露易斯……或者更准确地说是露易斯如何遇到了海琳娜，露易斯让她进到了屋里，海琳娜被铁具厂里的一切惊呆了，感到难以置信，而露易斯在厂里悲惨的生活恰恰很适合海琳娜当时的心理状况。海琳娜知道自己要把孩子们救出来，却不知道该怎么救，她害怕埃蒙德，害怕卡洛琳，担心他们接下来的举动，她愿意拼尽一切保护她的孩子，当时海琳娜还以为她的孩子们是家族丑闻的产物。

“还以为？”约克西姆问。

“我马上会说到这个。”海琳娜开始揭整个事情的谜底，她说到自己是如何在克利桑德杀害露易斯后，从他手中逃了出来，当时没法去警察局，这样埃蒙德就会找到她，她就会被拖回那个噩梦里。当海琳娜站在博恩霍尔姆岛的渡轮上，她觉得自己不行了，很确定自己马上就要死了，她倒下了。再次醒来时，脑袋终于重获平静，她的大脑已经将所有丑陋的事情从记忆中清除，至少把它扫除到了记忆深处的一个小角落，这样海琳娜才得以继续活下去。

于是轮到约克西姆讲述下面的故事了。当约克西姆解释那幅画的真实材质时，说到克利桑德曾残忍地扒下露易斯尸体上的皮肤，做成了这幅可怕的画时，海琳娜哭了。约克西姆告诉海琳娜，克利桑德已葬身火海，海琳娜不再哭泣，电话两端寂静了许久。

“你还在吗？”

“在。”

“你现在在哪儿呢？”

“我在警察局。他们也想一起听听。”海琳娜说。

“他们现在在旁边听着吗？”

“没有，现在就我们两个人。”海琳娜说，“我还有一件事要告诉你。”海琳娜开始了讲述。

Chapter 66

约克西姆站在基督岛上的咖啡馆前，咖啡馆的大门紧锁，里面漆黑一片，窗台上已经积了厚厚一层土，一堆椅子摞在咖啡馆门前的人行道上，被一条很粗的链子牢牢拴住，枯萎的落叶在门前堆成一堆，在风中发出窸窸窣窣的声音。约克西姆从温暖的西西里岛回到依然是萧瑟秋天的丹麦，他一路上都没有停止思考，甚至回到基督岛后，他还在咖啡馆门前若有所思地不停踱步。备用钥匙就放在那个装着迷迭香的大罐子底下，它一直都放在这个地方。约克西姆掸掸钥匙上的尘土，打开了门。桌子上都铺了桌布，上面还整齐地摆着盐罐和胡椒罐，吧台上放着几个托着红酒杯的圆托盘，其实这间咖啡馆都可以现在就开门营业，唯一能看出它停止营业的，是窗台上的尘土和几只死苍蝇。约克西姆站了一会儿，想起改变了一切的那一天，那天埃蒙德突然闯入，不，应该说是埃蒙德闯进来搅乱了他们的生活。现在埃蒙德已经回去工作了，比以往任何时候都还要躁狂，跟打了鸡血似的。海琳娜最后谈到关于埃蒙德的事，是在说埃蒙德已经不愿意说话了，海琳娜说他内心充斥着悲愤，完全把自己的内心封闭了起来，但仍假装什么事都没发生一样，否认他的母亲因谋杀一位美国士兵被关进了监狱。至于埃蒙德的亲生父亲，卡洛琳曾用手枪掩藏了她的谎言，杀死亨利的手枪被送去了指纹鉴定，一般来说，指纹在水下只能留存几个月，最多一年，但尸体所处的那片水域是不同寻常的，那片水域承载了历史的真相。那些被杀害的人，还有那些在千年前就已灵魂出窍的受害者，一切的一切都被保存在缺氧的淤泥中，同样留下的，还有卡洛琳的指纹，她的左手小拇指、无名指与中指分别留下了三块印记。

卡洛琳勾引了艾克塞，也就是海琳娜的父亲，这一切都是为了拿回本应属于她的东西。卡洛琳知道自己不能通过法律途径解决这件事，只能通过婚姻，但艾克塞跟卡洛琳在一起时总是格外谨慎，卡洛琳根本没有机会怀上他的孩子。于是，卡洛琳瞄上了这个刚好路过的血气方刚的美国士兵，她可以利用这个男人达到自己的目的——怀上孩子，然后就可以坚称这是海琳娜父亲的孩子，并以此和他结婚。但新的问题又出现了，亨利居然真心爱上了卡洛琳，并不愿再离开她，并且他确信埃蒙德一定是他的孩子。一天，亨利发现了卡洛琳的阴谋，并威胁要将它公之于众，亨利是那样地焦急而绝望，就像所有深陷爱河难以自拔的人一样。但没人能打消卡洛琳夺回遗产的欲望，她绝不能再次与财产失之交臂，在一个八月的晚上，卡洛琳用部队配发给亨利的手枪射杀了他，只开了一枪，按理说卡洛琳的射击技术并不是非常好，但亨利还是倒在了湖里，他挣扎了将近一分钟，血液慢慢在那片承载了千年历史的湖水中蔓延，然后他便漂浮在了湖面上。卡洛琳将船锚缠在亨利的脚上，这与艾克塞对卡洛琳父亲的做法一模一样。卡洛琳在审讯中说，当时并没有感觉到自己杀害了埃蒙德的亲生父亲，当时她觉得自己的所作所为完全是理所应当的，并且她愿意杀死所有在夺回财产过程中挡她道的人。卡洛琳毫无愧疚感地花一大笔钱找了个身强力壮的人，雇他杀死海琳娜，于是就有了海琳娜到客栈见马瑞斯·弗林特返回时遭遇的车祸。警察还在找这个男人，他们确信用不了多久便能将他绳之于法。这个杀手是苏贝格航运内部安全部的一名员工，就和很多贪官一样，这个曾收受贿赂的雇员辞去了公职，悄无声息地潜入到一家私人企业，成了一名安全专员、保安与私家侦探。埃蒙德在海琳娜失踪时雇用了他，给了他几个监视的任务，于是他和苏贝格家族，和卡洛琳走得很近。卡洛琳用金钱引诱了他，这并不是什么难事，毕竟总有人愿意为了金钱不择手段——其实，约克西姆这儿周经历的一切，都可以配以这个标题《总有人愿意为了金钱与地位不择手段，无所不用其极》。

海琳娜去监狱探望了卡洛琳，尽管这个老女人做了那么多丧尽天良的事——谋杀、用复仇计划毁掉亲生儿子，但海琳娜却十分同情她。海琳娜也很同情埃蒙德，他拒绝探望自己的母亲，对他而言，这件事已经终结了，再也不想谈论它，有一次海琳娜在办公室碰见埃蒙德，他就是这么说的。海琳娜签署了22个协议，将公司的控制权完全交给了埃蒙德，海琳娜觉得这是自己求之不得的，只要她能获得解脱就好，只要她能让自己的孩子远离这场关于权力与金钱的疯狂争斗就好。海琳娜向约克西姆解释了这些，并谈到了埃蒙德的反应：他并没有为孩子们脱离丑闻感到高兴，也没有为自己母亲杀死了自己的美国生父感到愤慨，埃蒙德关心的只有公司，只有那个正在推进的荷兰航运公司并购案，满脑子都是苏贝格能否成为世界领先的航运公司，他乘坐私人飞机满世界参加各种会议，在权力的核心层忙得不亦乐乎，忙着与各个丹麦部长见面，与世界各国领导人会面。

约克西姆觉得自己有点嫉妒，埃蒙德能做很多约克西姆想都不敢想的事，他都没有过一份稳定的工作，特别是在失去写作的注意力后，约克西姆每天只能创作寥寥几个小时，然后把其他时间都花在了琐事上。海琳娜以后会嫌弃他吗？她会想念身处权力核心的感觉吗？

“别瞎想了。”约克西姆小声说，然后去拿他刚才放在门外的购物袋，里面装着各种吃的。他快步穿过咖啡馆的厨房，走出后门，又走上楼梯，走进楼上的公寓，这里的一切也都没动过，当时走得太匆忙，什么也没来得及带走。约克西姆打开冰箱，里面孤零零地放着一个装有刺山柑花蕾玻璃罐，莉娜在离开这里之前明明应该把它倒掉的。约克西姆不紧不慢地把冰箱的各个架子上放满东西，他也不知道自己该买什么，于是他从超市买了所有他觉得孩子可能喜欢吃的东西，甜食，很多很多的甜食——巧克力、三种不同口味的果酱、草莓果汁等，哈哈，估计海琳娜一会儿一定会说他。约克西姆放完东西，在公寓里走来走去，好像在确认之前的所有东西都在。约克西姆来到客厅，在门口站了一会儿，然后有点儿费劲地坐在厅里的软沙发上，没想到再次坐在公寓的沙发上会唤起如此强大的愉悦感，这种感觉一直蔓延到心底。约克西姆慢慢地抚摸着大腿，腿部有烧伤引发的僵硬感，双腿难以弯曲，不过很快就会好的。艰难地站起来，约克西姆发出一声呼喊，这是回家的呼喊，也是爱的呼喊，他可能真是现代版的狄修斯。

约克西姆不由自主地笑了，他的伤势挺重的，希望一会儿孩子们见到他时不要被吓到。海琳娜已经告诉了他，孩子们的状态并不太好，他们受到的是心灵的伤害，不过一切都会过去的，他们有的是时间。他们会逐渐了解约克西姆，约克西姆也会逐渐了解他们，他和海琳娜也会重新熟悉彼此，这又是个新的开始。他很清楚自己不再是原来的约克西姆，而在和海琳娜的电话交谈中，也能清楚地感受到经历这么多后，海琳娜也不是原来那个她了。海琳娜提醒过约克西姆，她现在看上去和以前不一样了，有了新的发型、新的发色。当海琳娜谈到她在露营地洗手间的那次染发经历时，她大笑不已，而约克西姆依然不能完全明白发生的所有事情。

那个背包还放在地板上，约克西姆发现啤酒杯垫背后的电话号码后，便把它扔在了这里。约克西姆拿着包站了一会儿，想着他要写下露易斯的故事，露易斯——那个神秘女人，当然前提是如果他还继续写作的话。海琳娜为了所有人能在一起，为了生活，放弃了巨额财产和苏贝格航运。对约克西姆来说，与海琳娜、与美好的生活相比，写作实在是微不足道。也许正因如此，他感到自己可以像很久以前一样顺畅写作了，因为这并不再是一件天大的事，因为他学会了轻松面对。无论如何他都要把写作工作间重新布置，因为它以后会是克里斯蒂安的卧室，克里斯蒂安会亲自参与它的布置，如果他想的话，可以把墙换一个颜色，或者如果他喜欢现在的墙壁颜色，也可以不换，他们可以走一步看一步。苏菲的床一开始可以放在他们的卧室里，至于以后怎么办，他们可以到时候再看。

约克西姆眺望着大海，远眺着，眯起眼睛，身体向前探。云朵飘到了一边，露出了太阳，阳光晒了约克西姆一会儿，然后太阳又躲回到云后面，然后他看到了它，这个小点逐步靠近，是渡轮。

这艘上了年头的渡轮越过海浪，迎风前行，海琳娜将苏菲搂进怀里，感受着她身体的体温。当两个孩子和卡缇卡一起出现在机场时，海琳娜的目光便一直停留在这两个孩子身上，带着两个孩子的女子满脸写着抗拒与不高兴，就和海琳娜在马厩看见她那会儿一样。海琳娜仍然不理解，埃蒙德和卡洛琳居然觉得把孩子们交给这个女人看管是个好主意。不过话说回来，埃蒙德、卡洛琳，还有海琳娜自己，当时没有一个人能去伦敦照顾孩子们。在机场，她想到这些，感到内心一震，现在在船上，她也是同样的感觉。海琳娜不断对自己念叨：再也不能这样了，一开始苏菲完全不愿意松开卡缇卡的手，这个马厩女孩在苏菲耳边轻声说了什么，然后推了下她的后背，鼓励着她，然后苏菲鼓起勇气走到海琳娜身旁，海琳娜抱住了她。苏菲在海琳娜的怀抱中一点点放松下来，她还这么小，一切都好办。克里斯蒂安与海琳娜保持着三步的距离，他两手插兜站在那里，从他脸上的表情不难看出有点小情绪。他跟着来到车里，并没有回答任何问题，孩子还有点沉浸在自己的世界里，保持着距离，看着大海不说话。克里斯蒂安的眼神流露出成熟的感觉，这个小男子汉经历的事情比同龄人多太多了。海琳娜关切地看着她的男孩，他的头发随风摇摆，脸颊红润，海琳娜告诉自己，一切都会好的，时间会抚平一切的。现在他们要重新找回生活的节奏，在一所新学校读书，他们会在一些节假日或周末与他们的亲生父亲相见，用 22 条掌控公司的授权条款换回了自己的孩子，这是海琳娜平生做过的最简单的生意。

海琳娜将后背靠在栏杆上，做了个深呼吸，她转过身，眯起眼睛，向前眺望着。基督岛，她一直都喜欢看着岛上的岩石一点点浮上海平面，这是沙漠里的一片绿洲，这片绿洲是她的家，约克西姆就在里面等着她。他们还有太多东西没来得及聊，海琳娜不知道自己有多少记忆会随着时间慢慢恢复，她已经习惯记忆的碎片时不时地一片片浮现在自己脑海中。将这些小碎片一片片拼起来会形成怎样的图景？或许海琳娜永远不会知道最终完整的图案是怎样的，不过这已不再重要了。海琳娜很清楚什么才是最重要的，很清楚自己是谁，很清楚自己想要成为什么样的人，她知道自己的未来在这里，在基督岛上的咖啡馆与公寓里。在这里，她能够成长；在这里，她周围的人能让她释放出最积极的情绪；在这里，她会让她所爱的人释放出他们最积极的情绪。在这里生活时，海琳娜正处在失忆最严重的时期，但奇怪的是，她觉得在这里的生活却是最真切的，现在，海琳娜要回到这真切的生活中，她将在这里和约克西姆还有孩子们在一起。海琳娜知道这种生活也是约克西姆想要的，他甚至建议把自己的工作室当作克里斯蒂安的卧室。

“那间就是克里斯蒂安在基督岛的卧室。”约克西姆说话时脸上带着笑容。

“那你要在哪里写作呢？”海琳娜疑惑地问。

“我无所谓。”约克西姆一边笑，一边回答着，“我们总会有办法的。”

这是约克西姆对所有担心的回应。“我们总会有办法的。”他说话时带着一种前所未有的轻松，这是海琳娜以前从未在他身上感受过的，这感觉令海琳娜做了个深呼吸，心情放松极了。小岛越来越近，约克西姆就在上面等着她，岛上的景致逐渐清晰，已经可以看到屋顶和岩石的形状。海琳娜站起来，指向不远处，指向咖啡馆，指向港口。

然后她突然意识到：之前在岛上的每个早上，她醒来时会眺望大海，总觉得自己在等待着什么，觉得有什么会从海平面过来，改变一切。现在海琳娜明白了，一直以来她所等待的，其实正是她自己。